مهتاب در کنار تخت خالی نازنین نشسته و بنا به خواست او دفتر خاطراتش را که اسرار اویند، ورق می‌زند و شهامت او را می‌ستاید.

بر روی بومی سفید که سال‌هاست در گوشه اتاق کار نازنین گذاشته شده و مظهر صحنه‌های پرکشش و پرستیز روزگاران‌ست، با کلماتی ناخوانا و پراکنده که هنوز خشک نشده‌اند نوشته شده:

در اعماق افکار انسان گنجینه‌ای اسرار آمیز همچون رازی شگرف پنهان است که باید آن را در تخیلات جستجویش کرد تا در عمق واقعیت آن را یافت...

و رنگ‌های در هم آمیخته شده‌ای که بر زمین ریخته اند!

صورت رنگ پریده مهتاب از اشک‌های لبریز از غمش خیس شده...

ماوایی رویایی، پرآرامش و در صلح... تنها آرزوی بشر...

سانی ژئو... بر گلبرگ خیال...

عشق بر گلبرگ خیال

نویسنده: ثریا حکمت‌آرا

Kidsocado Publishing House

خانه انتشارات کیدزوکادو

ونکوور، کانادا

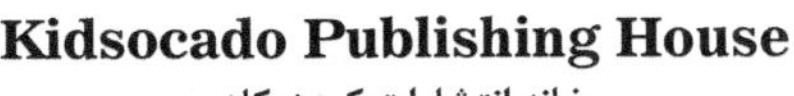

تلفن: +1 (833) 633 8654
واتس آپ: +1 (236) 333 7248
ایمیل: info@kidsocado.com
وبسایت: https://www.kidsocado.com

سریال کتاب:P2445240208

عنوان: عشق بر گلبرگ خیال

زیرنویس عنوان: داستان زندگی زنی پر تلاش است که با اتکا بر توانایی‌های خویش بر ناهمواری‌های زندگی فایق می‌آید و بر بلندای افتخار می‌ایستد...

نویسنده: ثریا حکمت آرا

ویراستاری: مهری صفری

صفحه‌آرایی: نرگس تاج الدینی

طراح جلد: محبوبه لعل‌پور

شابک / ISBN: 978-1-77892-124-7

موضوع: رمان، عاشقانه، حفظ محیط زیست

مشخصات کتاب: کتاب جلد مقوایی، سایز A5

تعداد صفحات: ۲۹۲

تاریخ نشر در کانادا: آگوست ۲۰۲۴

انتشارات در کانادا: انتشارات بین المللی کیدزوکادو

قدردانی

این مجموعه منظوم از کلمات، تجربه و یافته‌های بانویی‌ست که در قالب داستان‌هایی تخیلی رویایی جای گرفته، واقعیت‌های جامعه امروز و نیازهای فردای بشر را مطرح می‌سازد و تقدیم می‌شود به...

خانواده‌ام، ایرانیان و جهانیان که در تجلی هستی حاصل آفرینشی شگرف‌اند....

و همه فرهیختگان و اندیشمندان که دلباخته طبیعت‌اند و در رویارویی با طبیعت مسحور می‌شوند.

ثریا حکمت آرا

کتاب عشق بر گلبرگ خیال، باز نویسی شدۀ اولین اثر «سانی ژئو» بر گلبرگ خیال است.

"عشق بر گلبرگ خیال"

داستان زنی گمنام که تار و پود رویاهایش تنیده بر رنگین‌کمانی فروزان است و بی‌تردید نقطه مشترکی با تمام مردم دنیا دارد. او که گرفتار بندهای پوسیده فرهنگی متزلزل است، با قاطعیتی شفاف از واقعیت‌های هستی می‌گوید و از آرمان‌ها و رویاهایی که مشترک‌اند... و همه را مجذوب اندیشه‌ها و تصورات خود می‌سازد.

١٧   ܘܗܘ ܐܝܟ ܡܠܟܐ ܕܝܬܒ ܥܠ ܟܘܪܣܝܐ ܕܡܠܟܘܬܐ
ܩܘܡ ܦܘܫ ܒܫܠܡܐ

٨٨   ܐܢܬ ܗܘ ܚܝܠܐ ܘܟܘܠܐ ܘܐܝܩܪܐ ܘܫܘܒܚܐ ܠܥܠܡ
ܦܘܫ ܒܫܠܡܐ

٥٨   ܘܗܘ ܐܝܟ ܡܠܟܐ ܕܝܬܒ ܥܠ ܟܘܪܣܝܐ ܕܡܠܟܘܬܐ
ܩܘܡ ܦܘܫ ܒܫܠܡܐ

٨١   ܫܠܡܐ ܥܠܝܟܝ ܒܬܘܠܬܐ ܝܠܕܬ ܐܠܗܐ
ܦܘܫ ܒܫܠܡܐ

ܫܠܡ ܠܗ ܡܕܪܫܐ ܕܥܠ ܡܪܝܡ

٨٧٨ ܘܗܘ ܕܫܠܝ ܒܪ ܟܝܢܐ ܕܝܠܗ ܘܣܓܝ ܪܚܝܩ
ܩܠܐ ܠܥܠܝܡܘܬܐ

٨٨٦ ܠܬܐܘܠܘܓܝܐ ܡܫܡܗܐ ܗܘ ܕܐܝܬܘܗܝ ܡܪܐ ܟܠ ܟܝܢܝܢ
ܩܠܐ ܠܡܫܝܚܐ

٨٨٨ ܘܡܫܒܚܐ ܡܠܟܘܬܗ ܒܟܠ ܕܪܝܢ ܩܕܝܫܐ ܕܡܬܬܣܝܡ ܐܝܟܢ ܟܐܡܬ
ܩܠܐ ܠܬܝܒܘܬܐ

ܫܠܡ ܡܫܘܚܬܐ ܕܩܦܠܐܘܢ

پیشگفتار:

به نام خدا که در آغاز آفرینش طنین غزل عشق را بر جهان گسترانید، گاهی نویسنده برای نگارش یک رمان و بُعد دادن به تصورات تا رسیدن به عرصه بی‌حصار تجسم‌ها و در نهایت دست یافتن به گستره تخیلات، زمان‌ها و مکان‌های مختلف را نادیده می‌گیرد، فرهنگ‌های متفاوت را در هم می‌آمیزد، از چالش‌ها به‌راحتی عبور می‌کند، غیرواقعیت‌ها را در چهارچوب واقعیت می‌گنجاند، ممکن‌ها و غیرممکن‌ها را بر سطح خطی مشترک قرار می‌دهد و نیز در مواردی خاص برای شیوائی جملات، از محدوده قوانین نگارش به سهولت می‌گذرد تا با پردازش واژگان، آنچه را که در تصور دارد با همه ظرافت‌هایش در برابر خواننده به سادگی ترسیم نماید و در این

راستا و تا رسیدن به قلمرو رویاها، خوانندهٔ داستان را با خود هم‌سفر می‌سازد.

بدیهی‌ست که آمیزه‌ای از روایت‌ها، بینش‌ها و نگرش‌ها گاهی برفرازی خوشایند ء گاهی در نشیبی ناهموار، قصه‌ها و افسانه‌ها را خلق می‌کنند.

و نیز در رمان‌ها، برگستره پراکنده واژه‌ها و در پیچ و خم جمله‌ها، شخصیت‌های داستان با اسم‌هایی برگزیده رویدادهای قصه را می‌آفرینند و در مقام اسم‌هایی که برایشان انتخاب شده با واکنش‌هایشان، با قضاوت‌هایشان، با تصمیم‌گیری‌هایشان و با افکار مثبت و منفی‌شان بر روی یکدیگر تأثیر می‌گذارند داستان را خلق می‌کنند. این کاراکترها یگان‌هاند با اسم‌هایی منتخب، در حوادث و رویدادهای منتخب نویسنده تنها متعلق به این داستان هستند و در چهارچوب این داستان جای دارند و نه در خارج از محدوده این داستان.

من در مورد بهتر زیستن می‌نویسم و حفظ محیط زیست و معتقدم که در گستره اسرارآمیز کائنات، آفرینش بشر زیباترین و شگفت انگیزترین پدیده هستی است. بی‌تردید بشر استحقاق بهترین زندگی را دارد و این خواسته و آرزو امکان‌پذیر است.

برای تحقق این آرمان می‌توان با ادغام فرهنگ‌های نوین و آئین‌های کهن پلی ساخت، با تأمل از فراز پل که بستر حال است به دو طرف

پل که گذشته و آینده بر آن قرار دارند نگریست. با صفحات پرتلاطم تاریخ سپری از جنس تجربه‌ها ساخت و آینده را در پناه آن ایمن نمود. بی‌شک اگر سطوح پائین هرم زندگی و تنها زیستگاه‌مان زمین تخریب شود، تا رأس هرم همه چیز فرو خواهد ریخت پس این مأمن را باید از شالوده محکم کرد وگرنه برای هیچ‌کس امن نخواهد بود. نیز اعتقاد دارم که خالق عالم این سیاره یگانه را برای زیستن خلق کرده، برای بشر... زمین را... سرزمین خوشبختی را...

و این داستان مجموعه‌ای است از سرگذشت‌های گوناگون که علی‌رغم متفاوت بودن‌شان در نقطه‌ای مشترکند و آن نحوه آفرینش انسان‌هاست و نیز حق زیستن که متعلق به همه آن‌هایی است که به این جهان می‌آیند.

این واقعیت است که رویدادهایی ناخوشایند و حوادثی دشوار که بر رفتگان گذشته، دستاوردهای ارزشمند ما خواهند بود و روشنگر راهی که در آن قدم گذاشته‌ایم. امید داریم که با تکرار نشدن تلاطم‌های اعصاری حزن‌انگیز، بار دیگر با بن بست فاجعه بار نیستی مواجه نشویم.

این مجموعه در راستای ساختن جهانی بهتر و بهتر زیستن تدوین و نگارش شده است، برای ساکنین این جهان که رمز و راز خلقتی شگرف را در وجود خود پنهان دارند... برای زنان و مردان جوان... با این باور که به آینه پرنقش از خاطرات تلخ و شیرین پدران و مادرانشان

با دیدی متفاوت بنگرند و اشتباهات آنان را که تجارت ارزشمند آن‌هاست دوباره تکرار نکنند.

واژه‌ها همانند نت‌های موسیقی‌اند، گاهی در کنارهم و هماهنگ با هم غزل‌ها و شعرها را به وجود می‌آوردند و گاهی نیز حدیث‌ها و قصه‌ها را...

در میان ستاره‌ها و سیاره‌های بی‌شمار کهکشان راه شیری، کره‌ای شگرف می‌زید که بنا به طبیعت حاکم بر آن، شاهد تولدها و مرگ‌های گونه‌های بسیار است. این سیاره استثنائی که با مستولی کردن روز و شب بر حیطه سوال برانگیزش، زندگی آفرین و حیات‌بخش است، خود محکوم به فنایی زودرس و ناعادلانه به وسیله ساکنین خویش است.

آیا شب تلألؤ روز را باور خواهد کرد؟ سایه‌های خواب‌آلودش را با نسیمی مواج و نوازشگر به سرزمین دیگر خواهد برد؟ آیا مهتاب از پس حجاب ابر سفید و تور گونه‌اش زمانی کوتاه، بر دریای ظلمانی شب خواهد تابید تا بر گسترهٔ خیالم لحظه‌ای رسیدن روز تداعی شود؟ آیا فردا پرغرور و باشکوه از راه خواهد رسید؟ خورشید بر سپیده دمی سیمگون که افسانه‌ایست شیرین، ریشه گرفته از تلخی‌های گذشته خواهد تابید؟ آیا رویاهای پرتجلی‌ام را که دیروز خیالی بیش نبودند، فردا به شکل واقعیتی جان گرفته و ملموس خواهم دید؟ آیا روزی دیگر شراره آتشینش را پرتوان بر "سانی ژئو" خواهد افروخت؟ آیا بازتاب انعکاس زرینش را گسترده و تابناک بر سرنوشت مبهم من خواهد تابانید؟ آیا گوی بی‌رنگی که در کف گرفته‌ام در اولین لحظات تولد صبحگاه طلا گونه خواهد درخشید؟

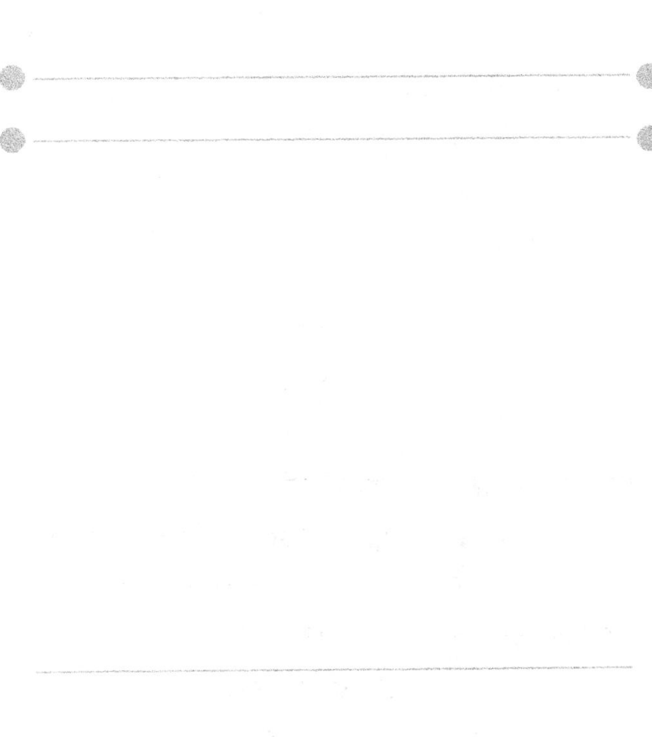

فصل اول

سانی ژئو
بر گلبرگ خیال

خورشید تا نیمه بر گستره افق فرو رفته، همچون توده مس گداخته با شتاب تا به اعماق دریاچه فرو می‌رفت.
بی‌شک نازنین به یکی از آخرین غروب‌های زندگی‌اش می‌نگریست. نگاهی محو و آرام و لبخندی تلخ بر لب‌های کوچک و چروکیده‌اش نشست. او بیشتر غروب‌های گذرا در زندگی طولانی‌اش را مشتاقانه به تماشای بستر کرانه نشسته بود، ولی به خوبی نمی‌دانست که این رویداد طبیعی و پرافسون، بر او چه اثری می‌گذارد. انعکاس تابش شراره‌های پرآوازه‌اش به درون او، زوایای روحش را غمگین می‌کرد یا به شادی وا می‌داشت و یا هر دو که خود احساسی‌ست بیگانه اما خوشایند. عادتی که چون نجوایی بی‌صدا در خود، به دور از هر توجیهی در هر غروب از سرگذشت پرفراز و نشیبش به شکلی مبهم ذهنش را می‌کاوید. اندیشه‌ای ناپایدار به سرعت در لابلای افکار بهم ریخته‌اش جایی بی‌ثبات

گرفت، در این حالت ابروانش به هم نزدیک شدند با این گمان که خیال و تصوری مبهم در میان افکار پراکنده‌اش، گم نشود.

آخرین دقایق فرو رفتن توده گداخته (خورشید) در آب مصادف است با پایان آخرین غروب یک سال دیگر از زندگیش...

چرخش دورانی بادی سرد، برودت را از روی دریاچه تا بالکنی که نازنین بر آن نشسته بود، می‌کشانید گاهی او را به شدت می‌لرزانید. در شالش پیچید، آن را به دور خودش محکم کرد. کمی بر روی صندلی جابه‌جا شد دوباره مشتاقانه به دریاچه خیره شد. نقاشی جوان بر روی سکویی نشسته بود. عجولانه و با دیدی هنرمندانه آخرین نشانه‌های ملتهب و گر گرفته روز را که گویی تلاش برای ماندن است، بر سطح صاف تار و پود، بومش به تصویر می‌کشید.

با فرو ریختن آخرین شرابه‌های آتشین خورشید به درون آب و خزیدن رنگ‌های ارغوانی تیره به درون لاجورد آسمان، زمستان بازتاب وجود خود را بر چهره نازنین به شکلی عمیق‌تر نشان می‌داد و شخصیت او را واقعی‌تر می‌نمایاند.

زنی پرتوان که با سکوتش مصرانه می‌خواست که عبوس بنماید و مری آنا مستخدمه مخصوصش که مدتی‌ست در اتاق او و به دور از تخیلات او به کار مشغول بود، این حقیقت سرپوشیده را به خوبی می‌دانست. به خوبی نیز می‌دانست که در دنیای منزوی زن مسن جایی برای هیچ‌کس نیست و به ندرت کسی راحتی برای مدتی کوتاه به درون دنیای به ظاهر آرام و بی‌صدایش می‌پذیرد.

مری آنا به آرامی او را که بی‌حرکت در بالکن نشسته، در خود فرو رفته و چون همیشه غروب و مناظر دل‌انگیزش را بر روی دریاچه می‌نگریست، برای شام

به طبقه پایین دعوت کرد و با همان آرامش از اتاق کار او خارج شد. سایه ناپایداری از موجودیت شهر بر بستر پرسکون دریاچه انعکاسی کم‌رنگ داشت. در دوردست‌ها زن و مردی در قایقی چوبی، در کنار هم نشسته و به دور از آنچه که در اطرافشان می‌گذشت، در عالم مشترک جوانی سیر می‌کردند. دوباره اندیشه‌ای بی‌ثبات به افکار پراکنده نازنین راهی تازه پیدا کرد، او را متفکر ساخت.

برودت رسوخ کرده بر وجودش، مانع از دنبال کردن افکار دور و نزدیکش می‌شد. بی‌اراده و بی‌آنکه بخواهد به درون اتاق کارش رفت. در بزرگ قدیمی که شیشه‌های رنگینی را در خود محصور کرده بود، بست. نگاهش به گیاهان متعدد که چون جنگلی سرشارِ از شور به زیستن، محبوس در میان دیواره‌هایی از جنس شیشه با حسرت به بیرون نگاه می‌کردند، ثابت مانده بود. سبدهای انباشته از گل‌های کمیاب در هر گوشه‌ای از اتاق به شکلی نامنظم اما زیبا چیده شده بودند. تابش انوار غیرمستقیم غروبی الوان و دل‌ربا بر آن‌ها، سایه گل‌ها را بر دیوار مانند کوچ پرندگان از روی دریاچه‌ای مواج را نشان می‌داد.

خانه ساکت و آرام بود بی‌هیچ جنبشی، با رخنه سیاهی غروب در تاروپود شهر، احساسی ناشناخته که بیشتر به غم شبیه بود ریشه‌های پرحزن و رونده‌اش را تا اعماق زوایای پنهان درون نازنین می‌دوانید. فضای بی‌روح اتاق، تنفسش را سنگین‌تر می‌کرد. یک‌باره به طرف اتاق خوابش رفت، بی‌اختیار در آن را باز کرد. مردد، با بی‌میلی به طرف میز تحریرش بازگشت. بر روی صندلی کنار میز تحریر نشست. ساعت قدیمی و قدی در طبقه پائین شش ضربه زد. صدای خنده مبهم مری آنا و شوهرش خوآن برای لحظاتی کوتاه در سکوت خانه طنینی ناپایدار به وجود آورد. زَنش ضعیفی از نبض پرهیاهوی زندگانی در

فضای اتاق احساس شد. نازنین کمی آرام گرفت. به راهرویی که در مجاورت اتاق کارش قرار داشت، رفت. به دیوار آن تکیه داد. چشم‌هایش را بست، هوای خانه را عاشقانه استنشاق کرد. کنجکاوانه و غریبانه به ابعاد آشنای آن حیطهٔ باشکوه نگاهی کوتاه کرد. خانه‌ای که روزی با تمام وجود می‌خواست تا ابد در آن و در کنار مالک آن بماند و امروز به اجبار در آن ساکن است بی‌آنکه آرام و قرار بودنِ در آن را داشته باشد.

زیر لب زمزمه کرد: کاپیتان غوطه‌ور در افکاری ناپایدار ...

آهی عمیق کشید، دوباره همان لبخند تلخ و گنگ بر لب‌هایش نشست.

کارت‌هایی که برای تبریک سالگرد تولدش رسیده، در گوشه‌ای از میز تحریرش چیده شده بودند. در کوچک میز تحریر کنده کاری شده و قدیمی را باز کرد. چند روزنامه کهنه با دقت در گوشه‌ای دور از کشو گذاشته شده بودند. روزنامه‌های دسته بندی شده را برداشت، آن‌ها را باز کرد، ورق زد. کلمات چاپ شده بر صفحات آن‌ها لبخندی از رضایت بر روی لب‌هایش نشانید.

"سانی ژئو" در رأس رویدادها ...

حضور دور از انتظار زنی ناشناس در همایشی جهانی ...

همایشی بزرگ در حاشیه " سانی ژئو"... و یک زندگی دوباره ..

طرحی تازه به شکلی غیرمنتظره در میان طرح‌ها پذیرفته شد ...

"سانی ژئو" از خیال تا واقعیت ... از نشیبی پنهان تا فرازی متبلور ...

نازنین ... شخصیتی پر معما با ایده‌های تازه ...

پیشنهادی دور از انتظار ... برای احیای "سانی ژئو" ...

برای همایش جهانی، "سانی ژئو" باز سازی می‌شود ...

انتخاب " سانی ژئو" ...

"سانی ژئو" در رأس خبرها ...

و عکس‌های نازنین در صفحات اول روزنامه‌ها و مجلات دنیا ...

و دفتری کوچک که در لابلای روزنامه‌ها به چشم می‌خورد. دفتری که واژه‌های نقش بسته بر سطورش به شکلی سحرگونه، نقطه عطفی تازه و غیرقابل تصور در سرنوشت نازنین حک کرده و هر جمله‌اش، همچون فرمانی قاطعانه او را هر دم از نقطه‌ای که مدت‌ها در آن ثابت ایستاده بود، فرسنگ‌ها دور نموده تا به مرزهای بی‌حصار سعادت نزدیک سازد. پوشش صدف گونه دفتر در کشاکش بحران‌ها و مدتی طولانی که بر آن گذشته بود، کم‌رنگ گشته همچون نوشته‌هایش که با گذر از کنار لحظات، به گذشته رفته، به تدریج در پیچ‌وخم اسرارآمیز روزگاران ناپدید شده بودند. با عینک نیز به سختی می‌توانست خطوط را بخواند. کلمه‌ها، جمله‌ها و پردازش‌هایش را... همان پردازش‌های ظریف و خیالی که در اندیشه‌های نازنین جایگاهی همیشگی داشتند. همان واژه‌های پراکنده و به ظاهر واهی که با قرار گرفتن در کنار یکدیگر جملاتی سحرآمیز ساخته‌اند، همان جملاتی که با رهیدنشان از محدوده بی مرز تخیلات و حک شدن‌شان بر کاغذ، آفریدگارشان را نیز از حیطه گمان‌ها رهانیده‌اند و با حقیقتی شگرف روبه‌رو ساخته‌اند، همچون تصورات گوناگونی که با تأثیر توانمندشان نازنین را بر مسند موفقیت‌ها نشانیده‌اند. همان رویاهای ملموسی که در گذشته‌ای دور، او مصرانه واقعی بودن‌شان را حس می‌کرد و در نهایت موجودیت‌شان را به دیگران نیز نشان داد.

دفتر را باز کرد و به آرامی تا عمق سطرهای فرسوده آن به پیش رفت.

فصل دوم

خاطرات نوشته شده نازنین بر دفتر سفید
(دومین دفتر خاطره)

امروز نیز باران لحظه‌ای از فرو ریختن دست نکشیده. ابرها پی‌درپی تیره‌تر و سنگین‌تر می‌شوند شاید تعمد دارند پس از بارشی بی‌وقفه و ممتد سایر ابرهای پراکنده دنیا را در این سرزمین بهشت گونه، فرا خوانند تا بیشتر در هم فرو روند، تا باز هم ببارند و خورشید را در ضخامت ابعاد گسترده و خاکستری خود برای همیشه به اسارت بگیرند و همچنان تا ژرفای زمان ببارند.

دو هفته از اقامت من در این ویلای پنهان شده در دامن طبیعت می‌گذرد. گاهی خود را به شدت تکان می‌دهم تا از بیدار بودنم مطمئن شوم. ولی شک ندارم... من بیدارم، به گونه‌ای که شاید هیچ‌گاه این‌گونه هشیار نبوده‌ام. بیدار و مبهوت از وقایعی که دو ماه گذشته روال زندگانی‌ام را این چنین دگرگون ساخته‌اند.

با تمام وجود از خدایم می‌خواهم که خواسته‌هایم را، شرایطم را نپذیرند، طرحم را رد کنند و مرا به حال خود بگذارند. نمی‌دانم چگونه در میان بهت و ناباوری و مخالفت‌های بی‌شمار، پیشنهاد مرا برای برگزاری مراسمی این چنین مهم و حیاتی، پذیرفته‌اند؟ نمی‌دانم چگونه و از کجا مرا پیدا کرده‌اند.

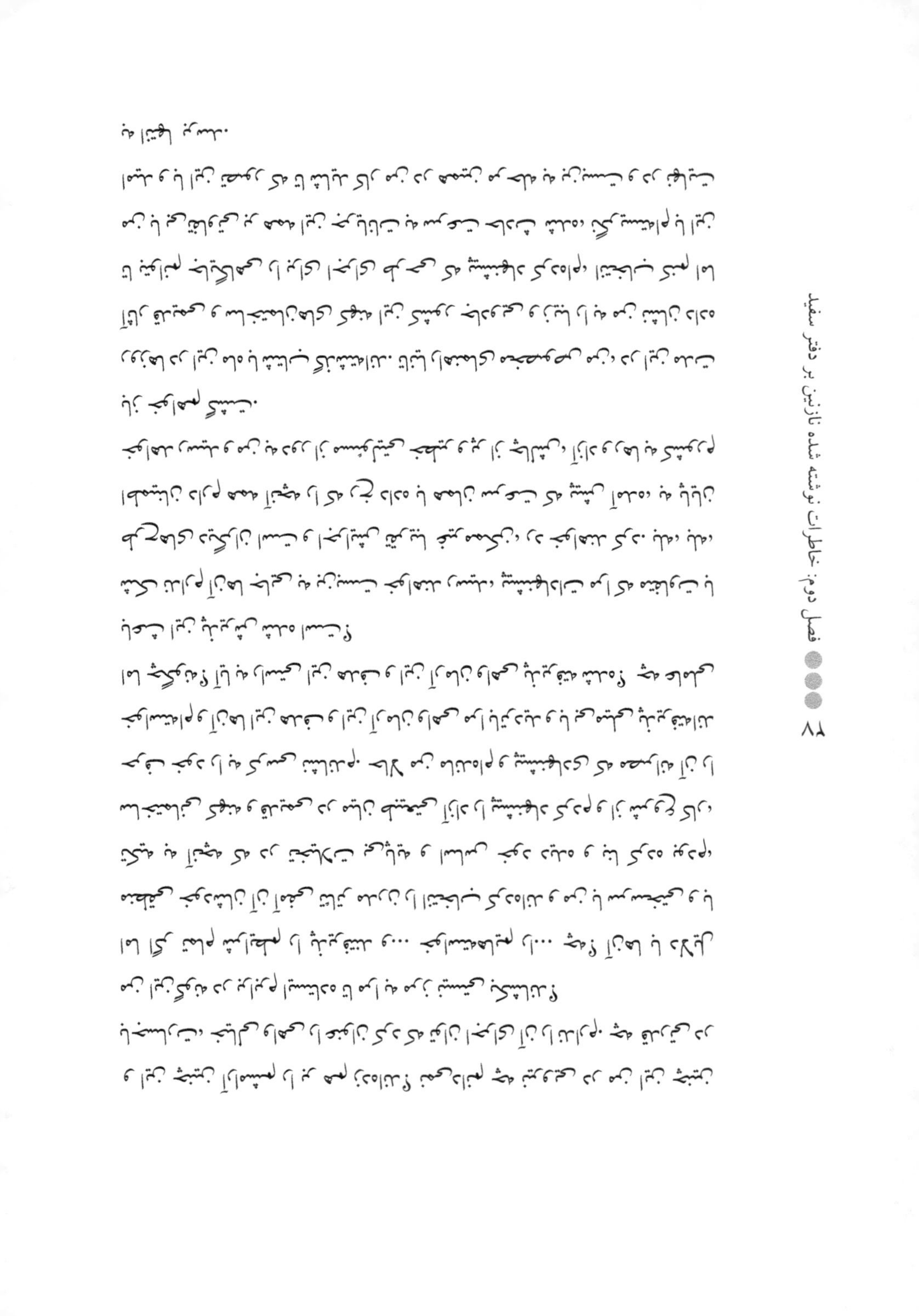

و این چنین آرامشم را بر هم زده‌اند؟ نمی‌دانم چه نیرویی در من این چنین باجسارت، خیالی واهی را عنوان کرد که توان اجرای آن را ندارم. چه قدرتی در من این‌گونه در برابرم ایستاده تا مرا به مرز نیستی بکشاند؟

اما اگر تمام شرایطم را پذیرفتند و... خواسته‌هایم را... چه؟ آن‌ها با دلایل منطقی خودشان آن آمفی تئاتر مدرن را انتخاب کرده‌اند و من با سرسختی و با تکیه به آنچه که در تخیلات بی‌پایه و اساس خود دیده و بنا کرده بودم، ساختمانی کهنه و قدیمی در میان طبیعتی آزاد را پیشنهاد کردم و از شروع کار، حرف خود را به کرسی نشاندم. حالا من مانده‌ام و پیشنهادی که مصرانه آن را خواسته‌ام و آن‌ها این هدف و این آرمان واهی مرا باتردید و با بی‌میلی پذیرفته‌اند اما چگونه؟ آیا به راستی این هدف و این آرمان واهی پذیرفته شده؟ چه عاملی باعث این پذیرش شده است؟

شک ندارم آن‌ها جایی به بن‌بست خواهند رسید، پیشنهادات مرا که متفاوت با طرح‌های دیگران است و اجرایش تقریبا غیرممکن، رد خواهند کرد. بله، بله، اطمینان دارم همه آنچه را که رخ داده با همان سرعت که پیش آمده، به پایان خواهد رسید و من به دور از مسئولیتی خطیر و پر از چالش، آزاد و رها به کشورم باز خواهم گشت.

روزها در این ماه با شتاب گذشته‌اند. تانیا راهنمای مخصوص من، در این مدت آثار قدیمی و ساختمان‌های کهنه این کشور جادویی و زیبا را به من نشان داده تا بتوانم جایگاهی را برای اجرای طرحی که پیشنهاد کرده‌ام، انتخاب کنم اما من با بی‌تفاوتی بر همه این جریانات به سرعت حادث شده، نگریسته‌ام با این امید و با این تصور که تا شاید کار من در همین مرحله به بن‌بست و در نهایت به انتها برسد.

زمانی طولانی، بی‌هدف و بی‌آنکه واقعاً برنامه‌ای برایم تعیین شده باشد، در گوشه و کنار خانه که بادقتی خاص تزئین شده، قدم می‌زنم.

در ژرفای اسرار سکوت آرامش‌بخش نیمه شب، نسیمی ملایم و دلاویز، بوی گل‌هایی را که چون دیواری قطور تمام سطح خارجی خانه را پوشانیده‌اند به داخل عمارت می‌آورد، فضای بسته خانه را عطرآگین می‌سازد. رایحه‌ای که مسحور کننده است یا شاید به تنهایی مرا در سحر خود فرو می‌برد و مفتون می‌گرداند.

سکوت سنگینی در لحظه لحظه‌های انتظار فرورفته. باید کاری کنم... کاری کنم تا زمان به پیش برود.

با تردید به آنچه که اتفاق خواهد افتاد به اتاقم می‌روم تا وسایلم را جمع کنم. بعد از چند روز انتظار تلفن زنگ می‌زند. دلم فرو می‌ریزد. احساسی ناشناخته و غیرقابل توجیه درونم را می‌لرزاند. باز هم آقای جرالد است، شک ندارم. او مردی خشن، انعطاف‌ناپذیر، چاق و کوتاه قد است که از اولین برخورد، با من و با جزییات نقشه‌هایم به شدت مخالفت می‌کرد.

قاطع و مصمم با خودم می‌گویم: خوب است، خوب است که او با من ناسازگار است، خودم هم با خودم مخالفم، نمی‌خواهم بمانم، نمی‌خواهم... نه، نمی‌خواهم، مسئولیتی این چنین دشوار را نمی‌خواهم، نمی‌خواهم برنده طراحی همایشی مهم و ارزشمند باشم، نمی‌خواهم آقای جرالد دستیار من باشد. چگونه می‌تواند باشد درحالی‌که با من مخالف است، چون سد در برابر من و ایده‌هایم ایستاده، راهش هم از راه من جداست. چگونه یک سد می‌تواند همراه و هماهنگِ با من باشد... من نمی‌توانم طراح این همایش والا و شاخص باشم. یک سد هم نمی‌تواند با من همراه و هماهنگ باشد، بی‌شک در این نبردِ با من، او پیروز شده.

آقای جرالد...

سراسیمه و سرگشته می‌اندیشم: او...؟ او، فاتح این میدان پر از چالش و مملو از تنش است و من... شکست خورده...؟ بله، او...

با خوشنودی می‌گویم: و من مغلوب باید متأسف باشم اما نیستم، باید ناراحت باشم اما خوش‌حالم.

زنگ تلفن افکار مغشوشم را پراکنده می‌سازد.

با درونی ناآرام شتاب‌زده به طرف تلفن می‌روم اما با ظاهری آرام بی‌شتاب گوشی تلفن را بر می‌دارم. حدسم درست بود... آقای جرالد...

سعی می‌کند عصبانی بودنش را پنهان کند. می‌گوید: پیشنهادتان را پذیرفته‌اند و تمام شرایط را...

شوکه می‌شوم، گوشی تلفن در دستم مانده. بوق کر کننده‌اش حال آشفته‌ام را آشفته‌تر می‌کند. آن را بر روی دستگاه سیاه و ثابت می‌گذارم. به نقطه‌ای خیره مانده‌ام تا از جایی شروع کرده باشم! بله، نقطهٔ خوبی‌ست برای شروع... غوطه‌ور در سرگشتگی‌ها...

در این شرایط حساس احتیاج به کسی دارم تا سر بر شانه‌هایش بگذارم و من هم چون ابرهای بی‌پایان که بر بستر آسمان جای گرفته‌اند، تا آخر زمان بگریم. اما در گذشته خالی من چه کسی وجود داشته که در این دم این چنین احساس غریبی در من بیدار شده؟ به یاد کدامین خاطره کسی را می‌خواهم که بر او تکیه زنم و دردم را با او بگویم؟ مادرم؟ او که هیچ‌گاه در کنارم نبوده اما عاشقانه احساسش می‌کنم. پس چه کسی؟ چه کسی؟ دوباره رنج بی‌کسی، تنهایی‌هایم را به یادم می‌آورد، مرا در سرزمینی غریب، بیگانه‌تر می‌نمایاند.

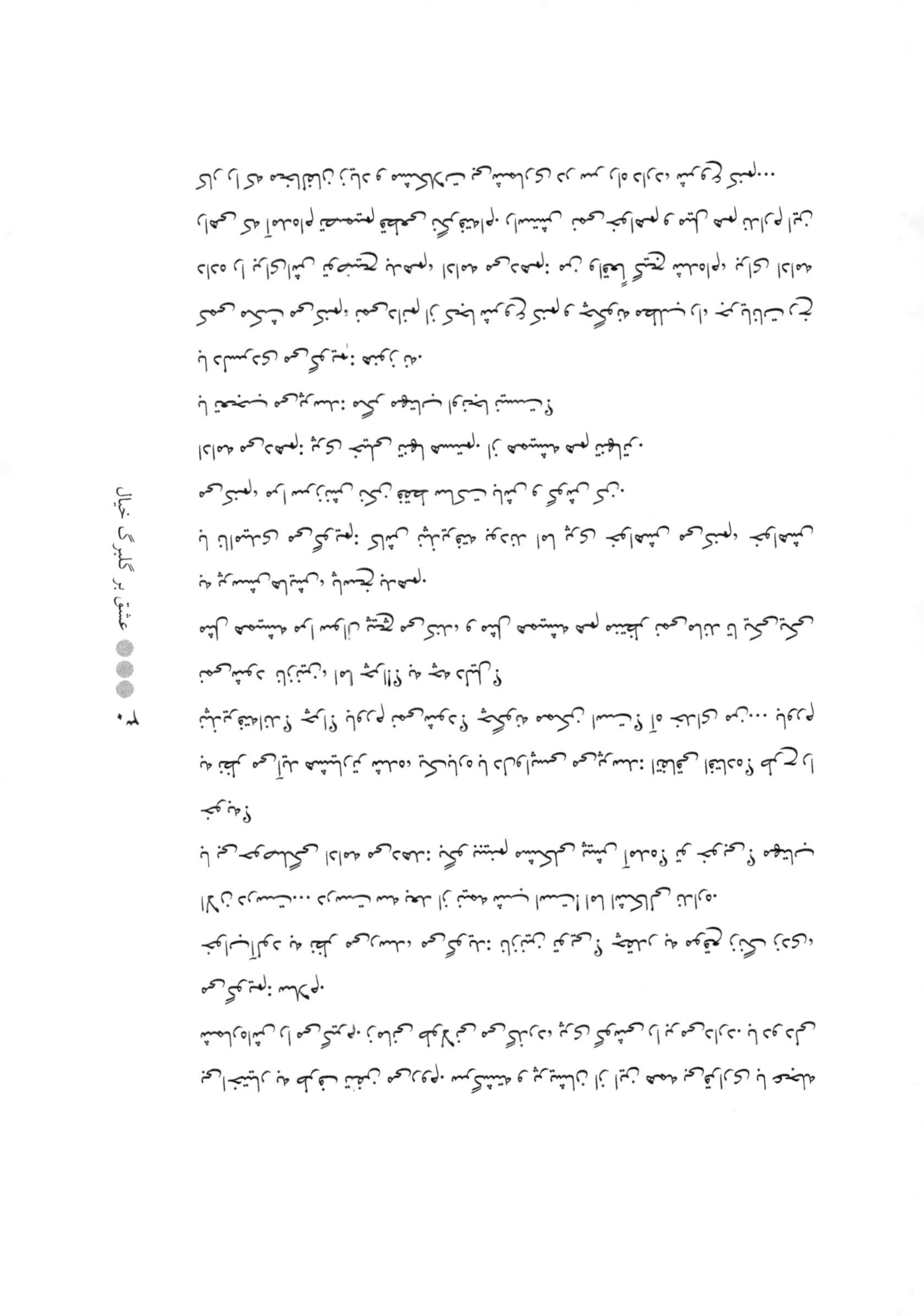

بی‌اختیار به طرف تلفن می‌روم. سرگشته و پریشان از این همه بی‌قراری با عجله شماره‌اش را می‌گیرم. زمانی طولانی می‌گذرد، پری گوشی را برمی‌دارد. با دو دلی می‌گویم: سلام.

خواب‌آلود به نظر می‌رسد، می‌گوید: نازنین تویی؟ چقدر به موقع زنگ زدی، الان درست... درست سه بعد از نیمه شب است! اما اشکالی نداره.

با بی‌حوصلگی ادامه می‌دهد: بگو ببینم مشکلی پیش آمده؟ تو خوبی؟ مهتاب خوبه؟

به نظر می‌آید هشیارتر شده، یک‌باره با دل‌واپسی می‌پرسد: اتفاقی افتاده؟ طرح را نپذیرفته‌اند؟ چرا؟ باورم نمی‌شود؟ چگونه ممکن است؟ آه خدای من... باورم نمی‌شود نازنین، اما چرا!؟ به چه دلیل؟

مثل همیشه مرا سوال پیچ می‌کند، و مثل همیشه هم منتظر نمی‌ماند تا یکی‌یکی به پرسش‌هایش، پاسخ بدهم.

با ناامیدی می‌گویم: کاش نپذیرفته بودند اما پری خواهش می‌کنم، خواهش می‌کنم، مرا سرزنش نکن فقط ساکت باش و گوش کن.

ادامه می‌دهم: پری خیلی تنها هستم. از همیشه هم تنهاتر.

با تعجب می‌پرسد: مگر مهتاب اونجا نیست؟

با دلسردی می‌گویم: هنوز نه.

کمی مکث می‌کنم، نمی‌دانم از کجا شروع کنم و چگونه مطلب را، جریانات رخ داده را برای‌اش توضیح بدهم، ادامه می‌دهم: من واقعاً گیج شده‌ام، برای ادامه راهی که آمده‌ام تصمیم قطعی نگرفته‌ام. راستش نمی‌خواهم و میل هم ندارم این کار را که مخالفان زیاد و مشکلات بی‌شماری در سر راه دارد، شروع کنم...

از اول هم نمی‌خواستم به این راه پر از چالش قدم بگذارم، جاده‌ای که انتهایش نامعلوم است.

مثل اینکه ناگهان خواب از سرش پرید، معترضانه می‌گوید: نازنین، نمی‌دونم چی باید بهت بگم. شاید هم مدام درس خوندن و مدام به پیش رفتن یا مردد و سرگشته بودن در افکار متضاد هدف‌ها، نگرش‌ها و باورهات رو به هم ریخته بی اثر کرده؟ هیچ می‌دونی در این لحظه که من و تو با هم صحبت می‌کنیم هر کس در خیال خودش آرزو می‌کند در جایگاهی باشد که تو در آن هستی؟ البته به غیر از خود تو که نمی‌دونی در چه موقعیتی قرار گرفته‌ای. تو، نازنین... همان زنی که با صراحت مشکلات جوامع را مطرح می‌کند اما در دگرگون ساختن آن‌ها دچار شک و دودلی شده است. همان زنی که قاطعانه و با منطقی شفاف از اهمیت رهایی طبیعت می‌گوید و از سهم بشر از سخاوتمندی این طبیعت بی‌همتا اما در اثبات منطق خود دچار ضعف و سستی شده است.

کمی مکث می‌کند شاید به دنبال جملاتی مستدل و یا مملو از اعتراض می‌گردد می‌گوید: نازنین... همان زن به ظاهر خود ساخته؟ با شخصیتی ناپایدار؟ آیا این‌ها حقایقی پوشیده نیستند که اگر بر ملا شوند، همچون گردابی تخریب گر، همه دستاوردهایت را به قعر خود خواهند کشانید؟

زمانی کوتاه ساکت می‌ماند، ادامه می‌دهد: نازنین از تو می‌پرسم، آیا این همان رویایی پنهان نیست که بر بستر دورنمایی از جنس سراب، آراسته و آذین کرده بودی؟ و بعد از عبور از چالش‌های بی‌شمار به دستش آورده‌ای؟ می‌خواهی نادیده‌اش بگیری؟ می‌خواهی از آن دور شوی؟ واقعاً می‌خواهی رویایت را فراموش کنی، بازگردی؟ بی‌هدف، به دور از رویا هایت احساس تهی بودن نمی‌کنی نازنین؟ آیا عمیقاً به همه این‌ها، این واقعیت‌ها فکر کرده‌ای؟

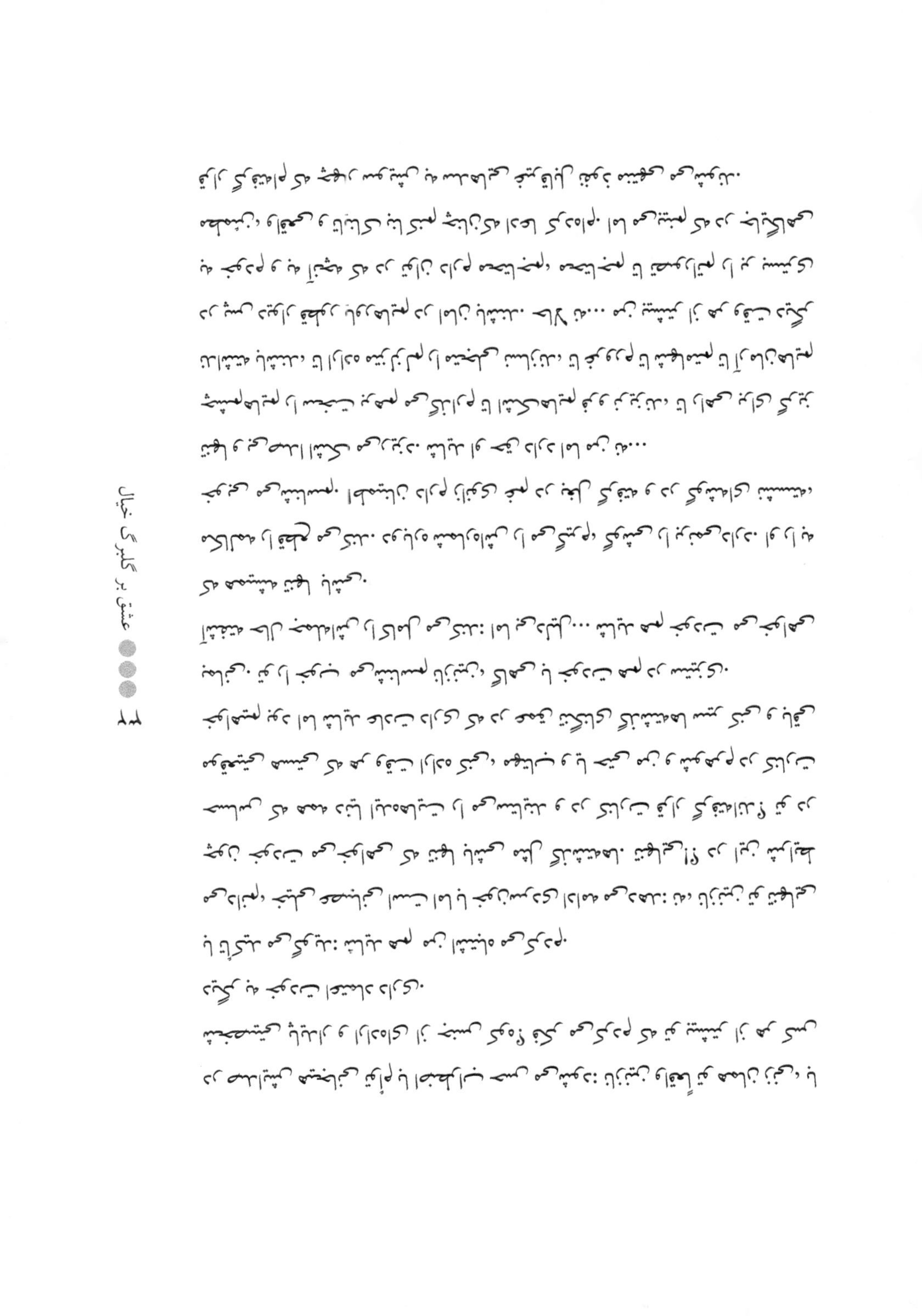

در صدایش هیجانی توأم با اضطراب حس می‌شود: نازنین واقعاً تو همان زنی، با شخصیتی پایدار و اراده‌ای از جنس کوه؟ فکر می‌کردم که تو بیشتر از هر کس دیگر به خودت اعتماد داری.

با تأکید می‌گوید: شاید هم من اشتباه می‌کردم.

می‌دانم، خیلی عصبانی است اما با خون‌سردی ادامه می‌دهد: نه، نازنین تو تنهایی چون خودت می‌خواهی که تنها باشی مثل گذشته‌ها. تنهایی!؟ در این شرایط حساس که همه دنیا ایده‌هایت را می‌ستایند و در کنارت قرار گرفته‌اند؟ تو در موقعیتی هستی که هر وقت اراده کنی، مهتاب و یا حتی من و شوهرم در کنارت خواهیم بود اما شاید عادت داری که در عمق تنگنای گذشته‌ها سیر کنی و باقی بمانی. تو را خوب می‌شناسم نازنین، گاهی با خودت هم در ستیزی. آشفته حال جمله‌اش را کامل می‌کند: اما بی‌دلیل... شاید هم خودت می‌خواهی که همیشه تنها باشی.

مکالمه را قطع می‌کند. دوباره شماره‌اش را می‌گیرم، گوشی را برنمی‌دارد. او را به خوبی می‌شناسم. اطمینان دارم زانوی غم در بغل گرفته و در گوشه‌ای نشسته، تنها و بی‌صدا اشک می‌ریزد. شاید او حق دارد اما من نه...

چشم‌هایم را سخت برهم می‌گذارم تا اشک‌هایم فرو نریزند، تا راهی برای گریز نداشته باشند، تا اراده متزلزلم را متجلی نسازند، تا غرورم تا شهامتم تا آرمان‌هایم در پس دیوار قطور باورهایم در امان باشند. حالا نه... من بیشتر از هر وقت دیگر به خودم و به آنچه که در توان دارم محتاجم، محتاجم تا تصوراتم را بر بستری مطمئن، واقعی و تابناک بنا کنم چنان‌که ادعا کرده‌ام. اما می‌بینم که در جایگاهی قرار گرفته‌ام که چهار سویش به سدهایی غیرقابل نفوذ منتهی می‌شوند.

به کنار پنجره می‌روم، آن را باز می‌کنم تا هوای تازه به داخل اتاق بیاید. به پایین نگاه می‌کنم، مسیر نگاهم همچون تونلی نامحدود و کدر به نظر می‌آید که مرا بی‌هیچ اراده‌ای به درون خود می‌کشاند، در تنگنایش می‌فشرد تا به درون منگنه‌ای بسته سوق دهد. نه، نه... باید از این تونل خفقان‌آور عبور کنم، نباید در تار و پود آن بمانم و ذوب گردم و فنا شوم. جایی که قرار گرفته‌ام جای محکمی برای ایستادن نیست. به عقب نیز نمی‌توان بازگشت. تنها می‌توان به روبه‌رو نگریست و مصرانه آینده را بر افقی روشن ترسیم کرد و تصویر ترسیم شده را به حقیقتی ملموس بدل ساخت اما چگونه؟

پنجره را می‌بندم می‌خواهم تنهای تنها باشم، از فکرهایم هم می‌گریزم، تفکراتی که موذی‌اند و مخرب.

به طبقه پایین می‌روم. تانیا در آشپزخانه نشسته مرا به قهوه دعوت می‌کند. در کنارش می‌نشینم. بی‌آنکه واقعاً هدفی داشته باشم از او می‌خواهم که فردا صبح مرا به همان مهمان‌سرای قدیمی که بازسازی شده، ببرد. به اتاقم باز می‌گردم و ساعت‌های متمادی در آنجا تنها می‌مانم. خیالات گوناگون و کسل‌کننده جای خواب را گرفته‌اند. سنگینی بی‌قراری‌های مداوم روح بر جسم و یا شاید فشارهای مضاعف جسم بر روح، مرا از پای در آورده. بوی مست‌کننده سَحَر هر جنبنده‌ای را در کشش دل‌پذیر خود احاطه می‌کند تا سرمست سازد. آوای پرندگان مسحور شده و عاشق در این سِحر شورانگیز، کم‌کم به گوش می‌رسد. بر روی تختم دراز کشیده‌ام. با بی‌تفاوتی به کف اتاقم می‌نگرم که یادداشت‌ها و لیست آثار باستانی و عکس‌هایشان آن را پوشانیده‌اند. در میان آن همه تصاویر که به شکلی نامنظم بر روی زمین ریخته شده‌اند.

عکس معبدی سنگی در دورترین نقطه اتاق بر کف زمین دیده می‌شود، نظرم را جلب می‌کند. در حاشیه آن نوشته شده "سانی ژئو"... "سانی ژئو" ؟ چه اسم عجیبی!

دوباره به تصویرش که خرابه‌ای بیش نیست، می‌نگرم و به اسمش که با آن تضادی مشهود دارد. تناقضی که مرا تا به ژرفای تفکرات فرو می‌برد، به سوی دوگانگی‌ها سوق می‌دهد.

سحرگاه خوابی عمیق مرا در خود فرو می‌کشد و تا به قعر قلمرویی ناشناخته می‌برد. در آخرین ثانیه‌های بیداری با تمام وجودم می‌خواهم که هیچ‌گاه از حیطه این جایگاه امن و بی‌حادثه بیرون نیایم و دربی‌خبری‌هایش آرامش همیشگی بیابم. لبخندی مات بر تمنایی شیرین اما محال و دیگر هیچ‌چیزی را به خاطر نمی‌آورم.

یک ساعت از ظهر گذشته، شتابان به باغ می‌روم. تانیا در حاشیه باغ و در کنار ماشین قدم می‌زند. نگهبان خانه شیشه ماشین را تمیز می‌کند. هر دو سلام می‌گویند. خیلی زود حرکت می‌کنیم.

تانیا می‌گوید: از کجا شروع کنیم؟ به آن مهمان‌سرای قدیمی برویم؟

می‌گویم: به " سانی ژئو " می‌رویم و فقط از "سانی ژئو" برایم بگو، از قدمتش، از حوادثی که در آن رخ داده و آن را این چنین متروک ساخته، هرچه که می‌دانی.

ادامه می‌دهد: "سانی ژئو" نام معبدی تاریخی‌ست که قرن‌ها قدمت دارد. زلزله‌ای شدید، آبشار کنار غار "سانی ژئو " را که در نزدیکی معبد قرار گرفته به شکلی غیرقابل کنترل در می‌آورد. محققین و مسئولین سازمان حفظ بناهای تاریخی مسیر آب آبشار را تغییر داده‌اند تا ساختمان معبد را که به صورت مخروبه در آمده است، بیش از این خراب نکند.

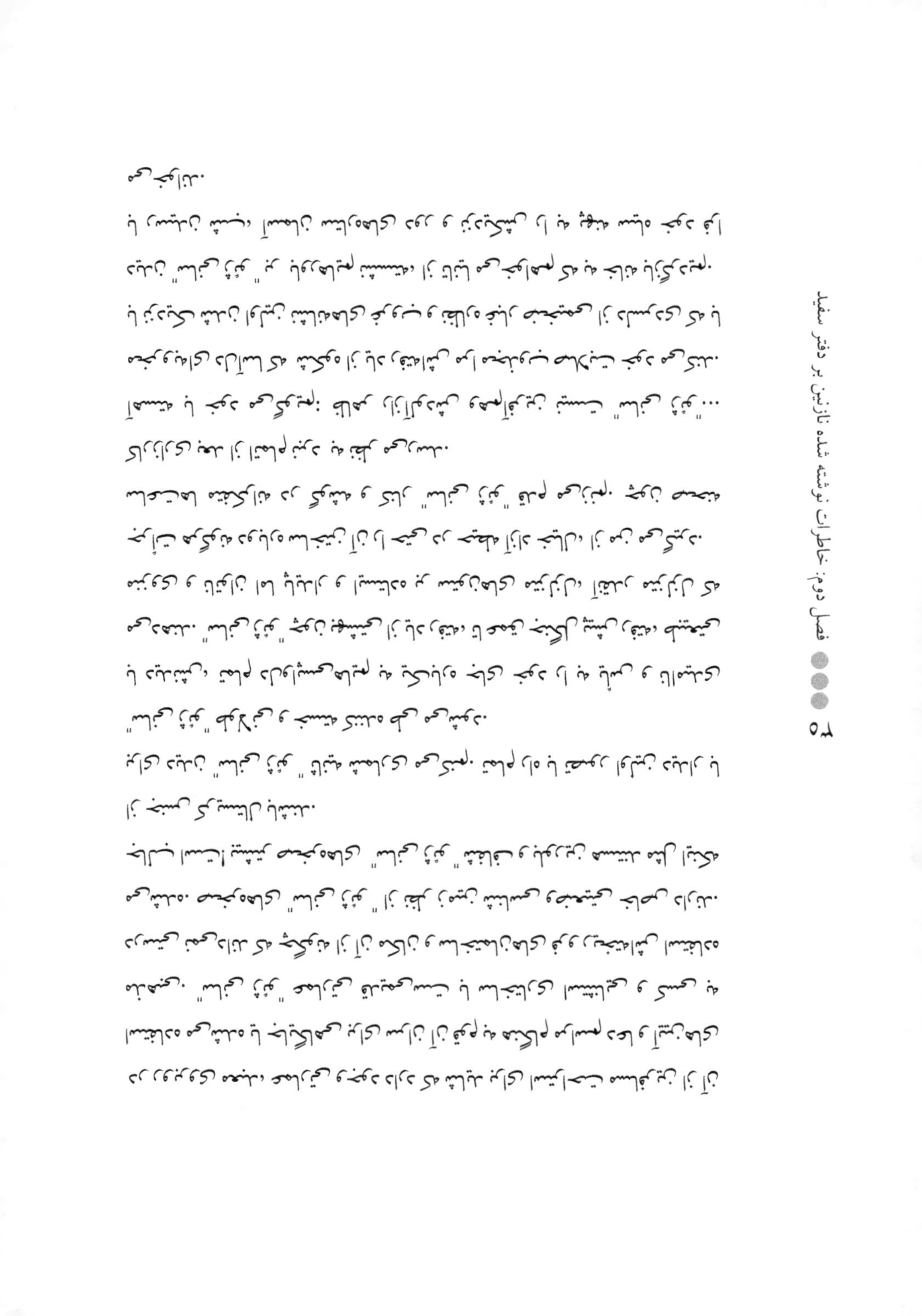

در روبروی معبد، عمارتی وجود دارد که شاید برای استراحت مسافرین از آن استفاده می‌شده یا جایگاهی برای سران آن قوم به هنگام مراسم دعا و آیین‌های مذهبی. "سانی ژئو" عمارتی قدیمی‌ست با ساختاری استثنایی و کسی به درستی نمی‌داند که چگونه از آن مکان و ساختمان‌های فرو ریخته‌اش استفاده می‌شده. صخره‌های "سانی ژئو" از نظر زمین شناسی وضعیتی خاص دارند. جالب است! بیشتر صخره‌های "سانی ژئو" شفاف و بلورین هستند مثل اینکه از جنس کریستال باشند.

برای دیدن "سانی ژئو" ثانیه شماری می‌کنم. تمام راه با تصور اولین دیدار با "سانی ژئو" طولانی و خسته کننده طی می‌شود.

با دیدنش، تمام دلواپسی‌هایم به یکباره جای خود را به یأس و ناامیدی می‌دهند. "سانی ژئو" چون بهشتی از یاد رفته، تا عمق جنگل پیش رفته، طبیعتی منزوی و ناتوان اما پایدار و ایستاده بر ستون‌های متزلزل، آنقدر متزلزل که جرأت هرگونه دوباره ساختن آن را حتی در حیطه آزاد خیال، از من می‌گیرد. ساعت‌ها متفکرانه در گوشه و کنار "سانی ژئو" قدم می‌زنم. چون صحنه کارزاری بعد از اتمام نبرد به نظر می‌رسد.

آهسته با خود می‌گویم: ظاهر رازآلودش وهم‌آفرین نیست "سانی ژئو"... مخروبه‌ای دل‌آسا که شکوه از یاد رفته‌اش مرا مجذوب صلابت خود می‌کند. با نزدیک شدن اولین نشانه‌های غروب و نظاره غبار ضخیمی از دلسردی که با دیدن "سانی ژئو" بر باورهایم نشسته، از تانیا می‌خواهم که به خانه بازگردیم. با رسیدن شب، آسمان ستاره‌های دور و نزدیکش را به پهنه سیاه خود فرا می‌خواند.

در اتاقم نشسته‌ام، تنها به "سانی ژئو" فکر می‌کنم که چگونه در تیرگی شامگاه خاطرات حک شده بر تار و پود در حال فرو ریختنش، در فضایی قیرگون فرو رفته و شاید تداوم حیاتش نیز بیش از این تصور نخواهد بود.

به ابعاد ساده و شکسته‌اش که بر روی کاغذ رسم شده، می‌نگرم. به ساختمانی متروک و مرده که باید زنده‌اش گردانید. به اسکلتی بی‌جان که باید روح هستی را در آن دمید. به گذشته‌ای ارزشمند که باید میل دوباره زیستن و شهامت تداوم برپای ماندن را در آن برانگیخت. به عظمت آبشاری که در تسلط ستم زمان به انزوا نشسته.

چگونه می‌شود از عمق فنا گریخت و مغرورانه بر گستره هستی زیست؟ با توان و شتاب کدام شهاب درخشان می‌توان از تنگنایی کدر رهید، بر بستری روشن مأوا گرفت و مسرورانه بر افقی پرتلألؤ نظاره کرد؟ چگونه می‌شود به آبشاری خاموش در سکوت، صلابت گذشته را باز گردانید؟

با خود می‌گویم: تو می‌توانی. می‌توانی، می‌توانی چون چاره‌ای نداری. هرگز نباید معنای پر مفهوم زندگانی و روند این چرخهٔ هزارتوی و مبارزه‌ای را که برای عبور از کنار این تکامل اجتناب ناپذیر در پیش روست، از یاد برد. جاده پرپیچ و خم سرنوشت جای ماندن و نظاره کردن نیست، راهی هم برای گریختن نیست. این جاده برای جنگیدن و برپای ایستادن خلق شده نه برای سکون و ماندن، نه برای راکد بودن و مرداب شدن. نباید همچون پیچک متکی به تکیه گاه باشم تنها باید به ساختار آرمان‌های محکم شدهٔ درونم تکیه کنم.

فرصت زیادی ندارم باید هرچه زودتر تصمیم می‌گرفتم و جایی را انتخاب می‌کردم.

تلفن زنگ می‌زند، آقای جرالد است. قاطعانه از او می‌خواهم زمان کوتاه دیگری به من فرصت بدهد. بی اعتنا و بی‌آنکه حرفی بزند گوشی را می‌گذارد. دست‌هایم می‌لرزند. آن‌ها را درهم قفل می‌کنم، در مقابل صورتم قرار می‌دهم تا از لرزش باز ایستند. تمام وجودم مرتعش می‌شود، باید کاری می‌کردم، همان لحظه، همان دم.

نیمه شب، تنها، خسته، با همان حال آشفته به سوی "سانی ژئو" می‌روم که حالتی متزلزل با فردایی نامطمئن دارد همچون خود من.

در نیمه شبی سرد به سختی می‌توانم کوره راهی را که به "سانی ژئو" ختم می‌شود، پیدا کنم. صدای برخورد شاخه‌های درختان با بدنهٔ ماشین، هراسی مهیب در سکوت حکم‌فرما بر جنگل، مستولی می‌کند. گاهی چشم‌هایم را ناخودآگاه برهم می‌گذارم با این خیال که تا شاید دمی از شرایطی هولناک بگریزم گاهی نیز وحشت زده، محتاطانه به هر سو می‌نگرم.

سرعت زیاد ماشین گاهی چرخ‌هایش را از جاده اصلی خارج می‌سازد. از دور چراغ‌های کم سو و محدود " سانی ژئو" دیده می‌شوند که گاهی سوسو می‌زنند. ماشین را در گوشه‌ای می‌گذارم. هیچ صدایی از جنب و جوش طبیعت به گوش نمی‌رسد. نگهبان پیر "سانی ژئو" جلو می‌آید، مرا می‌شناسد، خواب آلود سرش را به علامت سلام تکان می‌دهد، به اتاقش باز می‌گردد.

در مدخل ورودی غار وسیع و پرصلابت " سانی ژئو" ایستاده‌ام. به بستر خالی و خاموش آبشار می‌نگرم که روزی آوای مقتدر وجودش را بی‌وقفه و مداوم در گوش ساکنین جنگل و در لابه‌لای درختان تنومند آن، زمزمه می‌کرد.

بر روی تخته سنگی صاف می‌نشینم. شیبی عجیب که در زیر آن پنهان مانده مرا به سوی خود می‌کشاند.

کنجکاوانه و هیجان‌زده، شتابان سنگ‌ها را به کنار می‌زنم. فانوس دستی را به طرفش می‌برم، عروسکی کوچک و پارچه‌ای در زیر سنگ‌ها مدفون شده. آن را بیرون می‌کشم. بی‌اختیار به یاد عروسکم می‌افتم، به یاد مادرم و به یاد چهره مهربانش.

مدتی در غار قدم می‌زنم. به دیوارهٔ سنگی مدخل ورودی غار تکیه می‌کنم. به "سانی ژئو" خیره مانده‌ام که چگونه در ظلمتی سیه فام فرو رفته، برای اثبات موجودیتش گاهی به انوار غیر مستقیم ماهی که نیمه‌اش در پشت کوه‌های دور دست پنهان مانده، متوسل می‌شود. رنجیده خاطر و دل‌گرفته، با حالتی مملو از یأس از خود می‌پرسم: آیا دوباره بقا و هستی برگستره خاموش "سانی ژئو " بازتابی موزون خواهد داشت؟

دوباره ادیبی والا را به خاطر می‌آورم که همیشه در نهایت ناامیدی، جملاتش چون وردی سحرانگیز ضمیرم را از اسارت یأس دور کرده و ناباورانه مرا به جلو رانده...

"در اعماق افکار انسان گنجینه‌ای اسرار آمیز همچون رازی شگرف پنهان است که باید در فراز و نشیب تخیلات جستجویش کرد تا در عمق واقعیت آن را یافت. در غیر این صورت در گل و لای تلخ کامی‌ها باقی خواهد ماند و بی‌آنکه متولد شود در کالبدی خسته و بی فرجام، دفن خواهد شد."

و این این واژه‌ها باهم و در کنار هم همواره مرا به وجد می‌آورند، دگرگونم می‌سازند، نگرش‌هایم را متفاوت می‌گردانند و بی اختیار مرا به جلو می‌رانند.

آیا "سانی ژئو" وجود دارد؟ می‌توان راهی به موجودیت واقعی آن یافت، آن را دید، لمس کرد؟

آیا می‌شود هستی را بر حاشیه آن شکوفا ساخت با تعمق، شاد مان و مغرورانه به عظمتش نظاره کرد؟ آیا می‌توان بر بستر آن زیست؟ آیا به راستی "سانی ژئو" وجود دارد؟ در قعر حیطه‌ای وسیع و زنگار گرفته؟

از بالای غار به پایین می‌نگرم. بارانی از تاریکی بر سر آنچه که هست می‌بارد. گاهی باد صدای همهمه خود را چون ناله‌ای سوزناک در تونل گرداب گونه‌اش تا فضایی دور می‌کشاند. هیچ‌چیز دیده نمی‌شود. بستر آبشار در سیاهی و سکوت محض گم شده. در میان ظلمت شب به دنبال انگیزه‌ای می‌گردم اما نمی‌یابم مثل اینکه آرمان‌های من نیز در ژرفای حیطه‌ای مات غرق گشته‌اند. ولی بی‌شک "سانی ژئو" آنجاست. به اجبار در هزار توی اسرارآمیز ناشناخته‌ها فرو رفته، از تنگناهای زمان عبور کرده و در زوایای کدر فراموشی‌ها از یاد رفته. آیا روشنایی‌ها در قعر تاریکی‌ها محبوس‌اند؟ باید روشنایی را تا به اعماق تاریکی تابانید، انعکاس داد تا پرتوهای تابان و درخشنده از بند حیطه‌ای زنگار گرفته رها شوند، انتشار یابند و بر عرصه‌ای نامحدود پرتو افشانی کنند؟

اما شاید بشود در میان تیرگی‌ها آتش بر افروخت به گونه‌ای گسترده آن را شعله‌ور ساخت و ظلمت و سیاهی را از میان برد. شاید درخشش پرتوان روشنایی‌ها در قعر تاریکی‌ها، تلألؤیی ندارند و باید بر آن‌ها هاله‌ای پررنگ از انوار فروزان تابانید تا بتوان آن‌ها را در آغوش بسته سایه‌ها دید.

شاید واقعیت‌ها در پس لایه ضخیمی از ابهام پنهانند اما چگونه می‌توان آن‌ها را دید؟ چگونه می‌توان آن را به دیگران نیز نشان داد؟ چگونه می‌توان به "سانی‌ژئو" اقتدار از دست رفته اش را بازگردانید؟ آیا در این شرایط که "سانی‌ژئو"برپایگاه ناپایدار خود جایگاهی مستحکم ندارد، خواهد توانست از عشق به زندگی بگوید؟ با این کالبد درهم شکسته!

با انتخاب و پیشنهاد "سانی ژئو" برای برگزاری کنگره جهانی، صدای آقای جرالد از همیشه هم عصبانی‌تر به نظر می‌رسید.
کرده‌اید مورد تأیید است و تمام هزینه‌های مربوط به آن.
لحن گفتارش دوستانه نیست گویا این خصومت از سوی او ریشه‌ای ناشناخته و بی‌دلیل از قدیم دارد.
یک‌باره تصویر ناخوشنود و همیشه معترض آقای جرالد در برابرم مجسم شد... و او باید روزهایی طولانی و سخت مرا تحمل کند...
یک سال زمان برای بازسازی محلی آن‌چنان از هم گسیخته آن هم برای برپایی همایشی جهانی، بزرگ و مهم و پذیرایی از مقامات سرشناس، پژوهشگران، محققان و دانشمندان، فرصت زیادی نیست و من وقت زیادی برای اجرای طرحی که پیشنهاد کرده‌ام را نخواهم داشت.
هرشب آقای جرالد زنگ می‌زند تا از مرتب بودن اوضاع مطمئن باشد ولی در اصل می‌خواهد بداند که تا کجا پیش رفته‌ام و درکجا باز خواهم ماند! همان سوالی که در این مدت بارها در ذهن خود من نیز تکرار شده است.
توضیح زیادی به او نمی‌دهم، در واقع کار مهمی هم انجام نداده‌ام که تا بتوانم توضیحی دل‌خواه و قانع کننده به او بدهم اما آقای جرالد بر این تصور است که نمی‌خواهم او را بیش از این در جریان برنامه‌هایم بگذارم.
به بیرون پنجره نگاه می‌کنم. امشب ماه نیز در ضیافت آسمان، بین ستارگان بی‌شمار نشسته است. زیباییش خیره کننده است و غرورش پرجذبه و انوارش مسحور کننده.
به سوی میز کارم بازمی‌گردم. با دیدن نقشه ابعاد "سانی ژئو" بر روی میزم با خودم می‌گویم: دوباره "سانی ژئو"! همان کالبد فروریخته و متروک...

دوباره همان طرح بی‌روح که بر روی کاغذ نیز انسان را ناامید و دلسرد می‌کند... بارها و بارها آن را بر تار و پود کاغذ رسم کرده‌ام، ساعت‌ها به آن خیره مانده‌ام، پاره‌پاره‌اش کرده‌ام و به دورش انداخته‌ام. شاید مخالفت‌های مصرانه آقای جرالد بی‌دلیل نبوده!

آخر با توده‌های آجر و سنگ فرسوده که در هم فرو ریخته‌اند و آبشاری خاموش که هیچ احساسی را در بیننده بر نمی‌انگیزد چه می‌توان کرد؟ چگونه می‌شود در میان این همه از هم گسیختگی، از هستی گفت؟ از تداوم بودن حرفی به میان آورد بی‌آنکه روح زندگی در آن دیده و احساس شود؟ آیا می‌شود بر همین سنگ‌های کهنه بنایی تازه نهاد و صدای آبشار فراموش شده را تا به دوردست‌ها رسانید؟ آیا می‌شود سکوت جنگل را شکست؟ ولی چگونه می‌توان بر بنایی از هم گسیخته، ساختاری محکم و استوار ساخت؟

" سانی ژئو " با صخره‌های بلورینش...

بی‌شک اجازه نخواهند داد سنگ گرد و یکپارچه آتشکده و چند ردیف پله‌های سنگی و مدور اطرافش را از میان برداریم. با این ساختمان از یاد رفته و مطرود در میان جنگل چه می‌توان کرد؟ چگونه می‌شود در خرابه‌های آن از هستی گفت، از بقا گفت؟ چرا اینجا؟ بارها از خود پرسیده‌ام چرا اینجا را انتخاب کرده‌ام؟ اما شاید بشود به گونه‌ای شگرف و شگفت انگیز آن را تغییر داد ولی چطور؟

ساعت‌ها با این افکار پرستیز می‌گذرند.

خسته بر روی مبل راحتی چرمی می‌نشینم. تنها صدای گذشتن لحظه‌ها مصرانه از درون ساعت دیواری شنیده می‌شود. ساعت یازده ضربه می‌زند. مثل این که در آخرین ثانیه از ضربه یازدهم زمان از حرکت باز ایستاده.

با تصور ایستادن زمان، افکارم در دوردست‌ها و در سرزمین رویاها بی‌هیچ محدودیتی به هر سو که می‌خواهند می‌روند. در مبل بیشتر فرو می‌روم تا آنچه را که در تخیلاتم مجسم می‌شوند به واقعیت نزدیک‌تر باشند...

در عمق جنگل، "سانی ژئو"... در هاله‌های در هم، رنگین و فروزان متبلور گشته...

در دو طرف جاده منتهی به "سانی ژئو " چراغ‌هایی تعبیه شده‌اند که انوارشان در وسط جاده با هم تلاقی کرده و قوس‌های نورانی و هلالی شکل در میان جاده تشکیل داده‌اند.

در حاشیه جاده، نرده‌های بزرگ و مسطح تماماً با گل‌های یاس و نسترن پوشانیده شده‌اند. فرو ریختن نور چراغ‌های اطراف جاده برگل‌ها، آن‌ها را نقره‌ای رنگ نشان می‌دهد مانند اینکه از جنس مهتاب باشند.

محوطه گردی که شاید زمانی آتش‌ها بر آن می‌افروخته اند، با سنگ گرانیت سبز خوش‌رنگ پوشانیده شده و پله‌های مدور و گرد اطراف آن نیز با گرانیت تیره‌تر مفروش شده‌اند.

مکعب‌هایی از جنس سنگ‌های بلورین با فواصلی منظم بر روی پله‌های پهن، بزرگ و کم ارتفاع اطراف محوطه سنگی و گرد آتشکده، گذاشته شده‌اند و شعله‌های مخمل گونه آتشی دل افروز در آن‌ها متجلی‌ست.

آینه‌هایی که در زوایای پنهان "سانی ژئو" تعبیه شده‌اند، پرتوهای پراکنده را انتشار می‌دهند و منعکس می‌گردانند، فضایی مملو از ستاره را به تصویر می‌کشند و تجسم می‌کنند.

در کف شیشه‌ای و دو جداره محوطه وسیع "سانی ژئو"، آب ها و خاک‌ها به شکلی جذاب، شگرف و شکوهمند طراحی شده و جای گرفته‌اند، مظهر و سمبل دریاها و قاره‌های "زمین" و نیز یکپارچگی "زمین" هستند.

در گوشه و کنار "سانی ژئو" و در حاشیه محوطهٔ وسیع آن در درون پایه‌های بلند مشبک و نقره‌ای، شمع‌هایی قطور افروخته شده‌اند.

و آن آبشار که صدایش طنین تپش قلب زندگی‌ست...

همه آن‌ها با هم و درکنار هم رویایی‌اند اما فاصله‌ای زیاد تا واقعیت دارند، فاصله‌ای که من باید آن را از میان بردارم وگرنه از آن‌ها و خواسته‌هایم برای همیشه دور خواهم شد. اما چگونه؟ یک سال برای این تکامل و این تحول دور از انتظار کافی نیست.

الهامی درونی مصرانه ندا می‌دهد... باید آن‌ها را واقعی ساخت... باید...

یک‌باره با صدایی بلند قاطعانه می‌گویم: آبشار را احیا می‌کنیم...

با صدای زنگ تلفن از آنچه که در تفکراتم ساخته‌ام دور می‌شوم. به طرف تلفن می‌روم، بازهم مثل همیشه آقای جرالد است. در صدایش هیجانی موج می‌زند که می‌دانم پایدار نیست. با لحنی کنایه‌آمیز می‌پرسد: نمی‌دانم برای "سانی ژئو" تان چه تصمیمی گرفته‌اید؟ در نهایت برای بازسازیش چه خواهید کرد؟

خون‌سرد و با بُرایی می‌گویم: "سانی ژئو" متعلق به ساکنین جهان است و همان‌طور که قرار بود ما با هم آن را خواهیم ساخت. باید... باید "سانی ژئو" را بسازیم... ساکنین زمین، شما و من.

گفته‌ام را تأکید می‌کنم: اما نه در یک سال. من وقت بیشتری احتیاج دارم.

آهسته و با تردید می‌گویم: دو سال.

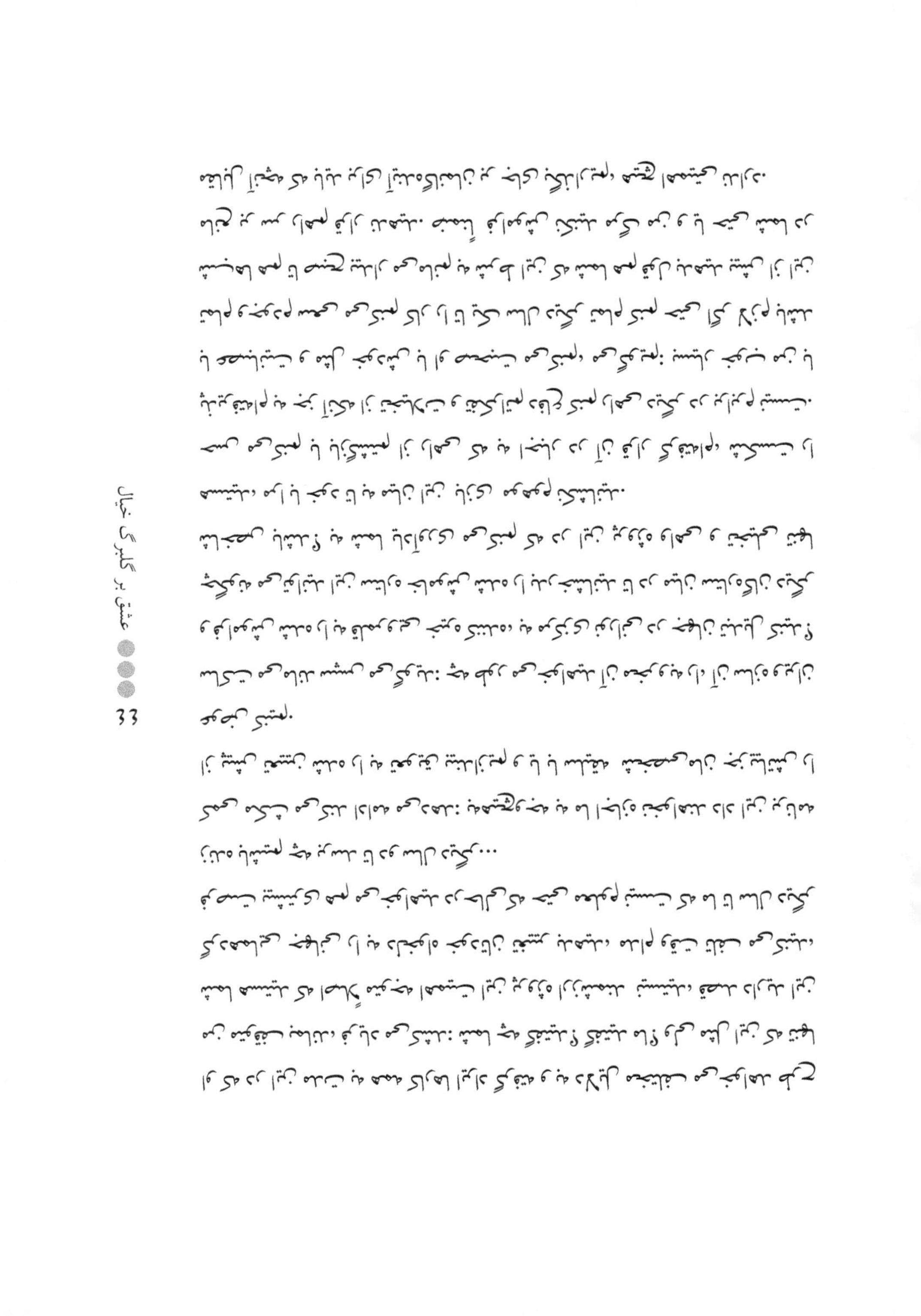

او که در این مدت به همه کارها ایراد گرفته و به دلایل مختلف می‌خواهد طرح من متوقف بماند، فریاد می‌کشد: شما چه گفتید؟ گفتید ما؟ ولی مثل این که تنها شما هستید که اصلاً متوجه اهمیت این پروژه ارزشمند نیستید، قصد دارید این گردهمایی جهانی را به دلخواه خودتان تغییر بدهید، مدام وقت تلف می‌کنید، فرصت بیشتری هم می‌خواهید درحالی‌که حتی معلوم نیست که ما تا سال دیگر زنده باشیم چه برسد تا دو سال دیگر...

کمی مکث می‌کند ادامه می‌دهد: به‌هیچ‌وجه به ما اجازه نخواهند داد این برنامه از پیش تعیین شده را به تعویق بیندازیم و یا با سلیقه شخصی‌مان جزییاتش را عوض کنیم.

ساکت می‌ماند سپس می‌گوید: چه طور می‌خواهید آن مخروبه را، آن سازه ویران و فراموش شده را به قلمرویی خیره کننده، به مرکزی نورانی در جهان تبدیل کنید؟ چگونه می‌توانید این ستاره خاموش شده را بدرخشانید تا در میان ستارگان دیگر شاخص باشد؟ به شما یادآوری می‌کنم که در این پروژه واهی و تخیلی تنها هستید، مرا با خود تا به میان این بازی موهوم نکشانید.

حس می‌کنم با بازگشتم از راهی که به اجبار در آن قرار گرفته‌ام، شکست را پذیرفته‌ام به جز آنکه از تخیلات و تفکراتم دفاع کنم راهی دیگر در برابرم نیست. با عصبانیت و مثل خودش با او صحبت می‌کنم، می‌گویم: بسیار خوب من با تمام وجودم سعی می‌کنم کار را تا یک سال دیگر تمام کنم حتی اگر لازم باشد شب‌ها هم تا صبح بیدار می‌مانم به شرط این که شما هم قول بدهید بیش از این مانع بر سر راهم قرار ندهید. ضمناً فراموش نکنید مرگ من و یا حتی شما در مقابل آنچه که باید برای آینده‌گانمان بر جای بگذاریم، هیچ اهمیتی ندارد.

اگر هر کدام از ما نباشیم، دیگران راه ما را ادامه خواهند داد، به همان‌گونه که ما می‌خواهیم راه گذشتگان‌مان را دنبال کنیم و میراثی گران‌بها را که آن‌ها برایمان گذاشته‌اند برای دیگران بگذاریم. این جنبش حیاتی تنها متعلق به من و یا شما نیست بلکه به مردمان گذشته و آینده نیز مربوط می‌شود. اما کار ما که در زمان حال به سر می‌بریم، دشوارتر از آن‌هایی‌ست که رفته‌اند و یا آن‌ها که هنوز نیامده‌اند.

دقایقی زود گذر ساکت می‌مانم تا به او فرصتی بدهم که حرف‌هایم را در ذهنش حلاجی کند و بگنجاند و نیز برای حرف آخرم آماده باشد.

با صدایی رسا و بُرا ادامه می‌دهم: همایش و نشست " زمینِ یگانه... جایگاه بشر" باید در نزدیکی آبشار برگزار شود. می‌خواهم آن آبشار را به مسیر اصلیش بازگردانیم. آبشار باید به مسیر اصلی خود بازگردد، باید به همان‌گونه باشد که بوده. و خیلی سریع...

شدت عصبانیتش را از همین فاصله دور نیز می‌توان حدس زد.

قاطعانه می‌گویم: چگونه می‌شود در کنار طبیعت از صلح گفت درحالی‌که جزیی مهم از آن را به اسارت گرفته‌ایم؟ چگونه از آزادیش خواهیم گفت وقتی قفلی از بی‌صدایی بر وجودش زده‌ایم؟ چگونه از زندگی بگوییم در جایی که با نام آزادی و تمدن، طبیعت را تا به مرز نابودی نزدیک می‌کنیم؟ چگونه انتظار خواهیم داشت که در ویرانه‌های طبیعت بازهم به زندگی‌مان ادامه دهیم درحالی‌که می‌دانیم بشر بردامنه طبیعت متولد شده و تداوم زندگی ما در زنده بودن طبیعت است؟ برای احیای طبیعت همه ساکنین "زمین" بله همه ساکنین "زمین" در کنار ما و با ما خواهند بود. همه آن‌ها در این همایش شرکت خواهند کرد، همه ساکنین " زمین ".

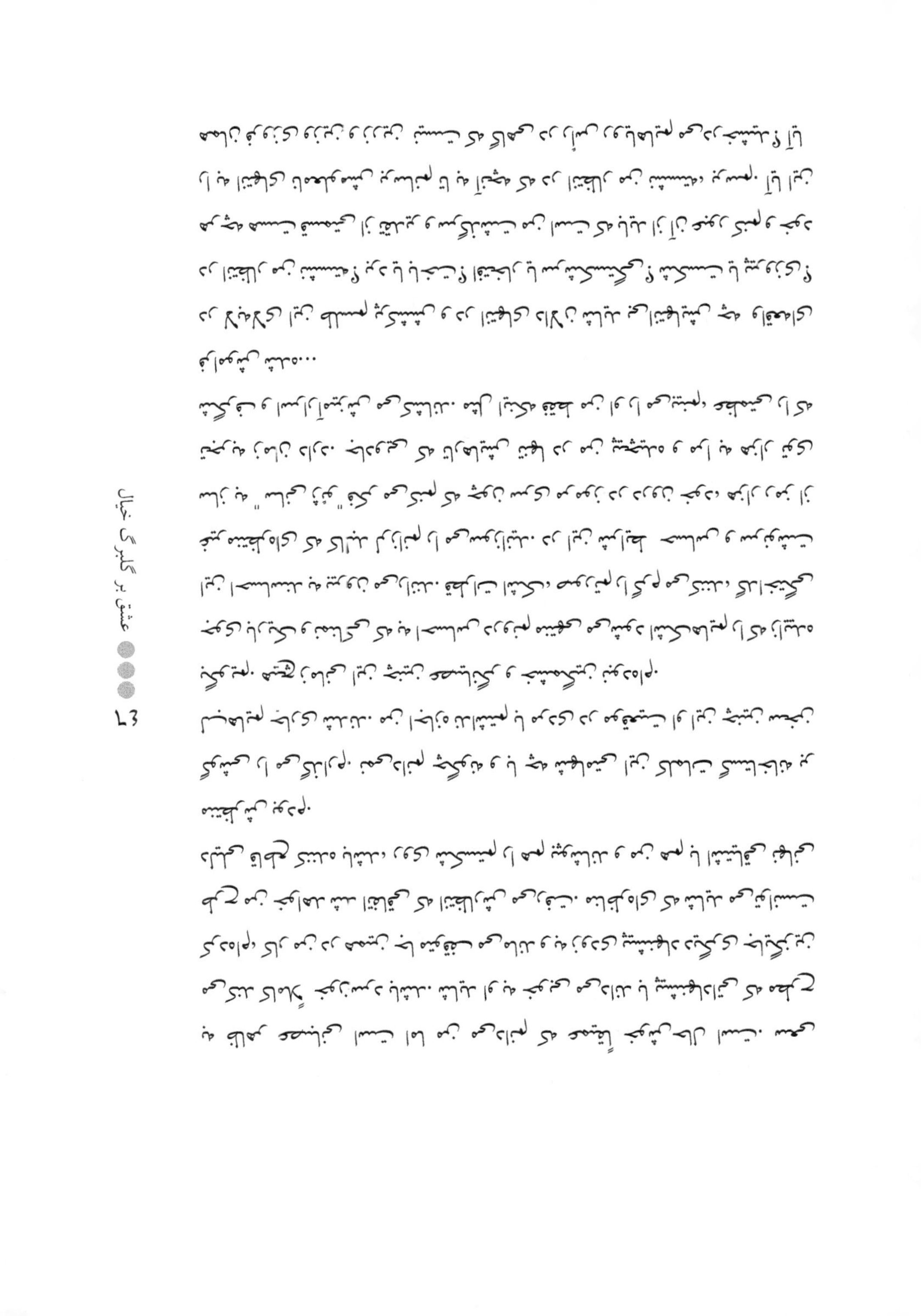

به ظاهر عصبانی است اما من می‌دانم که عمیقاً خوش‌حال است. سعی می‌کند کاملاً خون‌سرد باشد. شاید او به خوبی می‌داند با پیشنهاداتی که مطرح کرده‌ام، کار من در همین جا متوقف می‌ماند و به زودی پیشنهاد دیگری جایگزین طرح من خواهد شد اتفاقی که انتظارش می‌رفت. مناظره‌ای که شاید می‌توانست دلیلی قاطع کننده باشد، روی شکستم را هم بپوشاند و من هم با اشتیاقی نهانی منتظرش بودم.

گوشی را می‌گذارم. نمی‌دانم چگونه و با چه شهامتی این کلمات گستاخانه بر لب‌هایم جاری شدند. من اجازه نداشتم با مردی در موقعیت او این چنین سخن بگویم. هیچ زمانی این چنین عصیانگر و خشمگین نبوده‌ام.

جوی باریک و نمناکی که به احساس درونم منتهی می‌شود اشک‌هایم را که زاییده این احساسند به بیرون می‌رانند. قطرات اشک، صورتم را گرم می‌کنند، گداختگی غیرمنتظره‌ای که کالبد لرزانم را می‌سوزانید. در این شرایط حساس و سرنوشت ساز به " سانی ژئو" فکر می‌کنم که چون سری مرموز در درون خود، هزار رمز از تجربه زمان دارد. جادویی که تارهایش تنها در من پیچیده و مرا به هزار توی شگرف و اسرارآمیزش می‌کشاند. مثل اینکه فقط من او را می‌بینم، عظمتی را که فراموش شده...

در لابه‌لای این طلسم پرکشش و در انتهای دالان بی‌انتهایش شاید چه واقعه‌ای در انتظار من نشسته؟ برد یا باخت؟ افتخار یا سرشکستگی؟ شکست یا پیروزی؟ هرچه هست قسمتی از تقدیر و سرگذشت من است که باید از آن عبور کنم و خود را به انتهای نامعلومش برسانم تا به آنچه که در انتظار من نشسته، برسم. آیا این همان فروزی وزین و زرین نیست که گاهی در رأس رویاهایم می‌درخشید؟ آیا

این پرتو، این درخشش مبهم بر دیدگاه‌های واقعی، آذرخشی روشن از پیروزی خواهد زد؟ تنها گذر زمان روشنگر حوادث غیرقابل پیش بینی خواهد بود.
ساعت‌های دیر گذر شب در گیرو دار تفکرات ضد و نقیض می‌گذرند. باد صبا سپیده را با خود به میهمانی سحر آورده تا به آرامی انوار زرین روز را به جای تیرگی‌های راز آلود شب بنشاند.
از پنجره به بیرون نگاه می‌کنم. گاهی ستاره‌ای در دوردست، برقی نامحسوس می‌زند. "سانی ژئو" نیز چون ستاره‌ایست متزلزل که در آخرین لحظات بقایش، ملتمسانه سوسویی ضعیف می‌زند. از نو ساختنش مانند در خیال رام کردن اسبی سرکش است که قدرتی جادویی نیز داشته باشد. چشم بسته رو در روی کشاکشی پرجدل ایستاده‌ام، چالشی پرتنش و راهی ناهموار بر فراز پرتگاهی ژرف.
بی‌آنکه واقعاً بخواهم به نبردی قدم گذاشته‌ام که راهی به جز پیکار در برابرم نیست. به عقب هم نمی‌توان بازگشت. نباید باخت. نباید شکست و فرو ریخت، منطقی محکم و به دور از احساس باید داشت و جوانه‌ای از یک جرأت متفاوت، پس باید سخت بود. ادامه راهی که به آن کشیده شده بودم، ژرفا پیدا کرده بود. معنایی تازه در بطن خود داشت که به درستی نمی‌فهمیدمش. خیلی چیزهاست که آن‌ها را تنها باید حس کرد زیرا با هیچ کلمه‌ای به وصف نمی‌آیند. آنچه که اتفاق افتاده بود، حقیقت داشت و من باید آن را به همان‌گونه که بود می‌پذیرفتم.
من کاری را پذیرفته بودم که فکر می‌کردم باید انجام دهم اما حالا دیگر در همان ابتدای کار باید همه تصوراتم را به دست فراموشی بسپارم. نمی‌دانم شاید واقعاً اجرای این طرح عملاً غیرممکن باشد شاید حق با آقای جرالد باشد و

شاید بهتر است از آن آمفی‌تئاتر تازه ساخته شده به جای این معبد دورافتاده استفاده شود.

" سانی ژئو" در نمایی دور و بر گلبرگ نازک و شکننده خیال، گاهی تصویری مرتعش دارد. تصوری در رویا که شاید می‌توانست ترسیمی از واقعیت‌ها باشد. سایه‌ای محو در مِه که شاید آفتابی تابان و توانمند، می‌توانست آن را از ابهام بیرون بیاورد و واقعی سازد.

قلبم با دردهای بیگانه آشناست، تپش‌هایش نیز این دیرینگی را از دیرباز می‌شناسد.

انوار سپیده دم به داخل خانه رخنه کرده. به اتاق خوابم باز می‌گردم تا وسایلم را جمع کنم.

تلفن زنگ می‌زند. کسل و خسته از بی‌خوابی شب گذشته و آنچه اتفاق افتاد سست و بی‌رمق، بی‌تفاوت و بی‌شتاب به طرف تلفن می‌روم. آقای جرالد است. خیلی سرد و خشک می‌گوید: من یک عذرخواهی به شما بدهکارم.

و مثل کسی که در جدالی ناخواسته و تحمیلی شکست خورده باشد ادامه می‌دهد: نظر شما را پذیرفته‌اند... برای بازسازی آبشار.کی می‌توانیم...

بدون هیچ تأملی گفته‌اش را قطع می‌کنم، قاطعانه می‌گویم: فردا، فردا... کار بازسازی آبشار را شروع می‌کنیم. فضای "سانی ژئو" باید به همان‌گونه باشد که قرن‌ها بوده، رها و به دور از محدودیت‌ها، نباید بی‌دلیل وقت را از دست داد.

قبل از اینکه بتواند بهانه‌ای دیگر بیاورد و یا اعتراض کند گوشی را می‌گذارم.

مسیری که به اجبار بر آن قدم گذاشته‌ام، به انشعابی تازه و شفاف راه یافته که درگذشته‌های دور و بر افق خیال گاهی تلألؤیی پایدار و گاهی ناپایدار داشت.

متعجبانه از خود می‌پرسم: افسونی خوشایند آرمان‌های مرا مقتدر می‌سازند؟

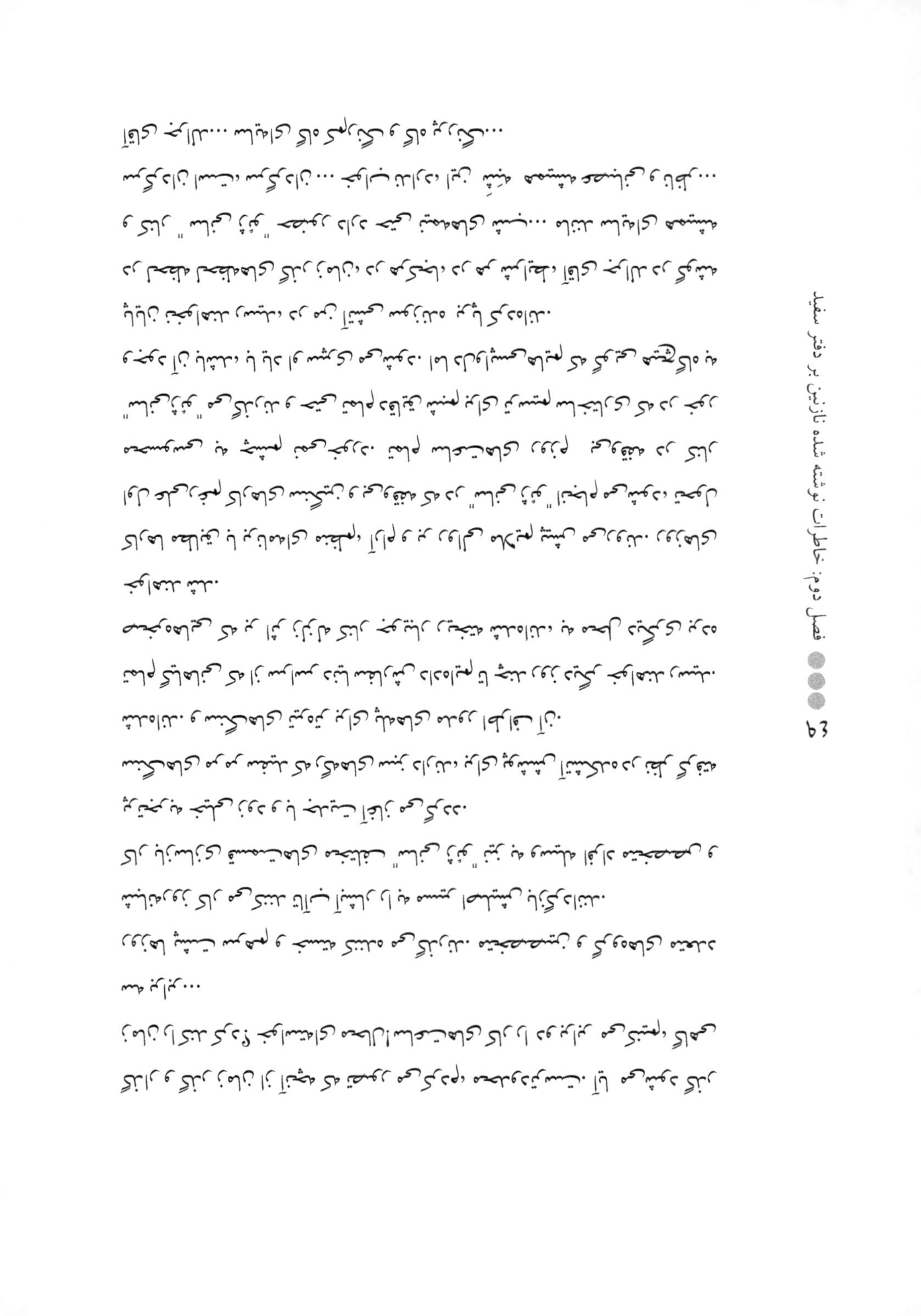

گذار و گذر زمان از آنچه که تصور می‌کردم، محدودترست. آیا می‌شود گذر زمان را کند کرد؟ خواسته‌ای محال! ساعت‌های کار را دو برابر می‌کنیم، گاهی سه برابر...

روزها پشت سرهم و خسته کننده می‌گذرند. متخصصین و گروه‌های متعدد شبانه‌روز کار می‌کنند تاآب آبشار را به مسیر اصلیش بازگردانند.

کار بازسازی قسمت‌های مختلف "سانی ژئو" نیز به وسیله افراد متخصص و پرتجربه خیلی زود و با جدیت آغاز می‌گردد.

سنگ‌های مرمر سفید که رگه‌های سبز دارند، برای پوشش آتشکده در نظر گرفته شده‌اند. و سنگ‌های تیره‌تر برای پله‌های مدور اطراف آن.

تمام گیاهانی که از سراسر دنیا سفارش داده‌ایم تا چند روز دیگر خواهند رسید. صخره‌هایی که بر اثر زلزله کنار جوبیار ریخته شده‌اند، به محل دیگری برده خواهند شد.

کارها مطابق با برنامه‌ای منظم، آرام و بر روالی ملایم پیش می‌روند. روزهای اول علی‌رغم کارهای سنگین و بی‌وقفه که در "سانی ژئو" انجام می‌شود، تحول محسوسی به چشم نمی‌خورد. تمام ساعت‌های روزم بی‌وقفه در کنار "سانی‌ژئو" می‌گذرند و حتی تمام دقایق شبم برای ترسیم ساختاری که در خور وجود آن باشد، با یاد او سپری می‌شود. اما دل‌واپسی‌هایم که گویی هیچ‌گاه به پایان نخواهند رسید، در من آتشی سوزنده برپا کرده‌اند.

در لحظه لحظه‌های گذر زمان، در هرکجا، در هر شرایط، آقای جرالد در گوشه و کنار " سانی ژئو" حضور دارد حتی نیمه‌های شب... مانند سایه‌ای همیشه سرگردان است، سرگردان ... خواب ندارد، این شَبَه همیشه عصبانی و ناظر... آقای جرالد... سایه‌ای گاه کم‌رنگ و گاه پررنگ...

در کشاکش مشکلاتی که لاینحل به نظر می‌رسند، نامه‌ای را که بر روی میز کارم گذاشته‌اند، مضطربم می‌سازد. دیدن خط مهتاب بر شدت نگرانی‌هایم می‌افزاید. شتاب‌زده نامه‌اش را می‌خوانم:

نازنینم، مادرم...

نمی‌دانم از این که خداوند بزرگ دعاهایم را پذیرفته خوش‌حال باشم یا غمگین، شاید تعجب کنید اما از این‌که شما را در جایگاهی باشکوه و ارزنده می‌بینم که بی‌شک تنها در خور شما بزرگوار است، به خود می‌بالم. از این که شما و ایده‌هایتان در رأس خبرها قرار گرفته‌اید، از این‌که به هر کجا که می‌روم فقط صحبت شماست، از این که مردم با غرور از موفقیت‌های شما می‌گویند و از این که طرح‌تان، طرح بی‌نظیرتان در میان آن همه طرح اول شده، شما را می‌ستایم ولی دور بودن از شما برایم آسان نیست اما طبق قرارمان و برای این‌که بتوانم تا دو ماه دیگر برای ادامه تحصیلاتم نزد شما باشم، تمام تلاشم را می‌کنم تا زمان قرارمان یعنی دوماه دیگر امتحانات این ترم هم به پایان خواهند رسید تقریباً همان روزهایی که قرار است برای چند روز به ایران بیایید.

مهربانم، همان‌گونه که می‌دانید طی سال‌هایی که گذشته‌اند در هر موقعیتی هرآنچه که در اطرافم اتفاق افتاده است بی‌هیچ کم‌وکاستی، برایتان بازگو کرده‌ام. مطلبی پیش آمده که ترجیح دادم به وسیله نامه شما را از جزییاتش مطلع سازم. چندی پیش حادثه‌ای جالب برایم اتفاق افتاد. به کتابخانه مرکزی دانشگاه رفته بودم تا چند کتاب به امانت بگیرم. به متصدی کتابخانه برخوردم که مردی جوان و موقر بود، تحصیل‌کرده به نظر می‌آمد. کتاب‌هایی را که از وجودشان خبر نداشتم و بسیار ارزنده بودند، به من معرفی کرد و طبق قولی که داده بود چند کتاب هم برایم فرستاد که بسیار جالب بودند.

بعد از مطالعه آن‌ها و نت برداشتن از بخش‌هایی که می‌خواستم، آن‌ها را به کتابخانه بردم تا تحویل بدهم. خانمی که مسئول آن قسمت بود کتاب‌های مربوط به دانشگاه را تحویل گرفت و گفت که بقیه کتاب‌ها متعلق به دانشگاه نیستند. با تعجب نشانی مرد جوان را به او دادم. متصدی کتابخانه او را نمی‌شناخت.

بر روی اولین صفحه هر کتاب نام دکتر سام امضا شده بود. از این‌که بی‌محابا با شخصیتی فرهیخته مناظره کرده بودم و گاهی هم به شدت مخالفت، عمیقاً خجالت زده بودم. نباید در هیچ شرایطی با او جروبحث می‌کردم... نه، نباید با تکیه به باورهایم، با ایده‌ها و نظرهای شخصی‌ام در مورد رویدادهای علمی با او مصرانه تبادل نظر می‌کردم، با کسی که از نظر تحصیلی از من بالاتر و برترست و با موقعیتی که دارد بی‌تردید در دانشگاه هم تدریس می‌کند.

درباره دکتر سام که قبلاً نامش را نشنیده بودم، سوال کردم. رشته‌اش مغز و اعصاب است و در دانشگاه تدریس می‌کند، ضمناً شنیدم که او به مسافرت رفته است. آرزو می‌کردم که دکتر سام از بی‌توجهی من نرنجیده باشد.

در سلف سرویس دانشگاه به سختی میز کوچکی پیدا کردم. خوراکی‌هایم را بر روی میز گذاشتم. صدایی به ظاهر ناآشنا که در فراسوی بُعدهای همیشه جستجوگر ذهنم آشنا به نظر می‌رسید، گفت: امیدوارم از کتاب‌ها خوشتان آمده باشد.

خودش بود، راستش را بخواهید خودم را باخته بودم و او با بزرگ منشی‌اش به روی خودش نیاورد. گفتم: بله، بله متشکرم.

نگاهی به اطرافش کرد، ظاهراً میز خالی پیدا نکرده بود. گفتم: به من گفتند که شما به مسافرت رفته‌اید. کتاب‌هایتان را...

منتظر تعارف من نشد، در حالی‌که نهارش را روی میز من می‌چید، گفت: مهمانی امروز شما را به حساب کتاب‌ها می‌گذارم. خُب، بگویید ببینم از آن‌ها خوشتان آمد یا هنوز معتقدید که آن‌ها زیاد هم با علم روز پیش نرفته‌اند؟

جمله‌اش باتردید بوی اعتراضی ظریف و طنزآمیز می‌داد. من که همیشه آماده بحث در مورد مطالب تازه و علمی روز هستم با خوش‌حالی برایش توضیح دادم که چقدر موضوع آن‌ها برایم جالب بوده است.

بحث ما در مورد ژنتیک و تربیت و تأثیر این دو عامل به درازا کشید. مردی به طرف ما آمد و گفت، ببخشید، باید رستوران را تمیز کنیم. تازه متوجه شدیم که همه سر و صدای داخل رستوران مربوط به ما و بحث ما بوده. ساعت چهار بعد از ظهر بود. فقط من و او در رستوران نشسته بودیم، ناهارمان را هم نخورده بودیم. دکتر سام به من پیشنهاد کردند که مرا به خانه برسانند و در ضمن در راه خانه برای نهار چند ساندویچ، بخریم. با خودم فکر کردم این بهترین موقع برای پس دادن کتاب‌ها به ایشان است.

ظاهراً بازهم دقایق زیادی گذشته بودند و ما بازهم بحث‌های‌مان به پایان نرسیده بود. ناگهان چشمم به ساعت افتاد. ده دقیقه به یازده بود. دوباره ساعت‌ها صحبت‌مان ادامه پیدا کرده بود در ماشین او و کنار در ورودی خانه ما...

مادر عزیزم مرا ببخشید بی‌آنکه متوجه زمان باشم برای اولین بار تا آن موقع شب بیرون از خانه مانده بودم. باز هم از شما عذر می‌خواهم. قول می‌دهم که دیگر هیچ‌وقت تکرار نشود.

چند بار بعد از تعطیل شدن کلاس ها به دنبالم آمد. گاهی در پارک دانشگاه می‌نشستیم و به گفتگوی‌مان در زمینه‌های مختلف، ادامه می‌دادیم.

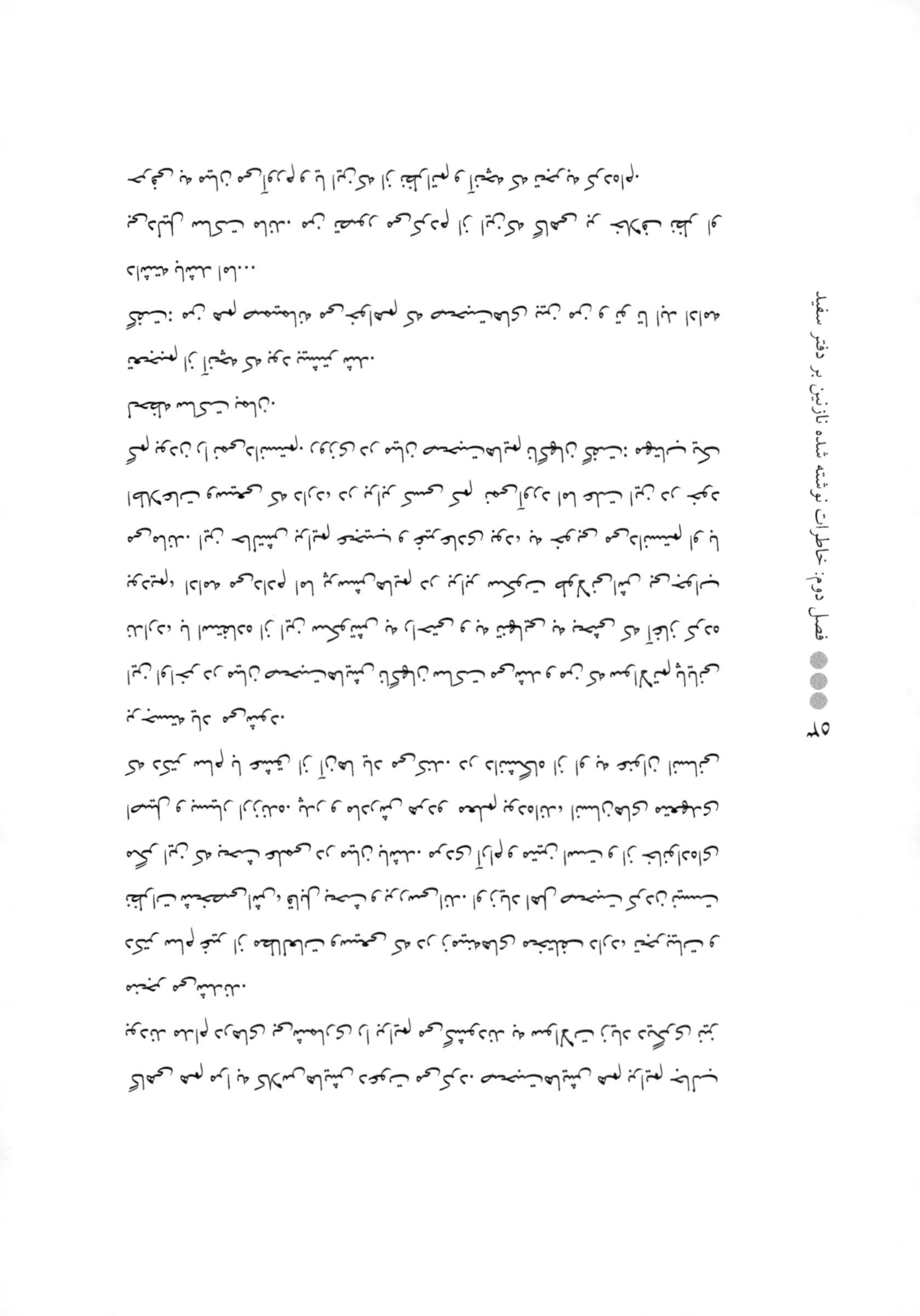

گاهی هم مرا به کلاس‌هایش دعوت می‌کرد. صحبت‌هایش هم برایم جالب بودند مدام درهای بی‌شماری را برایم می‌گشودند به سوالات زیاد دیگری نیز منجر می‌شدند.

دکتر سام غیر از مطالعات وسیعی که در زمینه‌های مختلف دارد، تجربیات و نظرات شخصی‌اش، قابل بحث و بررسی‌اند. او زیاد اهل صحبت کردن نیست مگر این که بحث علمی در میان باشد. مردی آرام و متین است و از خانواده‌ای اصیل و بسیار ارزنده. پدر و مادرش هردو معلم بوده‌اند، انسان‌های متعهدی که دکتر سام با عشق از آن‌ها یاد می‌کند. در دانشگاه از او به عنوان انسانی برجسته یاد می‌شود.

این اواخر در میان صحبت‌هایش ناگهان ساکت می‌شد و من که سوالاتم پایانی ندارد، با استفاده از این سکوتش به راحتی و به تنهایی به بحثی که آغاز کرده بودیم، ادامه می‌دادم اما پرسش‌هایم در برابر سکوت طولانی‌اش بی‌جواب می‌ماند. این حالتش برایم عجیب و غیرعادی بود، به خوبی می‌دانستم او با اطلاعات وسیعی که دارد، در برابر کسی کم نمی‌آورد اما علت این در خود گم بودن را نمی‌دانستم. روزی در میان صحبت‌هایم ناگهان گفت: مهتاب یک لحظه ساکت بمان.

تعجبم از آنچه که بود بیشتر شد.

گفت: من هم صمیمانه می‌خواهم که صحبت‌های بین من و تو تا ابد ادامه داشته باشد اما...

بی‌دلیل ساکت ماند. من تصور می‌کردم از این‌که گاهی بر خلاف نظر او حرفی به میان می‌آورم و یا این‌که از نظراتم و آنچه که تجربه کرده‌ام.

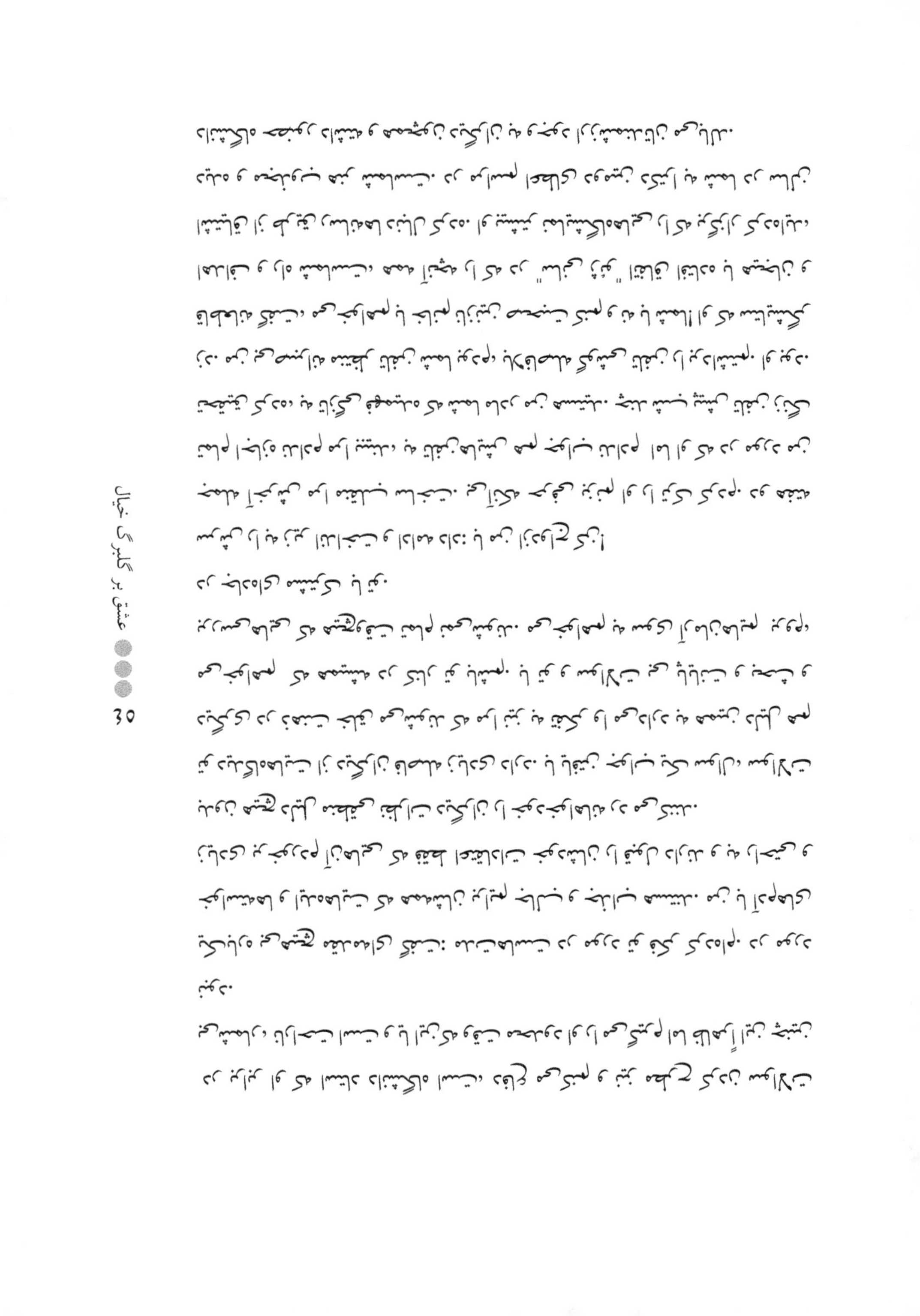

در برابر او که استاد دانشگاه است، دفاع می‌کنم و نیز مطرح کردن سوالات بی‌شمار، ناراحت است و یا این‌که وقت محدود او را می‌گیرم اما ظاهراً این چنین نبود.

یک‌باره بی‌هیچ مقدمه‌ای گفت: مدت‌هاست در مورد تو فکر کرده‌ام. در مورد خواسته‌ها و ایده‌هایت که همه‌شان برایم جالب و جذاب هستند. من با آدم‌های زیادی برخوردم آن‌هایی که فقط اعتقادات خودشان را قبول دارند و به راحتی و بدون هیچ دلیل منطقی نظرات دیگران را خودخواهانه رد می‌کنند.

تو دیدگاه‌هایت از دیگران فاصله زیادی دارد. با یافتن جواب یک سوال، سوالات دیگری در ذهنت خلق می‌شوند که مرا نیز به تفکر وا می‌دارد به همین دلیل هم می‌خواهم که همیشه در کنار تو باشم. با تو و سوالات بی پایانت و بحث و بررسی‌هایی که هیچ‌وقت تمام نمی‌شوند. می‌خواهم به سوی آرمان‌هایم بروم، در جاده‌ای مشترک با تو.

سرش را به زیر انداخت و ادامه داد: با من ازدواج کن!

جمله آخرش مرا منقلب ساخت. بی‌آنکه حرفی بزنم او را ترک کردم. دو هفته تمام اجازه ندادم مرا ببیند، به تلفن‌هایش هم جواب ندادم اما او که در مورد من تحقیق کرده، به تازگی فهمیده که شما مادر من هستید. چند شب پیش تلفن زنگ زد. من بی‌صبرانه منتظر تلفن شما بودم، بلافاصله گوشی تلفن را برداشتم. او بود. قاطعانه گفت، می‌خواهم با خانم نازنین صحبت کنم و نه با شما! او که ستایشگر اهداف و راه شماست، همه آنچه را که در "سانی ژئو" اتفاق افتاده با هیجان و اشتیاق از طریق رسانه‌ها دنبال کرده. او بیشتر نمایشگاه‌هایی را که برگزار کرده‌اید، دیده و مجذوب هنر شماست. در مراسم اعطای دومین دکترا به شما در سالن دانشگاه حضور داشته و همچون دیگران به وجود ارزشمندتان می‌بالد.

در ضمن چند نامه هم برایتان فرستاده. من فکر می‌کنم چقدر او خوش‌حال است که با من آشنا شده و شما را یافته! البته می‌دانید که این فقط یک شوخی‌ست اما آنچه که جدی‌ست و من به آن اصرار دارم، بودن در کنار شماست آن هم برای همیشه. به خوبی می‌دانید که تنها شما در قلبم جای دارید که عزیزترین هستید، نازنین... دنیای با شکوه مهتاب. چقدر خوش‌حالم که فقط شما در فکر من مأوا دارید و نه هیچ‌کس دیگر! شما کهکشانی متفاوت و دوردست هستید که مرا از تنگنایی کدر به میان ستاره‌گان بی‌شمار خود بردید تا مهتاب گونه بدرخشم.

روشنگر راه خود و دیگران باشم و من فقط مهتاب شما هستم و به گوشه‌ای از این کهکشان بی انتها تعلق دارم و دل‌خوش به این‌که در کنار نازنین که منشأیی همیشه فروزان است، درخششی کم سو داشته باشم.

بی صبرانه منتظر آمدنتان هستم تا برای همیشه با شما باشم .

دخترتان مهتاب...

در حاشیه ناملایمات جان‌کاه که مرا در محاط خود قرار داده، این همه دگرگونی اتفاق افتاده بی‌آنکه من به پیدایش و تکامل‌شان پی ببرم.

با خود می‌اندیشم: جملاتش بوی جوانی می‌دهند، بوی آرزوهای مشترک یک زن و یک مرد...

همه رویدادها چقدر سریع و غیرمترقبه اتفاق افتاده‌اند در کنارشان بزرگ شدن مهتاب، که به نظر می‌رسد با سرعتی بیشتر از دیگر حوادث به پیش رفته. او در میان تاروپود به‌هم گره خورده مشکلات من، رشد کرده بی‌آنکه من متوجه این تکامل و سیر طبیعی او بشوم.

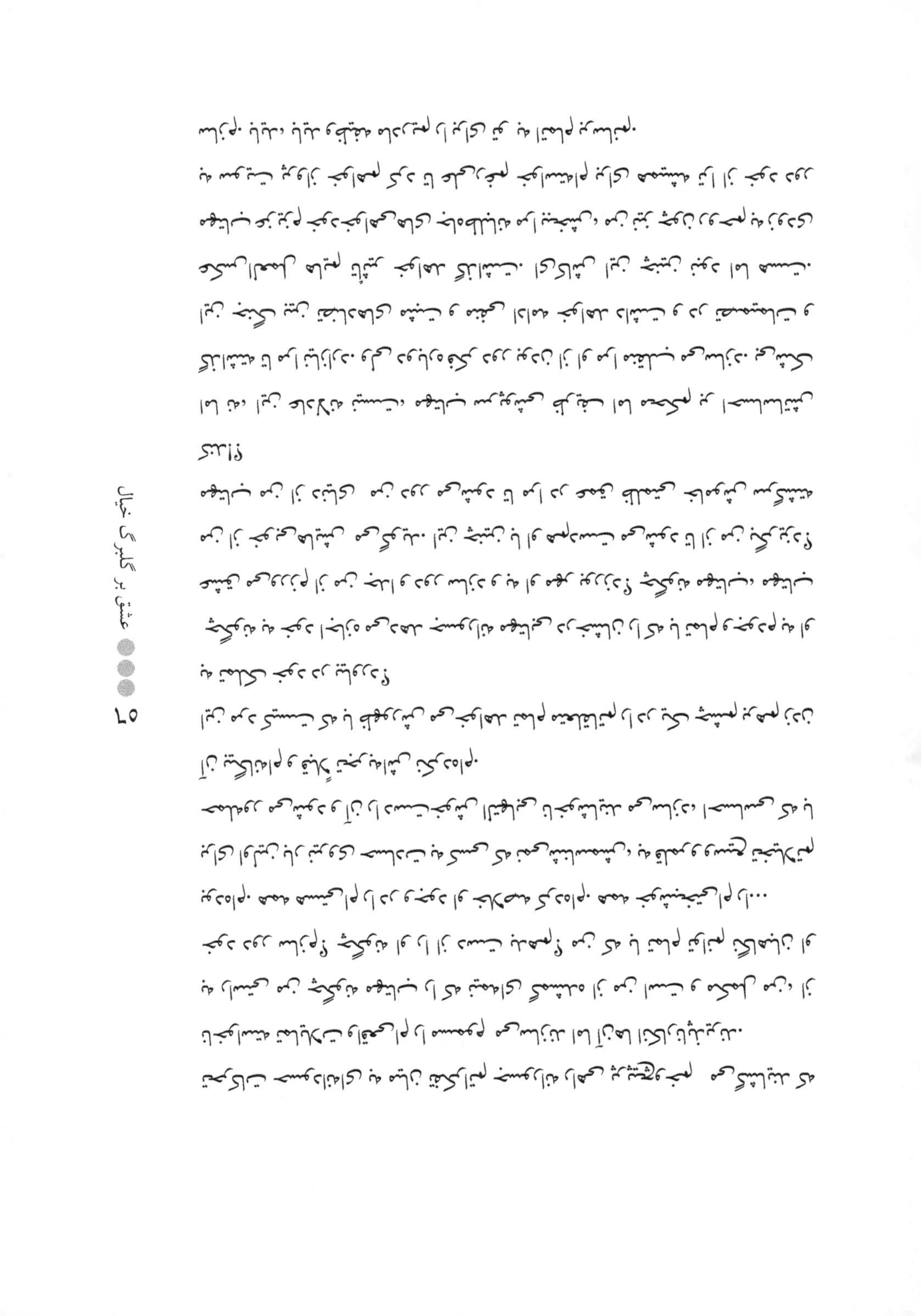

تحرکات حسودانه‌ای به میان تفکراتم جسورانه راهی پرپیچ‌وخم می‌گشایند که ناخواسته تمایلات واقعی‌ام را مسموم می‌سازند اما آن‌ها انکارناپذیرند.

به راستی من چگونه مهتاب را که نیمه‌ای گمشده از من است و مکمل من، از خود دور سازم؟ چگونه او را از دست بدهم؟ من که با تمام توانم نگاهبان او بوده‌ام. همه هستی‌ام را در وجود او خلاصه کرده‌ام. همه خوشبختی‌ام را... برای اولین بار نیروی حسادت به کسی که نمی‌شناسمش، به قلمرو وسیع تخیلاتم حمله‌ور می‌شود و آن را دست‌خوش التهابی ناخوشایند می‌سازد، احساسی که با آن بیگانه‌ام و قبلاً تجربه‌اش نکرده‌ام.

این مرد کیست که با ظهورش می‌خواهد تمام متعلقاتم را در یک چشم برهم زدن به تملک خود در بیاورد؟

چگونه به خود اجازه می‌دهد جسورانه مهتابی درخشان را که با تمام وجودم به او عشق می‌ورزم از من جدا و دور سازد و به او مهر بورزد؟ چگونه مهتاب، مهتاب من از خوبی‌هایش می‌گوید. این چنین با او هم‌دست می‌شود تا از من بگریزد؟ مهتاب من از دنیای من دور می‌شود تا مرا در عمق ظلمتی خاموش سرگشته کند!؟

اما نه، این عادلانه نیست، مهتاب سرپوشی ظریف اما محکم بر احساساتش گذاشته تا مرا نیازارد. ولی دوباره فکر دور بودن از او مرا منقلب می‌سازد. بی‌شک این جنگ بین تضادهای مثبت و منفی ادامه خواهد داشت و در تصمیمات و عکس‌العمل هایم تأثیر خواهد گذاشت. ای‌کاش این چنین نبود اما هست. مهتاب عزیزم خودخواهی‌های جاه‌طلبانه مرا ببخش، من نیز چون روحم به زودی به سویت پرواز خواهم کرد تا علی‌رغم خواسته‌ام برای همیشه ترا از خود دور سازم. باید، باید وظیفه مادریم را برای تو به اتمام برسانم.

اما با جرالد چه کنم و ستیزی که به تازگی با او شروع کرده‌ام و در کشاکش این نبرد هم اکنون بر مسندی توانمند قرارگرفته‌ام. شاید مجبور باشم برای حفظ موقعیت خود با او مبارزه‌ای دیگر را آغاز کنم. پری و شوهرش را که به همراه مهندسین دیگر چند روزی‌ست در "سانی ژئو" مستقر شده‌اند، در جریان اتفافات تازه و تصمیمی که گرفته‌ام، می‌گذارم. آن‌ها در نبودن من همه مسئولیت‌ها را به عهده خواهند گرفت.

ساعت دیواری دوباره شروع به نواختن می‌کند و با هر ضربه‌اش لحظه‌ها را با شتاب به جلو می‌برد.

به بهترین فروشگاه شهر می‌روم. برای مهتاب. هرچه را که لازم است تهیه می‌کنم و با بی‌میلی دستکش و شال... برای مردی که نمی‌شناختمش. چرا!؟ مگر او را خواهم دید؟ حسی ناشناخته می‌گوید... او را خواهم دید! دکتر سام را! چند ماه است که او را ندیده‌ام برای دیدنش بی‌تاب شده‌ام. از دور به دنبالش می‌گردم. خیلی زیبا شده. از این فاصله هم نمی‌توانم از او چشم برگیرم. برخورد مشتاقانه‌اش به شدت تکانم می‌دهد، مرا سخت در آغوشش گرفته رهایم نمی‌سازد. نمی‌خواهم دمی او را از خود جدا سازم. چون همیشه در این شرایط بی‌آنکه حرفی بزنیم اشک‌های‌مان در هم می‌غلتند و از مسیر مشترکی جاری می‌شوند. مردی جوان جلو می‌آید و با صمیمیتی آشکار سلام می‌گوید. مهتاب با دل‌واپسی نامحسوسی می‌گوید: مادرم، نازنینم، ایشان دکتر سام هستند.

دلم فرو می‌ریزد... اصلاً منتظرش نبودم! نه، نباید می‌آمد...نمی‌خواستم در این خلوت خالص و صمیمانه او حضور داشته باشد.

بسیار متشخص و شیک‌پوش است. ظاهری متین و مهربان دارد. عینک طبی‌اش خیلی به او می‌آید. موقرانه و بی‌صدا، چمدان‌هایم را بر روی چرخ دستی می‌گذارد، به آرامی چرخ دستی را به پیش می‌برد. صمیمانه و با صداقتی ناب گفته‌هایش را آغاز می‌کند. لحنش ملایم است و مطمئن. مثل این‌که سال‌هاست که او را می شناسم. بی‌دلیل از او خوشم می‌آید اما نباید، حداقل به این زودی. باید فاصله‌ام را با او حفظ کنم. حسادتی موذی می‌کوشد در بین من و او فاصله‌ای عمیق ایجاد کند.

گاهی مخفیانه نگاهم می‌کند. او با استفاده از روش‌های پزشکی، افکار مرا مورد بررسی و تجسس قرار می‌دهد و من نیز با تجربه‌هایم رفتار او را حلاجی می‌کنم. مثل اینکه در این حالت افکارمان به راحتی با یکدیگر مبادله می‌شوند و در نهایت بی‌صدا یکدیگر را مورد تأیید قرار می‌دهند.

مهتاب بر روی صندلی پشت نشسته، یک‌باره سکوتی کسل‌کننده را می‌شکند، از امتحاناتش، از این که در ماه‌های گذشته واحدهای بیشتری گرفته، حرف می‌زند. می‌کوشد با شور و هیجانی ساختگی سرپوشی بر روی احساسات به هم ریخته‌اش بگذارد و گاهی محتاطانه دکتر سام را می‌نگرد که به آرامی رانندگی می‌کرد.

حدسم کاملاً درست بود. علاقه آن‌ها مشترک و دوجانبه اما از یک سو پنهان بود. خانه‌ای که مهتاب به سفارش من خریده است، همان شکلی را دارد که می‌خواستم یا به عبارتی دیگر آنچه که مهتاب می‌خواهد خواسته من نیز هست. بر خلاف انتظارم، دکتر سام با ما به درون خانه می‌آید. مهتاب، من و او را به طرف اتاق پذیرایی در طبقه پایین راهنمایی می‌کند، بعد از ما به داخل اتاق می‌آید.

دکتر سام که تا آن موقع حرفی نزده بود بدون هیچ مقدمه‌ای می‌گوید: می‌دانم که خیلی خسته‌اید، وقت‌تان را زیاد نمی‌گیرم.

با بی‌حوصلگی خودم را برای شنیدن حرف‌هایش آماده می‌کنم.

می‌گوید: من برای ازدواج با دختر شما شرط زیادی نگذاشته‌ام و یا شاید گذاشته‌ام و نمی‌دانم.

باز هم حسادتی توانمند مرا می‌آزارد، تحت تأثیر قرار می‌دهد. با خود فکر می‌کنم این دکتر سام عجب آدمی‌یست. چقدر به خودش اطمینان دارد. من هنوز در مورد این ازدواج فکر هم نکرده‌ام .

او خیلی صریح رفته بر سر اصل مطلب آن هم چه مطلبی! نمی‌دانم او شدت عصبانیت مرا حس می‌کند یا نه اما وانمود می‌کنم که عصبانی نیستم تا بتوانم از لابه‌لای صحبت‌هایش او را بیشتر بشناسم تا شاید در او ایرادی بیابم.

قاطعانه و خیلی خون‌سرد ادامه می‌دهد: تنها تقاضایم از شما این است که من و همسرم مهتاب همیشه در کنار شما باشیم.

از جیبش پاکتی بیرون می‌آورد، آن را به من می‌دهد، می‌گوید: این هم برای تمام شرایط شما.

از جایش برمی‌خیزد، موقرانه ادامه می‌دهد: امروز عصر به دیدنتان می‌آیم تا شما را به بیمارستان ببرم.

مبهوتانه نگاهش می‌کنم، می‌گوید: از صحبت‌های مهتاب متوجه شدم که در قلب‌تان درد احساس می‌کنید. مطمئنم که بهترین دکترها را در اختیار دارید اما من به خودم بیشتر از دیگران اطمینان دارم.

در موقع خداحافظی با حالتی صمیمانه دست مرا می‌بوسد، با آرامشی محسوس می‌گوید: همیشه ستایشگر شما و اهداف والایتان بوده‌ام... از وقتی که شما را شناخته‌ام.

نیم نگاهی خجولانه به مهتاب می‌کند. مستخدم او را بدرقه می‌کند.

بعد از رفتن او، مهتاب دوباره مرا به سختی در آغوش می‌گیرد. در حالی‌که به اتاق پذیرایی باز می‌گردیم مثل همیشه صادقانه می‌گوید: همان‌طور که تأکید کرده بودید از آمدنتان با هیچ‌کس، حرفی نزدم. در فرودگاه او منتظر من بود تا با هم به استقبال شما بیاییم. از تعجب برسرجایم میخکوب شده بودم. و من نمی‌دانم چه کسی او را درجریان مسافرت شما گذاشته است اما همان‌طور که برایتان نوشته‌ام مدت هاست که او را ندیده‌ام و...

با آرامی به او می‌گویم: عزیزم، مهم نیست به تو و گفته‌هایت اطمینان دارم.

شادمان و خندان می‌گوید: بهتراست شما رو به اتاق خوابتان ببرم تا استراحت کنید. خود شما متوجه شدید که او برای خواسته‌اش اصرار می‌کند. شک ندارم عصر به دیدارتان می‌آید و شما را به بیمارستان می برد. او با منطق مخصوص به خودش اطرافیانش را، همراهانش را قانع می‌کند و راه گریزی هم باقی نمی‌گذارد. مهتاب در حالی‌که سبد گلی را که دکتر سام آورده بود، با خود حمل می‌کند، مرا به طبقه بالا می‌برد. با دل‌واپسی می‌پرسد: راستی منتظرم تا نظرتان را در مورد خانه بگویید، چه طوراست؟

می‌گویم: بله، عزیزم عالیه، خیلی عالی، شاید اگر خودم اینجا بودم بهتر از این انتخاب نمی‌کردم.

سبد گل را در گوشه اتاق می‌گذارد. در کنار تختم می‌نشیند. فقط نگاهم می‌کند. او که به خوبی مرا درک می‌کند خستگی ماه‌های گذشته را در چهره‌ام می‌بیند.

یک‌باره خودش را در آغوشم رها می‌کند، زمانی طولانی در همان حال باقی می‌ماند و سپس در حالی‌که از اتاقم خارج می‌شود با همان شیرینی و لطافت مخصوص به خودش می‌گوید: خوب استراحت کنید. می‌خواهم ساعت‌ها روبروی‌تان بنشینم. ساکت بمانم تا شما فقط از خودتان بگویید... از "سانی‌ژئو" بگویید... از تخیلات همیشه زیبای‌تان... و این‌که" سانی ژئو" را به چه شکل درآورده‌اید بی‌آنکه وسیله مزاحمی به نام تلفن بین من و شما باشد.
می‌خندم، می‌گویم: واقعاً... تو... مهتاب؟ ساعت‌ها ساکت باشی بی‌آنکه سوالی بپرسی!؟
مسرور و شادمان می‌گوید: سعی می‌کنم اما زیاد مطمئن نیستم.
مرا با افکاری نابسامان و آشفته تنها می‌گذارد. از بدو ورودم به اتاق چند پاکت محتوی نامه نظرم را جلب کرده. آن‌ها متعلق به دکتر سام هستند که برای من نوشته شده. مرد عجیبی‌ست دکتر سام! گفتار متین و شمرده‌اش به دل می‌نشیند. صحبت‌هایش صادقانه‌اند و بی‌ریا. پاکت‌ها را که با وسواس زیاد بسته شده‌اند، باز می‌کنم. انتخاب نوع کاغذ و شیوه نگارشش نشانگر شخصیت متمایز اوست. فکر می‌کنم مهتاب او را به خوبی شناخته، انتخاب و همچنین قضاوتش در مورد او، درست بوده است.
همه حرکت‌هایش را به دقت زیر نظر داشتم. در کارش بسیار جدی و کاملاً متبحر بود و بی‌شک موفق. در نهان هرچه که می‌گذرد او را بیشتر و بیشتر به خود نزدیک می‌بینم.
سوابق پزشکی‌ام را که با دقت در پاکت گذاشته بود، برروی صندلی پشت ماشین گذاشت. در ماشین را باز کرد منتظر ماند تا من بر روی صندلی بنشینم. در را بست، پشت رل نشست.

قبل از این‌که ماشین را روشن کند پاکت او را که محتوی یک چک سفید امضا به وسیله خود اوست، به او باز گردانیدم. با تعجب به پاکت نگاه کرد. لحظات در سکوت می‌گذشتند.

با متانت گفت: می‌خواهم این پاکت نزد شما بماند.

با خون‌سردی و با قاطعیت گفتم: هیچ نیازی نیست. تمام گفته‌های شما تعهد سنگین‌تان به دخترم مهتاب است. من فقط یک هفته می‌توانم اینجا باشم، بگویید برای شما و مهتاب چه می‌توانم بکنم؟

به شدت هیجان‌زده شد، برای مدتی کوتاه سرش را در بین دستانش که بر روی فرمان بودند، تکیه داد.

یک‌باره برگشت مرا نگریست، نگاهش سرشار از سپاسی خاموش بود .

ترجیح دادم مراسم عروسی در باغچه مصفای خانه صورت بگیرد. پدر و مادر سام بهترین‌ها را برای عروسشان تهیه کرده‌اند. تمام آنچه را که لازم است برای این مراسم تهیه شوند به وسیله پری که شب قبل از راه رسیده، سفارش داده شده‌اند. دخترانش مهرناز و مهرنوش نیز امشب از راه خواهند رسید و لباس مهتاب را با خودشان خواهند آورد. آن‌ها که مراحل دانشگاهی را تمام کرده‌اند و برای ادامهٔ تحصیل در رشته ریاضیات پیشرفته آماده می‌شوند، با خوش‌حالی همه کارهای مربوط به مراسم جشن را به عهده گرفته‌اند.

هیجانی غریب و ناشناخته روح و جسمم را در تسخیر قدرت نیرومندش به اسارت گرفته است. مهتابم، عزیزترین وجود هستی‌ام در لباس نقره‌ای چه باشکوه گام بر می‌دارد. قدم‌هایش مطمئند و آرام، گویی به دیار رویاها فرا خوانده شده. و بی‌تردید با اعتماد بر خود و آنچه که هست، پایه‌های زندگی مستحکمش را بر جایگاهی دلخواه و مطمئن بنا خواهد کرد.

چرا پاهایم برای دیدارش به جلو نمی‌روند؟ چرا برای استقبال از او نمی‌شتابند؟ چرا از من فرمان نمی‌گیرند. چرا بر جایی که ایستاده‌اند، چسبیده‌اند؟ چرا قلبم با من این گونه غریبه شده؟ تند یا کند چرا زنشش را حس نمی‌کنم؟ چرا...

پدر، مادر و تنها خواهر سام آن دو را در حلقه محبت خود گرفته‌اند. در میان جمع مدعوین، چشمان زیبای مهتاب نگران به هر طرف می‌چرخند، مرا می‌بیند. آرامش به درونش راه می‌یابد، مثل این‌که در آن شلوغی و ازدهام فقط به دنبال من می‌گشته است. صدای بی‌صدای مرا می‌شنود. به طرفم می‌آید. در صورتم می‌نگرد. دست‌های بی‌قرارش در میان دست‌هایم می‌لرزند. سام در کنار او قرار گرفته. با هم و در کنار هم چقدر به یکدیگر می‌آیند.

صدای مهتاب آوایی‌یست که از توان عاملی نوازشگر نشأت گرفته. آرام و رسا می‌گوید: نازنینم، عزیزم هرچه دارم از تو دارم.

در سکوتش، در صدایش لرزشی موزون آمیخته با عواطفی ناب و شفاف به وضوح حس می‌شود. مرا غرق در بوسه می‌کند.

سام که به مهتاب خیره شده، به من می‌نگرد، می‌گوید: خوشبختی‌ام را از شما دارم، برای همه چیز متشکرم، برای سعادتی که به من اعطا کرده‌اید.

با تمام توانم می‌کوشم تا اشک‌هایم جاری نشوند تا احساساتم پنهان بمانند. گردنبند یاقوتی را که برای مهتاب تهیه کرده‌ام، به گردنش می‌اندازم و ساعتی که هدیه من به سام است بر دست او می‌بندم.

می‌خواهم از آنجا دور شوم اما نمی‌دانم چگونه و به کجا؟

بی اختیار به طرف در ورودی خانه کشانیده می‌شوم، بوی اسپند سوخته در کوچه پیچیده. پیرمردی رهگذر به داخل خانه زل زده. ظرف اسپند را بالا می‌برد و به سمت خانه می‌آورد. به او کمی پول می‌دهم. رویم را از او برمی‌گردانم.

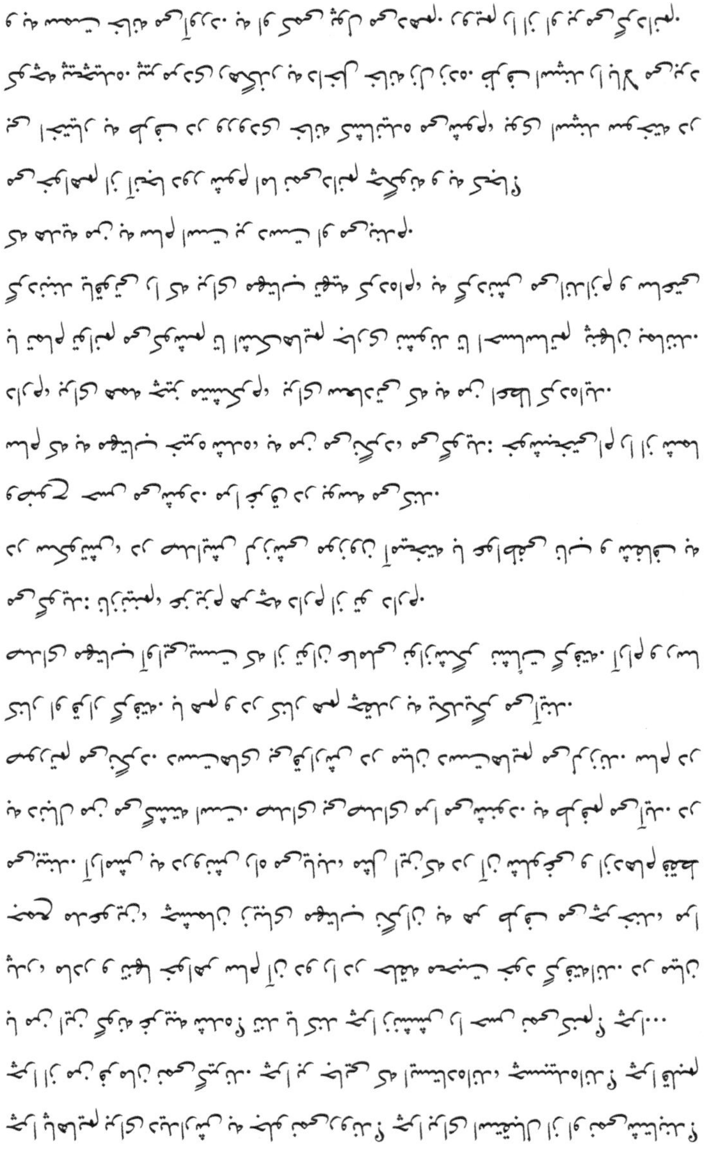

چند قدم از او دور می‌شوم. نمی‌دانم چرا فکر می‌کنم که قبلاً هم او رادیده‌ام و به او پول داده‌ام. اما کجا؟ کنجکاوانه نگاهم به طرف او کشانیده می‌شود. بسیار ناتوان و پیر است، او...

دل‌واپس، هراسان... و شگفت‌زده با خود می‌گویم: پدر مهتاب است! خود اوست، پدر مهتاب، شک ندارم.

مهتاب وسط حیات ایستاده، چشم‌های کشیده و زیبایش کاملاً گرد شده‌اند، ته رنگی محسوس بر رنگ پریده صورتش سایه روشنی از تردیدها زده. آیا او پدرش را شناخته یا تنها وجود او را در نزدیکی خود حس کرده؟ نمی‌دانم چه واکنشی نشان خواهد داد؟

عروس و داماد در فاصله‌ای کم از یکدیگر ایستاده‌اند، مدعوین به سوی آن‌ها می‌آیند. با همهمه و شادی آن دو را به میان جشن‌شان می‌برند.

نابارورانه به پیرمرد نگاه می‌کنم که چگونه با حسرتی پنهان از آنجا دور می‌شود. شاید حسرت به داشتن چنین فرزندی و یا حسرت به داشتن و از دست دادنش در گرو قمارهای هیچ‌وپوچ... بی‌شک دست توانای روزگار او را با پاهای خود به دادگاهی منصفانه و راستین کشانیده تا نظاره‌گر اجرای حکمی عادلانه و در خور خود باشد.

در کنار استخر دختر کوچکی دستش را در آب فرو می‌برد، قطرات درشت آب را به هوا می‌پراکند. ناگهان به یاد مهتاب می‌افتم، آن جوی آب و برگ خیس و خنکی که بر دست داغ دیده‌اش می‌گذاشت. چقدر زود گذشت و چه خوب که گذشت. چند روز دیگر مهتاب و سام برای یک هفته به شمال خواهند رفت. فردا باید در سمیناری که در دانشگاه به خاطر ورود من برگزار خواهد شد، شرکت کنم و روز بعد از آن به سوی "سانی ژئو" بازخواهم گشت.

خستگی و کار مداوم مرا به آرامی از پای در آورده. تنها دلخوشی‌ام در این دوران طاقت‌فرسا وجود مهتاب و کارگاه مجسمه‌سازی او بود که از همان روزهای اول ورودش با هم در نزدیکی خانه ساختیم. کارگاهی که در آغاز تنها یک سرگرمی بود اما فکری ناگهانی و تازه، کار را در آن جدی‌تر ساخت و به زودی مجسمه شخصیت‌های برجسته جهان که من و مهتاب بر حسب یک اتفاق از فشردن شن‌های ساحلی ساخته بودیم با تکمیل شدن‌شان به "سانی ژئو" راه خواهند یافت.

آیا می‌شود حوادث و رویدادهایی که جهان را به سوی پیشرفت و ترقی سوق داده‌اند، به وسیله این شن‌ها طراحی کرد و ساخت، آن‌چنان که گویای نقش مثبت‌شان باشند؟

بله، بی‌شک با شکوه خواهند شد... آن‌ها را خواهیم ساخت و به شکلی پراکنده در گوشه و کنار " سانی ژئو" خواهیم گذاشت.

اضطراب و کار شبانه‌روزی کم‌کم مرا به نوعی بیماری که بی‌شباهت به اغما نیست، مبتلا ساخته. مدتی در بیمارستان بستری شده‌ام. شبحی را که نگران و بی‌قرار در کنارم نشسته، گاهی در هاله‌ای مات و ناپایدار می‌بینم، مهتاب را. و او... سام را که هیچ‌گاه از من دور نمی‌شود.

در تمام این مدت پری و شوهرش و آقای جرالد، مسئولیت طاقت‌فرسای مرا بین خود تقسیم کرده‌اند تا کار بازسازی‌ها که به مراحل حساسی رسیده، ساعتی متوقف نماند.

هم‌زمان با بازگشتم به خانه، آبشار را نیز به مسیر اصلیش باز گردانیده‌اند و من تنها او و احساسش را در رویاهای پرتب و تابم حس می‌کنم.

آقای جرالد مدام تلفن می‌کند تا به جای من کارها را به پیش برد. در صدایش حالتی گنگ وجود دارد که نمی‌توان احساس واقعی‌اش را حدس زد اما خوشبختانه نظرش هرچه که هست نمی‌تواند مخرب و منفی باشد.
ضعفی ممتد مرا به اجبار خانه‌نشین ساخته، مراحل بازسازی "سانی ژئو" طاقت‌فرساست، طاقت‌فرسا... مثل واقعی ساختن یک سایه... واقعی ساختن یک سایه!؟ می‌شود یک سایه را واقعی ساخت؟ و یا تصاویر متحرک را به وسیله سایه‌های متحرک نشان داد؟ تصاویر احیای "سانی ژئو" را؟ از آغاز مراحل بازسازی تا به آخر! به وسیله سایه‌ها؟ جالب می‌شود!
دشواری‌های غیرمنتظرۀ بازسازی "سانی ژئو" را به وسیله سایه‌های متحرک، به شکلی سه بُعدی بر بستر صخره‌ای و شیشه مانند "سانی ژئو" به نمایش خواهیم گذاشت... و نیز مراحل پرچالش اما باشکوه رها سازی آبشار را...
و... انواری ستاره‌گون که در اطراف سایه‌ها درهم خواهند آمیخت... مطمئنم... رویایی می‌شود و زیبا... و باشکوه‌ترین قسمت "سانی ژئو"...
بله، مسئولیت این کار را به او واگذار خواهم کرد... آقای جرالد.
در بحبوحه انتظارهایی شکننده و طاقت‌فرسا فردا به دیدار آبشار "سانی ژئو" خواهم رفت...
دیدار با آبشاری که زمانی طولانی خاموش بوده، در طی مراحلی دشوار و پیچیده زندگی‌اش دوباره احیا شده، آیا تحولش، دگرگونی‌هایش مرا مبهوتانه دستخوش هیجانی بی‌مهار و دل‌پذیر خواهند ساخت؟
تمام تنم به قلبی تپنده بدل شده است. تصویر زنده‌اش در مقابل دیدگانم به همان زیبایی‌ست که در خواب‌های تب آلوده‌ام، در تصوراتم نقش داشت با همان صلابت، شکوه و عظمت.

مغرور چون گذشته، فریادِ عشقِ تداوم به زیستن را با خیزشی موزون در ژرفای جنگل نجوا می‌کند، نوای ملایم و پرنوازش زنده بودنش را تا به اعماق زوایای درون من نیز سوق می‌دهد .

"سانی ژئو" به گونه‌ای دور از انتظار به تکامل نزدیک شده. دیگر هیچ شباهتی به آن طرح بی‌روح، نقش بسته بر کاغذ را ندارد.

کمی دورتر آقای جرالد ایستاده و با حالتی متفاوت و ناخوانا مرا نگاه می‌کند، متین اما کوتاه سلام می‌گوید.

ساختمان‌های محوطه "سانی ژئو" به زودی به پایان می‌رسند. گل‌های یاس و نسترن سرمست از فضای مرطوب آبشار، در هم پیچیده‌اند و ابعاد گسترده "سانی ژئو" را عطرآگین ساخته‌اند.

بیشتر صخره‌های ریخته شده در کنار جویبار به مکانی دیگر برده شده‌اند و صخره‌هایی که هنوز در کنار آن باقی مانده‌اند، تماماً از خزه پوشیده شده‌اند. و شکوفه‌های سفید مروارید گونه که در لابه‌لای خزه‌های زمرد فام روییده‌اند، مأوا گرفته‌اند و شکوفا گشته‌اند.

آقای جرالد که در کنار من ایستاده می‌گوید: قرار است فردا این صخره سنگ‌های پراکنده هم از اینجا برده شوند.

قاطعانه از او می‌خواهم که آن‌ها را با همان حالت و در همان حال که هستند باقی بگذارد و نیز صخره‌های برده شده را دوباره به شکلی منظم‌تر، به جای اصلی خود بازگرداند.

آقای جرالد به تغییرات ناگهانی تفکراتم، عادت کرده... و دیگر... متعجب نمی‌شود. با من تا نزدیکی ماشین می‌آید و در مورد چگونگی پیشرفت کارها توضیح می‌دهد.

عده‌ای زن و مرد بومی در صفی نامنظم از کنار جاده می‌گذشتند. در گوشه‌ای ایستاده بودم متفکرانه کوچ آن‌ها را تماشا می‌کردم.

دختر بچه‌ای از گروهش جدا شد، به طرفم آمد. سنگی سیاه به من نشان داد و توضیحاتی که من نمی‌فهمیدم.

تانیا در ماشین به انتظار من مانده بود، پیاده شد. آهسته، آهسته به سوی من آمد. در کنارم ایستاد، از تانیا پرسیدم: او چه می‌خواهد؟

تانیا گفت: او می‌گوید بر روی این سنگ تصویر همان کوه آتشفشان وجود دارد که سال‌ها پیش این منطقه را ویران کرد.

دختر بومی سنگ را به من داد، به طرف گروهش بازگشت.

تانیا گفت: آن‌ها شما را حامی "سانی ژئو" می‌دانند. او سنگ را به شما هدیه کرده.

از آقای جرالد پرسیدم: آن‌ها به کجا می‌روند؟

آقای جرالد گفت: با شروع شدن کار در "سانی ژئو" آن‌ها را به محلی که برایشان آماده کرده‌اند، می‌فرستند.

شادمان گفتم: مطمئناً آن‌ها هیجان‌زده و خوش‌حالند که به جایگاه و مکانی مناسب تر و با امکاناتی بیشتر می‌روند.

تانیا گفت: نه، این‌طور نیست. آن‌ها انسان‌های باایمان و معتقدی هستند. یک هفته گذشته شب‌ها تا صبح مراسم دعا به پا کرده‌اند که هر اتفاقی بیفتد تا آن‌ها از سرزمین اجدادی‌شان دور نشوند حتی اگر آن اتفاق یک آتشفشان ویرانگر دیگر باشد.

با تعجب پرسیدم: متوجه نمی‌شوم، آن‌ها ترجیح می‌دهند در میان آتشفشان باشند تا این که به جایگاه بهتری بروند؟ درست است؟

تانیا جواب داد: بله، همین‌طور است، آن‌ها با ظاهری آرام شخصیتی مغرور دارند.

به سنگ سیاه نگاه می‌کنم اما نقشی از آتشفشان بر سطح صاف آن نمی‌بینم.

آرام، آرام از تانیا و آقای جرالد فاصله گرفتم کمی از آن‌ها دور شدم. دوباره با دقت سنگ سیاه را نگریستم، به سوی آن‌ها بازگشتم.

به آقای جرالد گفتم: آن‌ها را به دهکده‌شان بازگردانید.

آقای جرالد مبهوتانه گفت: اما این غیر ممکن است.

قاطعانه می‌گویم: هیچ‌کدام از ما نمی‌خواهیم از خانه‌های‌مان دور و جدا شویم در ضمن این مردم جزیی مهم از این طبیعت‌اند و بی‌شک به آن آسیب نمی‌رسانند. آن‌ها جزیی مهم از "سانی ژئو " هستند پس نمی‌شود آن‌ها را از "سانی ژئو " جدا و دور کرد. می‌خواهم در همایشی که در پیش داریم آن‌ها هم در "سانی ژئو " حضور داشته باشند.

با وزش باد و بارش باران‌های پی‌درپی کار برای مدتی تعطیل شد. به آسمان نگریستم، چشم‌هایم را بستم با تمام وجود از خدایم خواستم که همه کارها به خوبی پیش بروند.

با دشواری‌هایی غیر منتظره که مدام پیش می‌آیند، با تمام ناهمواری‌هایی که بر سر راه مراحل تکمیل " سانی ژئو " وجود دارند، آقای جرالد با تمام توان می‌کوشد، تلاش می‌کند تا کار بازسازی " سانی ژئو" به موقع به پایان برسد.

زمان بی‌آنکه واقعاً احساس شود با شتاب می‌گذرد. تنها دو ماه دیگر فرصت داریم. تعداد نفرات را بیشتر کرده‌اند تا کار به موقع تمام شود.

تنها نصب چند چادر بزرگ و تشریفاتی در پشت ساختمان‌های اصلی، کمی دورتر از آبشار باقی مانده است.

به ماکت بزرگ کرهٔ "زمین" می‌نگرم که به آرامی می‌چرخد. بر روی آن، نقشه همه کشورهای جهان دیده می‌شود. نقشه‌ها از الیافی زرین و محکم ساخته شده و در هم قفل گشته‌اند، مظهر یکپارچگی "زمین" اند.

آقای جرالد با فاصله‌ای کم در نزدیکی من ایستاده. نگاه نگرانش نشانگر آن است که او هنوز به محکم بودن این کره عظیم بر جای خود، مطمئن نیست و من اطمینان دارم که تکیه‌گاه محکمی برای آن ساخته‌ام که هیچ نیرویی قادر به تخریب آن نیست!

آقای جرالد سبدی پر از گل، برایم فرستاده. بر روی کارت نوشته شده: در مورد انتخاب "سانی ژئو" حق با شما بود. ولی مثل این که شما و من زنده ماندیم و بنا به خواست شما سنگینی این بار گران را تا به آخر به دوش کشیده‌ایم اما من فکر می‌کنم ارزشش را داشت.

با تقدیر فراوان از کار ارزنده و فوق‌العاده‌تان... اف ـ جرالد کلمات نوشته شده بر روی کارت تمام خستگی‌ام را از من می‌گیرد.

با تمام شدن کار "سانی ژئو" برای مدتی کوتاه با مهتاب به سفر خواهم رفت.

در این داستان "سانی ژئو" مظهر و سمبل تنها جایگاه زندگی‌مان "زمین" است... در این برهه خاص از زمان و بودن در شرایط و وضعیتی حساس، تمام مراحل احیا و بازسازی "سانی ژئو" نشانگر اهمیت و تأثیر احیا و بازسازی "زمین" است.

"زمین" که از فاصله ای دور نقطه ای آبی رنگ است، قلمرویی یکپارچه و بدون مرز که بستر زیباهایی بی همتا ست...

"زمین " تنها تکیه گاه و تنها مأوای بشر...

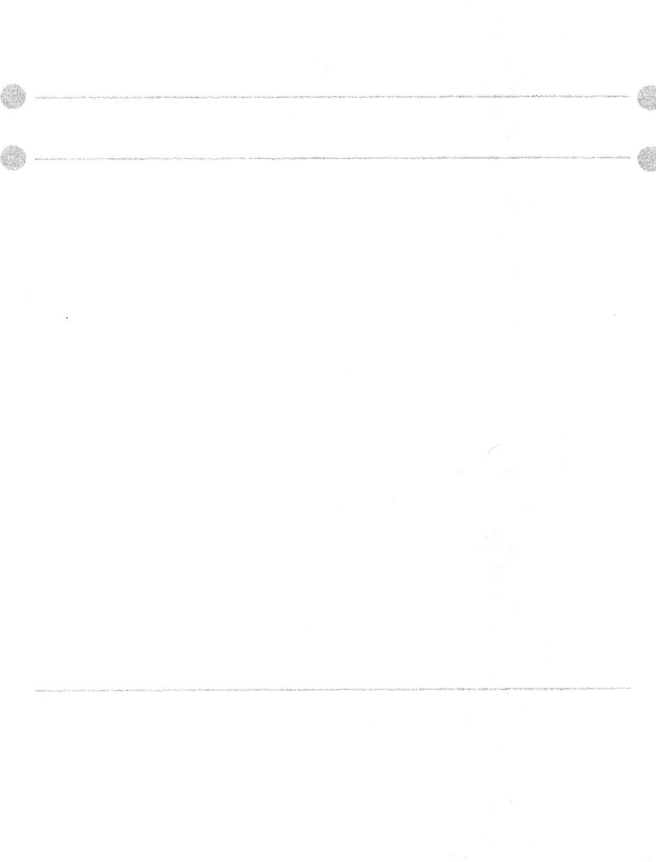

ދިވެހިބަހާއި އަދަބިއްޔާތުގެ ދާއިރާ

ފަތްތޫރަ

چند ضربه به آرامی به در نواخته شد. نازنین دفتر خاطراتش را بست با این امید تا از چالش‌ها، از ناهمواری‌های گذشته دور شود، به زمان حال بازگردد. از ذهنش گذشت " زندگی عجب پرآوازه و مکاره است! در هر ورق از دفتر قطور و کهنش داستانی با هزار حیله تکرار نشده و دور از انتظار دارد ."

ساعت هشت ضربه زد. خوآن به او کمک کرد تا برای خوردن شام به طبقه پایین برود.

نازنین بی‌صدا برسر میز شام نشسته بود. ساعتی قبل مهتاب برایش زنگ زده بود. مطمئناً او و شوهرش تا فردا به اینجا نخواهند رسید. تنها سبد گلی که برایش فرستاده‌اند، در گوشه‌ای از میز نهارخوری به چشم می‌خورد. گل‌های یاس صحرایی، مثل همیشه و به همان‌گونه که مهتاب به خوبی می‌دانست نازنین دوست دارد. گل‌های جذابی که بوی دل‌انگیزشان یادآور خاطرات فراموش نشدنی بودند.

عطر گل‌های صحرایی همیشه نازنین را به یاد دوران جوانی‌اش می‌اندازد. به نظر او رایحه‌ها و عطرها دارای خاصیتی سحرآمیزند، آن‌ها به راحتی می‌توانند انسان را به مکان‌هایی بکشانند که وجود دارند و یا وجود ندارند و یا به سهولت او را در بحبوحه حوادثی که در جریانند و یا اتفاقاتی که هرگز رخ نخواهند داد، قرار بدهند.

مراسم شام، در تنهایی و در فضایی آرام به پایان رسید. خود او این چنین می‌خواست و دوستان بی‌شمارش این اصل مهم در روز تولدش را به خوبی می‌دانستند و تنها با فرستادن سبدهای گل و کارت تبریک، دوستی‌شان را به او ابراز می‌داشتند.

در اتاقش نشسته، پستی و بلندهای نامأنوس نیام شمشیر قدیمی را که گذشت سال‌های متمادی نیز آن را از اصل خود دور نکرده، با دست‌های پرچین و چروکش که ردی پررنگ از گذر زمان را دارند، لمس می‌کرد. زمردهای تیره به سختی در نیام نقره‌ای شمشیر فرو رفته، گویی از بدو تولدشان در کنار هم بوده‌اند، تا ابد و تا انتهای زمان این چنین سخت درهم باقی خواهند ماند. بی‌اراده، به شدت آن را در آغوش فشرد تا شاید تنها دقایقی کوتاه به آن قسم از گذشته که می‌خواهدش، بازگردد، به روزی که اول بار شمشیر را دیده.

اشک‌هایش زمرد کدر شده را صیقل می‌دادند و زمرد کهنه این احساس شفاف و سرشار از عشق را به بستر نقره‌ایش که او را در برگرفته بود، منتقل می‌کرد. به‌سختی از پس پرده‌ای ضخیم از جنس اشک، به شمشیری که صدها خاطره در دل داشت و تنها یکی از آن‌ها متعلق به نازنین بود، نگریست.

دفتر خاطراتش را که تمام لحظه‌های آن متعلق به او بودند، در کنار شمشیر گذاشت. دوباره دفتر کهنه و سیاه رنگ را برداشت. آن را با بی‌حوصلگی و در چند ثانیه ورق زد. گذشتن از کنار سال‌هایی پرفراز و نشیب تنها در چند ثانیه!
با خود اندیشید: ای کاش خاطرات در جایگاه بی‌نام و نشان خود باقی می‌ماندند و هر دم سفری دردآفرین به زوایای دور و نزدیک تخیلات نمی‌کردند.
در کشو میزش را باز کرد، دفتر را که خاصیتی شکنجه‌گر داشت، با دقت در میان روزنامه‌ها جا داد و یا پنهان کرد.
شتاب‌زده به کنار پنجره رفت و یا بی‌اختیار از خاطراتش که در چهارچوبی بسته، محبوس بودند، گریخت. پیشانیش را به شیشه سرد پنجره چسبانید. دستانش را چون قابی نفوذ ناپذیر در دو طرف صورتش قفل کرد تا شاید منظره دریاچه را در شب بهتر ببیند، یا حایلی قطور می‌ساخت در میان خودش و خاطراتش! و یا پناهگاهی پنهان و امن می‌جست تا از گذشته دور باشد!
لرزش مداوم امواج، تصاویر منعکس بر موج‌ها را به رقصی موزون‌وار می‌داشت، گاهی وزش بادی وحشی اشکال نقش بسته بر امواج را به هم می‌ریخت، در هم فرو می‌برد و مبهم می‌کرد ، با خود تا مسیری دورتر می‌برد و سپس با سرعت محو می‌گرداند. سرمای رخنه کرده در بافت شهر آن را به شکلی منزوی و ساکن درآورده بود.

شتابان به کنار میز تحریرش بازگشت. عجولانه در کشویش را باز کرد و با همان سرعت دفتر سیاه خاطراتش را بیرون آورد. مثل کسی که برای افشای رازی پرافسون تنها چند ثانیه فرصت داشته باشد. اما او به خوبی می‌دانست دفتر خاطراتش جایگاه ثبت نقوش سرگذشت اوست که از کنار هر لحظه‌اش به سختی عبور کرده تا خود را به جایی که اکنون ایستاده، برساند.

دوباره دفتر را ورق زد اما این بار آهسته، مشتاقانه و باملایمتی آشکار. از لابه‌لای ورق‌های نازک شده و رنگ‌ورو رفته، عطرِ گذشته بوی کهنگی رویدادها را در فضا پراکنده می‌کرد.

روزگار با گردش بی‌وقفه خود، روح و جسم انسان را فرسایش می‌دهد، بر عواطف و احساسات اثر می‌گذارد، همه اعتقاداتش را به راحتی متغیر می‌سازد و در او شخصیتی به وجود می‌آورد متفاوت با آنچه را که در گذشته بوده است که شاید بتوان گاهی این تحول را همان عروج دانست. نازنین نیز از این مراحل پرچالش عبور کرده، این دگرگونی‌ها این تحولات را و نگرش‌هایشان را به تلخی تجربه کرده بود.

بوی آشنای خاطره‌ها در فضای اتاق پیچید و چون سحری، گرداب گونه او را با خود به سفری ناخواسته در اعماق واژه‌های کم‌رنگ گشته، برد.

افکارش ابروار، تا به قهقرایی فرو رفته بر حاشیه‌ای کدر در عمق دفتر کهنه به پیش می‌رفتند، هر رشته به سویی، در لابه‌لای خاطرات و در اعماق گذشته می‌پیچیدند تا گرهی ناگسستنی را که در میان گذشته و آینده قرار داشت از پرده ابهام بیرون کشانند، متبلور سازند و در نقطه عطفی به ثبوت رسانند. به نقطه‌ای خیره ماند. به هر دستاویزی متمایل می‌گشت تا وارد دالان متلاطم عصرها و زمان‌ها نشود. دفتر پرشده از خاطرات، بوی کهنگی صفحات قهوه‌ای و پوسیده‌اش را مصرانه در فضا می‌پراکند. جادویش هر لحظه بیشتر او را در درون خود فرو می‌برد.

نسیمی ملایم به میان فضای پر شده از خاطرات تلخ و شیرین گذشته می‌وزید و صفحات دفتر ورق می‌خوردند.

با دیدن طرح ناتمام کاپیتان فیلیپ در میان صفحات سیاه شده از خطوطی که همه آن‌ها با عجله نوشته و به سختی خوانا بودند، تصاویر زیاد دیگری در ذهنش مجسم می‌شدند.

به تدریج خاطرات بچگی‌اش را به یاد آورد. چشم‌هایش را بست و در خیالش به میان جملاتی رفت که در سردرگمی‌های سرنوشتش با او همراه و هم‌سفر بوده‌اند و گذر زمان آن‌ها را نیز چون خود او فرسوده و پیر ساخته...

پرسان و حسرت‌بار با صدایی گرفته، بلند از خود پرسید: چه کسی؟ چرا؟ چرا؟

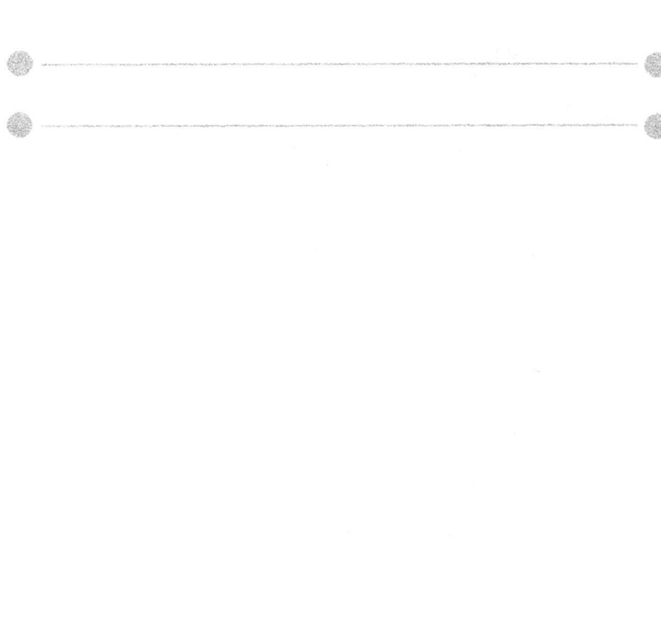

فصل چهارم

خاطرات نوشته شده نازنین بر دفتر سیاه رنگ
(اولین دفتر خاطرات)

حتی زمانی که غرق در احساسات بی‌شائبه و شفاف بچگی بوده‌ام هیچ‌گاه این سوال از ذهن من دور نمانده که چرا؟ چرا نازنین؟ چرا برای من این واژه خاص را برگزیده‌اند؟

همواره کنجکاو بوده‌ام تا به این راز همیشه مدفون پی ببرم... و این راز همچنان برای من یک راز سربسته باقی ماند... که چه کسی نام نازنین را برای من انتخاب کرده؟ چه کسی؟ مادرم؟ پدرم؟ نازنین چه کسی بوده‌ام که این نام پرمعنا را بر من گذاشته است؟ آن کس که این نام را به من داده حالا کجاست که مرا دوباره نازنین بداند؟

کسی که مرا نازنین نامیده کجاست که چون اول بار دوباره عاشقانه مرا نازنین خود بخواند به همان‌گونه که معنای این نام است. چه کسی حق انتخاب این نام را برای من به خود داده تا ببیند که نازنینش چگونه برخلاف نامش این چنین مظلومانه رشد می‌کند و ناباورانه نظاره‌گر تمردهای ناعادلانه روزگار است.

آیا مادرم با تحمل دردی گران در لحظات اول تولدم مرا مشتاقانه و عاشقانه در آغوش گرفته، نجواکنان مدام مرا نازنین صدا کرده تا تسکین دهنده دردهای بی‌پایانش در آن دم باشم یا پدرم با اشک‌هایش که سرچشمه‌ای از احساسی تازه بوده است، به انتظار آن‌که برای اولین بار او را پدر به‌نامم، مرا نازنین خود خوانده؟

بارها این سوال در ذهنم شکل گرفته و تنها در نقطه‌ای مجهول محبوس مانده. ولی چگونه پاسخی را بر این سوال می‌توان یافت؟ حتی جرأت نکرده‌ام در تخیلاتم جوابی قانع کننده به خود بدهم، چه رسد به این که در مقابل او که تنها نامش پدر است، بایستم، در چشم‌های سرد و شیشه گونه‌اش بنگرم و آنچه را که بارها در تصوراتم پنهان نگاه داشته‌ام بر زبان بیاورم یا از حوادثی که باعث شدند او را که مردی تحصیل کرده است و در شرکتی بزرگ شغلی دلخواه داشت، این چنین یکباره به بیراهه بکشاند، مادرم را از خود براند و ما را نیز آواره کند، سوالی بکنم؟ کو شهامت؟ حتی ارزش آن را ندارم که بدانم مادرم کیست؟ مرده است یا زنده؟ و اگر هست، حالا کجاست؟ عواطف مادرانه‌اش چگونه است؟ هیچ‌گاه به نازنینش می‌اندیشد؟ اگر هم بدانم فرقی نمی‌کند، شرایطی ناخوشایند و شکننده را تغییر نمی‌دهد.

حتی آن زمان که خواهران و برادران کوچک‌ترم را که از ترس پدر به خود پیچیده‌اند، در آغوش می‌کشم و در کالبد خود می‌فشرم و به خاطر آن‌ها هر بلایی را با تمام وجودم، می‌پذیرم، نمی‌دانم آن‌ها را تسکین می‌دهم یا خودم را. نمی‌دانم آن‌ها را در پس سپری امن قرار می‌دهم یا خود را، تنها از خودم می‌پرسم این چه احساسی است که من به آن‌ها دارم؟

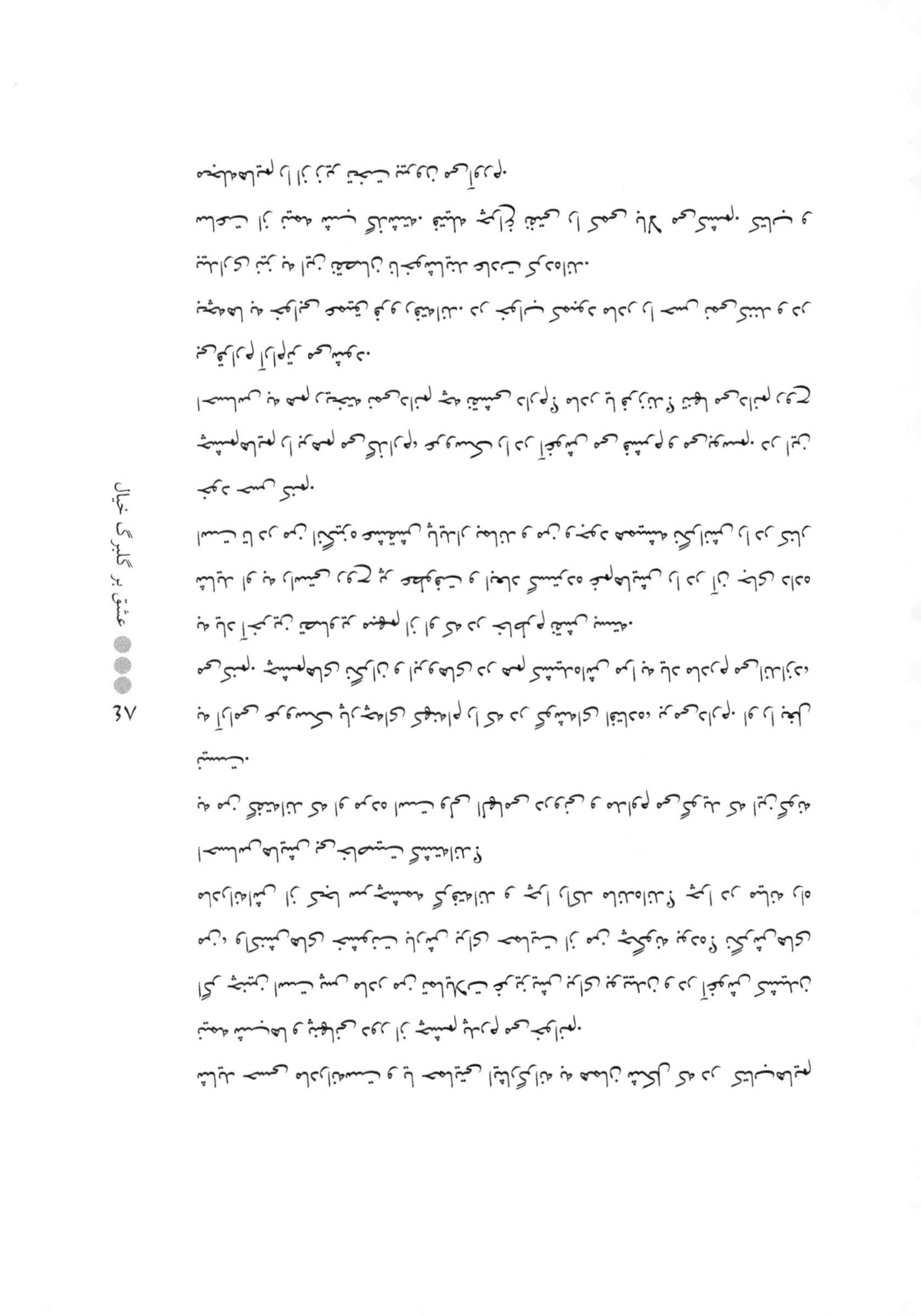

شاید حسی مادرانه‌ست و یا حمایتی ایثارگرانه به همان شکل که در کتاب‌هایم نیمه شب‌ها و پنهانی دور از چشم پدرم می‌خوانم.

اگر چنین است پس مادر من تمایلات غریزیش برای بوییدن و در آغوش کشیدن من، واکنش‌های خشونت بارش برای حمایت از من چگونه بوده؟ نگرش‌های مادرانه‌اش از کجا سرچشمه گرفته‌اند و چرا راکد مانده‌اند؟ چرا در میانه راه احساس‌هایش بی‌خاصیت گشته‌اند؟

به من گفته‌اند که او مرده است ولی الهامی درونی و مداوم می‌گوید که این‌گونه نیست.

به آرامی عروسک پارچه‌ای کهنه‌ام را که در گوشه‌ای افتاده، برمی‌دارم. او را بغل می‌کنم. چشم‌های نگران و ابروهای در هم کشیده‌اش مرا به یاد مادرم می‌اندازد، به یاد آخرین تصاویر مبهم از او که در خاطرم نقش بسته.

شاید او به راستی روح پر عطوفت و ابعاد گسترده غم‌هایش را در آن جای داده است تا در من انگیزه عشقش پایدار بماند و من وجود همیشه نگرانش را در کنار خود حس کنم.

چشم‌هایم را برهم می‌گذارم، عروسک را در آغوش می فشرم و می‌بوسم. در این احساس به هم ریخته نمی‌دانم چه نقشی دارم؟ مادر یا فرزند؟ تنها می‌دانم روح بی‌قرارم آرام‌تر می‌شود.

بچه‌ها به خوابی عمیق فرو رفته‌اند. در خواب کمبود مادر را حس نمی‌کنند و در بیداری نیز به این نقصان ناخوشایند عادت کرده‌اند.

ساعت از نیمه شب گذشته. فتیله چراغ نفتی را کمی بالا می‌کشم. کتاب و مجله‌هایم را از زیر تخت بیرون می‌آورم.

عکس‌های نقش بسته بر صفحاتشان مرا تا مرز و بوم‌هایی دور از خود و گاهی تا فراتر از محدوده‌شان می‌برند و در ذهنم فضایی پر از سوالات بی‌جواب می‌آفرینند، در حیطه تنهایی‌هایم تمنا و گرایشی غیرقابل توصیف خلق می‌کنند تا مرا به اوج عرصه‌ای سرشار از نشاط برسانند.

هنوز پدر نیامده. دیر هم نکرده هرچه دیرتر بهتر. شاید هیچ‌وقت و برای همیشه پیدایش نشود. مگر نه این که بارها این اتفاق افتاده؟ مگر نه این که گاهی نازنین بیچاره نیمه شب‌ها در خفا، نان خشک شده همسایه‌ها را از سر کوچه برداشته که خواهرها و برادرهایش را سیر کند تا کسی متوجه گرسنه بودن آن‌ها نشود پس بود و نبودش یکسان است. ولی نه، بودنش سم مهلک در جریان رگ‌های زندگی است. نیستش بهتر از هست اوست. زهر باخاصیت زهرآگینش به خود آسیبی نمی‌رساند تنها اطرافیانش را نابود می‌کند .

ولی مطمئنم نزدیکی‌های صبح دوباره پیدایش می‌شود، بی‌خبر و بی‌پروا، بی‌آنکه بداند در اطرافش چه می‌گذرد. شاید این درست همان حالاتی است که خود او می‌خواهد داشته باشد. در خطاها غوطه خوردن، چون مرده متحرک، بی اراده در میان زنده‌ها زیستن. بی‌خبر زندگی کردن و در نهایت، بی‌خبر مردن. ولی در این تداوم ناملایمات بین یک زن و یک مرد بچه‌هایی که می‌آیند بی‌آنکه بخواهند، چه نقشی دارند؟

آیا بهتر نیست در این گیرو دارهای بی‌پایان که به جدایی ختم می‌شود کمی به آنچه در آینده رخ خواهد داد فکر کرد؟

با صدای در، هراسان در رختخواب می‌خزم. تفکراتم نیز چون من خاموش می‌شوند و به دنیای آرام و گاه ناآرام خواب راه می یابند.

نزدیکی ظهر از خواب بیدار می‌شود. در میان رختخوابش نشسته اطرافش را می‌نگرد.

آن‌چنان که در این جهان غریبه است و یا به سرزمینی ناشناخته راه یافته. اندیشه‌ای او را به شدت مشغول کرده. دلشوره‌ای که از صبح مرا دمی رها نمی‌کند، دوباره مصرانه به سراغم می‌آید. قلبم تندتر از همیشه می‌زند. شاید شروع یک واقعه ناخوشایند را پیش‌بینی کرده است. تنم از درون می‌لرزد. در دنیای بچگانه‌ام با دلایل متفاوت خود را تسلی می‌دهم ولی آرام نمی‌گیرم. شاید به این دلیل که با بزرگ‌تر شدنم آنچه را که اتفاق می‌افتاد بهتر درک می‌کردم و یا شاید... نمی‌دانم، من که تجربه‌ای ندارم یا مادری که اندوخته‌های فکری با ارزشش را با مهربانی به من بدهد. جز انتظار راهی نیست.

با بی‌تفاوتی از کنارم می‌گذرد. سلامم چون همیشه بی‌جواب می‌ماند. برگ‌های ریخته شده در حیاط را جمع می‌کنم اما کنجکاوانه حرکات او را زیر نظر دارم. با چشم به دنبال رضا و مسعود می‌گردد. به خوبی می‌داند که چقدر سخت به کمک دوستی مهربان، آن‌ها را به مدرسه فرستاده‌ام. حالت نگاهش را می‌شناسم. به دنبال بهانه‌ای است تا شراره‌هایی را که همیشه وجودش را می‌گدازند به بیرون بکشاند و همه آنچه را که در اطرافش هست در شعله‌های سرکش و ویران کننده‌اش بسوزاند.

دو خواهر کوچک‌ترم مینا و نسرین در گوشه‌ای از حیات بی‌صدا بازی می‌کنند. آن‌ها هم با تمام بچگی حالت‌های دیوگونه او را می‌شناسند. از بازی دست می‌کشند و به گوشه‌ای خلوت و پنهان پناه می‌برند.

به آشپزخانه می‌روم همان‌جا می‌نشینم تا در تیررسش نباشم و بهانه‌ای به دستش ندهم.

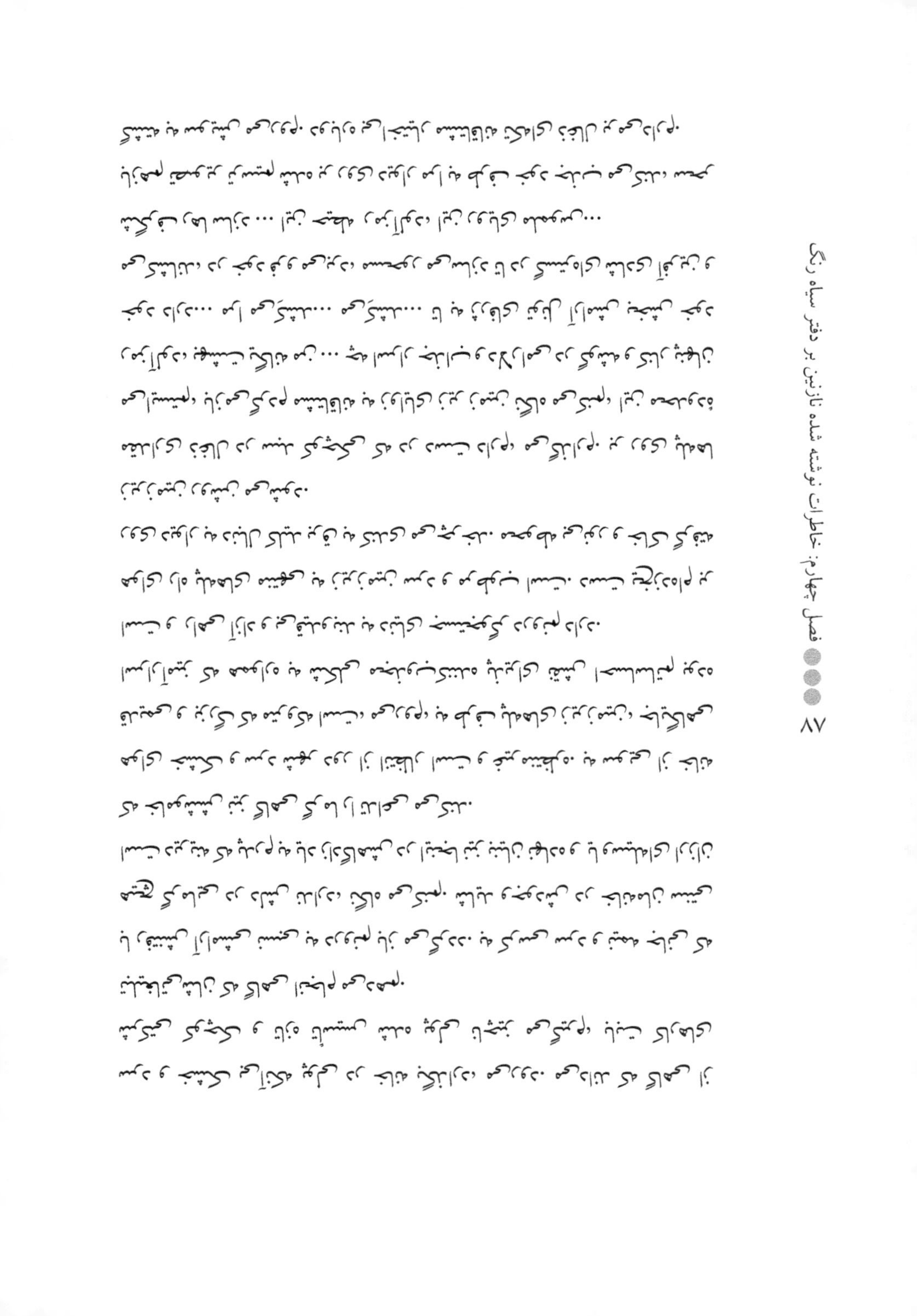

سرد و خشک بی‌آنکه پولی در خانه بگذارد، می‌رود. می‌داند که گاهی از شرکتی کوچک و تازه تأسیس شده پولی ناچیز می‌گیرم، بابت کارهای تبلیغاتی‌شان که گاهی انجام می‌دهم.

با رفتنش آرامشی نسبی به درونم باز می‌گردد. به کرسی سرد و نیمه جانی که هیچ گرمایی در دلش ندارد، نگاه می‌کنم. شاید وجودش در خانه‌مان سنتی است دیرینه که پدرم به یاد زادگاهش در اینجا نیز بنیان نهاده و یا وسیله‌ای ارزان که خاموشش نیز گاهی گرما را تداعی می‌کند.

هوای خشک و سرد شهر دور از انتظار است و غیرمنتظره. به سویی از خانه قدیمی و بزرگ که متروکه است، می‌روم، به طرف پله‌های زیرزمین، جایگاهی اسرارآمیز که همواره به شکلی مجذوب‌کننده پذیرای نقش احساساتم بوده است و راهی آزاد و بی‌قیدوبند به دنیای جستجوگر درونم دارد.

هوای راه پله‌های منتهی به زیرزمین سرد و مرطوب است. دست یخ‌زده‌ام بر روی دیوار به دنبال کلید برق به کندی می‌چرخد. محوطه بی‌نور و خاک گرفته زیرزمین روشن می‌شود.

مقداری ذغال در سبد کوچکی که در دست دارم، می‌گذارم. بر روی پله‌ها می‌ایستم، بازمی‌گردم مشتاقانه به زوایای زیر زمین نگاه می‌کنم، این محدودهٔ رمزآلود، بهشت یگانه من ... چه اسرار جذاب و دلارامی در گوشه و کنار پنهان خود دارد.... مرا می‌کِشد.... می‌کِشد... تا به ژرفای تونل آرامش بخش خود می‌کشاند، در خود فرو می‌برد، مسحور می‌سازد تا در گستره‌ای شادی آفرین و شگرف رها سازد ... این حیطه رمزآلود، این رویای ملموس...

بازهم تصویر ترسیم شده بر روی دیوار مرا به طرف خود جذب می‌کند، سحر گشته به سویش می‌روم. دوباره بی‌اختیار مشتاقانه تکه‌ای ذغال برمی‌دارم.

در روبه‌روی تصویری که تمام سطح دیوار را پوشانیده، می‌ایستم. شن‌زاری محصور شده در کوه‌های خشک و... آسمانی بی ابر... و کودکی لخت و عریان به دنبال ردپایی کم‌رنگ و نامشخص که باد خشن صحرا به تدریج آن را در شن‌های رونده و معلق در خود ناپدید می‌کند. مفهومی گم که نشانه‌هایی کم‌رنگ از استمرار حیات دارد.

شاید معنای یافتن بدهد یا تولد و مراحل مبهم هستی! و یا چگونگی آفرینش... در گوشه و کنار تصویر به دنبال ردی از حیات و معنای پیچیده آن می‌گردم تا مفهوم گم شده‌اش را پیدا کنم و جایگاه خالی عمیق درونم را با آن پر سازم. نه،نه، تصویری که کشیده‌ام مرا راضی نمی‌کند... باید آن را دگرگون کنم... باید معنی حیات و زیستن را در آن آفرید. حیطهٔ تنهایی‌هایم باید سرشار از شادی‌ها باشد. غم‌ها سدی هستند در برابر شادی‌ها، شادی‌ها تحت تأثیر خاصیت غم‌ها خنثی می‌گردند و یا خاصیت غم‌ها خنثی ساختن شادی‌هاست؟ انگشت‌هایم بی‌اراده بر روی تصویر کشانیده می‌شوند، حرکت می‌کنند تا تفاوتی چشم گیر به ابعاد مرده آن بدهند.

با خود می‌گویم: بی‌شک می‌شود در شن‌زاری خشک، هستی را نیز یافت. با همان تکه ذغال کوچک و با حرکتی تند و سریع بر قله کوه، مِهای رقیق ترسیم می‌کنم. علف‌های تشنه و خمیده از پژمردگی که به امید دوباره بیدار شدن نفس می‌کشند را با چند خط کوتاه و بلند به طبیعتی پرنشاط که لبریز از طراوت است و سرشار از لطافت، مبدل می‌سازم.

بر روی دیوار مجاور، کودک ایستاده در برابر ردپاهایی که خالی‌اند اما محکم و پر از نشانه، به دوردست‌هایی تهی می‌نگرد. در امتداد خط نگاهش نخلی کهن‌سال چون خیالی محو در افق، راست قامت و برپای مانده، رسم می‌کنم.

گمانی ناپایدار که گاهی سایه روشنی از یافتنِ کمال را القا می‌کند. کودک در گیرو دارهای پرالتهاب پستی و بلندی‌های هستی به خود و به انتهای راهش می‌اندیشد. و آن توده یاس... آن توده یاس ریخته بر عرصه صحرا را، بر بستر این شن‌زار ترسیم و شکوفا خواهم کرد.

بی‌صبرانه بر روی آخرین و پایین‌ترین پله زیرزمین می‌نشینم، متفکرانه و رضایتمندانه به این جهش غیرمترقبه می‌نگرم.

دورنمای دل‌فریبی‌ست اما نه با رنگ سیاه! چگونه به آن‌ها سایه روشنی از رنگ‌های پرجلا بزنم؟

چشم‌هایم را بر هم می‌گذارم. رنگین کمانی رنگ به رنگ را از حاشیه دوردست‌های خیال برمی‌دارم آن را به شدت بر روی تصویر فرو می‌ریزم... در میان تصوراتم... برخورد رنگ‌های شاد و پرتوان بر تار و پود و بر خطوط مات طرح، عرصه‌ای زنده، رنگارنگ و درخشان به وجود می‌آورند که حسی نشاط‌آفرین و روح افزا را می‌آفرینند و مرا در شادکامی‌ها رها می‌سازند.

بوته یاس غنچه‌های کوچک و بزرگ خود را در لابه‌لای گره برگ‌هایش، در آغوش دارد. آیا در پس تمنایی ممتد گل‌های شکوفا گشته‌اش را خواهم دید؟

روز از نیمه گذشته بود. سرمای دور از انتظار ادامه داشت. کمی ذغال در منقل زیر کرسی گذاشتم، پاهای یخ‌زده‌ام را به زیر آن فرو بردم. به انتظار مسعود و رضا نشسته بودم. کتابم را از زیر کرسی بیرون کشیدم. می‌باید از روشنایی روز استفاده می‌کردم آن را سریع می‌خواندم به دوستم باز می‌گردانیدم. صدای چرخش کلید در قفل هم‌زمان صدای ریزش قلب در درونی بی‌قرار به شکلی گنگ به گوشم رسید. بی‌اختیار کتاب را زیر کرسی پنهان کردم.

چون روباهی پیر و حیله‌گر، آرام به درون خانه آمد. باز سلامم بی‌پاسخ ماند. از زیر چشم نگاهش می‌کردم. دوباره بویی تلخ و زننده در فضای کوچک اتاق پیچید.

در کنار کرسی نشست. چشمانش به هر طرف می‌چرخید تا بهانه‌ای بجوید. سرشت و خوی او را می‌شناختم. دیگر به دلشوره‌ای وهم‌انگیز عادت کرده بودم. دعا می‌کردم تا هر چه زودتر آنچه می‌خواهد رخ دهد، اتفاق بیفتد. برای غریق چه تفاوت دارد در کجا و در چه عمقی از آب قرار گرفته؟ مگر نه این که سرگذشت من سرتاسر سختی و مشقت بوده است حالا یکی کم یا بیش، چه تفاوتی دارد؟ چه تغییری به وجود می‌آورد اتفاقی که در شرف رخ دادن است؟ نهایت تاریکی همان تاریکی در بی‌نهایت است. بی‌کس بودن معنای بی‌کس بودن را می‌دهد. تنها بودن فقط بوی غریب تنهایی را می‌دهد. تنهایی رنجی‌ست که انسان به سختی با آن خو می‌گیرد اما وقتی با ماهیت تهی‌اش مأنوس شد از آن پس دیگر دوایی بر دردش نمی‌خواهد. در دنیای دور از ریای درونم، تنها احساسم هیچ‌گاه با من غریبه نبوده و نیست.

جریانی خزنده، آرام مرا با خود تا به میان فاجعه‌ای ناشناخته می‌کشانید تا در عمق آن غرق گرداند. واقعه‌ای که تأثیر ابعاد مرزهای نامحدود آن را نمی‌دیدم اما به خوبی تلاطم دگرگونی‌هایش را حس می‌کردم. تحولی تازه در زوایای سرنوشتم با شتاب شکل می‌گرفت.

گوشه کتاب که از زیر کرسی بیرون مانده بود، طوفان را آغاز کرد. با خون‌سردی آن را بیرون کشید. گفت: این لعنتی دیگرچیست؟ مال کدوم یکی از شما جهنمی‌هاست؟

تنها زمانی که می‌خواست آشوبی به پا کند حرف می‌زد. نمی‌توانستم به او دروغ بگویم. کتاب مربوط به سال پنجم دبیرستان بود و برادرهایم در سال‌های پایین‌تر درس می‌خواندند و او این واقعیت را می‌دانست. اما نمی‌دانست که من چگونه دوران تحصیلی‌ام را به کمک دبیران دبیرستان سامان و به دور از چشم او ادامه داده‌ام.

نمی‌دانستم قلبم چگونه می‌زند، آرام یا پرشتاب فقط گمان می‌کردم که به زودی از حرکت باز خواهد ایستا .

دوباره خشمگینانه پرسید: مگر زبان‌تان را بریده‌اند؟

کوچک‌ترها که بارها شاهد این مشاجرات و عاقبت شوم آن بودند، پشت پرده پنهان شده بودند. پرده با ارتعاش تن آن‌ها می‌لرزید. این تنش‌ها، لرزش درون مرا نیز آشکار می‌کرد. دیگر تپش قلبم را حس نمی‌کردم مثل این که قلبم هم در مخفی‌ترین جای سینه‌ام پناه گرفته بود. با تمام وجود سعی می‌کردم آن همه ترس و وحشت مرا نبیند.

جلو رفتم، لرزان اما با شهامتی ساختگی گفتم: کتاب مال من است...

مال دوستم...

طوفانی که در سکوت آغاز گشته بود به اوج رسید. وحشیانه به سویم حمله‌ور شد. تنها ضربات شدید و بی‌رحمانه‌اش را می‌دیدم چیزی حس نمی‌کردم. قلبی که هزار باره شکسته دیگر جایی برای شکستن ندارد.

فریاد می‌کشید: آن کارت کافی نبود که بچه‌ها را به کمک این و آن به مدرسه فرستادی، غریبه‌ها را به زندگی‌مان کشانیدی خودت هم کتاب می‌خوانی که گستاخ‌تر بشوی و ...

با صدایی خشن ادامه داد: فکر می‌کنی نمی‌فهمم، نمی‌بینم، هرجا رو که دستت برسه خط خطی می‌کنی و با خط‌های درهم و مزخرف و بی‌معنی به لجن می‌کشی...

چند لحظه می‌شنیدم که چه می‌گوید اما در ابهام، می‌دیدم چه می‌کند اما بر تاروپود پرده‌ای موهوم. سوختن از آتش داغی که به تدریج در تمام تنم دوانیده می‌شد و بعد تنها احساس راحتی، سبک شدن، کر بودن، کور بودن، راهی شدن تا به گستره نامحدود رهایی‌ها، آرامیدن برکرانه‌ای نقره‌ای، حس پرنده‌ای سبک‌بال، احساسی از آرامش چون کوچ به دیار دلارام بی‌خبری‌ها...

نمی‌دانم چند ساعت بیهوش بوده‌ام ولی دوران بی‌خبری به پایان رسیده بود. به خود آمدم. همه جا مرطوب و سرد بود. چشم‌هایم جایی را نمی‌دیدند. لحظات اول با خود فکر می‌کردم به مرحله‌ای دیگر از یک تسلسل اجتناب‌ناپذیر و سوال برانگیز و بر عالمی ناشناخته قدم گذاشته‌ام. عالم پر امنیت مرگ... ولی صدایی مرا متوجه اطرافم کرد. پرده از بالا به شدت بر زمین افتاد. سوزی سرد از درد در تمام تنم پیچید. باز هم مثل همیشه برق خانه را قطع کرده بود. پاهایم متورم و کبود شده بودند. با سختی شمعی روشن کردم. تمام تنم غرق در خونی خشک و نیمه خشک بود. به طرف پرده رفتم، آن را که در هم پیچیده شده بود باز کردم. مینا و نسرین در لابه‌لای پرده خوابیده بودند. پایم را به سختی بر زمین می‌گذاشتم. آن دو را به زیر کرسی کشانیدم. مسعود و رضا در زیر کرسی یخ‌زده به خوابی آشفته فرورفته بودند.

کرسی را گرم کردم. با انگشت‌های یخ زده‌ام که خون در بین آن‌ها خشکیده بود، نوازششان کردم. با لحاف چهل تیکه مندرسی رویشان را پوشانیدم.

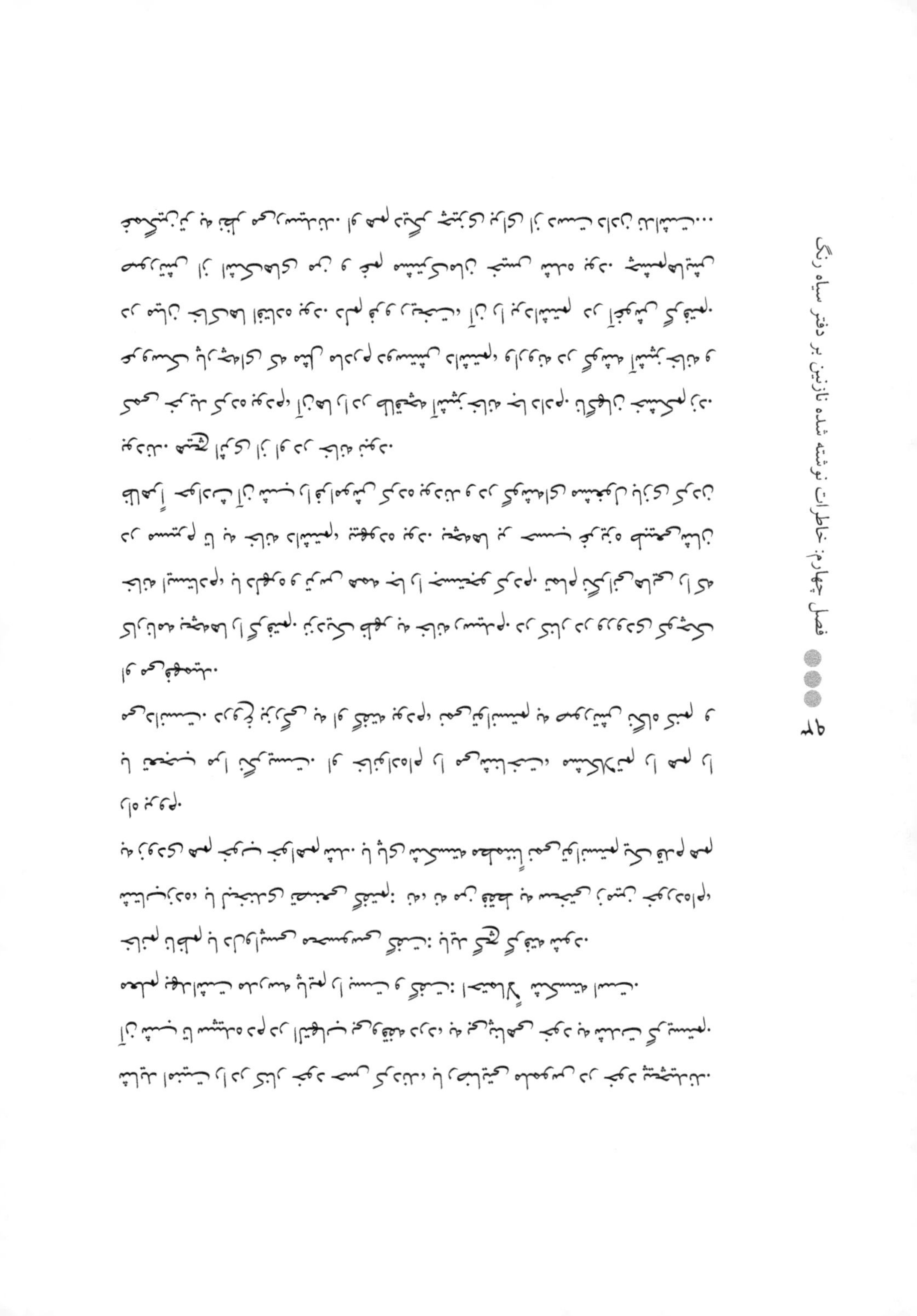

شاید امنیت را در کنار خود حس کردند، با رضایتی ملموس در خود پیچیدند. آن شب تا سپیده دم در التهاب بی‌وقفه درد، به بی‌پناهی خود به شدت گریستم. معلم بهداشت مدرسه پایم را بست و گفت: احتمالاً شکسته است.

خانم ناظم با دلواپسی محسوسی گفت: باید گچ گرفته شود.

شتاب‌زده، با لبخندی تصنعی گفتم: نه، نه من فقط به سختی زمین خورده‌ام، به زودی هم خوب خواهم شد. با پای شکسته مطمئناً نمی‌توانستم یک قدم هم راه بروم.

با تعجب مرا نگریست. او خانواده‌ام را می‌شناخت، مشکلاتم را هم می‌دانست. دروغ بزرگی به او گفته بودم، نمی‌توانستم به صورتش نگاه کنم و او می‌فهمید.

کارنامه بچه‌ها را گرفتم. نزدیک ظهر به خانه رسیدم. در کنار در ورودی کوچک خانه ایستادم، با دلهره و ترس همه جا را جستجو کردم. تمام نگرانی‌هایی را که در مسیرم تا به خانه داشتم، بیهوده بود. بچه‌ها بر حسب غریزه طبیعی‌شان ظاهراً حوادث آن شب را فراموش کرده بودند و در گوشه‌ای مشغول بازی کردن بودند. هیچ اثری از او در خانه نبود.

کمی خرید کرده بودم، آن‌ها را در طاقچه آشپزخانه جا دادم. ناگهان خشکم زد. عروسک پارچه‌ای که مثل مادرم دوستش داشتم، وارونه در گوشه آشپزخانه و در میان خاک‌ها افتاده بود. دلم فرو ریخت، آن را برداشتم در آغوش گرفتم. صورتش از اشک‌های من و غم مشترک‌مان خیس شده بود. چشم‌هایش غمگین‌تر به نظر می‌رسیدند. او هم دیگر چیزی برای از دست دادن نداشت...

بیش از یک ماه گذشت. او به خانه باز نگشت. امیدوار بودم این غیبت او تا ابد ادامه یابد. آنچه بر دورنمای واهی سرای‌مان می‌گذشت با تردید بوی زندگی می‌داد.

رضا و مسعود به مدرسه می‌رفتند و شب‌ها به من کمک می‌کردند تا بتوانیم کارهای تزیینی روی روزنامه دیواری مدرسه‌شان را زودتر تحویل بدهیم. مینا و نسرین تمام مدت بازی می‌کردند، گویی زمان به سرعت آنچه را که اتفاق می‌افتاد در گذرگاهش محو می‌کرد تا آن‌ها بتوانند دوباره مراحل مختلف کودکی را تجربه کنند. گاهی غیرمنتظره به طرفم می‌دویدند، بر من می‌پیچیدند و مرا غرق در بوسه می‌کردند. احساس آن‌ها احساس خود من بود. نقطه‌ای مشترک و مأنوس که به خاطر بزرگ‌تر بودنم از آن‌ها پنهان می‌کردم. گاهی تلاقی نگاهم بر نگاهشان این احساس نهان را آشکار می‌کرد. شاید آن‌ها به خوبی این هیجانات درونی را درک می‌کردند. شاید پاسخ‌های عاطفی آن‌ها نشانگر این غریزه طبیعی بود.

به زودی زمستان در انتهای پاییز قدم می‌گذاشت. با نبودن او گرمی و امنیت بر فضای خانه حکم‌فرما بود. با پولی که مسعود بابت کار روزنامه از مدرسه گرفته بود ذغال، نان و میوه خرید. هم‌کلاسی‌های رضا نقاشی‌هایی را که کشیده بودم با قیمتی خوب خریده بودند و او برای کاردستی‌هایی که آن‌ها سفارش داده بودند، مقداری کاغذ تهیه کرده بود.

هنوز گاهی دردی موذی در پایم می‌پیچید، دردی که سوزشش خاطرات تلخ و عذاب‌آور آن شب را در ذهنم بیدار می‌کرد و یاد آوریش بهبود دردها را که ریشه روانی داشت، به تعویق می‌انداخت.

مسعود و رضا علی‌رغم مشکلاتی که پیش آمده بود خودشان را برای امتحاناتی که در ماه آینده برگزار می‌شد، آماده می‌کردند.

همه اتفاقات روزانه آرام و بی صدا و به روالی منظم پیش می‌رفتند. از خدا می‌خواستم دوباره مشکلات گذشته به خانه‌مان راه نیابند. با وجود آرامش ظاهری، دوباره دل‌واپسی مرموزی به سراغم آمد.

روز گذشته مهری به دیدنم آمده بود. کتابش را که مچاله و پاره شده بود، به او دادم. خجالت‌زده سرم را پایین انداخته بودم. نمی‌دانستم باید به او چه بگویم.

با لکنتی آشکار گفتم: مهری من... من...

او مهربانانه گفت: ولی نازنین این کتاب یک هدیه است.

خندید و ادامه داد: هدیه را که پس نمی‌دهند. تو هم برای من نقاشی‌های زیادی کشیدی.

کتاب را به من پس داد و گفت: آرزو می‌کنم هرچه زودتر دیپلمت را بگیری و بتونی برای خودت کاری پیدا کنی. تا حالا از هیچ‌کس عقب نیستی مطمئن هستم از این به بعد هم عقب نمی‌مونی.

مهری از من بزرگ‌تر بود کتاب‌هایی را که می‌خواند، به من قرض می‌داد. صحبتش را عوض کرد، محتاطانه گفت: راستی، پدرت خانه آن زن است.

به خوبی می‌دانستم که آنجاست. از ته دل می‌خواستم که همیشه همان‌جا بماند و دیگر باز نگردد و ما را به حال خود بگذارد. همان‌گونه که چند هفته گذشته بوده‌ایم. همان‌گونه که همیشه بوده‌ایم، همان‌گونه که هیچ‌کدام از ما معنی و مفهوم پدر و مادر را نمی‌دانستیم یا از روابط بین آن‌ها و خودمان بی‌خبر بودیم. چگونه‌اند انسان‌ها که این همه تفاوت آن‌ها را از یکدیگر متمایز می‌سازد؟

آنکه قلبش تنها در کشاکش قدم‌های سست و یا محکم کودک تازه به پا خواسته‌اش گرفتار است دیگری گرگی‌یست در لباس پدر تا به میان بچه‌هایی که از آن خود اوست بیاید و آن‌ها را از هم بدرد.

به درگاه خدایم که جایگاهی بزرگ در قلب کوچکم دارد، دعا کردم هیچ‌گاه بازنگردد. او که اسماً پدر ماست و رسماً بیگانه‌ایست آشوب‌گر. با تمام وجود خواستم که او به همان جایی برود که مادر رفته بود، دنیای متعلق به رفته‌گان یا هر کجا که مادر بود... به جایگاهی که فرسنگ‌ها از ما فاصله داشت و راهی به سرنوشت ما نداشت. به همان دنیای بی‌بازگشت مردگان.

رگباری تند زمین و آسمان را منقلب ساخت و هرچه را در اطراف‌مان می‌گذشت تحت الشعاع قرار می‌داد.

مهری شتاب‌زده خداحافظی کرد و رفت. کتاب مچاله شده در دستم باقی ماند. با اندیشه‌ای آشفته آن را در گوشه‌ای گذاشتم.

ابرهای تیره و روشن در ابعادی گسترده در آغوش هم می‌غلتیدند. باد آن‌ها را با خود می‌برد و در گوشه‌ای دیگر به اشکال متفاوت بر آسمان ترسیم می‌کرد. آن شب تا صبح بارانی تند بارید مثل این‌که شب، سیاهی خود را در عمق ضخامت ابرهای خاکستری پنهان می‌کرد تا در درون تیرگی ابرها قدرتمند باشد و پایدار بماند و تا جای خود را به صبح ندهد. من نیز همدم این تیرگی‌ها، تا سحر غرق در خیالی آزار دهنده بیدار ماندم ...

آن زن ... آن زن چه بود؟ رهایی بود یا اسارت؟ دوست یا دشمن؟ مخرب بود یا سازنده؟ می‌باید او را دوست می‌داشتم یا از او متنفر می‌بودم؟ هرچه بود با تمام وجود می‌خواستم که تا ابد پدرم در کنار او و بچه‌هایش بماند. ما را فراموش کند. فرزندان آن زن را به جای ما برگزیند.

هشت هفته غیبت، زمانی طولانی بود. کاش این زمان تا ابد ادامه یابد.

کار سفارش شده از طرف مدرسه به پایان رسیده بود. آن‌ها را به مسئول مربوطه تحویل دادم. با پولی که گرفتم کمی خرید کردم. به نزدیکی خانه رسیدم. دوباره دل‌واپسی در درون آشفته‌ام تنیده شد.

در باز بود. بهت زده وارد خانه شدم. نفوذ بویی آشنا، تند و گزنده به میان تخیلاتم، همه آنچه را که با دودلی در گمانم برای آینده ساخته بودم به یک‌باره بهم ریخت. روبه‌روشدن با او دیگر برایم غیرممکن بود ولی چگونه می‌توانستم از او که موجودی ستمگر و زورگوست، بگریزم؟ مینا و نسرین پشت پنجره مخفی شده بودند، آهسته پچ و پچ می‌کردند.

او به دیوار تکیه داده بود. ترسان، با بی‌میلی به او سلام کردم. جوابی نامفهوم شنیدم. می‌خواستم نفرت را در چشمانم نبیند ولی چگونه؟ چگونه می‌شود شوریدگی‌های حاصلِ از طغیانی سرکش را پنهان کرد، این همه تنفر را پوشانید، بر این بی‌تفاوتی سرپوشی ضخیم نهاد؟ چگونه می‌شود خشم گردبادی مهیب را ندید، صدای هراس‌آفرین آن را نشنید، قدرت تخریب‌گرش را نادیده گرفت؟ چگونه می‌شود در حلقه‌های خاکی و چرخان آن نپیچید، آتش‌فشانی طغیانگر و پرشده از آتش را چگونه می‌شود خفه کرد؟ می‌توانستم در برابر او مقاومت کنم؟ چگونه؟

باید بیشتر سعی می‌کردم. نمی‌خواستم بهانه‌ای به دستش بدهم. سرم را به زیر انداخته بودم تا آن همه تلاطم را، آن بی‌تفاوتی ساختگی را نبیند.

تبسمی نابه‌هنگام بر آن همه نفرت مهار شده در وجودم زد. از دور نگاهش کردم. در لبخندش معنایی نامفهوم وجود داشت که مرا نگران‌تر می‌کرد. ناگهان برگشت. با حالتی غیرعادی به من نگاه کرد.

درست مثل نگاه یک تاجر بر کالایش. تاجری که ارزش کالایش را بررسی و ارزیابی می‌کند؟ از این اندیشه واهی وجودم می‌لرزد. متعجبانه با خود می‌گویم: نه، ممکن نیست، نه او تاجرست و نه من کالا. نه، نه بی‌تردید من کالا نیستم او هم تاجر نیست.

بلند شد، قصد داشت که برود، گفت: فردا مهمون داریم.

بی‌اعتنا به آنچه در اطراف ما می‌گذشت و مسئولیتی که در برابر مان داشت، شتابان از در بیرون رفت.

با سوالاتی بی‌جواب تنها ماندم، مشکلی که مدام بر مشکلات دیگر اضافه می‌شدند. شاید زندگی یک بازی‌یست. یک معمای بغرنج، یک بازیگر پرتجربه باید بود تا در این بازی پرفریب بازنده نبود. ولی چگونه است راه و رسم این بازی پیچیده؟ در انحنای بی‌گریز این راه چه سری پنهان است که هرچه جلوتر می‌روی در زوایای پرپیچ و خمش بیشتر گم می‌شوی. من در این پهنه بی‌پایان هستی، چه هستم که بی‌پناه و بی‌آنکه بخواهم در این جاده قدم گذاشته‌ام؟ بی‌کسی چون من از چه کسی فرا گیرد راه و رسم این بازی پیچیده و خطرناک را؟ و آنکه مرا به این بازی بغرنج فرا خوانده؟

در شرایطی آشفته و نابسامان، رضا و مسعود برای گذرانیدن امتحانی که در پیش داشتند آماده می‌شدند. نباید از آنچه که بودند نگران‌تر می‌شدند و نباید افکار آن‌ها با اندیشه‌های منفی مغشوش می‌شد، پس تصمیم گرفتم سکوت کنم و خود به تنهایی در برابر مشکلات بایستم. آن شب نیز با اضطرابی که به وصف نمی‌آید، دیر و سخت گذشت.

هنوز سیاهی شب با افق وداع نکرده بود، صبحی سپید و روشن در پس دلواپسی‌های شب گذشته، سایه‌ای ناپایدار و بی‌رمق بر اجزا خانه انداخته بود. با تعجب به در خانه نگاه کردم که با عجله باز می‌شد، پدر بود. حالتی داشت که قبلاً هیچ‌گاه از او ندیده بودم. می‌کوشید خنده ملایمش را، شادی‌اش را مخفی کند. زیر لب آهنگی معروف را با نوایی دل‌خراش زمزمه می‌کرد. زیرچشمی و با هراس نگاهش می‌کردم.

دائماً جلو آینه می‌رفت، با دست بر روی سرش می‌زد تا به موهایش فرم و حالت بدهد،گاهی موهای سفید در میان آن‌ها را که مصرانه سن واقعی‌اش را نشان می‌داد، با دقت می‌کند. به زودی از کندن موهایش دست کشید. شاید به این فکر کرد که باید بیشتر موهایش را بکند و با نتیجهٔ ناخوشایندی که داشت... با خشونت و با ژستی نامعقول، با انگشتان بهم چسبیده، چند ضربه محکم بر سرش زد تا ناهمواری‌های موهایش را صاف کند. در این فاصله چند بار با حالتی که نمی‌شناختم مرا نگاه کرد. سعی می‌کرد مهربان باشد ولی نبود. به دنبال فرصتی می‌گشت تا با من حرف بزند. نمی‌خواستم هیچ صحبتی بشنوم. هرچه از او شنیده بودم دروغ محض بود و دردسری در پشت آن پنهان. اضطراب داشت، در گیرودار واکنش‌هایی غیرعادی شتاب‌زده به نظر می‌رسید. بر حرکاتش تسلط نداشت، دیوار را ندید، به سختی با آن برخورد کرد. شوکه شدم، به او پشت کردم، به آشپزخانه گریختم تا کمتر او را ببینم. به دنبالم آمد. در کهنه و فرسوده را بستم، در پشت آن ایستادم. باملایمت به در ضربه می‌زد، در را تکان می‌داد ناباورانه او را در کنار خودم دیدم. وحشت کرده بودم. نمی‌دانستم در پس ظاهر آرام او چه می‌گذرد. برای این که رفتارش دوستانه باشد بیشتر می‌کوشید.

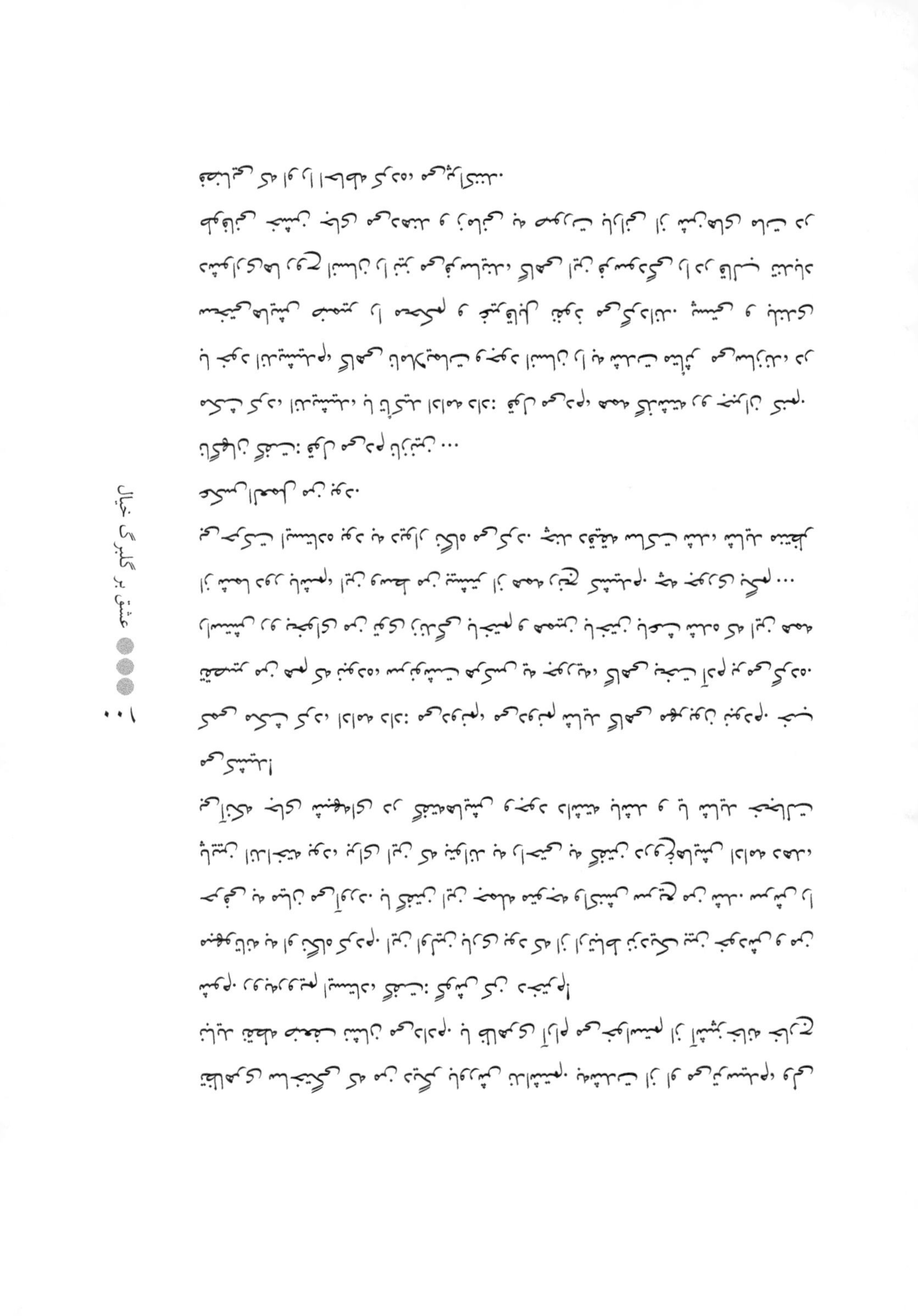

تظاهری ساختگی که من دیگر باورش نداشتم. به‌شدت از او می‌ترسیدم، ولی نباید نقطه ضعف نشان می‌دادم. با ظاهری آرام می‌خواستم از آشپزخانه خارج شوم. روبه‌رویم ایستاد، گفت: گوش کن دخترم!

مبهوتانه به او نگاه کردم. این اولین باری بود که از ارتباط نزدیک بین خودش و من حرفی به میان می‌آورد. با گفتن این جمله متوجه واکنش سریع من شد. سرش را پایین انداخته بود، برای این که بتواند به راحتی به گفتن دروغ‌هایش ادامه دهد، بی‌آنکه جای شبهه‌ای در گفته‌هایش وجود داشته باشد و یا شاید خجالت می‌کشید!

کمی مکث کرد، ادامه داد: می‌دونم، می‌دونم شاید گاهی مهربون نبودم. خب تقصیر من هم که نبوده، سرنوشت هرکس یه جوریه، گاهی بخت آدم برمی‌گرده. راستش رو بخوای من توی زندگی باختم و همین باختن باعث شده که این همه از شما دور باشم، این وسط من بیشتر از همه رنج کشیدم. چه جوری بگم ... بی‌حرکت ایستاده بود به دیوار نگاه می‌کرد. چند دقیقه ساکت شد، شاید منتظر عکس‌العمل من بود.

ناگهان گفت: قول می‌دم نازنین ...

مکث کرد، اندیشید، با تأکید ادامه داد: قول می‌دم، همه گذشته رو جبران کنم.

با خود اندیشیدم، گاهی ناملایمات وجود انسان را به شدت متأثر می‌سازند، در سختی‌هایش ضمیر را محکم و غیرقابل نفوذ می‌گرداند. پستی و بلندی دشواری‌ها روح انسان را نیز می‌فرسایند، گاهی این فرسودگی را در قالب تندباد طوفانی خشن جای می‌دهند و زمانی به صورت بارانی از شن‌های مات در فضایی که او را احاطه کرده، می‌پراکنند.

در نهایت انسان پس از عبور از چالش‌ها، با تجربه‌های حاصل از دشواری‌ها، ساختار محکمی برای زیر بنای زندگی می‌سازد و بر این زیربنای محکم شده از سختی‌ها، سعادتی پایدار را خلق می‌کند.

شاید او تمام این مراحل تخلیص را طی کرده و به فولاد آبدیده مبدل شده! و یا شاید من مصرانه می‌خواهم این اندیشه واهی را به خود بقبولانم و شاید برای حمایت از او.

تأثیر گفته‌هایش را بر من حس می‌کرد، ادامه داد: می‌دونم خیلی دل‌خوری. حق هم داری، همه ما با هم و در کنار هم مشکلات را لمس کرده‌ایم، همه ما. صدایش را بلندتر کرد تا گفته‌هایش موثرتر باشند.

ادامه داد: همه ما می‌فهمی، بیشترین صدمه را من دیده‌ام ولی دیگه تموم شد. عمر فقر و تنگدستی‌ها تموم شده. می‌فهمی نازنین! ما می‌تونیم دوباره با هم و در کنار هم باشیم، برای همیشه و به دور از همه دشواری ها...

حرف‌هایش ریشه نداشتند چون عمیق نبودند. لرزان بودند چون ثبات نداشتند. راست نبودند چون از دروغ‌ها نشأت می‌گرفتند. واقعی نبود چون از سراب برمی‌خواست. از دل برنیامد، بردل هم ننشست.

مکث کرد، مرا می‌نگریست. بی تفاوت برنگاهش نگریستم. چون خود او سرد و بی‌روح به همان‌گونه که همیشه بود. در برابر هم ایستاده بودیم، مثل دو دشمن به ظاهر دوست در دو سنگر مقابل و متضاد. هیچ‌کدام حتی نفس نمی‌کشیدیم تا فکر خود را به دیگری منتقل نکنیم. چشمانش برقی مات داشت که صداقت را منعکس نمی‌کرد. رویم را برگردانیدم تا نگاه آمیخته با تزویر او را نبینم. به خوبی معنی واکنش‌هایم را می‌فهمید.

بلند شد. سعی می‌کرد، خون‌سردیش را حفظ کند. چند قدم از من دور شد. ناگهان برگشت، به طرفم آمد در برابرم زانو زد و گفت: دیگه نمی‌زارم. دیگه نمی‌زارم. بهت قول می‌دم.

شانه‌هایم را به آرامی نوازش می‌داد مثل اینکه پدری مهربان بخواهد فرزندش را از کابوسی هولناک برهاند و به او بفهماند که تا ابد در کنار اوست.

با اندیشه‌ای خوش، به خیال و خلسه‌ای شیرین فرو رفتم ...

در شکوفه‌زاری بهشت گونه می‌دویدم، او همچون سدی شفاف و نامریی در کنار من و با من بود، با تمام توان و با دلواپسی مرا از گزندها و آسیب‌ها دور می‌ساخت. بر تابی از جنس مروارید نشسته بودم، نیرویی مرموز همواره مرا به عقب و جلو می‌برد... طنین صدای شادی‌هایم در آسمان پیچیده می‌شد و در فضا پژواک داده می‌شد. در اثر جادویی منفی و شوم شتاب تاب بیشتر و بیشتر می‌شد و در اثر نوسانی ممتد یک‌باره به دور دست‌ها پرتاب شدم. حس می‌کردم به عمق ورطه‌ای هولناک فرو خواهم رفت اما بر بستری حریر گونه و دل‌آسا فرو رفتم... در آغوش گرم و پرامنیت پدرم بودم... پدرم... فرشته‌ای شفاف و لطیف از جنس ابر...

دردی شدید در شانه‌هایم حس کردم و او برای ثبوت حرف‌هایش، برای به پیش بردن اهدافش همچنان شانه‌هایم را تکان می‌داد، شاید در تداوم تکان‌ها از حیطه‌ای دل‌فریب و واهی به جهان واقعیت‌های پر تنش بازگشتم.

می‌فهمیدم، حس می‌کردم خواسته و یا سودایی داشت که نمی‌توانستم حدس بزنم. هیچ قدرتی برای تأیید و یا تکذیب گفته‌ها و یا خواسته او نداشتم، توان حرف زدن هم نداشتم. بیمناک و هراسان به او می‌نگریستم. آرام رهایم کرد.

نمی‌باید بذر این وحشت را در ضمیرم می‌پروراند. حالا نه... صید به دام نزدیک شده چه بخواهد چه نخواهد. پس حالا نه...

می‌کوشید احساساتش واقعی جلوه کنند. با شور و هیجان ادامه داد: کاری پر درآمد پیدا کرده‌ام. موقعیتی که مدت‌ها به دنبالش بوده‌ام. فرصتی که نباید از دستش بدهم ولی احتیاج به کمک تو دارم.

دیگر رویاهایش برای من مات بودند، تصورات مملو از رایش هیچ رنگی نداشتند. رنگ داشتند اما رنگی متفاوت با رنگ‌های دیگر. رنگی سرشار از نیرنگ که هیچ تلألؤیی نداشت.

کمی سکوت کرد. ضربه آخر را بی‌رحمانه زد. ادامه داد: باید مدتی به خونه عمه‌ام بری تا کارم رو شروع کنم و بتونم یه خونه کوچیک در بندر کرایه کنم.

زمانی طول کشید تا حرفش را فهمیدم و به عمق آن پی بردم. خواستم به گفته‌هایش اعتراض کنم، ماتم‌زده ادامه داد: نگران بچه‌ها نباش، اون‌ها رو نیز به خونه خاله‌هام می‌فرستم.

او هرگز دوست و یا فامیلی نداشت و اگر داشت هیچ‌گاه ارتباط دوستانه‌ای با آن‌ها نداشت.

بهت و تعجب من به ظاهر نگرانش کرده بود. در کنارم زانو زد. دستم را در دستش گرفته بود. چهره‌اش را بر چهره‌ام می‌سایید. دوباره بی‌اراده مسحورش گشتم، قلبم تمناوار در آرزوی نوازش مداوم پدر می‌تپید. عواطف سرکش درون، مشتاق و هیجان‌زده تمام وجودم را سرشارِ از مهری آرامش‌بخش می‌کرد. تنم گر گرفته بود اما به عشق، با حسی نامأنوس که مرا تا به عمق سعادتی دل‌آسا می‌کشاند.

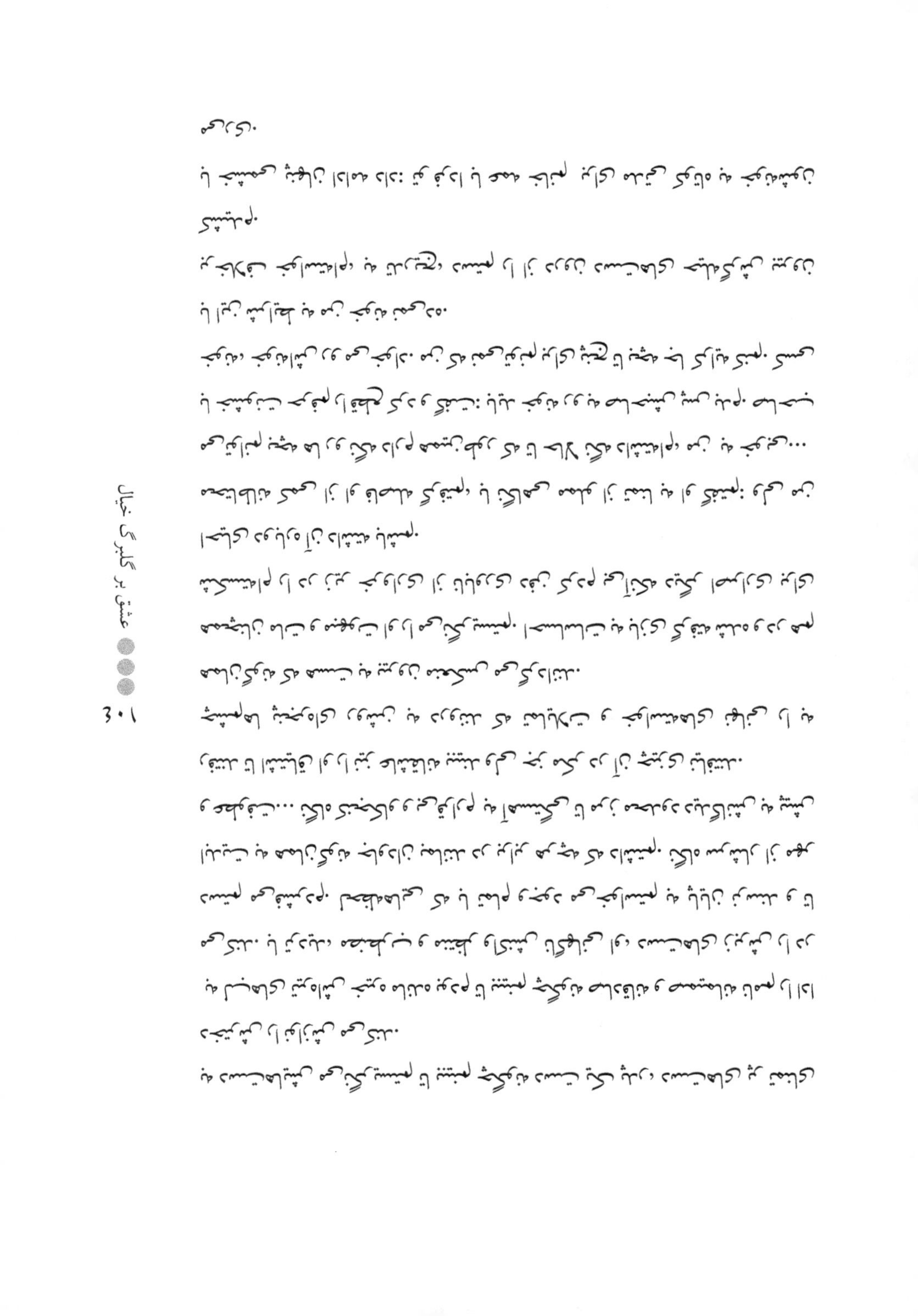

به دست‌هایش می‌نگریستم تا ببینم چگونه دست یک پدر، دست‌های پر تمنای دخترش را نوازش می‌کند.

به لب‌های تیره‌اش خیره مانده بودم تا ببینم چگونه صادقانه و صمیمانه نامم را ادا می‌کند. با تردید، مضطرب و منتظر واکنش ناگهانی او، دست‌های زبرش را در دستم می‌فشردم. لحظه‌هایی که با تمام وجود می‌خواستم به پایان نرسند و تا ابدیت به همان‌گونه جاودان بمانند در برابر هرچه که داشتم. نگاه سرشار از مهر و عطوفت... نگاه کنجکاو و بی‌قرارم به آهستگی تا مرز محدود دیدگانش به پیش رفتند تا اشتیاق او را نیز عاشقانه ببیند ولی جز مکر در آن چیزی نیافتند.

چشم‌ها پنجره‌ای روشن به درونند که تمایلات و خواسته‌های نهانی را به همان‌گونه که هست به بیرون منعکس می‌گردانند.

همچنان مات و مبهوت او را می‌نگریستم. احساسات به بازی گرفته شده و در هم شکسته‌ام را در زیر خرواری از ناباوری دفن کردم بی‌آنکه دیگر اصراری برای احیای دوباره آن داشته باشم.

محتاطانه کمی از او فاصله گرفتم، با نگاهی مملو از تمنا به او گفتم: ولی من می‌توانم بچه ها رو نگه دارم همین‌طور که تا حالا نگه داشته‌ام، من به خوبی...

با خشونت حرفم را قطع کرد و گفت: باید خونه رو به صاحبش پس بدم. صاحب خونه، خونه‌اش رو می‌خواد. من که نمی‌تونم برای پنج تا بچه جا کرایه کنم. کسی با این شرایط به من خونه نمی‌ده.

برخلاف خواسته‌ام، به تدریج، دستم را از درون دست‌های حیله‌گرش بیرون کشیدم.

با خشمی پنهان ادامه داد: تو فردا با عمه خانم برای مدتی کوتاه به خونه‌شون می‌ری.

با خشونتی آمیخته با بی‌تفاوتی از من دور شد و رفت. دوباره همان شد که بود. بی‌آنکه واکنشی نشان دهم، تسلیم خواسته‌اش شدم. باید چه می‌کردم؟ باید کدامین راه را می‌رفتم که تنها یک راه در برابرم گشوده بود. فقط باید می‌رفتم بی‌آنکه به سویی نگاه کنم که به طرفش می‌روم بی‌آنکه بتوانم به پشت سرم نگاه کنم و یا به بچه‌ها و سرنوشت نامعلومشان بیندیشم.

دست‌هایم را که تا چند لحظه پیش در دست‌هایش بود، عاشقانه بوییدم، در آغوش کشیدم اما یاد او و افکار فریب‌کارانه‌اش که کاشانه‌مان را این چنین از هم پاشیده بود، مرا از حال شوریدگی عاشقی، عشق به پدر، دور کرد.

فراموش نشدنی‌ترین شب زندگی‌ام نمی‌خواست به انتها برسد یا شاید من نمی‌خواستم به پایان برسد. نمی‌دانستم می‌خواهم زمان به جلو رود و یا هیچ‌گاه به پیش نرود. ثانیه‌ها به دقیقه‌ها تبدیل شوند یا در همان دم بمانند و یا به عقب برگردند. می‌خواستم در همین گره کور و ناگسستی بمانم و یا به خارج ناامن‌تر از آن بروم؟ ولی گذشته و حال که جز کابوسی هولناک در تقدیر من نبودند، آینده چگونه خواهد بود؟ اگر آینده هم مثل گذشته و حال باشد چه؟ اگر لحظه‌های فردا هم مثل امروز و دیروز پرفریب باشند چه؟

چه فرقی می‌کند که در کدام زمان محبوس باشم؟

شاید در پیچ‌وخم بغرنج فردا و بر دیواره‌های بی‌نفوذ غبار ضخیمی که در آن سرگردانم، روزنه کوچکی رو به امید بیابم. پس ای فردا بیا که بی‌صبرانه به انتظار رویدادهای دل افروزت که دل‌واپسی مأیوس کننده‌ای از تردیدها را در بطن دارد، نشسته‌ام.

اشعه‌های بی‌رمق خورشید ابرگرفته، بر سر شهر یخ‌زده می‌تابیدند. از آن دم به بعد به خوابی عمیق و پر اضطراب فرو رفتم... در کابوس و یا رویا می‌دیدم...

در جاده‌ای که دو طرفش تا افق مشعل افروخته بودند، قدم گذاشتم. در آن راه مخوف و بی‌انتها ترسان و سرگردان به دنبال مقصدی نامعلوم می‌رفتم.

صدایی درهم و ناآشنا نگاهم را تا به انتهای جاده کشانید. دو موجود عجیب که تنشان به انسان و سرشان به جانوری هولناک شبیه بود، بی‌آنکه هیچ حرکتی داشته باشند به دنبالم می‌آمدند. مشعل‌ها یکی‌یکی ناپدید می‌شدند. در یک دم جاده تاریک شد و آن‌ها نزدیک‌تر. دیگر توانی برای گریختن نداشتم. حرکتم کند و کندتر می‌شد، ناگهان ایستادم. نیرویی مرموز مرا تا به قهقرا می‌کشانید. پرتگاهی سیاه و بی‌فروغ در برابرم ظاهر شد. سرگشته و مضطرب دوردست‌ها را نگریستم، مردد دوباره بازگشتم... آن‌ها آنجا بودند... درست در برابرم.

خدای من! بی‌اراده و با سرعت به طرف پرتگاه می‌رفتم بی‌آنکه هیچ توانی داشته باشم. در عمق پرتگاه تنها تاریکی دیده می‌شد. چشم‌هایم را برهم گذاشتم تا تاریکی را هم نبینم. قلبم نیز در شبکه‌ای زنگار گرفته در ظلمت از حرکت باز ایستاد و خاموش شد.

زمان و مکان در اسارت سکون بی‌خاصیت و عبث شده بودند. اتفاقی نمی‌افتاد. چشم‌هایم را گشودم. سیمرغی پوشیده از پرهای صدف‌گون، مرا با خود به افقی تابناک می‌برد. نور شدیدی چشمم را می‌زد.

سراسیمه از خواب بیدار شدم. در تنم رمقی نبود ...

چون روباهی پیر و حیلت‌ساز در حیاط قدم می‌زد. مدام به ساعتش نگاه می‌کرد. هیچ‌گاه او را این چنین عجول و بی‌تاب ندیده بودم. حالت بی‌قرار نگاهش او را نامطمئن‌تر و مخوف‌تر از همیشه می‌نمایاند.

می‌خواستم مسعود و رضا را برای رفتن به مدرسه آماده کنم. ناگهان او را در برابرم دیدم.

گفت: دیگر احتیاجی نیست. اون‌ها قراره به خونه خاله‌ام، برن. خونه رو نیز به صاحبش تحویل دادم. چایی را آماده کن که عمه خانم به زودی از راه می‌رسه.
در نگاهش دوباره همان سردی همیشگی موج می‌زد.
از خود پرسیدم: چگونه آن همه شرارت را در زیر نقابی از عطوفت‌ها پنهان می‌کرد؟
دقایق بی‌آنکه بتوانم جلوی آمدنشان را بگیرم شتاب‌زده می‌آمدند تا مرا در قسمی دیگر از سرنوشت قرار دهند.
عمه خانم و مردی تنومند که سال‌ها از او جوان‌تر می‌نمود، در اطاق مجاور نشسته بودند. سینی چای را در وسط اتاق گذاشتم. پدر با نگاه خوفناکش اشاره کرد و من مطیعانه، هراسان و سرگشته نشستم. زن بی‌وقفه حرف می‌زد. زمانی کوتاه ساکت می‌ماند، مرا برانداز می‌کرد درست مثل یک خریدار. در فرصتی کوتاه فقط برای چند ثانیه توانستم او را ببینم. چروک‌های صورتش نشانگر سال‌های متمادی بودند که او گذرانیده بود. لب‌های کوچکش مرزی متمایز از چهره‌اش نداشتند. بینی گوشتی در صورت کشیده‌اش جایی وسیع را گرفته بود. در چشم‌های سیاه و ریزش حیله و مکرِ سال‌ها تجربه از دورویی‌های مزورانه، به شکلی آشکار نقشی از فریب زده بود. انگشت‌هایش در زیر چانه استخوانیش حرکتی مداوم داشتند. دمی چشم‌هایش کوچک‌تر از حد طبیعی شدند و برق عجیبی زدند. ابروهای کوتاه و کاملاً هشتی شکلش در سطحی نابرابر قرار داشتند که خود دلیل قاطع دیگری بر خودپسندی او بود. گاهی صدای بهم ساییده شدن النگوهای به هم فشرده عمه خانم بر سکوت سنگین اتاق غلبه می‌کرد. زمانی کوتاه ساکت می‌ماند، گاهی باتعمق و با نگاهی ناخوانا به من خیره می‌شد.

مانند آنکه در حال کاوش ضمیر من باشد. پس از سکوتی کوتاه گفت: وا! پس شما نازنین خانوم هستی. شنیدم عروسکت شکسته.

زیر چشمی به پدر نگاهی بغض‌آلود کردم. او نباید ستمگری‌هایش را برای غریبه‌ای ناآشنا بازگو می‌کرد. مبهوتانه از خود پرسیدم: به راستی پدر با او چه ارتباطی دارد؟ و او برای چه اینجاست؟

و زن ناشناس با صدای تیزش ادامه داد: وا! این که غصه نداره تو دیگه بزرگ شدی.

بی‌آنکه بخواهم دمی او را باغضب نگریستم. با سرعت حرفش را عوض کرد، گفت: وا! اون که تنها عروسک دنیا نبوده، چیزی که زیاده عروسک.

تبسمی کریه بر لب‌هایش ظاهر شد که نشانگر ذات پلید او بود.

بی‌وقفه حرف می‌زد: وا! جونم پس چرا نشستی؟ ما که نمی‌تونیم تا فردا برات صبر کنیم.

در هر جمله یک کلمه وا ! بکار می‌برد و در این حالت ابروهایش بیشتر از هم فاصله می‌گرفتند.

به پدر نگریستم. ملتمسانه بی‌آنکه از خواسته‌ام بگویم تنها نگاهش می‌کردم، به این امید که شاید در قلب سنگی‌اش ریشه‌ای از دل‌بستگی‌ها و یا وابستگی‌ها بیابد و خانواده از هم گسیخته‌مان را حداقل به همان شکلی که هست، باقی بگذارد.

گستاخانه و یا خجولانه رویش را از من برگرداند.

شتابان به طرف در اتاق رفتم. نباید اشک‌ها، راز غرور به یغما رفته‌ام را بر ملا می‌ساختند. نباید ضعف مرا می‌دیدند. اجازه نمی‌دادم عواطفم را بیش از این نادیده بگیرند.

ساک کوچک و مندرس را برداشتم.

در کنار چهارچوب در اتاق ایستاده بود. لباس کهنه‌ای در دست داشت؛ با بی‌التفاتی گفت: عمه خانم این لباس رو برات آورده. با تأکید ادامه داد: این رو بپوش. لباس را به طرفم پرت کرد، گفت: من، من، سعی...

به او پشت کردم، تا از همان لحظه از او دور باشم، تا با دردهایم تنها بمانم، تا به آینده‌ای نامعلوم نزدیک شوم که موهوم می‌نمود. آینده‌ای که با شک و تردید اما مصرانه می‌خواستم خود طراح آن باشم.

اجزای حیاط خانه بیشتر از هر زمان دیگر فرسوده به نظر می‌رسیدند. بچه‌ها را با تزویر به بیرون از خانه فرستاده بود. بی‌اختیار دلم برایشان تنگ شد ولی شاید اینطور برای آنها بهتر باشد. من هیچ‌گاه وداع را دوست نداشته‌ام... وداع، به معنای دل بریدن و دور شدن‌ست... من در هر کجا که باشم به سوی آنها باز خواهم گشت... آنها را در پناه خود خواهم داشت... دیر یا زود...

اما خوش حالم، خوش حالم که دیگر او را هیچ‌گاه نخواهم دید. تقدیر من هر چه که باشد خوشایندست مطلوبی‌ست زیرا که او در این بازی اجباری دیگر نقشی ساختگی نخواهد داشت.

نمی‌خواستم آن دو، آن مرد و زن که نمی‌شناسمشان، آن آدمک‌های آدم‌نما، وجود متلاشی شده‌ام را ببینند ولی اسکلت‌هایم با تمام قدرت، طغیان مهار شده در درون را به بیرون می‌ریختند.

ناگهان در وسط حیاط، بهت‌زده ایستادم. در یک لحظه حادثهٔ گمشده در میان خاطرات از یاد رفته کودکی‌ام، محو ولی گویا در ذهنم بیدار شد. گنجکاوانه در گوشه و کنار محدودهٔ این دست‌آورد تازه یافته که در حرارت تولدش مرا دوباره می‌کرد، سیر می‌کردم.

چشم‌هایم را بستم تا شاید در تنگناهای این گذشتهٔ از خاطر رفته، بمانم و بتوانم با تصوراتم به هرکجا در زوایای این حیطهٔ حبس شده در ابهام، بروم.

آن روز سرد زمستانی را با سختی به خاطر می‌آورم. آن روز مادرم از کنارم می‌رفت تا به جای خود طوفانی بنشاند که در کشاکش عصیان ناملایماتش، امنیت بی‌دوامی را که در آغوش گرمش به من هدیه داده بود، نابود سازد و به سوی دیار نیستی‌ها بفرستد.

در خیال و بر گستره واهی خاطرات، مادر را می‌بینم که دست‌های مهربانش از دست‌هایم جدا می‌شود. از آن پس روزها در میان دنیای بی‌ریای کودکانه و دنیای ویران شده‌ام، در گوشه‌ای به انتظارش می‌نشستم اما او هیچ‌گاه باز نگشت.

دوگانگی مرموز و مخربی با روح بی‌قرارم همراه می‌شد تا مرا به میان چرخش‌های گردابی عمیق بکشاند و آن‌ها بی‌تفاوت به آنچه در ضمیر من می‌گذشت، در کنار در ورودی منتظر ایستاده بودند.

زن به پدرم گفت: وا! خیالت راحت، من سر قولم می‌مونم.

هر دو می‌خندیدند. با خود فکرکردم که قبلاً هردوی آن‌ها را به همین شکل و در کنار هم دیده‌ام، اما کجا؟ در خوابم !؟

زیرچشمی نگاهی گذرا به او کردم، حس می‌کردم آخرین بارست که او را می‌بینم. در بحبوحه نابسامانی‌های تغییری تازه، یک‌باره شادی نابه‌هنگامی در درونم رخنه کرد... عهد کردم تا این شادمانی ناب و خوشایند را در درونم نگه دارم، ابعاد گسترده‌اش را در تاروپود نقاشی‌هایم امتداد بدهم تا رویاهایم را... رویاهای شگرف و پنهانم را لمس کنم.

دیگر هیچ‌گاه گل‌های یاس وحشی، ریخته بر شیب دلارام دشت را نخواهم دید.

اما نه ...

یاس‌های روییده در پیچ و خم هزارتوی تخیلات را تا بر گستره واقعیات کوچ می‌دهم، می‌رویانم و شکوفا کنم، هرکجا که من باشم گل‌های یاس هم خواهند رویید و خواهند شکفت.

هر کجا که باشم... باید در نزدیکی و در میان شاخه‌های آویختهٔ یاس‌ها باشم تا با رایحه‌ای دل‌افروز مرا در آرامشی دل‌پذیر رها سازند...

تحولی این چنین هم سرنوشت را عوض می‌کند و هم انسان را در سویی دیگر از راه قرار می‌دهد که هدفی در انتها دارد. تنها اجباراً باید آن را در لایه‌های ناهمگن بستر روزگار جستجو کرد، سخت و پایدار از فرازها و نشیب‌ها گذشت تا به آن آرمان ناشناخته رسید.

در تمام طول راه عمه خانم و آن مرد که بعداً فهمیدم پسر اوست، آهسته با هم صحبت می‌کردند. گاهی بر می‌گشت با غضب به من نگاه می‌کرد شاید به این گونه مرا با آنچه که برایم رقم زده شده بود، آشنا می‌کرد. هوا به تدریج مه‌آلود می‌شد و آن‌ها طغیان اشک‌های گدازنده مرا، نمی‌دیدند. حرکت و پیشروی کند اتوبوس دود گرفته در جاده، مرا از پدرم و خوی دیوگونه‌اش بیشتر و بیشتر دور می‌کرد. حس می‌کردم که امروز آخرین باری بود که او را دیدم. واقعه‌ای که یک‌بار دیگر آن را تجربه کرده بودم، دور شدن از او... مادرم اما بی‌خبری و سرمستی‌های کودکانه‌ام مانع از تفسیر پیامدهای مصیبت بار و تلخ آن می‌شد. در آن قسم، از زمان معنای هر حرکت به ظاهر بی‌آلایش را، درک می‌کردم حتی مفهوم یک نگاه مبهم را!

علی‌رغم وضعیت نامعلومی که در پیش رو داشتم از آن دگرگونی واهمه‌ای به دل راه نمی‌دادم. در من تحولی جوانه می‌زد که آن را نمی‌شناختم حسی غریب

که بیگانه بود. شکوفایی و رویشی زود هنگام که در خیزش آن تردید حس می‌شد. روزنه‌ای کم‌رنگ از نوری مات در دوردست‌ها، امیدی کوچک و اجباری که در پس ناامیدی‌ها جایی ناپایدار داشت.

خیلی زود آموختم در این راه پرخطر تنها می‌توانم بر خود و آنچه که در درونم به کندی به تکامل می‌رسید، تکیه کنم.

اتوبوس با صدای ناهنجار و سرعت یکنواخت خود غبار مات و فشرده جاده را می‌شکافت و به طرف مقصدی نامعلوم به پیش می‌رفت.

در تکان‌های ممتد که اثر جاده خاکی بر اتوبوس بود، مدارک تحصیلی‌ام را که با مشقت زیاد به دستشان آورده بودم، به خود می‌چسبانیدم.

مدارک تحصیلی‌ام را... که همچون تکیه‌گاهی در دوردست‌ها به نظر می‌رسید... شاید در دوردست‌های واقعیت‌ها... خیالی دلارام و امن را تجسم می‌کرد...

سرگشته و هراسان بر سکویی پوشیده از پوشال نشسته بودم. اندکی فکر کردم، به خاطر آوردم که کجا هستم. بویی عجیب همه‌جا را پر کرده بود. صدایی به گوشم می‌رسید. هیجان‌زده، کنجکاوانه خودم را به پنجره رسانیدم. در تاریکی مطلق اتاق به سختی می‌توانستم بر حرکات خود مسلط باشم. پنجره را باز کردم. جسمی گرم و نامأنوس به صورتم چسبید. با وحشت خود را کنار کشیدم. نوری کم از آنسوی شیشه خاک گرفته به داخل اتاق می‌تابید. مدتی طول کشید تا چشمانم با آن نور ضعیف و محیط و اطراف و آن چرا که در آن بود، عادت کرد. اسبی از آنسوی پنجره سر خود را به داخل اتاق آورده بود. واقعاً زیبا بود. گاهی عکس اسب‌ها را در صفحات مجله‌ها دیده بودم. آرام اما با ترس نزدیکش شدم. او نیز می‌خواست به من نزدیک شود اما دیواره کاهگلی بین ما مانعش می‌شد. با ملایمت صورتش را نوازش کردم. یال‌های ابریشم گونه‌اش را بر چهره‌ام می‌سایید.

در کنار او ساعت‌های اولین شب در غربت خیلی زود و خیلی شاد گذشتند. با خیال او و به تصویر کشیدن صورت مهربانش بر صفحه‌ای کاغذ، به خواب رفتم. و در آغاز حالت خوش خواب با خودم گفتم... در دنیای شاد درونم فقط ترا کم داشتم.

سپیده‌دم با صداها و همهمه‌ایی غیرعادی از خواب بیدار شدم. آسمان نیمه روشن بود. صدای تیز و پرستیز عمه خانم از بیرون شنیده می‌شد. دو مرد اسب را به جلو هول می‌دادند و اسب متمرد از جایش تکان نمی‌خورد.

عمه خانم با خشمی آشکار، با فریادی گوش‌خراش و آزاردهنده گفت: وا! یابوی خرفت و کودن، اسب نفهم. حتماً دلت می‌خواد ترا به قصاب دهکده بفروشم تا ساطوریت کنه. آخر هم منو مجبور به اینکار می‌کنی اسب بی‌قواره و احمق، فقط راه خوردن و خوابیدن رو خوب می‌دونه.

اسب همچنان بی‌حرکت در جای خود ایستاده به او زُل زده بود. با شنیدن تهدیدی تحقیرآمیز دلم به‌شدت فرو ریخت. سراسیمه خود را به او رساندم. نوازشش کردم. تابش انوار مهتاب روشن سحرگاه بر رنگ زرد پوستش او را زیباتر نشان می‌داد. بر یال‌های ابریشم گونه‌اش دست کشیدم.

صورتم را به صورتش نزدیک کردم، به او گفتم: با من بیا ابریشم ... با من بیا... اسب مطیع و رام با من و در کنار من به آرامی حرکت کرد. او را به طرف عمه خانم بردم. کسانی که در پشت سر او ایستاده بودند، با چهره‌هایی خواب‌آلوده و بهت‌زده مرا که در میان آن‌ها غریبه بودم، نگاه می‌کردند.

آهسته گفتم: تو دنیای شاد درون مرا شادتر می کنی... ابریشم...

روزهای عمر مثل فرو ریختن دانه‌های ساعت شنی در حباب شیشه‌ای آن، ما را از کنار حوادثی غیرقابل حدس و گمان می‌گذرانند تا در جاده رازآلود و اسرارآمیز زندگی به پیش ببرند.

نمی‌دانم چند روز از وقوع این دگرگونی غیرمنتظره می‌گذرد. در این روستای دور افتاده به سختی می‌توان بر روزهایی که می‌آیند و می‌روند تسلط داشت و آن‌ها را شمرد. دیگر چندان به بچه ها و آنچه که متعلق به گذشته است فکر نمی‌کنم چون تکرار آنچه را که اتفاق افتاده و در ژرفای زمان ناپدید گشته، محال است.

دیگر با وضعیت جدید خو گرفته‌ام. بازی همان است که بود اما در مکانی دیگر و در قسمتی دیگر از تغییرات مستبدانه و تحمیل شده سرنوشت ...

مثل همیشه ابریشم با سر به دریچه فلزی اتاق چند ضربه زد. می‌خواستم باز هم بخوابم اما به اجبار در میان پوشال‌های زبر جابه‌جا شدم.

صدای دلهره‌آور و ناهنجار به هم خوردن ریگ‌های کف حیات که حاصل قدم‌های خشن عمه خانم است نشانهٔ شدت عصبانیت همیشگی اوست، شرایط موجود را به همان‌گونه که او می‌خواهد تغییر می‌دهد و همه اهل خانه را اجباراً در زمانی کوتاه برای رفتن بر سر جالیز آماده می‌سازد. من و ابریشم نیز صبح خیلی زود با آن‌ها خواهیم رفت. و من نزدیک ظهر به خانه باز خواهم گشت، برای تهیه نهار کسانی که در مزرعه کار می‌کنند.

کار مداوم بر روی زمین تشنه و نیمه خشک، خسته کننده است اما راهی یست که باید رفت، بی‌هیچ سوالی ...

هوا به تدریج گرم می‌شود اما هنوز گاهی می‌توان لطافت بهار را در گداختگی اوایل تابستان حس کرد .

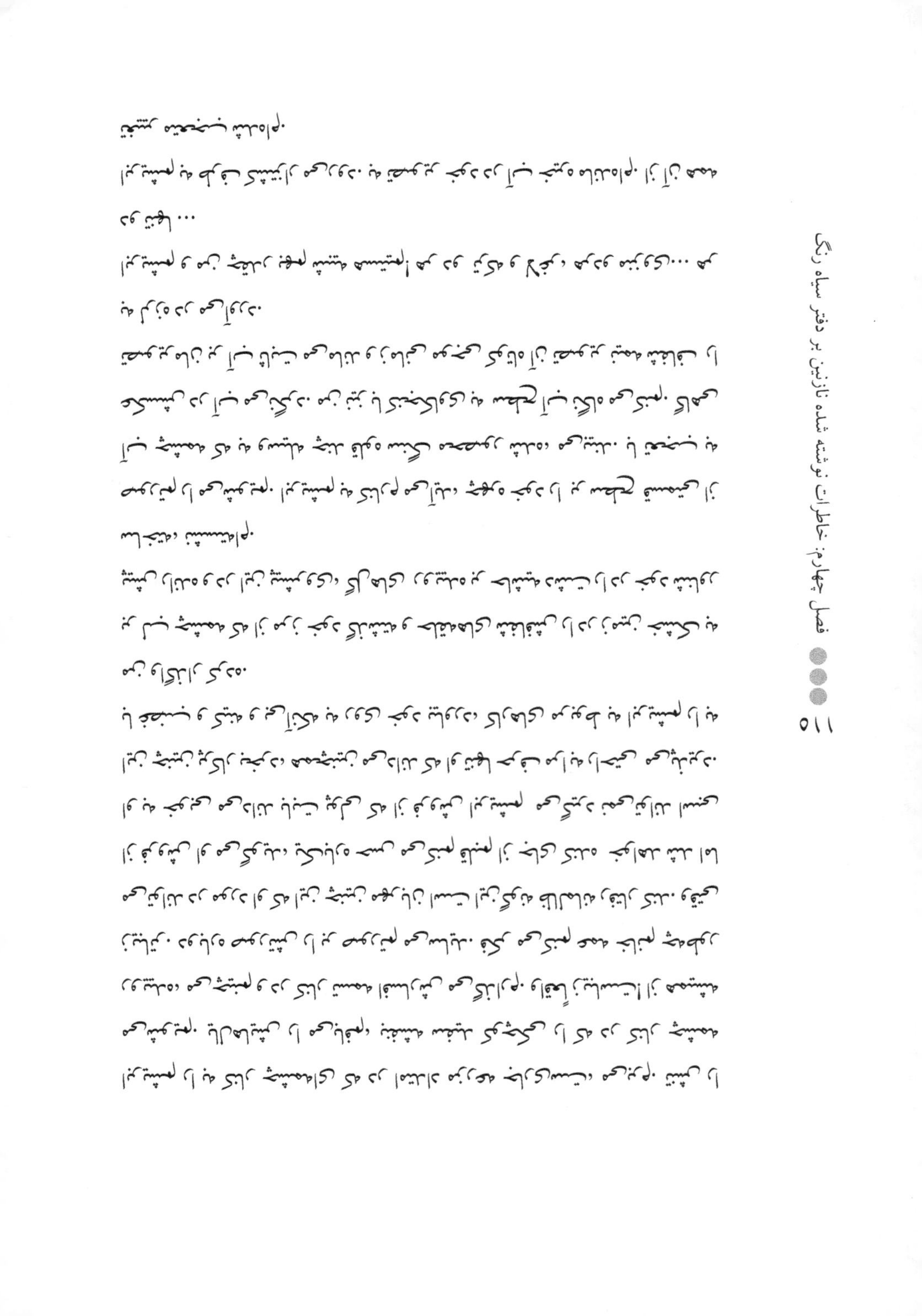

ابریشم را به کنار چشمه‌ای که در امتداد مزرعه جاری‌ست، می‌برم. تنش را می‌شویم. یال‌هایش را می‌بافم، بنفشه سفید کوچکی را که در کنار چشمه روییده، می‌چینم و در کنار تسمه افسارش می‌گذارم. واقعاً زیباست! از همیشه زیباتر. دوباره صورتش را بر صورتم می‌ساید. فکر می‌کنم عمه خانم چه‌طور می‌تواند در مورد او که این چنین مهربان است این‌گونه ظالمانه رفتار کند. وقتی از فروش او می‌گوید، یکباره حس می‌کنم قلبم از جای کنده خواهد شد اما او به خوبی می‌داند بابت پولی که از فروش ابریشم می‌گیرد نمی‌تواند اسبی این چنین پرکار بخرد، همچنین می‌داند که او تنها حرف مرا به راحتی می‌پذیرد. با غضب و کینه و بی‌آنکه به روی خود بیاورد، کارهای مربوط به ابریشم را به من واگذار کرده.

بر لب چشمه که از مرز خود گذشته و حلقه‌های شفافش را در زمین خشک به پیش رانده و در این پیشروی، گل‌های روییده بر حاشیه دشت را در خود شناور ساخته، نشسته‌ام.

صورتم را می‌شویم. ابریشم به کنارم می‌آید، چهره خود را بر سطح قسمتی از آب چشمه که به وسیله چند قلوه سنگ محصور شده، می‌بیند. با تعجب به عکسش در آب می‌نگرد. من نیز با کنجکاوی به سطح آب نگاه می‌کنم. گاهی تصویرمان بر آب ثابت می‌ماند و زمانی موجی کوتاه آن تصویر نیمه شفاف را به لرزه در می‌آورد.

ابریشم و من چقدر بهم شبیه هستیم! هر دو ترکه و لاغر، هردو منزوی... هر دو تنها ...

ابریشم به طرف کشتزار می‌رود. به تصویر خود در آب خیره مانده‌ام. از آن همه تغییر متعجب شده‌ام.

مدت‌ها خود را در آینه ندیده بودم. در آن خانه کسی نمی‌تواند آینه داشته باشد... قانونی مستبدانه و عجیب که غیر قابل توجیه است.

صبحدمی را به خاطر می‌آورم که گندم‌های افتاده بر زمین را جمع می‌کردم. طاهره و نیره دو عروس بزرگ عمه خانم که خواهر هم هستند، با یکدیگر صحبت می‌کردند.

طاهره به خواهرش می‌گفت: پس فکر می‌کنی چه‌طور سرمه به چشم خودش می‌کشه اون هم با این همه دقت! گاهی خانوم رو بدون سرمه دیدی؟

نیره جواب داد: او فکر می‌کنه آینه زن رو گمراه می‌کنه و در او تخیلاتی واهی و مخرب بوجود می‌آره.

طاهره باعصبانیت و معترضانه گفت: سنت‌هاش، قانون‌هاش، روش‌هاش، همه و همه من در آوردی هستن، از خواسته‌های خودخواهانه‌اش هم ریشه می‌گیرن. بله... آینه به‌دست و گمراه کننده اما نه برای خانوم! هرچیز که به ظاهر برای دیگران بدست فقط این زن مستبد حق استفاده از اون رو داره.

نیره گفت: بالعکس او، من فکر می‌کنم صافی و شفافیت آینه، ماهیت اصلی هرکس رو به اون نشون می‌ده و نمی‌گذاره خودش رو فراموش کنه و پایش رو از گلیمش درازتر بکنه.

طاهره به او چشم غره‌ای رفت و گفت: اما مثل اینکه در مورد او قضیه بالعکس هست.

سپس با لجاجت ادامه داد: من فکر می‌کنم که خانوم حداقل ده تا آینه داره، مدام در اتاقش قدم می‌زنه به آینه‌ها نگاه می‌کنه، به این امید که به او دروغ بگن و او رو زیبا نشون بدن.

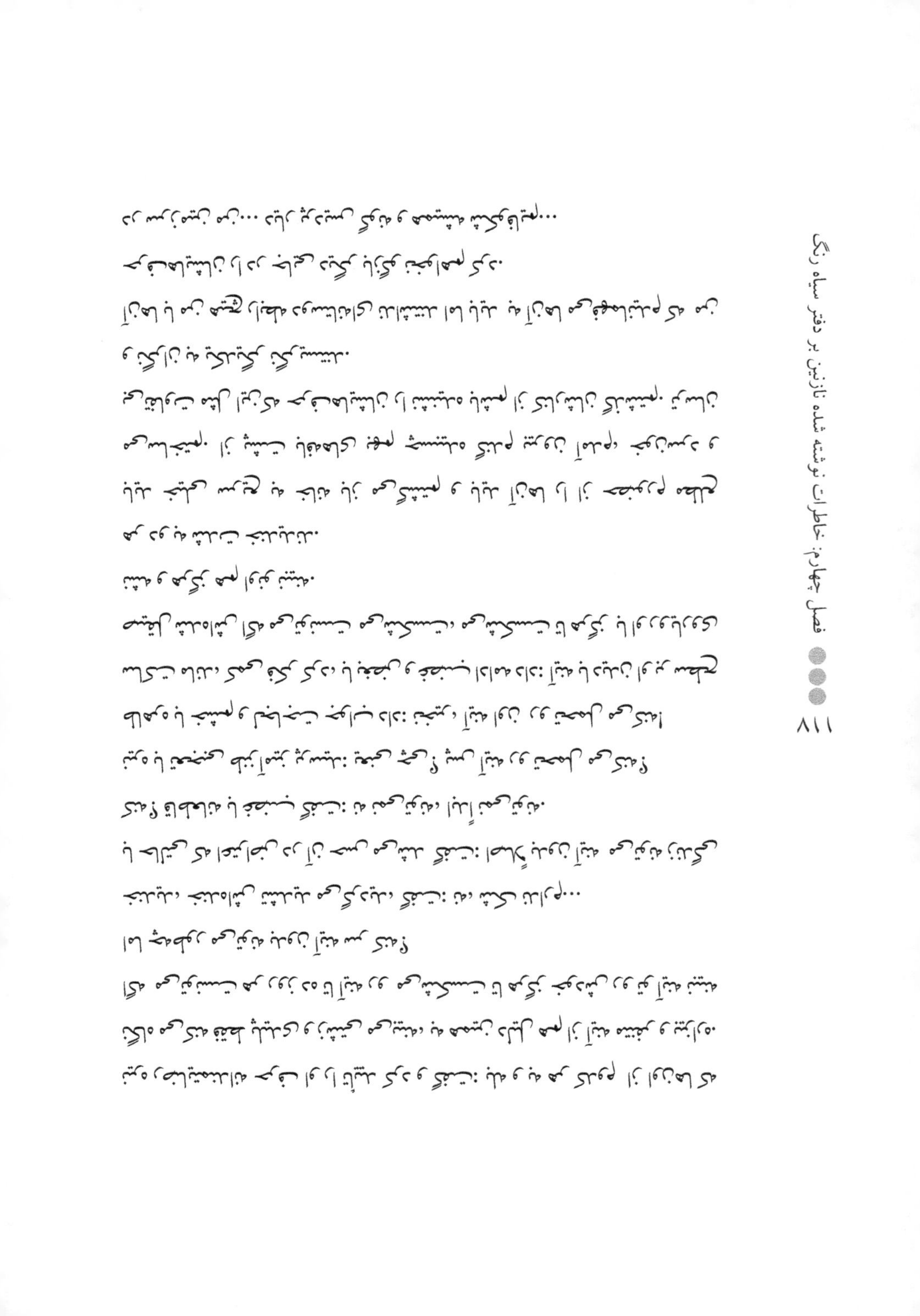

نیره رضایتمندانه حرف او را تأیید کرد و گفت: بله و به هر کدوم از اون‌ها که نگاه می‌کنه فقط پلیدی و زشتی می‌بینه، به همین دلیل هم از آینه متنفر و بیزاره. اگه می‌تونست هر روز ده تا آینه رو می‌شکست تا هرگز خودش رو تو آینه نبینه اما چه‌طور می‌تونه بدون آینه سر کنه؟

خندید، خنده‌اش تشدید می‌گردید، گفت: نه، شک ندارم...

با حالتی که اعتراض در آن حس می‌شد گفت: اصلاً بدون آینه می‌تونه زندگی کنه؟ قاطعانه با غضب گفت: نه نمی‌تونه، ابداً نمی‌تونه.

نیره با تعجبی طنزآمیز پرسید: یعنی چی؟ پس آینه رو تحمل می‌کنه؟

طاهره با خشم و لجاجت جواب داد: نخیر، آینه اون رو تحمل می‌کنه!

ساکت ماند، کمی فکر کرد، با بغض و غضب ادامه داد: آینه با دیدن او بر سطح صیقل شده‌اش اگه می‌تونست می‌شکست، می‌شکست تا هرگز با او رویاروی نشه و هرگز هم اونو نبینه.

هر دو به شدت خندیدند.

باید خیلی سریع به خانه باز می‌گشتم و باید آن‌ها را از حضورم مطلع می‌ساختم. از پشت بافه‌های بهم چسبیده گندم بیرون آمدم، خون‌سرد و بی‌تفاوت مثل این‌که حرف‌هایشان را نشنیده باشم از کنارشان گذشتم. ترسان و نگران به یکدیگر نگریستند.

آن‌ها با من هیچ رابطه دوستانه‌ای نداشتند اما باید به آن‌ها می‌فهمانیدم که من حرف‌هایشان را در جایی دیگر بازگو نخواهم کرد.

در سرزمین من... دیار پردیس گونه و همیشه شکوفایم...

گل‌های یاسی را که در حاشیه جویبار پرورانیده‌ام، لابه‌لای بوته‌های نسترن وحشی فرو رفته‌اند، به زودی شکوفا خواهند شد.
عمه خانم با خشونت گفت: وا! نمی‌دونم این همه یاس از کجا سر در آورده، چه‌طور سبز شده؟ بویشان من رو کلافه می‌کنه. صدای شُرشُر آب نهرا کم بود حالا بوی یاس‌هام به اون اضافه شده. آخر هم یه شب عطرشون یا دیونه‌ام می‌کنه و یا سرم رو منفجر می‌کنه. همه رو نابود می‌کنم.
عصبانیتش تشدید شد و ادامه داد: بله، همه اون‌ها رو در رو می‌کنم، توی نهرا می‌ریزم، روز بعد هم نهرها رو می‌بندم.
پسرش اسد هول شد، مردد و ترسان با دل‌واپسی گفت: بله، بله شما درست می‌گویید، یاس‌ها خرمن‌هایی کوچک و سفیدن که در نهرا و جویبارا فروریختن. چگونه زیاد شدن، نمی‌دونم. اما تاجری شهری برای آن‌ها پول خوبی می‌ده، بدون آب هم که زمین‌های کشاورزی خشک می‌شن.
با دل‌واپسی منتظر جواب مادرش ماند. عمه خانم با دل‌خوری و باحالتی طلبکارانه گفت: وا! چاره‌ای نیست، پس باید تحمل کنم!
نگاهی غضبناک به اطرافیانش کرد و گفت: همیشه باید همه رو و همه چیز رو تحمل کنم.
با بی‌قراری و عصبانیت ادامه داد: و سر و صدای کلاغ‌های مزاحم سَحَر رو .
نیمه شب درحالی‌که به آهستگی به طرف اتاقم می‌رفتم، جر و بحث خشن آن‌ها را می شنیدم. با رضایتی دل‌آسا به گل‌های یاس در دستم نگاه کردم
که عطر دل‌آویزشان مرا تا به اعماق حیطه‌ای شگرف فرو می‌بردند.
تنها و غرق در تفکراتی متضاد و همه آنچه را که روزها بر روی زمین اتفاق می‌افتد، کنار چشمه به انتظار ابریشم نشسته‌ام. ابریشم باز می‌گردد.

با هم به تصویرمان بر روی سطح آب خیره می‌شویم که چگونه جریانی مواج و ملایم آن را مرتعش می‌سازد.

می‌گویم: ابریشم هیچ می‌دونی اگر اولین ستاره شب را در کنار عکست و در آب ببینی به خواسته‌ات و به آرزوهایت می‌رسی؟

ابریشم صورتش را بر چهره‌ام می‌ساید. از جایم بلند می‌شوم. افسارش را بر روی دوشم می‌اندازم، در حاشیه کشتزار به جلو می‌روم، به او می‌گویم: ولی ما نمی‌تونیم تا اون موقع اینجا بمونیم. اگر قبل از غروب در خانه نباشیم پشت در بسته می‌مونیم، روز بعد هم هردو به شدت تنبیه می‌شیم.

پشت سرم می‌آید، به او می‌گویم: راستی ابریشم تو چه آرزویی داری؟

شیهه‌ای می‌کشد، خودش را به من نزدیک‌تر می‌کند. در برابرم می‌ایستد. بی‌صدا و بی‌حرکت در چشمانم نگاه می‌کند.

می‌گویم: من؟ نه، ابریشم از من چیزی نپرس. آن‌قدر آرزوهایم از من دورند که هیچ اتفاقی نمی‌تواند حتی ذره‌ای از این فاصله کم کند. بهتر است آن‌ها همچنان در زوایای گم‌گشته و سرگردان در تخیلاتم محبوس بمانند.

کمی از او دور می‌شوم. افسارش از روی شانه‌ام می‌افتد. به پشت سرم نگاه می‌کنم. بر جایش ایستاده، به من زل زده.

می‌گویم: بیا برویم، به زودی هوا تاریک می شه و ما راه‌مون رو گم می‌کنیم.

به راهم ادامه می‌دهم، از او فاصله می‌گیرم. چند قدم از او دور می‌شوم. برمی‌گردم او را که به سویی دیگر می‌رود، نگاه می‌کنم. بر جایش می‌ایستد، مرا نگاه می‌کند، معنای نگاهش سرکشی است، تمرد را القا می‌کند.

می‌گویم: ابریشم ولی ما وقت زیادی نداریم، باید قبل از غروب در خانه باشیم. این یک قانون تغییر ناپذیر ست و تو این قانون را به خوبی می‌شناسی.

اما او همچنان به راه خودش ادامه می‌دهد. به دنبالش می‌روم، می‌دود، من نیز به طرفش می‌دوم، از من دور می‌شود، بر جایش می‌ایستد ... می‌خواهد مرا به جایی ببرد، می‌گویم: ابریشم مرا خسته کردی، ما از مسیرمان دور شده‌ایم، سریع باید برگردیم.

گاهی در برابرم می‌ایستد، گاهی به دویدن ادامه می‌دهد گاهی به سویم باز می‌گردد. دیگر توان دنبال کردن او را ندارم. بر روی زمین می‌نشینم. به طرفم می‌آید، سرش را به شانه‌ام می‌چسباند و حرکتی عجیب به بدنش می‌دهد. می‌دانم می‌خواهد که با او بروم اما ممکن نیست، ما اجازه نداشتیم. از کارهایش سردر نمی‌آورم. دوباره با اصرار مرا به طرف خودش می‌کشاند. او باز هم مصرانه از من می‌خواهد که سوارش بشوم و من با التهابی درونی و با بی‌قراری سوارش می‌شوم! این اولین بار است که او اجازه می‌دهد کسی سوارش بشود و این اولین بار است که من سوار یک اسب می‌شوم! با ترسی نهفته بر روی او نشسته‌ام و نمی‌دانم می‌خواهد مرا به کجا ببرد. آرام، آرام به پیش می‌رود. از مسیر اصلی‌مان دور و دورتر می‌شویم.

کم‌کم به سرعتش اضافه می‌شود. وحشت زده، بی‌اراده انگشت‌هایم را در یال‌هایش فرو می‌برم، بر روی او خم می‌شوم و او باز هم به سرعتش می‌افزاید. با سختی به او چسبیده‌ام، در بحبوحه بی‌خبری‌ها و مملو از نشاط، خود را بر پهنه تخیلاتم می‌بینم... سوارکاری ماهر را... خیلی ماهر... همچنان با سرعت در عمق بادی وزان و پیچان به پیش می‌رویم.

ناگهان ابریشم برجایش ایستاد و من یک‌باره به شدت به زمین افتادم... در کنار درختی قطور.

با فاصله‌ای کم از من ایستاده به اطرافش نگاه می‌کند. واکنش‌هایش مرا متعجب کرده. به شدت کوفته شده‌ام، به سختی از جایم بلند می‌شوم. بهت زده... سرگشته در کنار درخت تنها مانده در میان دشت ایستاده‌ام. آن‌قدر بلند و تنومند است که شاخه‌های اصلی‌اش به سختی دیده می‌شوند.

به شاخه‌های فرعی تنه‌ای قطور که در قسمت پایین درخت روییده، تکه‌هایی از پارچه‌های گوناگون بسته شده!

فریاد می‌کشم با خوش‌حالی و تعجب می‌گویم: وای! این درخت آرزوهاست؟ درباره‌اش خیلی چیزها شنیده‌ام. با تمام وجودم می‌خواستم که آن را از نزدیک ببینم اما حالا که در کنارش هستم نمی‌دانم باید چکار کنم.

به تکه‌های رنگارنگ بسته شده به شاخه‌های باریک درخت نگاه می‌کنم، هیچ شباهتی بهم نداشتند... مثل آرزوهای متفاوت و مثل سرنوشت‌های متمایز.

فکری به خاطرم رسید. نوار پارچه‌ای که موهایم را با آن بسته‌ام باز می‌کنم و به شاخه‌ای خالی گره می‌زنم. کمی از درخت دور می‌شوم، بر روی زمین می‌نشینم، مشتاقانه با تأمل به درخت کهن‌سال و زیبا که به تنهایی بر عرصه مرغزار مأوا گرفته، نگاه می‌کنم.

قاصدکی ره گم کرده بر روی تکه پارچه‌ای که آرزویم در آن پنهان است، می‌نشیند.

جهشی دورانی از برخورد دو هوای گرم و خنک نیمروز و عصرگاه در لابه‌لای شاخه‌های درخت می‌پیچد، قاصدک را می‌لرزاند، از جایش بر می‌کند و آن را تا مسافتی دور با خود می‌برد.

آیا قاصدک آرزوی مرا تا به ژرفای رویایی گمشده برده است؟

شب دیرهنگام به خانه باز می‌گردیم... با کمک ابریشم به پشت‌بام می‌روم، از راه پله‌های تنگ و کاهگلی می‌گذرم، به حیات خانه می‌روم، محتاطانه و با دلهره از روی سنگ‌فرش‌های باریک و شکسته حاشیه خانه عبور می‌کنم. به آرامی در خانه را باز می‌کنم، ابریشم را به طرف اصطبل می برم. ساعتی بعد ابریشم و من به جایگاه‌مان بازگشته‌ایم.

در کنار در آشپزخانه ایستاده بود. با دیدن او دست و پایم را گم کرده بودم. سراسیمه بافته‌ای از گل‌های بهم فشرده یونجه را که بوی عطر وحشی‌اش فضا را پر کرده بود، به گوشه‌ای پرت و دور از چشم انداختم. بی‌آنکه لبخندی برچهره داشته باشم می‌کوشیدم حالت صورتم آرام و شاد باشد تا بهانه‌ای تازه به دستش ندهم.

همه حرکاتم را موذیانه زیر نظر داشت. هیزم‌های زیر دیگ را روشن کردم، از کنارش گذشتم تا به حیاط بروم.

با صدایی فریاد مانند گفت: وا! ببند او دهن گنده رو تا دندونات رو نریختم توی دهنت. هنوز که اینجایی؟ به من زل زدی که چی؟ بجنب ظهر شد، زردنبوی بی‌اصل‌ونسب. مار از پونه خوشش نمیاد همیشه هم دم لونه‌اش سبز می‌شه. بجنب ببینم ...

همیشه مرا زردنبو و ... صدا می‌کند.

دور می‌شد و پشت سر هم غر می‌زد: زردنبوی بی‌قواره از ریخت خودش هم نمی‌ترسه. خوبه که توی این خونه آینه نیست تا خودشو ببینه و وحشت کنه... معلوم نیست که ما چه گناهی کرده‌ایم که همیشه باید و مجبوریم که او رو ببینیم. ناگهان به رشته‌های درهم گل‌های یونجه، افتاده بر زمین، خیره شد، فریاد کشید: وا! همه کارهاش مثل دیوونه‌هاست. اسبه رو هم مثل خودش خیالاتی و روانی کرده یا گل جمع می‌کنه یا همیشه توی دشت و بیابون پرسه می‌زنه.

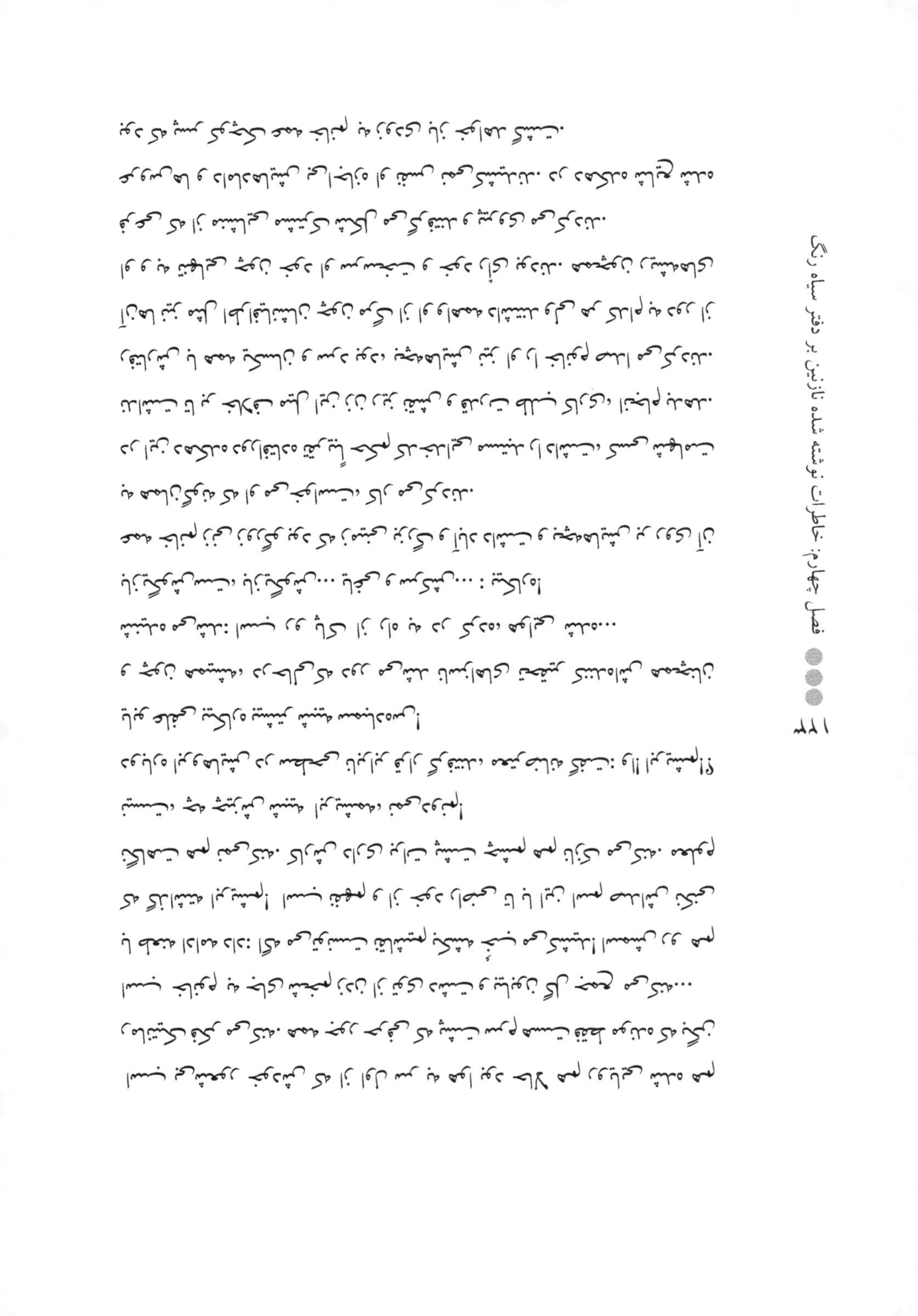

اسب بی‌شعور خودش که از اول سر به هوا بود حالا هم رویایی شده هم رمانتیک فکر می‌کنه. همه جور حرفی که پشت سرم هست فقط مونده که بگن اسب خانوم به جای شخم زدن از توی دشت و بیابون گل جمع می‌کنه... با طعنه ادامه داد: اگه می‌تونست نقاشیم بکشه خُب می‌کشید! اسمش رو هم که گذاشته ابریشم! اسب نفهم و از خود راضی تا با این اسم صداش نکنی نگاهت هم نمی‌کنه. کارش داری برات پشت چشم هم نازک می‌کنه. معلوم نیست، چه چیزش شبیه ابریشمه، نمی‌دونم!

دوباره ابروهایش در سطحی نابرابر قرار گرفتند، معترضانه گفت: وا! ابریشم!؟ یابو علفی بیکاره بیشتر شبیه سمباده‌س!

و چون همیشه، درحالی‌که دور می‌شد ناسزاهای تحقیر کننده‌اش همچنان شنیده می‌شد: اسب رو پاک از راه به در کرده، هوایی شده... بازیگوش‌ست، بازیگوش... یاغی و سرکش... : بیکاره!

عمه خانم زنی زورگو بود که زمینی بزرگ و آباد داشت و بچه‌هایش بر روی آن به همان‌گونه که او می‌خواست، کار می‌کردند.

در این دهکده دورافتاده تقریباً حکم کدخدایی مستبد را داشت، کسی شهامت نداشت تا بر خلاف میل این زن ریز نقش و قدرت طلب کاری، انجام بدهد. رفتارش با همه یکسان و سرد بود، بچه‌هایش نیز او را خانوم صدا می‌کردند. آن‌ها نیز مثل اطرافیانشان چون مرگ از او واهمه داشتند ولی هر کدام به دور از او و به تنهایی چون خود او سرسخت و خود رأی بودند. همچون ریشه‌های فرعی که از منشایی مشترک شکل می‌گرفتند و پیروی می‌کردند. عروس‌ها و دامادهایش بی‌اجازه او نفس نمی‌کشیدند. در دهکده شایع شده بود که پسر کوچک عمه خانم به زودی باز خواهد گشت.

فصل برداشت محصول رسیده بود و عمه خانم با نفوذی که داشت زودتر از هرکس دیگر در دهکده محصولش را جمع می‌کرد. کار انبار کردن محصول نیز به زودی به پایان می‌رسید .

در این فصل روستاییان، شب‌ها هم تا صبح کار می‌کردند تا محصولشان در زیر باران‌های تند و ناگهانی نماند. حضور مداومشان بر روی زمین و مراسم و آیین‌شان به مناسبت برداشت محصول واقعاً دیدنی بود. آن‌ها در فواصلی کوتاه و منظم، از ضایعات محصول آتش افروخته بودند.

بوی کلوچه محلی در گندم‌زار تازه درو شده، پیچیده بود. مردان بنا به رسم و سنت با رقص و پایکوبی، برداشت محصول را جشن گرفته بودند و زنان با چای و شیرینی که خود پخته بودند از مردانشان پذیرایی می‌کردند.

و آن سال وضع محصول زیاد خوب نبود. کمی دورتر در کنار نهری که از میان زمین‌های عمه خانم و مشهدی برزو می‌گذشت و سال‌ها بود به دلیل جمعیت زیاد، آب کمی در آن جریان داشت، شهلا دختر مشهدی برزو و مرد جوانی که قرار بود به زودی با او ازدواج کند، ایستاده بودند و به جشن و پایکوبی روستاییان می‌نگریستند.

با ابریشم از کنار آن‌ها و همنشینی‌شان با طبیعتی شگرف می‌گذشتیم، از حاشیه مناظری بهشت گونه عبور کردیم، کمی دورتر مشهدی برزو با چهره‌ای خسته و گرفته به طرف خانه‌اش می‌رفت. با مهربانی جواب سلامم را داد. برزو خان، مردی با تجربه که به آینده کشاورزی در این نواحی خوش‌بین نبود. عمه خانم او را مردی خودخواه و طماع می‌دانست که با مسموم کردن عقاید و نظرات اهالی دهکده نسبت به وضعیت کشاورزی این منطقه، به فکر خرید زمین‌های آن‌ها و توسعه املاک خودش بود.

مشهدی برزو هیچ‌گاه به عمه خانم، به اظهارنظرهایش و به گفته‌هایش اهمیتی نمی‌دهد، حتی وقتی که از کنار این زن خودسر می‌گذرد مثل این که او را نمی‌بیند.

پیرترها می‌گویند مشهدی برزو اولین خواستگار عمه خانم بوده ولی خیلی زود از ازدواج با او منصرف شده.

امروز همه بر روی زمین بی‌وقفه کار می‌کردند. مردی با اسبش از دور نمایان می‌شد.

عمه خانم دستش را سایبان صورتش کرده بود، کنجکاوانه به نزدیک شدن مرد ناشناس نگاه می‌کرد.

به اسد پسر بزرگش گفت: وا! این که جواده! اینجا چیکار داره؟

اسب و سوارش نزدیک‌تر می‌شدند.

عمه خانم دستی به سر و رویش که همیشه مرتب بود کشید، با دل‌خوری ادامه داد: وا! این وقت روز اینجا چه می‌کنه؟

مرد نزدیک می‌شد. اسد به استقبال او رفت. با هم به طرف کشتزار می‌آمدند. مرد جوان سرش به زیر بود ، با نزاکت و خوش‌رویی به همه سلام گفت. مؤدب و بی‌صدا در مقابل عمه خانم ایستاد.

عمه خانم پرسید: حال نرگس چطوره؟ امسال وضع محصول خوبه؟

جواد گفت: همه خوب و سلامت‌اند خاله جان، سلام می‌رسانند. مادرم هم خوبه. امسال هم آب زیادی نداشتیم. می‌گن بدتر از این هم می‌شه. جمعیت روز به روز زیادتر می‌شه و آب کمتر. نه... نه اینکه آب کم باشه، برای این جمعیت رو به فزونی آب کم هست. گاهی برای اینکه آب نهرها کدوم مزرعه رو آبیاری کنه، درگیری‌هایی به وجود می‌آد که کم‌کم غیرقابل تحمل می‌شه.

نگاهی کوتاه و خجالت‌زده به عمه خانم کرد، دوباره سرش را به زیر انداخت و گفت: به خاطر برداشت محصول، کارها عقب افتاده. مادرم گفت اگه ممکنه براش کمک بفرستید.

عمه خانم گفت: وا! چه بد شد! ما خودمون هم مشغول برداشت محصول هستیم و کارمون هم به این زودی تموم نمی‌شه.

به آسمان نگاه کرد، ادامه داد: هر آن هم ممکنه بارون بیاد.

جواد به آسمان صاف و آفتابی نگاه کرد. از حالت چهره‌اش به نظر می‌رسید که خاله خود را خوب می‌شناسد. و از قبل هم حدس می‌زد که چه جوابی خواهد شنید.

جواد بی‌وقفه گفت: پس لااقل چند روز اسب‌تان را به ما قرض بدید.

عمه خانم می‌دانست اگر این بار هم نه بگوید احتمالاً کار دوخت قسمت مهمی از جهیزیه دخترش که به وسیله نرگس خانم قرار است انجام شود، به تعویق خواهد افتاد، یا برای تحویل آن‌ها پول کلانی باید بپردازد و دیگر هم نمی‌تواند به طور دائم برای خودش لباس‌های جورواجور به او سفارش دهد.

کمی مکث کرد، با خنده‌ای تصنعی گفت: باشه، پس فردا صبح زود اسب رو می‌فرستم.

بی‌دلیل و با خشم مرا نگریست. می‌دانست ابریشم بدون من جایی نمی‌رود. با حالتی طلبکارانه ادامه داد: این دختره هم میاد، برای کمک!

در واقع با یک تیر دو نشان زد.

زن حیله‌گر با خود می‌اندیشید: دیگر با نرگس هیچ حسابی نداریم.

طاهره و نیره در حاشیه‌ای خلوت از کشتزار نشسته بودند با هم صحبت می‌کردند. برایشان چای بردم.

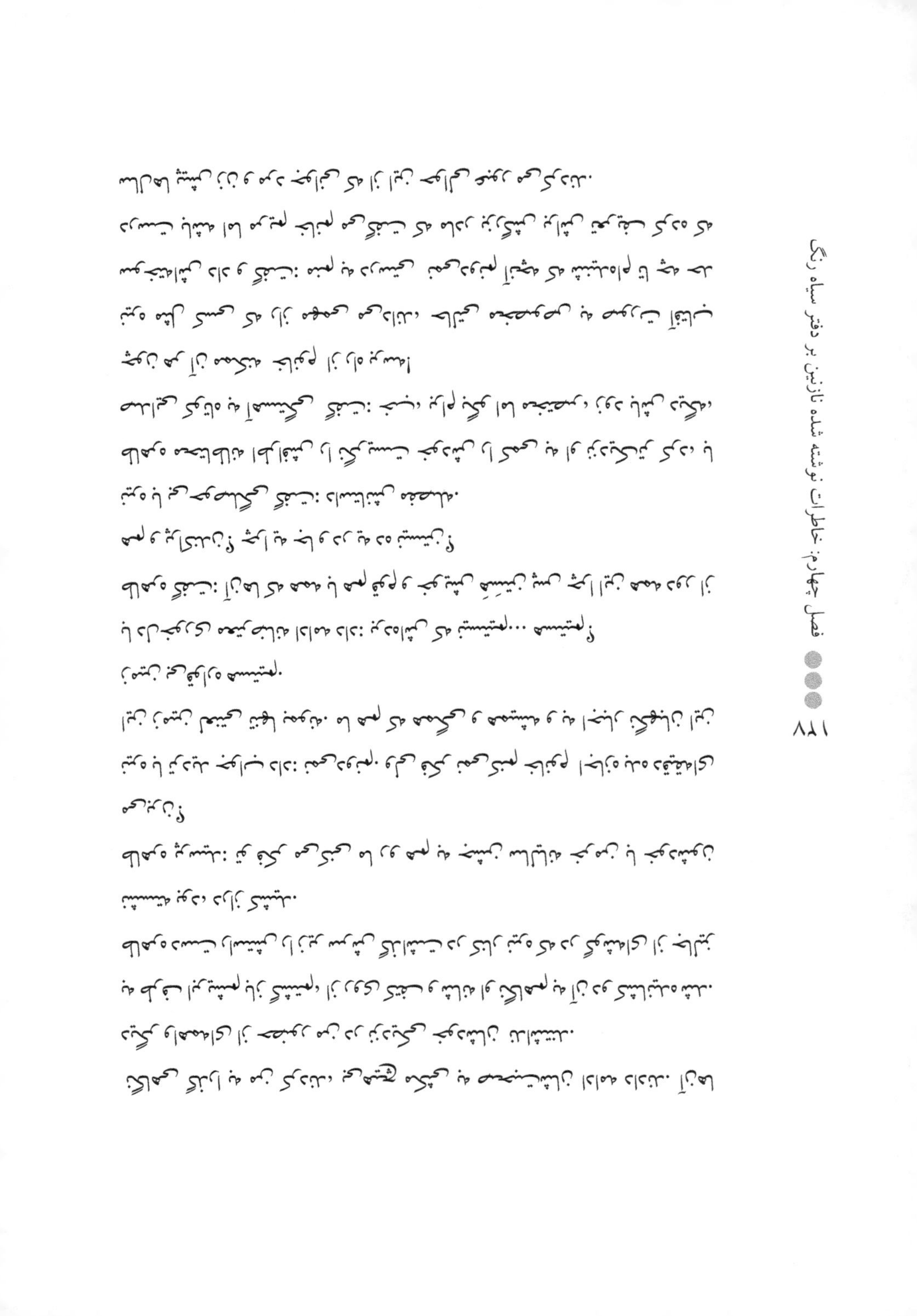

نگاهی گذرا به من کردند، بی‌هیچ مکثی به صحبت‌شان ادامه دادند. آن‌ها دیگر واهمه‌ای از حضور من در نزدیکی خودشان نداشتند.

به طرف ابریشم باز گشتم، از روی کتف و شانه او نگاهم به آن دو کشانیده شد. طاهره دست راستش را زیر سرش گذاشت در کنار نیره که در گوشه‌ای از جالیز نشسته بود، دراز کشید.

طاهره پرسید: تو فکر می‌کنی ما رو هم به جشن سالیانه خرمن با خودشون می‌برن؟

نیره با تردید جواب داد: نمی‌دونم. ولی فکر نمی‌کنم خانوم اجازه بده دقیقه‌ای این زمین لعنتی تنها بمونه. ما هم که همگی و همیشه و به اجبار نگهبان این زمین بی‌قواره هستیم.

با دل‌خوری معترضانه ادامه داد: برده‌اش که نیستیم... هستیم؟

طاهره گفت: آن‌ها که همه با هم قوم و خویش هَستَن پس چرا این همه دور از هم و پراکندن؟ چرا یه جا و در یه ده نیستن؟

نیره با بی‌حوصلگی گفت: داستانش مفصله.

طاهره محتاطانه اطرافش را نگریست خودش را کمی به او نزدیک‌تر کرد، با صدایی کوتاه به آهستگی گفت: خب، برام بگو اما مختصر، زود باش دیگه، چون هر آن ممکنه خانوم از راه برسه!

نیره مثل کسی که راز مهمی می‌داند، حالتی مخصوص به صورت آفتاب سوخته‌اش داد و گفت: منم به درستی نمی‌دونم آنچه که شنیده‌ام تا چه حد درست باشه اما مریم خانم می‌گفت که مادر بزرگش براش تعریف کرده که سال‌ها پیش زن و مرد جوانی که از این حوالی عبور می‌کردند.

به دلیل جریان زایمان زن در اینجا ماندگار شدن و بعد هم با تحمل مشکلاتی زیاد، این منطقه رو به آبادی کوچکی مبدل ساختند.

به نظر می‌رسید خسته شده باشد، کمی جابه جا شد، ادامه داد: طلعت خانم که ده پسر داشت بعد از ازدواج آن‌ها و فوت شوهرش، همه امور را زیر فرمان مستبدانه خود داشته و از آنجا که زن خودخواه و ناسازگاری بود، به زودی فرزندانش به جایی دورتر نقل مکان کردن که نام ده را داشت بالا گذاشتند و سال‌ها بعد فرزندان آن‌ها هم که درست همون مشکلات رو داشتن به مکان دیگری کوچ کردن که نام آن را ده دشت پایین گذاشتند. برای همین هست که کلزا دشت، همین دهی که ما در آن هستیم بین آن دو تا ده قرار گرفته. جایی که طلعت خانم و شوهرش برای زندگی انتخاب کرده بودند.

طاهره با خنده‌ای آمیخته با طنز گفت: حتماً خانوم هم یکی از نوه‌های طلعت خانم هست چون شباهت زیادی به او داره. او به تنهایی می‌تونه یه شهر رو بهم بریزه.

نیره با طعنه خندید و پرسید: پس چرا شوهرهای ما مثل بچه‌ها و نوه‌های طلعت خانم، خودرأی و مستقل نیستن؟ آن‌ها بدون اجازه مادرشون آب هم نمی‌خورن. کمی مکث کرد، با نارضایتی گفت: نمی‌دونم، شاید هم دلیلش بد شانسی ماست.

در اثر هیجاناتی درونی صدایش را که کمی بلندتر شده بود پایین آورد، آهی کشید و گفت: فقط می‌دونم خانوم هرچه که هست مکارتر از طلعت خانمه و طلعت خانم هرچه که بوده به سنگ‌دلی خانوم نبوده. خانوم با نقشه‌های فریب‌کارانه‌اش و به خاطر منافع شخصی خودش اجازه نمی‌ده بچه‌هاش پراکنده بشن

می‌دونم که شوهر خانوم از دست او گریخته. شایعه ست... و می‌گن خانوم به دور از چشم مردم همه‌جا رو به دنبال او گشته.
طاهره بی‌درنگ بر جایش نشست، ابروهایش به طرف بالا کشیده شدند، تحت تأثیر واکنشی ناگهانی چشم‌هایش گرد گشتند، با کنجکاوی پرسید: شاید بازم می‌گرده!؟
نیره ساکت بود با تعجب طاهره را نگریست، با اعتراضی نامحسوس گفت: خب معلومه، به دنبال شوهرش می‌گرده دیگه.
خندید و گفت: تو فکر می‌کنی به کجا رفته؟
طاهره تبسمی پر معنا بر لب‌هایش ظاهر شد، گفت: فکر می‌کنم جهنم دره رو به بودن در کنار این زن خود خواه و خود پسند ترجیح داده.
نیره با طعنه می‌گوید: اگه، اگه یه روزی هم پیداش کنه مطمئناً او رو با زنجیر قفلش می‌کنه تا هرگز و دوباره یاد و خیال جهنم اونو هوایی نکنه.
هر دو دستشان را جلوی دهانشان گذاشتند، به شدت خندیدند.
با پیدا شدن خانوم در حاشیه کشتزار دوباره همه ساکت، جدی و پرتحرک شدند.
پوست شسته شده ابریشم به قهوه‌ای روشن گراییده بود. با انگشتانم موهای یال و دم او را مرتب می‌کردم. به زودی برای مسافرت آماده خواهد بود.
هوای صبحدم لطیف اما کمی سرد است. در پشت سرمان و از فاصله‌ای دور چراغ‌های محدود دهکده سوسو می‌زنند و گاهی با انواری کم‌رنگ و ناپایدار موجودیت روستا را دچار تردید می‌سازند.

دشت شقایق‌های وحشی می‌گذریم. در مقابل جنگل "اقاقیا" ایستاده‌ایم. هنوز تاریکی بر روشنایی غلبه‌ای بی‌ثبات دارد. رعشه‌ای از ترس تمام وجودم را می‌لرزاند. وحشتم را به اجبار در خود مخفی می‌کنم.

در برابر بیشه‌زار مردد مانده‌ام اما مثل این که کدورتی خاکستری فام نمی‌خواهد از میان ترکه‌های بی‌جان درختان جنگل بیرون برود و یا شاید شاخه‌های خشکیده و در هم پیچیده، به عمد ظلمت را از بندهای خود رها نمی‌کنند تا روشنایی روز، هستی از دست رفته و رو به زوال آن‌ها را آشکار نسازد.

مثل این که ابریشم به خوبی به اندیشه‌های موهوم من پی برده است. در چشم‌هایم می‌نگرد. او هم آشکارا می‌ترسد. با او کنجکاوانه به درون فضای مخوف جنگل که شاید به عمد آن را خشکانیده‌اند، قدم می‌گذاریم. ساقه‌های درختان عریان و بی‌برگ در رقصی بی‌وقفه و ترسناک، همه چیز را با خود می‌لرزانند حتی مأمن خود زمین را که در آن ریشه دوانیده‌اند و هر ذره از وجودشان از آن شکل گرفته. پیچیدن زوزه‌های باد در میان درختان بی‌برگ مدام شدت این لرزش را بیشتر می‌کند. انواری که به شکلی خزنده در لابه‌لای آن‌ها می‌تابند، از بهاری پرطراوت در گذشته می‌گویند.

در اثر وزش باد، یک‌باره چند شاخه افتاده بر زمین بر پاهایم می‌پیچند. واکنش شدید و ناگهانی‌ام باعث می‌شود ابریشم چند قدم به عقب بازگردد. او را نوازش می‌کنم، آرام می‌شود.

صحنه ایستادگی درختان برای بر پای ماندن، مرا به یاد روزگار می‌اندازد و تلاش برای زنده بودن و مردمی که برای زیستن در عمق هزارتوی مبارزه‌ای پایدار، مقاومت را برگزیده‌اند.

از میان جنگل می‌گذریم. صدایی هولناک شنیده می‌شود، طنینی ناخوشایند به وجود می‌آورد. در انتهای جنگل مردی چوب‌های بریده شده را به طرف کارگاه ذغال می‌برد. کمی دورتر، توده‌ای از دود، نقابی تیره بر آسمان آبی زده است. چند زن در کنار چشمه‌ساری جوشان و شفاف نشسته‌اند، به آهستگی نجوا می‌کنند و لباس‌های چرک را بر روی گل‌های صورتی کنار جویبار ریخته‌اند، با بی‌تفاوتی‌شان، آراستگی و نظم طبیعتی بی‌همتا را بر هم زده‌اند.

به راستی نباید یاد بگیریم که زیبایی‌های طبیعت را نازیبا نکنیم؟ در نهایت... و در آینده‌ای نزدیک انتظار داریم که در چگونه جایگاهی قرار بگیرم، مأوا داشته باشیم.

بی‌اختیار به یاد پسرهای طلعت خانم می‌افتم. شاید این‌ها هم می‌خواهند خانه‌شان را بر بقایای این جنگل به عمد فنا شده، بسازند و پایه زندگانی‌شان را بر خرابه‌های آن بنا کنند.

آسمان به تدریج از تراکم دود غلیظ، تیره‌تر می‌شود و انعکاس آبی روشن آسمان بر چشمه کدرتر می‌گردد. از حاشیه برکه عبور می‌کنیم و دور می‌شویم.

به زودی در برابر دیدگانم دشتی دل‌فریب و دلارام نمودار می‌شود که با فرشی از چمن و نقشی از گل‌های گوناگون صحرایی پوشانیده شده. اولین بار است که طبیعتی گسترده را آزاد و بکر، بی‌آنکه در چهارچوب ساخت و سازها محصور باشد، می‌بینم.

در گستره طبیعت آزاد، مسحور می‌گردم. بی قید و بند از هر اسارتی در حیطه‌ای شکوهمند و رها، به هر طرف که می‌خواهم می‌دوم. در آن حالت بی‌خبری طبیعت را تماماً تنها از آن خود می‌دانم. ابریشم که چون من حالی متفاوت دارد سرمست از این آزادگی به هر طرف که می‌خواهد می‌دود.

نفس‌زنان در گوشه‌ای می‌نشینیم. بر توده‌ای خاکی، تکیه می‌دهم. خسته و مضطرب، با تفکری مملو از نگرانی‌ها در ژرفای آرامش طبیعت در خود فرو می‌روم.

به دو دیار متضاد واقعی و واهی که مرا در میان بود و نبودشان سرگردان می‌کنند، می‌اندیشم. گاهی غوطه‌ور در سکوتی خاموش به ژرفای وجود آشفته خود کوچ می‌کنم و زمانی آن‌قدر با خود غریبه‌ام که حتی در درونم نیز از ضمیر خود فرسنگ‌ها فاصله دارم. گاهی خودم را هم نمی‌شناسم و زمانی آن‌قدر به خود نزدیکم که یگانگی دل‌آسایی مرا مجذوب می‌کند. در این پرتگاه مخوف دوگانگی‌ها، بیمی تازه و بیگانه اعماق ذهنم را می‌آزارد. نمی‌دانم چرا به یاد آن خانه می‌افتم، آن زیر زمین اسرار آمیز، آن قلمرو شادی‌آفرین و آن بهشت یگانه ... و تصویر قلعه‌ای که بر دیوارش کشیده بودم. آرزو کردم یک‌بار دیگر آن را از نزدیک و به دور از محدوده تصورات، ببینم. دل‌گرفته و بی‌هدف با چوبی شکسته بر سطح خاکی که بر روی آن نشسته‌ام، تصویری رسم می‌کنم. از تخیلاتم، از آنچه را که می‌خواهم فاصله‌ای دور دارد، زنده نیست. پایه‌های سستش در خاک خشک گم شده. با همان چوب شکسته، ابعادش را در هم می‌ریزم. کمی دورتر ساختاری از جنس شن ایستاده بر ستون‌های سنگی، بنا می‌کنم که پایه‌های ابعاد برجسته و محکمش را گل‌های خمیده از وزش باد صحرایی احاطه کرده‌اند. انوار درخشان آفتاب بر آن سازه، تلألؤیی دل‌آسا و خیره‌کننده می‌زنند ...

"قلعه آفتاب"... کمی به آنچه می‌خواهم شباهت دارد. خوشی دل‌آسایی مرا مسحور می‌کند، به خاطر می‌آورم که عهد کرده‌ام تا در درونم مسیری از جنس شادی‌ها خلق کنم تا مرا به سوی رویاهایم سوق دهد.

ابریشم از فاصله‌ای نزدیک به نمادی خیره می‌شود که مظهر آرمان‌های در هم آمیخته من‌ست.

در شروع شب ستاره‌های بی‌حصار کهکشان راه شیری همچون پولک‌های ریخته شده بر گسترهٔ چشمه‌سارهای نزدیک به هم می‌درخشیدند.

نیمروز برگ‌های درختان کهن، زرد شده از گرمای آخر تابستان یا از بادهای نابه‌هنگام پاییز، از مسافتی دور آشکار می‌شوند. از مزرعه‌ای که چند مرد آن را درو می‌کنند، می‌گذریم. زنی از دور دست تکان می‌دهد، به نظر می‌رسد منتظر ماست. به طرفش می‌رویم، او هم مشتاقانه به طرف ما می‌آید. به او سلام می‌کنم. با خوش‌رویی می‌گوید: خیلی وقته منتظرت هَسَم.

با هم به دهکده کوچک‌شان می‌رویم.

دهانه ابریشم را بدست می‌گیرد. او را نوازش می‌کند و به طویله می برد. اتاق کوچک و تمیزی برای من در نظر گرفته. نرگس خانم... او هیچ شباهتی به خواهرش ندارد.

صبح خیلی زود بی‌آنکه از من بخواهند به کمکشان رفتم. بر روی زمین هرکس شتاب‌زده برای انجام کاری به سویی متفاوت از کشتزار می‌رفت. و من توانستم نرگس خانم را در جایی دورتر از جالیز پیدا کنم. از او خواستم که به کشتزار و به کمکشان بروم.

با مهربانی دست‌هایش را بر شانه‌هایم گذاشت و گفت: شنیدم که دختر خود ساخته‌ای هَسی.

کمی فکر کرد و ادامه داد: قبول می‌کنم.

به اطرافش نگاهی گذرا کرد، کسی را ندید، مرا بوسید و با عجله رفت. این اولین بار بود که کسی صادقانه به من محبت می‌کرد.

آن هم با دودلی و با این تصور که شاید این ابراز دوستی دردسری به دنبال داشته باشد، نرگس خانم هم به‌شدت از خواهرش واهمه داشت و رابطه خواهریشان در چهارچوبی محدود و اجباری خلاصه می‌شد.

در جشن خرمن همه روستاییان شرکت داشتند. گروهی از ده کلزا دشت آمده بودند و گروهی دیگر از ده دشت پایین. نرگس خانم بی‌دلیل شتاب‌زده و هیجان‌زده به نظر می‌رسید. باز هم به دنبال من می‌گشت، مرا یافت، به کناری کشید، آرام به من چیزی گفت، در بحبوحه آن همهمه، جمله‌هایش گم و نامفهوم بودند. بی‌ترس و واهمه با صمیمیت دستم را فشرد، شتابان از من دور شد. این واکنش او، این ابراز محبت و صمیمیت از دید عمه خانم که متفکر و خشمگین بود، دور نماند. عمه خانم در تمام مدت جشن گرفته و درهم بود. نمی‌دانم چه موضوعی فکر او را مشغول کرده بود. تنها شنیدم به خواهرش نرگس خانم می‌گفت: کی از تو بهتر و مطمئن‌تر ولی حالا خیلی زودست. وقتش خودم خبرت می‌کنم.

و به زودی نرگس خانم را که مصرانه حرف خود را تکرار می‌کرد از سر باز کرد و دوباره به تفکرات خود پناه برد.

در اولین ساعات روز بعد به روستای خود بازگشتیم.

خورشید به زودی به طرف افق می‌رفت تا روز را به سرزمینی دیگر ببرد. کار اتمام قیرگونی پشت‌بام به روز دیگر محول شد. از نرد بام که بعضی از پله‌هایش شکسته بودند، محتاطانه و آرام پایین آمدم. از کنار دیوار رد می‌شدم. اوستا ابراهیم که امروز صبح زود از شهر آمده، درحالی‌که وسایلش را در گوشه‌ای از پشت‌بام می‌گذاشت به شاگردش گفت: باید از خودت خجالت بکشی، این دختره نیم وجبی از تو بهتره، کاش یه خورده ازش کار یاد می‌گرفتی. کارش حرف نداره.

سرش را تکان داد، با حسرت ادامه داد: کاش به جای تو او دستیار من بود.
در دهکده عمه خانم بر خلاف دیگران پشت‌بام‌ها را قیرگونی می‌کرد تا مصرانه قدرتش را، برتر بودنش را به دیگران نشان دهد.
به طرف زیرزمین رفتم. ظرف‌های پر شده از سبزیجات را در جای خودشان قرار دادم. چشمم به تکه‌ای نان که بر روی یکی از ظرف‌ها گذاشته شده بود، افتاد. دلم به شدت ضعف می‌کرد. به خاطر آوردم که تمام روز گرسنه بوده‌ام. خسته و درمانده در گوشه‌ای نشستم. شتابان نان خشک شده را خوردم. دوباره به دنبال تصاویری که از ابریشم کشیده بودم، گشتم. حتی آن‌هایی را که بر روی کاغذهای باطله کشیده بودم، پیدا نکردم. مدت‌ها بود که همواره تصاویر رویاهایم را تنها در ذهنم ترسیم می‌کردم، آن هم ناقص! چند کاغذ سفید و یک اندازه در گوشه‌ای گذاشته شده بود.
باز هم صدایش از دور شنیده می‌شد: وا! آهای کجایی؟ زردنبوی سر به هوا... کدوم گوری موندی؟
درحالی‌که با عجله، هراسان از پله‌ها بالا می‌آمدم، گفتم: بله، من اینجا هستم، زیر زمین را مرتب می‌کردم.
فریاد کشید: وا! زود بیا بالا، کی به تو گفته بوده بری زیرزمین؟
همه ساکنین خانه روز پرکاری را پشت سر گذاشته، ژولیده و خسته به نظر می‌رسیدند و او مثل همیشه مرتب بود. با صدای زیر و گرفته‌ای گفت: فردا صبح زود می‌ری خونه مرضیه خانوم، سفره نذری دارن،
با قاطعیت و با تأکید ادامه داد: کارشون تموم شد سریع خونه‌ای.
در برابرش ایستادم، گفتم: بله، چشم.

با تحقیر نگاهم کرد و گفت: وا! خاک‌های روی لباست رو تمیز کن، هیچ‌وقت آدم نمی‌شی. گورت را گم کن برگرد سر کارت.
خشمناک دور می‌شد اما همچنان ادامه می‌داد: مثل این که صورت او رو هم قیرگونی کرده‌اند. دختره تنبل آماده‌ست که از زیر کارها در بره. حیف از اون همه پول که بابت این دختره به پدرش دادم. خیلی ضرر کردم، خیلی.
آخرین جمله‌اش چون یورشی وحشیانه باورهایم را به زیر صدها سوال برد و شب‌های متمادی خواب را از من ربود.
چند ضربه به در آهنی رنگ و رو رفته زده شد. صدای مرضیه خانم را که با او صحبت می‌کرد، شناختم. به کنار پنجره زیرزمین آمدم. مرضیه خانم با آهنگ ملایمی که نشانه‌ای از ترس اوست، گفت: خانوم جون چرا تشریف نیاوردید. قابل ندونستید اما جاتون خالی بود. نازنین چنان سفره‌ای انداخته بود که همه اونو تحسین می‌کردن. واقعاً از هر انگشتش صد هنر می‌ریزه، دیگه بزرگ و خانم شده...
هر دم عصبانیت عمه خانم شدیدتر می‌شد اما به روی خود نمی‌آورد ولی نمی‌دانستم علی‌رغم این که نمی‌خواست و هیچ تمایلی نداشت که از خانه دور شوم چرا مدام مرا برای کار به گوشه و کنار روستا می‌فرستد، برای پول؟
عمه خانم حرفش را قطع کرد و گفت: وا! خب این دختره هر چی بلده از توی این خونه یاد گرفته. بابا ننه که نداره پس از کجا یاد گرفته؟
و چون همیشه مدام سر و وضعش را مرتب می‌کرد. با خنده‌ای ظاهری ادامه داد: همیشه من بهش گفتم که چیکار باید بکنه. وقتی خودم توی این سن و سال بودم چه کارها که ...

سرفه‌های کوتاه و منقطع مرضیه خانم باعث شد که عمه خانم حرفش نیمه کاره بماند یا این که خود او این‌طور می‌خواست چون همه به خوبی می‌دانستند غیر از خوردن و خوابیدن و دستور دادن به دیگران کار دیگری نمی‌دانست.

مرضیه خانم گفت: ببخشید مثل این که سرما خوردم. خانوم جون دیروز از ده دشت بالا اومدم. نرگس خانم سلام رسوند گفت خواهر از اون وقتی که گفته بودی مدتی گذشته، اگر اجازه بدی بیام خواستگاری نازنین. در ضمن اقدس خواهر خودم هم برای پسرش او رو خواستگاری کرده. اگر می‌خواهی نازنین رو به راه دور ندی و نزدیک به خودت باشه، مادری رو در حق او کامل کن و...

عمه خانم مثل پلنگی که تازه از خواب بیدار شده باشد و حیوانی کوچک‌تر از خود را در حال بردن طعمه‌اش ببیند، در یک چشم بهم زدن آن روی واقعی سکه را همان‌جور که بود، نشان داد. با غضب فریاد زد: وا! دیگه چی؟ دیگه اونو برای کی در نظر گرفتی؟ هر دوشون غلط کردن. اومدم ثواب کنم کباب شدم. اصلاً نمی‌شه به کسی کمک کرد. مردم جنبه‌اش رو ندارن. نازنین رو برای سیف عقد کردم. مردم عجب رویی دارن چشم به زن دیگران هم دارن.

مرضیه خانم آهسته و با تعجب گفت: ولی سیف که اینجا نیست، زن و بچه هم که داره.

عمه خانم صدایش را بلندتر کرد و گفت: وا! داره که داشته باشه، زنش هم که مریضه.

گیج شده بودم، حرف‌هایشان را نمی‌فهمیدم. من که شوهر نداشتم! سیف!؟ اسمش را هم نشنیده بودم پس آن حرف‌ها چه معنی داشتند؟

مرضیه خانم که دیگر قدرت مقابله با او را نداشت، باعجله کیفش را باز کرد چند اسکناس رنگارنگ از آن بیرون آورد، در دست عمه خانم گذاشت با خشمی نامحسوس گفت: بابت کار نازنین.

کمی مکث کرد، ادامه داد: و نقاشی‌هایش...

عمه خانم با دیدن پول صدایش را پایین آورد و لحن گفتارش عوض شد. پول‌ها را باعجله گرفت و در یقه پیراهنش گذاشت، گفت: مرضیه خانوم جون هروقت باهاش کار داشتی بگو، می‌فرستمش. من دیگه باید برم. کارها مونده، خداحافظ. شتابان به طرف اتاقی رفت که در آن سوی خانه قرار داشت.

مرضیه خانم به خوبی او را می‌شناخت، می‌دانست که شخصیت متزلزل این زن هم چون دو روی سکه متفاوت است و قطعاً با راه و روشی که داشت به ندرت اجازه می‌داد که اهالی دهکده روی دوم و واقعی سکه را که همان خشونت دیوانه‌وار و ماهیت اصلی اوست، ببینند. مرضیه خانم کمی اطرافش را نگاه کرد، کیفش را برداشت و از خانه خارج شد.

غم‌های دور و نزدیک در درونم انباشته شده‌اند. آیین‌ها و سننی غیرمنطقی که خودسرانه و به دور از قوانین حاکم بر جامعه وضع می‌شوند و خودخواهانه اجرا می‌گردند و بی‌تردید توازنی عادلانه ندارند. بر این بی‌عدالتی‌ها چه می‌شود گفت؟ تنها می‌توان سرپوشی ضخیم از بردباری بر سنت‌های نامعقول و ریشه گرفته از کوته‌فکری‌های تهی گذاشت.

خسته و دل گرفته همان‌جا که ایستاده بودم، نشستم. سرم را به بدنه خمره خاک گرفته، تکیه دادم. پس او ساعت‌های عمر مرا می‌فروخت. به همین دلیل هم مرا برای کار به دهات اطراف و نیز به خانه کسانی که غریبه بودند، می‌فرستاد.

نقاشی‌هایم را هم می‌فروخت درست مثل خودم ولی این که می‌گفت من زن شوهر داری هستم، یعنی چه؟ مرا به همین راحتی شوهر داده بودند بی‌آنکه نظرم را بپرسند فقط برای این که تا ابد مستخدمه‌شان باقی بمانم؟

چشمم به کاغذهایی که عمه خانم به عمد در کنار دیوار گذاشته بود، افتاد. نمی‌دانستم از دیدنشان شاد باشم یا غمگین. بی‌اراده به طرف آن‌ها رفتم. یک‌باره آن غروب را به یاد آوردم که با ابریشم از کنار کشاورزان و آتش‌های افروخته‌شان گذشتیم.

خاطره‌ای که برگسترهٔ تصوراتم حک شده و محبوس مانده بود، آزادانه به گونه‌ای محو و مبهم، با خطوطی شکسته و در هم طراحی کردم.

از خود پرسیدم: جایگاه ابریشم در این تصویر کجاست؟

با ترسیم ابریشم در متن کار، آن را تکمیل می‌کنم.

چه کسی این خطوط مبهم و در هم شکسته را از او می‌خرد؟ "فردا در مِه" را...

حنا زن سیف به ندرت از اتاقش خارج می‌شد و به ندرت هم دیده می‌شد.

سه روز دیگر تا پایان سال مانده بود بی‌آنکه بهار واقعاً از راه رسیده باشد. روزها خسته‌کننده و یکنواخت به دنبال هم می‌گذشتند، بی‌آنکه فرصتی برای درد دل با خود و کاغذ پاره‌هایم را داشته باشم. در این دهکده نفرین شده پیشامدهای تکراری و کسل‌کننده در تونل بسته و محدود زمان رخ می‌دادند.

خشک‌سالی امسال نیز مثل سال قبل دور از انتظار بود. ساکنین دهکده برای برداشت محصولی پربار همچون سال قبل امید زیادی نداشتند. پیش‌بینی می‌شد که سال‌های آینده وضع بهتر از این نخواهد شد.

عمه خانم از همیشه هم غیرقابل تحمل‌تر بنظر می‌رسید. اطرافیانش می‌کوشیدند کمتر با او مواجه شوند تا در طوفان خشمش فرو نروند.

پسرهای او هم هر کدام با سختی خانه‌ای مستقل گرفتند و از مادر جدا شدند. دخترهایش نیز کمتر به دیدارش می‌آمدند، شاید برخوردهای شدید در هنگام کار و در مزرعه‌ای که هر روز ضعیف‌تر و بی‌بارتر می‌شد، برای همه کافی بود. تنها سیف و زنش در خانه عمه خانم و همان جایی که بودند، ماندند. شاید به این دلیل که اکثراً سیف در مسافرت بود ولی کسی نمی‌دانست که او چه می‌کرد و در کجا اقامت داشت. زمانی هم که در کنار خانواده‌اش به سر می‌برد بیشتر اوقات صدای مشاجره و کشمکش او و همسرش حنا شنیده می‌شد آن هم زمانی که عمه خانم در خانه نبود. روزی در میان اوج ستیز آن دو، عمه خانم از راه رسید. آشوب و هنگامه‌ای به پا کرد که دعوای آن زن و شوهر جوان در برابرش گفتگویی آرام بیش نبود.

حنا بر خود می‌لرزید و بی‌صدا اشک می‌ریخت. از فرصتی کوتاه استفاده کرد، دو دختر کوچک و نوزادش را برداشت و هراسان از خانه خارج شد.

عمه خانم درحالی‌که چکمه سنگینی را به طرفش پرت می‌کرد، گفت: وا! نمی‌دونم به چه چیزش می‌نازه، سه تا دختری که پشت سر هم آورده؟ به اخلاق خوبش؟ یا به هنرهاش؟ خیلی زود اصل‌ونسب خودش رو هم فراموش کرده.

رو به سیف کرد و گفت: وا! من نمی‌دونم تو برای چی به این زن دل بستی؟ برای جَرهایی که هیچ‌وقت تمومی نداره؟ اصلاً مگه زن دیگه‌ای وجود نداره؟ او دیگه حق نداره و نباید که به این خونه برگرده، خوبه که یه زن دیگه برات گرفتم و تو مجبور نیسی ناسازگاری‌های اونو تحمل کنی.

با عصبانیت از آنجا دور شد. موضوعی که مدتی پیش در یک جمله سربسته عنوان شده بود، امروز خیلی صریح و بی‌پرده مطرح شد.

سیف با دل‌خوری و نفرت به من می‌نگریست و من که کاملاً گیج شده بودم، او را نگاه می‌کردم. شتاب‌زده و سراسیمه رویم را از او برگردانیدم تا به طرف زیرزمین بروم.

فریاد کشید: آهای نازنین، لباس‌های منو از روی طناب جمع کن، بذار توی اطاقم. حنا که لیاقت نداشت کفش‌هام رو هم پاک کنه. امیدوارم تو بهتر از اون باشی، خیلی خوب هم قدر من رو بدونی.

مراسم عقد مخفیانه و ساده برگزار شد، من بودم و او... سیف... مردی که ناگهان از حاشیه‌ای مات و غبار گرفته ظاهر شد، به خواست و به فرمان عمه خانم، در ژرفای سرنوشت من قرار گرفت...

رسم و آیینی ظالمانه که تحمیل شده بود و من مظلومانه آن را تحمل می‌کردم. پژواک فریادی بی‌صدا در درون کالبد آشفته و فرو ریخته‌ام، محبوس ماند.

افسرده و شوریده حال از همه آنچه راکه در اطرافم می‌گذشت، بیزار شده بودم. دیگر از همه وحشت داشتم. می‌کوشیدم تا از دیگران فاصله بگیرم حتی آن زمان که مرا برای کار به خانه ساکنین دهکده می‌فرستادند.

آن روز گرم تابستان، خورشید شعله‌های گداخته‌اش را نیزه‌وار تا پنهان‌ترین ذرات جسم می‌فرستاد.

کار بر روی زمین تشنه در تابستان از گذشته هم طاقت‌فرساتر به نظر می‌رسید و بی‌نتیجه اما لوبیاهای خشکیده بر بوته‌ها خیلی زود باید چیده می‌شدند.

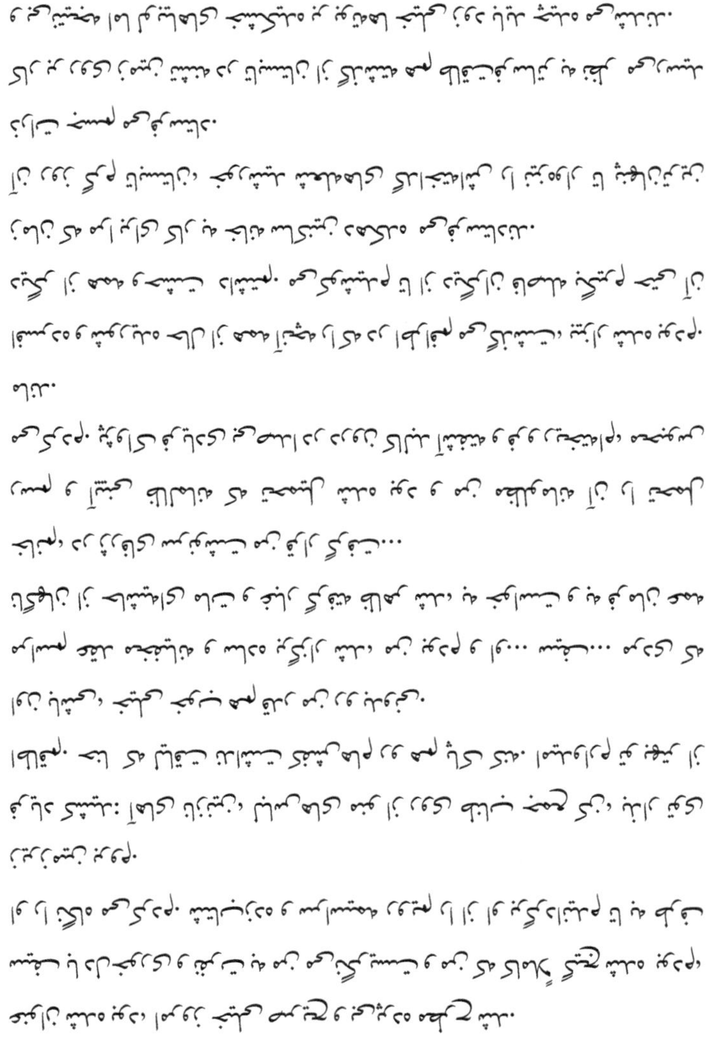

اشعه‌های خورشید که زمانی هستی بخش بودند، بر روی زمین خشک مانند رگه‌هایی از طلا می‌درخشیدند، می‌رقصیدند تا با رقص مرگ‌بارشان چون تیغه‌هایی زرین و بُرا، هستی را از پهنه زمین بی‌حاصل درو کنند.

در میان آن گروه خسته، پراکنده و ناراضی، خورشید با تمام توانش تنها مرا ذوب می‌کرد مانند آنکه فقط من وجود داشته باشم. حس می‌کردم که هوایی برای تنفس وجود ندارد. ناگهان همه جا در برابر دیدگانم مات و کدر شد.

صداها در هم آمیخته بودند و معنی نداشتند. چند زن روستایی به صورتم آب می‌پاشیدند.

یکی می‌گفت: طفلکی گرمازده شده.

دیگری می‌گفت: کم خون‌ست.

زن دیگری با غضب گفت: شماها چتون شده؟ مگه نمی‌بینید، خب بچه‌اش افتاده، طفلکی با این همه کار معلومه که ...

صدای تیز و بُرنده عمه خانم همه را ساکت کرد: وا! بروید اون‌طرف ببینم چی شده. وا! بسه دیگه زردنبوی بی‌قواره، خودت رو به موش مردگی نزن. ورپریده پاشو از جات، کارها مونده.

با کمک دو زن بر جایم نشستم. همه چیزهای در اطرافم را بر صحنه‌ای موهوم می‌دیدم.

او خشمگینانه دور می‌شد و می‌گفت: وا! می‌خواستیم چیکار، یه نون‌خور اضافی! خودش هم زیادیه، سیف بینوا سه تا دختر لوچ هم که داره. بیچاره از صبح تا شب هم که کار می‌کنه... هزارجورم که مشقت می‌کشه.

مثل همیشه به همان صورت که دور می‌شد بازهم غر می‌زد و به این شکل منطق پوچ خود را قاطعانه به اطرافیانش تحمیل می‌کرد.

زن‌ها بهت‌زده و با نفرتی آشکار او را می‌نگریستند.

و من فرزندم را بی‌آنکه هیچ اراده‌ای برای خواستن و یا نخواستن او، داشته باشم، از دست داده بودم.

اندیشیدم: خوبست که او به این دنیا نیامد. این خاک محدود برای این جمعیت نامحدود کم است و این آب که هر سال از سال پیش کمتر به نظر می‌آید... سهم او چه بود؟ هیچ! سهم من چیست؟

خشک‌سالی‌ها در پی هم سخت می‌گذشتند. درآمد حاصل از محصولات کشاورزی به تدریج به صفر می‌رسید. بچه‌های عمه خانم کاملاً مستقل شده بودند و به دور از خانه مادری با دشواری روزگار می‌گذرانیدند.

سیف نیز بر خلاف خواست مادرش، اتاقی کوچک برای زن و فرزندانش اجاره کرده بود و زمانی که در دهکده بود وقت خود را با آن‌ها می‌گذرانید. گاهی پولی اندک به عمه خانم می‌داد. این تنها ارتباط اجباری او با مادرش بود، شاید به این امید که زمین‌شان دوباره احیا شود و کار کشاورزی از نو شروع گردد و بازار گذشته دوباره رونق پیدا کند.

فقط من چون اسیری سرگردان تا ابد در این خانه متروک، بیگانه مانده بودم. تنها دل‌خوشی‌ام به وجود ابریشم بود و ساعت‌های خوشی که پنهانی با او می‌گذرانیدم و گاهی به دست آوردن فرصت‌های کم و کوتاه برای خواندن کتاب‌ها و مجلاتی که در طی مسافرت به دهکده‌های مجاور موقتاً در دسترسم قرار می‌گرفتند. در لابه‌لای سطور هر کتاب تجربه‌ای گران می‌یافتم که مرا به تدریج از هر چه که در اطرافم بود، دورتر می‌ساخت و به آنچه که می‌خواستم نزدیک‌تر.

سال‌های دیگر نیز با سرعت می‌گذرند، چون سال‌های قبل که گذشته‌اند و سال‌های بعد که به انتظار گذشتن، مانده‌اند. نه فرصتی برای با خود بودن داشته‌ام و نه وسیله‌ای برای نگاشتن.

گاهی عجولانه پیشامدهای مهم را بر پاره‌ای کاغذ می‌نگارم تا به لحاظ اهمیتی که دارند و تأثیری که بر من و تقدیرم می‌گذارند، فراموش نشوند.

وضعیت موجود به گونه‌ای غیرقابل تصور عوض شده اما این زن مغرور به همان‌گونه که همیشه بوده، بر جایگاه پوشالی خود تکیه داده. باز هم چون همیشه حس می‌کند که فرمانروای زوال‌ناپذیر قلمرویی بی‌آغاز و بی‌پایانست. بچه‌هایش دیگر هیچ واهمه‌ای ندارند و از او تبعیت نمی‌کنند، او را هم تحمل نمی‌کنند. گاهی سیف به طمع تصاحب زمین به دیدنش می‌آید. زمینی که مادرش قول آن را به او داده و سال‌هاست زمین بی‌آب و بی‌حاصل ارزش واقعی خود را از دست داده است. سیف به خوبی می‌داند که مادرش پیر و مریض است و روابط خوبی با دیگر فرزندانش ندارد. همچنین نمی‌خواهد موقعیت نسبتاً خوب خود را نزد مادر، از دست بدهد. خیلی‌خوب می‌داند این زن تا چه حد کینه‌توزست و تا چه حد به قولی که به او داده پایبند است، به همین دلیل و با این امید که حمایت مادر را از دست ندهد با خواهران و برادرانش ارتباط ندارد. و او با افکار مخصوص به خودش، با نقشه‌های فریب‌کارانه‌اش، مصرانه می‌کوشد تا تنها یکه‌تاز صحنه‌ای خالی باشد.

هر دو بر روی تختی چوبی و فرسوده نشسته بودند. عمه خانم طبق روال همیشه بهانه می‌گرفت و غر می‌زد و گاهی از دردی توان‌فرسا، شکایت می‌کرد. ولی با تمام ضعف‌هایی که داشت باز هم بر موضع قدرت تکیه داده بود.

نابه هنگام فریاد کشید: وا! پس این چایی چی شد؟ آهای زردنبوی بیکاره کجایی؟

به آهستگی گفت: خب داشتی می‌گفتی، از خودت برام بگو، از اون مرد خارجی که براش کار می‌کنی. من تمام مدت منتظر بودم منو به دکتر ببری. نگفتی در بندر چه می‌کنی؟

سیف گفت: کارها خیلی‌خوب پیش میره. به زودی شما رو به بندر می‌برم تا به دکتر متخصص نشون بدم. کاپیتان فیلیپ آدرس یک دکتر خیلی‌خوب رو به من داده. کاپیتان فیلیپ مردی اشراف‌زاده هست و با ثروت هنگفتی که پدرش براش گذاشته کار و تجارت می‌کنه. من در بندر برحسب یک اتفاق باهاش آشنا شدم. او کاپیتان کشتی دایانا هست.

کمی مکث کرد، ادامه داد: چند وقت پیش در نزدیکی بندر او به شکلی تصادفی با چند جوان درگیر می‌شه. من از اون خیابون باریک می‌گذشتم که اون‌ها رو دیدم. به کمک اون مرد رفتم. مدام به دروغ اسم دوستام رو صدا می‌کردم. آن‌ها گریختند. اونو که زخمی شده بود، به کشتی‌اش رسوندم. خودش رو مدیون من می‌دونست. من رو به کابینش دعوت کرد، از شغلم پرسید. از من خواست براش کار کنم. مقداری هم پول به من داد که با اون خونه‌ای برای خودم اجاره کنم. فکر می‌کنم به زودی وضعمون بهتر بشه مادر. حالا شما از خودتون بگید.

عمه خانم گفت: وا! دیگه چی بگم، چی بگم که درد اصلاً ول کن نیست. وضع کشاورزی رو هم که خودت بهتر می‌دونی. بچه‌های نمک نشناسم هم که من و زمین رو رها کردن و هرکدوم به دنبال کار دیگه‌ای رفتن. مدت‌هاست حتی سراغی هم از من نمی‌گیرن. گاهی بابت نقاشی‌های این دختره پول کمی می‌گیرم.

سیف خندید و گفت: من که شما رو هیچ‌وقت تنها نمی‌زارم، وضع زمین هم این‌جور نمی‌مونه. مردم می‌گن در این مناطق وجود خشک‌سالی هر پنجاه سال یک‌بار طبیعیه. مطمئناً اینجا دوباره آباد می‌شه، و دوباره همه چیز هم مثل گذشته می‌شه، شاید هم بهتر از قبل.

از زن و بچه‌هایش صحبتی به میان نیاورد تا عصبانیت مادر را بر نیانگیزد. عمه خانم حتی حاضر نشده بود پسر سیف را ببیند.

سینی چای را در بین آن دو و بر روی گلیم رنگ و رو رفته گذاشتم. هر دو خاموش شدند. با نفرتی دیرینه مرا می‌نگریستند. پیرزن همچون ملکه‌ایی بی‌همتا که بر اریکه‌اش تکیه داده باشد، روی تخت شکسته نشسته، ابروانش چون همیشه در سطحی نابرابر و به دور از هم قرار داشتند.

آن‌ها را در دنیای پوچ و تهی‌شان تنها گذاشتم. دوباره زن غر زدن را از سر گرفت...

تا چند روز دیگر به بندر خواهیم رفت شاید برای مدتی کوتاه و یا زمانی طولانی. نمی‌دانم دوباره وکی وچگونه می‌توانم به دنبال خواهرها و برادرهایم بگردم و نشانی از آن‌ها بگیرم.

آن روز عمه خانم مرا برای فروش لباس‌ها و مقداری از اثاثیه‌اش به اهواز فرستاد. چند ساعت بی‌وقفه درکوچه‌های دم کرده از گرما، به دنبال‌شان گشتم اما جستجویم همچون گشتن به دنبال ستاره‌ای ناشناس در روزی ابری بی‌نتیجه ماند.

درست مثل اینکه قطره‌های آب را بر دریای بی‌انتها ریخته باشم و حالا به بازستانیدنشان آمده باشم...

دریا باصلابت و غرور خواهد گفت... تمام قطره‌های من چون منند و من نیز چون آن‌ها، همه قطراتم در نهایت کوچکی تمام خواص مرا دارند. پرتلاطم‌اند و

متواضع، گاه سازنده‌اند و زمانی مخرب، گاه آرام و گاه ناآرامند، گاه در قالب امواجی سرکش بر ساحل می‌تازند و زمانی دیگر پیکر درهم کوبیده ساحل را می‌نوازند، توفنده اند و بی‌قرار و یکپارچگی آن‌ها عظمت مرا تا ابد نگه می‌دارد. اگر غیر از این است تو آنچه را که به دنبالش آمده‌ای از تونل‌های مواج، سرکش و غلتان من بگیر و با خود به سرزمینت ببر...

شاید این‌طور بهتر باشد برای همه ما. اگر در این قسم از زمان دوباره در برابر هم قرار می‌گرفتیم چه می‌خواستیم بهم بگوییم؟ یا چه کاری می‌خواستیم برای هم انجام دهیم، چگونه می‌توانستیم شرایط نامطلوب یکدیگر را تغییر بدهیم؟ بیش از این نبود که سرگذشت غمگین هر کدام از ما، دیگری را غمگین‌تر می‌کرد.

اما نه ... باورهایم، دیدگاه‌هایم، اعتقاداتم این منطق را نمی‌پذیرند، من باز هم روزی با اراده‌ای لغزش ناپذیر در حاشیه دریا خواهم ایستاد، مصرانه گوشه و کنار این گسترهٔ بی پایان را خواهم گشت، قطراتم را که متعلق به منند، خواهم یافت و از دریا باز خواهم ستاند.

دوباره به خاطر آوردم عهد کرده‌ام تا هدف نشأت گرفته از امیدی توانمند را که در تار و پود نقاشی‌هایم پنهان است و همواره آفریدگار شادمانی‌یست، در درون خود حفظ کنم.

چشم‌هایم را برهم می‌گذارم، با این آرمان پرتوان حس می‌کنم در برهه‌ای دیگر آن‌ها را خواهم یافت.

غروب خسته و وامانده، به دهکده رسیدم. ابریشم در جای همیشگی‌اش نبود! با دیدن جای خالی او، قلبم به شدت فشرده شد. عمه خانم همانند سایه‌ای هولناک و ستیزه‌جو در آستانه در ظاهر شد.

چهره مرموز و عصبانیش مرا بیشتر می‌ترسانید. جلو رفتم، با اضطراب به او سلام گفتم و پول‌هایی را که از فروش وسایلش گرفته بودم، به او دادم.

او که همیشه منتظر بهانه بود، به دلیل تأخیری که داشتم، مرا به شدت مجازات کرد و مثل یک برده، بی‌آب و نان در اتاق زندان کرد.

شاید این عکس‌العمل شدیدش به این دلیل بود که جرأت نداشته باشم از سرنوشت ابریشم و غیبت ناگهانی‌اش، از او هیچ سوالی بپرسم.

صبح دیر زمانی‌یست روشنایی تابناکش را سخاوتمندانه بر دیار ما تابانیده اما من گداخته از درد بیرون و درون، لحظه‌ای به سرزمین گاه آزاد خواب راهی نمی‌یابم. انتظارم برای آمدن ابریشم بیهوده است، انگار هیچ‌گاه واکنش‌های مهربانانهٔ او در دیار بی‌حصارِ شاد درونم تکرار نخواهد شد. باید معنای آن نگاه پر از شرارت عمه خانم را به خوبی می فهمیدم. نمی‌دانم با او چه کرده...

لطافت غرور شکسته و از هم گسیخته درون، جراحت زخم‌های جسم را می‌پوشاند. در این دوگانگی بیگانه شهامت شنیدن ماجرای آنچه را که برای ابریشم رقم زده، در خود نمی بینم. بی‌آنکه بتوانم کاری بکنم دل‌گرفته و غم‌زده از کنار آنچه اتفاق افتاده، می‌گذرم و ندیدن او... فکرش هم چون فشار باری سنگین، وجودم را متلاشی می‌سازد. در کالبد خسته‌ام شراره‌ای افسون‌گونه و افسانه‌وار شعله می‌کشد، به تمام فراسوی وجودم رخنه می‌کند و از من انسانی دیگر می‌سازد که تنها بر خود تکیه دارد. هر لحظه بیشتر در درون طغیان زده‌ام فرو می‌روم و کمتر به بیرون ناامن آن قدم می‌گذارم.

از فاصله‌ای دور او را می‌بینم... باورم نمی‌شود... ممکن نیست...

در مجاورت تنها عطاری روستای جیران ایستاده، گستاخانه با تکانی شدید، بارش را به زمین می‌اندازد با سرعت به سویم می‌آید، به دور من می‌چرخد، در من می‌پیچد... شادمان و بهت زده چهره مهربانش را غرق در بوسه می‌کنم. از من جدا می‌شود کمی فاصله می‌گیرد. هیجان‌زده دست‌هایش را بالا می‌برد، بر روی پاهایش می‌ایستد، شاد و سرخوش شتاب‌زده بر روی دست‌هایش فرود می‌آید، به راست می‌رود، به چپ می‌دود، می‌چرخد، دوباره به سویم می‌آید. با سر، شانه‌های مرا می‌فشرد. مصرانه از من می‌خواهد که سوارش شوم... و باز هم تلاش می‌کند... با دست‌هایش بر زمین می‌کوبد، گاهی به شدت خاک‌های زمین را می‌خراشد، منتظر است. حالت‌هایش برایم آشنا هستند، مشتاقانه سوار ابریشم می‌شوم، انگشت‌هایم را در یال‌هایش فرو می‌برم و او با سرعتی غیرمنتظره به سوی مقصدی نامعلوم می‌رود...

بر شیب کوه ارغوانی رنگ، بر جایگاهی کوچک و صاف ایستاده، هر دو پایین و دامنه کوه را می‌نگریم. ابرهای سفید، قطور و در هم فرورفته، دامنهٔ کوه را در آغوش گرفته‌اند.

شگفت‌زده در کنار ابریشم ایستاده‌ام می‌گویم: وای، ابریشم، تو چه‌طور این جا را پیدا کرده‌ای؟

شاد و خندان می‌گویم: درست مثل خود منی، رویایی و رمانتیک... و به گفتهٔ عمه خانم، بازیگوش...

به کوه سرخ فام و ابرهای پیچیده بر دامنه‌اش خیره می‌شوم. می‌گویم: یاقوتی قرمز رنگ‌ست که بر بستری از مخمل سپید جای گرفته باشد.

می‌گویم: ابریشم، تو خیلی باهوشی، من هم خیلی چیزها از تو یاد گرفته‌ام. فکر دور بودن از تو، مرا می‌آزارد.

دست‌هایم را به دور گردن او حلقه می‌کنم، می‌گویم: هیچ‌وقت تو را فراموش نمی‌کنم و هیچ‌وقت نمی‌خواهم که از تو جدا باشم.
وزشی ناگهانی و سرگردان وجودم را می‌لرزاند، بادهای چرخان به سرعت توده ابرها را به هم نزدیک می‌سازند و مدام آن‌ها را افزایش می‌دهند.
می‌گویم: ابریشم هیچ‌وقت روی ابرها راه رفته‌ای؟ بله، احساس خوبی‌ست، می‌شود اما در خیال...
ابریشم سرش را بر روی شانه‌هایم می‌گذارد، می‌فشرد... سوارش می‌شوم. از فراز و نشیب کوه پایین می‌آید، از تنگه‌های باریک می‌گذرد، به سوی کرانه‌ای دوردست می‌تازد. در شتاب او، زمان نیز به سرعت می‌گذرد. به زودی بر روی گذرگاهی کم عرض و خاکی قرارمی‌گیریم که دو طرفش را ابرهای قطور و درهم فشرده، پوشانیده‌اند... کوره راهی باریک که در ضخامت ابرها گم شده و یا جاده‌ای که از درون ابرها می‌گذرد...
مبهوتانه پیاده می‌شوم، با هیجانی توصیف ناپذیر بر روی خاک‌راهی باریک و باشکوه که ساختار آن به سختی پیدا است قدم می‌زنم درست مانند اینکه بر روی ابرها راه می‌روم... و یا در میان دریای ابر با ساحلی از جنس قله‌های کوتاه و بلند...
در دوردست‌ها به مناظری تابلو گونه می‌نگرم... و جنگلی مینا فام... مانند آنکه در آغوش ابرها متولد و روییده شده باشد... در درون مِه‌ای رقیق و رونده پردیسی متحرک به نظر می‌رسد... و جویبارهایی متعدد که از شیب کوهسار جاری‌اند...
خدای من... این سرزمین "زمین" گسترده را... این طبیعت رنگارنگ را، این زیبای‌های شگرف را چگونه در نقطه‌ای کوچک و در عمق کهکشان خلق کرده‌ای!؟

غرق در هیجانی شادی بخش، با تمام وجود آرزو کردم تا همه ساکنین جهان در ژرفای این طبیعت دل‌ربا باشند، جاذبه‌های گسترده‌اش را از نزدیک ببینند، در سحری فرح‌بخش و خوشایند فرو روند و با تمام توان برای پایداری و بقای این طبیعت شگرف بکوشند.

شب هنگام به کمک ابریشم از پشت‌بام خانه به اتاقم بازمی‌گردم.

دوباره تمام عصرهایم تا شامگاه را با ابریشم می‌گذرانم. عمه خانم فردا از بندر خواهد آمد.

مدت‌هاست در شهر مستقر شده‌ایم. با عجله در خانه را قفل می‌کنم تا به موقع خود را به اسکله برسانم. از خیابان‌های تنگ و شلوغ نزدیک به بندر عبور می‌کنم. سیف در کنار کشتی دایانا به انتظارم ایستاده.

بسته نهارش را به او می‌دهم با بی‌تفاوتی می‌پرسد: حالش چطورست؟

می‌گویم: داروهایش را که به او داده‌ام، به خوابی عمیق فرو رفت.

با پایش ریگ‌های ریخته در خیابان را جابه‌جا می‌کند. می‌گوید: با دکتر صحبت کردم.

کمی مکث می‌کند، ادامه می‌دهد: می‌گوید تومور را نمی‌تونیم برداریم، هیچ شانسی نیست.

کسی او را صدا می‌کند. هردو به طرف صدا برمی‌گردیم. در فاصله‌ای به دور از ما مردی بر روی عرشه کشتی ایستاده است.

سیف فریاد می‌زند: کاپیتان فیلیپ این زن...

بی‌دلیل ساکت می‌شود. در تکمیل و ادای جمله‌اش مردد است زیرا که وجود مرا در هیچ زمانی به رسمیت نمی‌شناسد. با همان تردید ادامه می‌دهد: همسر من هست.

مرد چهره‌اش را در هم می‌کشد تا جمله‌ای را که شنیده، بهتر بفهمد همچنین چند جمله‌ای را که به فارسی می‌گوید با سختی تفهیم می‌کند. سیف به طرفش می‌رود.

نسیمی گذرا و خنک از روی آب بر می‌خیزد، سردی بهاریش را بر سر و رویم پراکنده می‌کند، مرا می‌لرزاند.

تنها به خانه برمی‌گردم.

عمه خانم روز به روز ناتوان‌تر می‌شود. توموری که بر روی ستون مهره‌هایش قرار گرفته او را به زودی از پای در می‌آورد. روح بیمار گونه‌اش دمی آرام و قرار ندارد. بی‌آنکه وضعیت خود را بداند هر روز که می‌گذرد عصبی‌تر می‌شود. سیف کمتر به خانه سر می‌زند و هر وقت هم که می‌آید مست و بی‌خبر بی‌آنکه دیگر واهمه‌ای از مادر داشته باشد یا حتی به دیدارش بیاید، به اطاق خود می‌رود.

خسته و سرگشته بین آن‌ها و این وضعیت بی‌سامان مانده‌ام.

صندلی چرخ‌دار در میان چهارچوب در خانه گیر کرده و پیرزن را که بر روی آن نشسته در وضعیت بدی قرار داده، تلاش می‌کنم تا او را هرچه زودتر از شرایطی خسته کننده نجات بدهم. کوشش‌های بی‌وقفه‌ام برای تغییر حالتی ناگوار و رهایی او بی‌نتیجه میماند. صدای باز شدن در خانه روبرو به گوش می‌رسد. زن جوانی در آستانه در ظاهر می‌شود.

با دیدن ما در آن حالت دل‌واپس و شتاب‌زده کیفش را در کنار دیوار می‌گذارد، به کمک من می‌شتابد. لحظاتی طول می‌کشد تا صندلی چرخ‌دار را از میان چهارچوب در بیرون بیاوریم. کیفش را برمی‌دارد. مردد است مثل اینکه موضوعی به خاطرش می‌آید که او را از رفتن منصرف می‌کند. رویش را به طرف من برمی‌گرداند، می‌گوید: سلام، من پری هستم.

از او به خاطر کمکی که به من کرده، تشکر می‌کنم. و با این امید که پیشنهادم را نپذیرد به داخل خانه دعوتش می‌کنم. بی‌درنگ و با خوش‌حالی قبول می‌کند. برایش چای می‌آورم، در کنارش می‌نشینم. صورت روشن و مهربانش جاذبه‌ای گیرا دارد که انسان را بی‌اختیار به طرف خود می‌کشاند.

گاهی فنجان چای را در میان دست‌هایش به آهستگی می‌فشرد مثل اینکه با داغی فنجان، تمرکزی دل‌خواه به افکارش می‌دهد. فنجان چای را در نزدیکی‌اش و بر روی زمین می‌گذارد. می‌گوید: اسم من پری است.

مِن و مِن می‌کند، شاید به خاطر می‌آورد که قبلاً خودش را معرفی کرده. ادامه می‌دهد: من و شوهرم سال‌هاست که ساکن این شهر هستیم.

آهی می‌کشد، ساکت می‌ماند. با دل‌خوری نامحسوسی ادامه می‌دهد: و بچه‌ای نداریم ...

با شتاب از کنار کلماتی که گفته، می‌گذرد. شاید فکر می‌کند نمی‌باید از این واقعیت می‌گفت لااقل به این زودی.

می‌گوید: شوهرم تکنسین برق است و در قسمت تعمیرات اداره رادیو و تلویزیون کار می‌کند و من نیز در شرکتی خارجی که کارش صادرات و واردات است، کار می‌کنم.

ساکت می‌شود اما زن شلوغی به نظر می‌رسد، شاید حس می‌کند من نمی‌خواهم با او در ارتباط باشم.

با خوش‌حالی می‌گویم: اسم من هم نازنین است، من هم یک فرزند از دست داده‌ام ولی زیاد هم متأسف نیستم. می‌دونی من فکر می‌کنم برای تولد یک انسان همیشه شرایط لازم باید وجود داشته باشد.

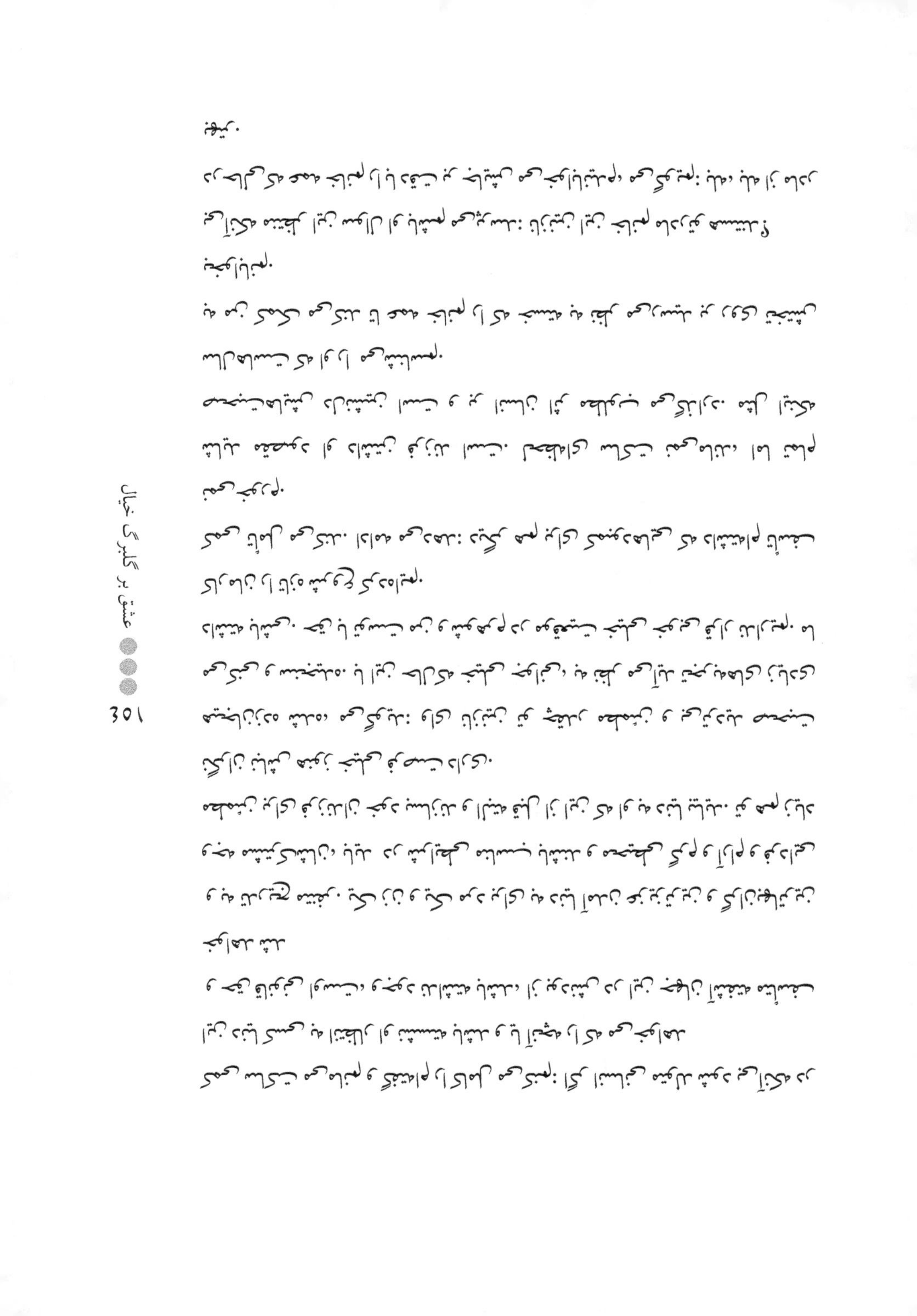

کمی ساکت می‌مانم و گفته‌ام را کامل می‌کنم: اگر انسانی متولد شود بی‌آنکه در این دنیا کسی به انتظار او نشسته باشد و یا آنچه را که می‌خواهد

و حق قانونی اوست، وجود نداشته باشد، از بودنش در این جهان آشفته متأسف خواهد شد

و به تدریج متنفر. یک زن و یک مرد برای به دنیا آمدن عزیزترین و گران‌بهاترین وجه مشترک‌شان، باید در شرایطی مناسب باشند و محیطی گرم و آرام و فردایی مطمئن برای فرزندان خود بسازند و البته قبل از این که او به دنیا بیاید. تو هم زیاد نگران نباش هنوز خیلی فرصت داری.

هیجان‌زده شده، می‌گوید: وای نازنین تو چقدر مطمئن و بی‌تردید صحبت می‌کنی و سنجیده. با این حال‌که خیلی جوانی، به نظر می‌آید تجربه‌های زیادی داشته باشی. حق با توست من و شوهرم در موقعیت خیلی خوبی قرار نداریم. ما کارمان را تازه شروع کرده‌ایم.

کمی تأمل می‌کند. ادامه می‌دهد: دیگر هم برای کمبودهایی که داشته‌ام تأسف نمی‌خورم.

شاید مقصود او داشتن فرزند است. لحظه‌ای ساکت نمی‌ماند، اما تمام صحبت‌هایش دل‌نشین است و بر انسان اثر مطلوب می‌گذارد. مثل اینکه سال‌هاست که او را می‌شناسم.

به من کمک می‌کند تا عمه خانم را که خسته به نظر می‌رسید بر روی تختش بخوابانم.

بی‌آنکه منتظر این سوال او باشم می‌پرسد: نازنین این خانم مادرتو هستند؟

درحالی‌که عمه خانم را با دقت بر جایش می‌خوابانیدم، می‌گویم: بله، بله از مادر بهتر.

رویش را با دقت می‌پوشانم در همان حال نگاهی کوتاه بر صورت غم گرفته و بی‌ادعای عمه خانم می‌اندازم. مضطرب و بی‌قرار...

مستأصل و شرمسار رویش را برمی‌گرداند. قطره اشکی سرد و راکد در گوشهٔ چشمش، نشانگر تغییر و شاید تکامل عواطف اوست.

با پری به اتاق مجاور باز می‌گردیم.

می‌گویم: دیدارِ با تو برایم خوشایند و دل‌پذیر است، برای این دوستی خوش‌حالم.

پری شاد و خندان می‌گوید: من هم خوش‌حالم که به من فرصت دادی با تو آشنا شوم. می‌دونی آدم نمی‌تونه تموم حرف‌هاش رو برای هر کسی بزنه، نمی‌شه با هر کسی حرف زد. پیدا کردن دوستی واقعی کار راحتی نیست. نازنین در تو کششی خاص هست که در همان برخورد اول آدم رو جذب می‌کنه. نمی دونم شاید... راستی نازنین به من نگفتی برای چی به این شهر اومدی و چیکار می کنی؟ شوهرت کجاست؟

می‌گویم: راستش را بخواهی داستانش مفصل است. این خانم مادر شوهر من هستند.

من هم چون سیف به کلمات این جمله با ناباوری می‌نگرم و به آنچه گفته‌ام معتقد نیستم زیرا مصداق درستی ندارد ولی به غیر از این چه می‌توانستم بگویم؟

ادامه می‌دهم: همان‌طور که می‌بینی پاهایش از کار افتاده‌اند و کم‌کم تمام بدنش هم از کار خواهد افتاد. چند دکتر متخصص او را دیده‌اند اما ظاهراً کسی نمی‌تواند برایش کاری انجام دهد و نمی‌داند در چه وضعیتی قرار دارد. گاهی عصرها او را به پارک نزدیک خانه می‌برم که دلتنگ نشود.

داروهایش را هم با سختی به او می‌خورانم، شاید با زندگی و بودن مبارزه می‌کند و من نمی‌خواهم درد بکشد. مثل مادرم از او نگهداری می‌کنم تا هیچ کمبودی نداشته باشد.

مدت‌هاست که ساکت است. شاید به عمد صحبت نمی‌کند، شاید هم تمام حرف‌هایش را زده و دیگر چیزی برای گفتن ندارد.

پری می‌گوید: تو واقعاً نازنینی نازنین، کسی که این اسم را برای تو انتخاب کرده به خوبی با شخصیت متمایز تو آشنا بوده.

این جمله‌اش هزار خاطره تلخ در ذهنم بیدار می‌کند. دوباره در خفا دردی جان‌کاه در وجودم پراکنده می‌شود و ریشه می‌دواند.

پری نمی‌تواند دمی ساکت بماند ادامه می‌دهد: راستی نازنین هیچ‌وقت شوهرت را ندیده‌ام و ندیده‌ام که به خانه بیاید، او کجاست؟

تلاطم درونم را پنهان می‌کنم با خون‌سردی ظاهری می‌گویم: او در بندر کار می‌کند، اما ... پری می‌دونی حقوقش کافی نیست. به دنبال کار می‌گردم.

از اینکه سیف پولی به خانه نمی‌آورد، هیچ حرفی نمی زنم.

به نقطه‌ای خیره مانده، مثل اینکه حرف‌های مرا نمی‌شنود. بی‌اختیار به طرف چند کار نیمه تمام که در گوشه‌ای از اتاق گذاشته‌ام، می‌رود.

در برابر تابلوی ناتمام " فردا در مِه" ایستاده. تابلویی که سیف مصرانه خواسته آن را در اندازه‌ای بزرگ‌تر بکشم.

بهت زده می‌گوید: وای نازنین این تابلو چقدر زیباست، مجذوب کننده‌ست! با خط‌هایی کم‌رنگ و پررنگ، سست و محکم ... که به شکلی مسحور کننده در هم آمیخته شده‌اند، صحنه‌ای گیرا و جذاب خلق کرده‌اند. خطوطی متضاد و متفاوت که خاصیت عجیب یکدیگر را به تماشا می‌گذارند.

جذب تابلو شده، آهسته با خود نجوا می‌کند: زن و مرد جوان ...

تأمل می‌کند ادامه می‌دهد: زن و مرد جوان در کنار نهری بزرگ که آب زیادی در آن جریان ندارد...

و عمق تابلو آتش‌های نیمه روشن که شعله‌های برافروخته‌ای ندارند... تصویری که در هاله‌ای از ابهام قرار دارد و به سختی می‌توان معنی واقعی آن را فهمید و یا حدس زد و این اسب در جلو تصویر با رنگ‌های تند و محکم... این‌ها در کنار هم چه معنایی دارند نازنین؟

آهی می‌کشم، می‌گویم: همان‌طور که می‌بینی معنایی‌ست که در مِه محو شده اما در اصل زندگی تازه شکل گرفته یک مرد و زن است بر جایگاهی ناپایدار و متزلزل و در آینده‌ای مبهم.

پری ساکت می‌شود شاید در سکوت با تعمق می‌اندیشد، قاطعانه می‌گوید: در کنار نهری وسیع که آبی کم در آن جریان دارد.

باز در سکوت فرو می‌رود، عمیق می‌اندیشد، یک‌باره مانند آنکه واقعیتی را می‌یابد، قاطعانه می‌گوید: نهری عریض که روزگاری نه چندان دور آبی فراوان و روان در آن جریان داشته، انسان را تا به تفکری ژرف می‌کشاند به همان‌گونه که زن و مرد را تا به فکری عمیق فرو برده.

دوباره ساکت می‌شود، ادامه می‌دهد: پس این آینده بشر است که در مِه گم شده، درحالی‌که ما انسان‌ها گاهی در تصورات شاید نابسامان و شاید به هم ریخته سرگشته و غرق می شویم، حیوانات که هیچ ادعایی ندارند از ما راه و روش زیستن را بهتر می‌دانند، نظم چرخه این هستی ارزشمند را هم دچار اختلال نمی‌کنند و تصویر اسب که جلوتر از تصویر زن و مرد قرار دارد.

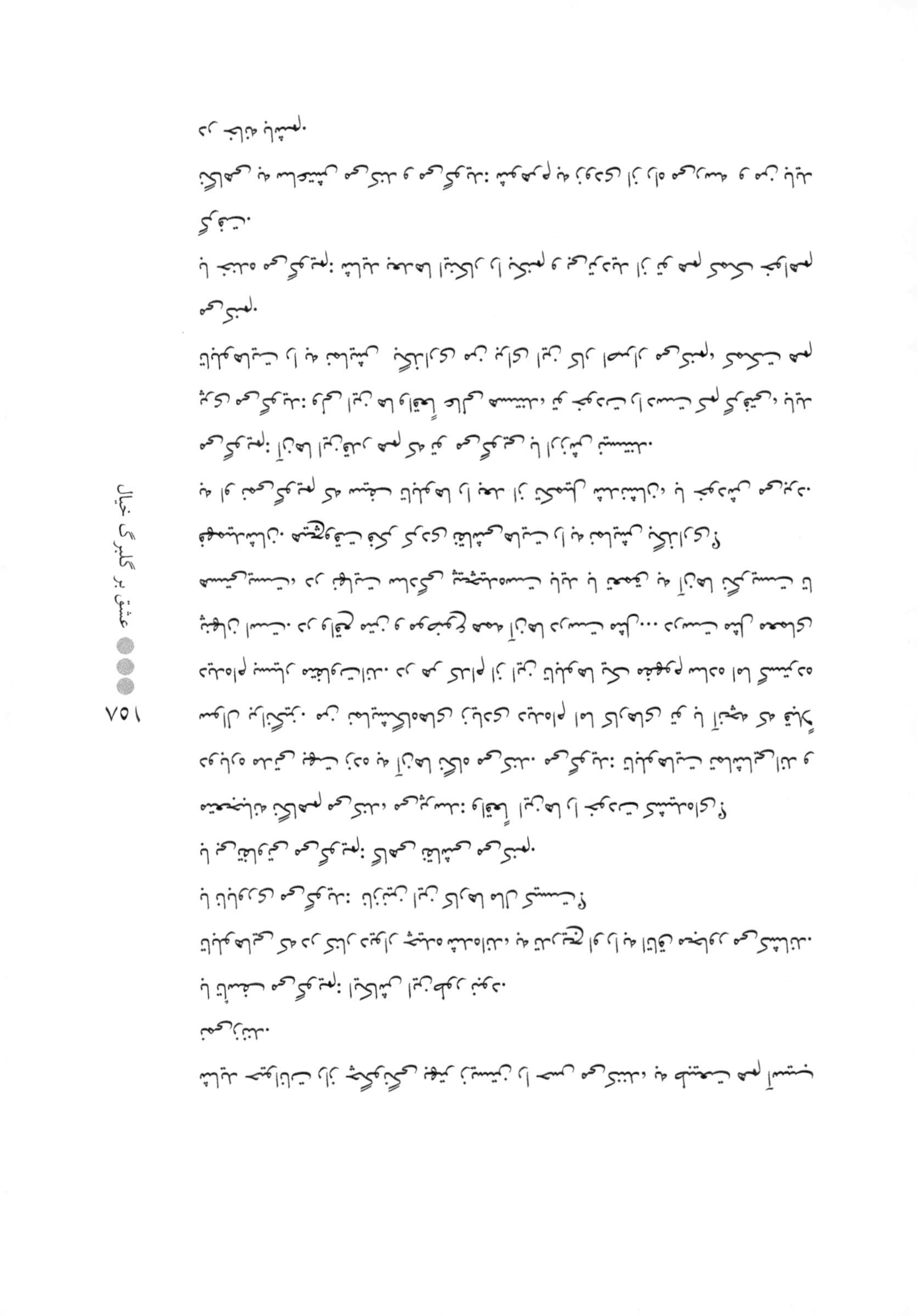

شاید حیوانات راز چگونگی بهتر زیستن را حس می‌کنند، به طبیعت هم آسیب نمی‌زنند.

با تأسف می‌گویم: ایکاش این‌طور نبود.

تابلوهایی که در کنار دیوار چیده شده‌اند، به تدریج او را به اتاق مجاور می‌کشاند.

با ناباوری می‌گوید: نازنین این کارها مال کیست؟

با بی‌تفاوتی می‌گویم: گاهی نقاشی می‌کنم.

متعجبانه نگاهم می‌کند، می‌پرسد: واقعاً این‌ها را خودت کشیده‌ای؟

دوباره مدتی بهت زده به آن‌ها نگاه می‌کند. می‌گوید: تابلوهایت تماشایی‌اند و سوال برانگیز. من نمایشگاه‌های زیادی دیده‌ام اما کارهای تو با آنچه که قبلاً دیده‌ام بسیار متفاوت‌اند. در هر کدام از این تابلوها یک مفهوم ساده اما گسترده پنهان است. در واقع متن و موضوع همه آن‌ها درست مثل... درست مثل معمای هستی‌یست، در نهایت سادگی پیچیده‌ست باید با تعمق به آن‌ها نگریست تا فهمیدشان. هیچ‌وقت فکر کردی نقاشی‌هایت را به نمایش بگذاری؟

به او نمی‌گویم که سیف تابلوها را بعد از تکمیل شدنشان، با خودش می‌برد.

می‌گویم: آن‌ها این‌قدر هم که تو می‌گویی با ارزش نیستند.

پری می‌گوید: ولی این ها واقعاً عالی هستند، تو خودت را دست کم گرفتی، باید تابلوهایت را به نمایش بگذاری من برای این کار اصرار می‌کنم، کمکت هم می‌کنم.

با خنده می‌گویم: شاید بعدها اینکار را بکنم و بی‌تردید از تو هم کمک خواهم گرفت.

نگاهی به ساعتش می‌کند و می‌گوید: شوهرم به زودی از راه می‌رسه و من باید در خانه باشم.

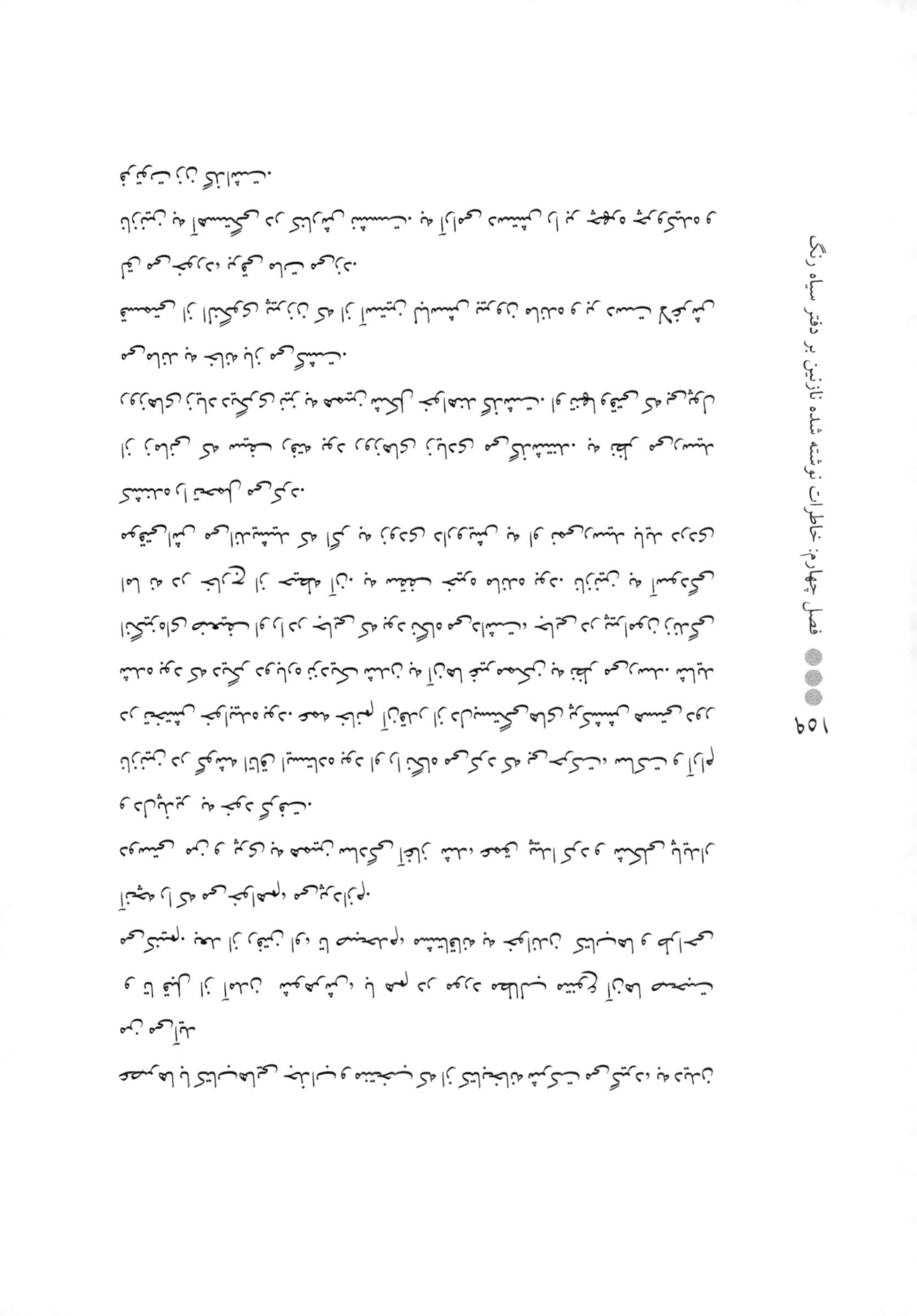

عصرها با کتاب‌هایی جذاب و منتخب که از کتابخانه شرکت می‌گیرد، به دیدن من می‌آید

و تا قبل از آمدن شوهرش، با هم در مورد مطالب متنوع آن‌ها صحبت می‌کنیم. بعد از رفتن او، تا صبحدم، مشتاقانه به خواندن کتاب‌ها و طراحی آنچه را که می‌خواهم، می‌پردازم.

دوستی من و پری به همین سادگی آغاز شد، عمق پیدا کرد و شکلی پایدار و دل‌پذیر به خود گرفت.

نازنین در گوشه اتاق ایستاده بود او را نگاه می‌کرد که بی‌حرکت، ساکت و آرام در تختش خوابیده بود. عمه خانم آن‌قدر از دل‌بستگی‌های پرکشش هستی دور شده بود که دیگر دوباره نزدیک شدن به آن‌ها غیرممکن به نظر می‌رسد. شاید انگیزه‌ای ضعیف او را در جایی که بود نگاه می‌داشت، جایی در پیرامون زندگی اما نه در خارج از حیطه آن. به سقف خیره مانده بود. نازنین به آسودگی موقتی‌اش می‌اندیشید که اگر به زودی دارویش به او نمی‌رسید باید دردی کشنده را تحمل می‌کرد.

از زمانی که سیف رفته بود روزهای زیادی می‌گذشتند. به نظر می‌رسید روزهای زیاد دیگری نیز به همین شکل خواهند گذشت. او تنها وقتی که بی‌پول می‌ماند به خانه باز می‌گشت.

قسمتی از النگوی پیرزن که از آستین لباسش بیرون مانده و بر دست لاغرش لق می‌خورد، برقی مات می‌زد.

نازنین به آهستگی در کنارش نشست. به آرامی دستش را بر چهره چروکیده و فرتوت زن گذاشت.

با حرکتی ملایم صورت تسلیم شده او را به سوی خود چرخانید. به او نگاه می‌کرد، زن مستأصل به چشم‌های نازنین خیره مانده بود بی‌آنکه حالت صورتش تغییر کند، اشک هایش جاری شدند.

نازنین با کلماتی شمرده گفت: شما برای من چون مادر بوده‌اید.

چهره عمه خانم به شدت در هم کشیده شد و فرو ریختن اشک‌هایش سهمگین‌تر گشت. چشم‌هایش بر نقطه‌ای ثابت و بی‌حرکت ماندند، شاید وقایعی که در گذشته روی داده بودند در برابرش مجسم و متحرک می‌شدند.

یک‌باره خشونت‌هایش، یکه‌تازی‌های مستبدانه‌اش، تصمیم‌های ناعادلانه‌اش، واکنش‌های ظالمانه‌اش، خودخواهی‌هایش، به صحنه‌ای مجازی در جایگاه خاطراتش هجوم بردند، روح او را خراشانیدند، جسمش را ملتهب و مرتعش ساختند.

نازنین دگرگونی‌های او را به وضوح می‌دید، می‌کوشید تا آرامش را به او بازگرداند، مهربانانه گفت: گاهی مادر باید جدی باشد، بر فرزندش سخت بگیرد تا او مشکلات اطرافش را باور کند و برای رویارویی با آن‌ها آماده شود، شما با من این چنین کردید. عمه خانم با سختی دست چروکیده‌اش را به دست نازنین نزدیک کرد و نازنین با عطوفت دست فرتوت او را گرفت. زن با دشواری انگشتانش را در انگشتان نازنین فرو برد، آن‌ها را با تمام قدرت محدودش، فشرد تا بی‌صدا از احساس تحول یافته‌اش بگوید. دیگر فرقی بین دست‌ها احساس نمی‌شد، فرق بین خوب و بد، مهربان و نامهربان، ظالم و مظلوم.

چشم‌های زن که روزی عسلی رنگ بودند، به سبز تیره گراییده شده بودند همچون چشمه‌ای کدر در حال خشک شدن که به زوال غیرقابل انکار نزدیک می‌شد.

نازنین به ابروانش نگریست که دیگر کاملاً در برابر هم قرار گرفته بودند

گویی با درهم شکستن غروری پوچ، از طلسمی بی‌حاصل رها شده‌اند، جایگاه و آرامش خود را باز یافته‌اند. در چشمانش حالتی ناپایدار و گنگ پدیدار شد که معنایی ثابت نداشت.

نازنین با تردید گفت: باید برایتان دارو بخرم اما...

عمه خانم علی‌رغم وضعیتی که داشت شرایط موجود را به خوبی درک می‌کند. با توان اندکی که داشت، آخرین النگویش را که بارها با هزار ترفند از چشم سیف دور نگه داشته، آهسته به جلو راند. در دیدگان بی‌حرکتش هیچ‌گونه اثری از اعتراض وجود نداشت.

نازنین به دست لاغر او نگریست. بی‌اختیار به گذشته بازگشت... اولین دیدارش با عمه خانم... و النگوهای براق و متعددی که بر دست قدرتمند او نمودی چشمگیر داشتند و با حرکت دست او به شدت با هم برخورد می‌کردند و شاید به خواست عمه خانم صدایی آمرانه و بُرا به وجود می‌آوردند تا نشان‌دهنده اقتداری مستبدانه باشند.

نازنین با دل‌واپسی ادامه داد: من تا زنده‌ام از شما مراقبت خواهم کرد. هیچ‌گاه تنهایتان نمی‌گذارم، نمی‌گذارم شما درد بکشید. قول می‌دهم به زودی کاری پیدا کنم تا شما راحت‌تر زندگی کنید. من...

دوباره دست نازنین را فشرد تا از اشتیاقش به عواطف تازه یافته، بگوید.

مضطرب، با هیجان زنگ در خانه‌اش را فشار می‌دهم. به ساعتم نگاه می‌کنم مثل اینکه ثانیه و قرن با هم برابر شده‌اند و به یک اندازه دیر گذر! با این قصد تا مرا در دوگانگی‌شان در هم بفشارند و آزار بدهند. نمی‌دانم وقتی آنچه را که برایم اتفاق افتاده به او بگویم، چه واکنشی نشان خواهد داد. دیدار غیر منتظره من برای او در پشت در خانه‌اش، این حدس و گمان را برایم مسلم خواهد کرد.

در را باز می‌کند با تعجب دست مرا می‌گیرد با شتاب به داخل خانه می‌برد، می‌گوید: نازنین هیچ معلوم هست تو کجایی و چکار می‌کنی؟

چند بار آمدم نبودی. مجبور شدم برایت پیغام بگذارم هیچ از کارهایت سر درنمی‌آورم. من...

من هم با شور و شوقی وصف‌ناپذیر می‌دانم که او با عالمی از حرف‌های تمام نشدنی هیچ شانسی برای آنچه را که می‌خواهم به او بگویم، به من نخواهد داد.

با بی‌حوصلگی می‌گویم: پری خواهش می‌کنم، این روزها به اندازه کافی گیج شده‌ام، سوال پیچ هم شده‌ام حتی به وسیله خودم. خواهش می‌کنم تو دیگر مرا گیج‌تر نکن، بگذار جواب سوال اولت را بدهم. گفتی این مدت کجا بوده‌ام، می‌تونی ساکت باشی تا برات توضیح بدهم یا با سوال‌های بی‌شمارت می‌خواهی مرا سر در گم کنی؟

پری با دل‌خوری ساکت می‌نشیند، می‌گوید: بگو ببینم چه شده؟

می‌گویم: مردد و سرگشته برای فروش النگوی عمه خانم در بازار طلافروش ها به هر طرف می‌رفتم تا آن را به قیمتی بهتر بفروشم. بازار شلوغ بود و من با فشار جمعیت به هر طرف کشانیده می‌شدم و یا تقدیر و سرنوشت مرا به سویی که می‌خواست، می‌کشانید. در انتهای بازار و آن طرف خیابان با ناباوری نمایشگاه بزرگی از آثار نقاشی را دیدم. بگذار صادقانه از همان کششی بگویم که بی‌اراده مرا به آن طرف خیابان کشانید تا آن‌ها را از نزدیک ببینم. می‌دونی پری این اولین بار بود که آن همه نقاشی زیبا را در کنار هم و یک‌جا می‌دیدم و اولین بار که نمایشگاه و فروشگاه نقاشی می‌دیدم. با حالی که توصیفش آسان نیست، مسحورانه تابلوها را نگاه می‌کردم. با چند رهگذر بر خورد کردم، با حالتی مثل این که دیوانه باشم، مرا نگریستند.

نمی‌دانم شاید آن لحظات همان‌طور بودم که آن‌ها فکر می‌کردند. چشمانم به دنبال تابلوهای دیگر، تمام زوایای داخل مغازه را جستجو می‌کردند. ناگهان بی‌حرکت خشک زده در جایم ماندم.

گلویم خشک شده بود. ساکت می‌مانم تا برتفکراتم مسلط شوم، به آن‌ها نظمی دل‌خواه بدهم. پری شتابان می‌پرسد: زود بگو ببینم نازنین چی شد؟ مگر تو چی دیدی؟ چی دیدی که تا این حد تو رو هیجان‌زده کرده؟ تو که منو دق دادی، زود بگو.

می‌گویم: یک‌باره یکی از تابلو ها نظرم را جلب کرد. مثل این که اراده‌ای از خود نداشته باشم. به داخل فروشگاه کشانیده شدم، در برابر تابلو ایستادم، دوباره با دقت آن را نگاه کردم.

پری می‌خندد، می‌گوید: چه طور؟ چیز خاصی در تابلو وجود داشت، چیزی که غیرعادی به نظر می‌رسید؟

با بی‌تفاوتی می‌گویم: طرحی ساده از بازارچه‌ای قدیمی و سنتی که در درون فضایی مدرن احاطه شده. بافت بازارچه به شکلی است که در کنار هجره‌های متعدد و تودر تو ستون‌های سنگی مارپیچ فیروزه‌ای رنگ قرار گرفته‌اند و در بالا به صورت سقفی هشتی و یا زاویه مانند در آمده‌اند. پیرمردی به دیوار آخرین هجره بازارچه که نور کمی بر آن تابیده و رنگ فیروزه‌ای آن را به چند پرده رنگ آبی متفاوت، متمایز ساخته، تکیه زده. وزش گردبادی نامریی همه چیز را در بازارچه تحت تأثیر دگرگونی‌های خود درآورده. حتی چادرهای گل‌دار دو زن را که در انتهای بازارچه دیده می‌شوند، در حرکتی دورانی اثری ملموس از این تلاطم ناگهانی بر بیننده می‌گذارند. تنها چشم‌های پیرمرد دوره گرد ثابت‌اند و وزش باد حالت آن‌ها را تغییر نداده. ارتباط نافذ او با تماشاگر

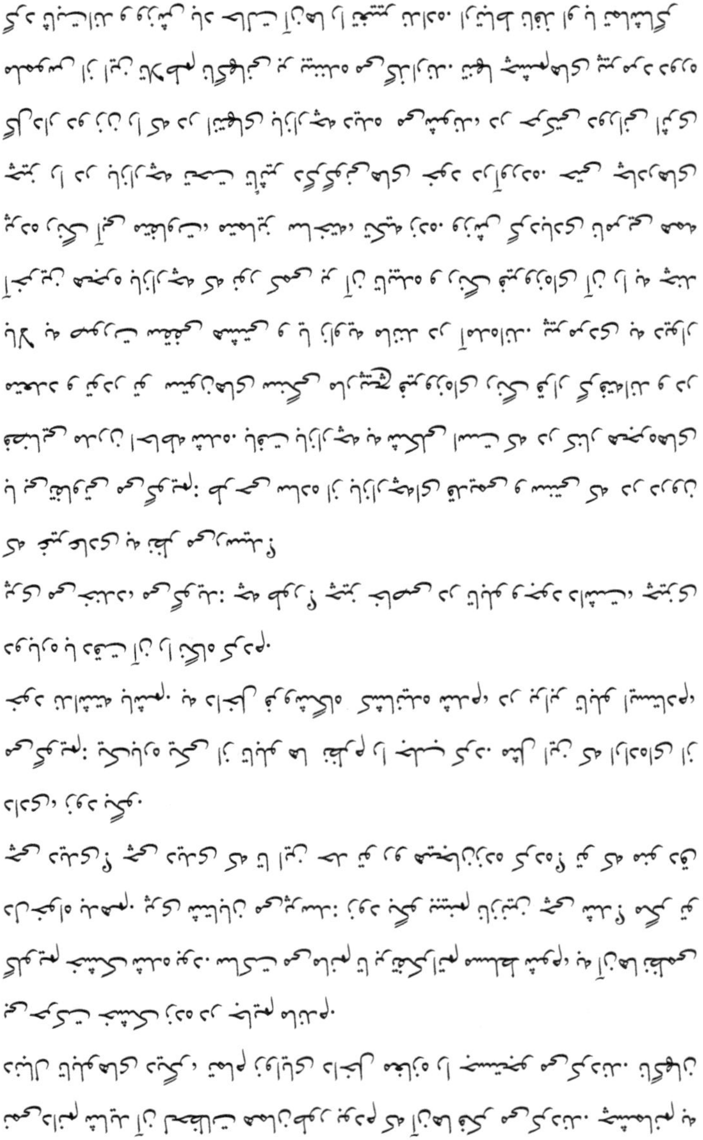

عجیب و راز آلودست. نگاه پر رمز و رازش از هر زاویه و از هر گوشه متفاوت و پرمعناست. گل‌های پژمرده در دستش بقایی بی‌ثبات را تداعی می‌کنند که در پسِ شکوفایی پنهان است و یا پایانی اجتناب ناپذیر که به دنبال یک آغاز قرارگرفته.

جالب این است که من تا به حال به این موضوع توجه نکرده بودم. آن روز که از ابعاد مختلف به تابلو نگاه می‌کردم متوجه این مطلب شدم.

پری می‌گوید: خب نازنین این که تعجب نداره. نقاش‌های مشهور در کارهاشون ظرافتی وجود داره که مجموعه این ظرافت‌ها کار آن‌ها را از دیگران متمایز می‌کند و به آن‌ها ارزشی مخصوص می‌دهد.

شتاب‌زده می‌پرسد: تابلو مال کی بود؟ قیمتش رو ندیدی؟ این تابلو با این مشخصات باید خیلی گران باشد.

کمی مکث می‌کند، ادامه می‌دهد: و پیامی سرپوشیده در موضوع مجذوب کننده‌اش حس می‌شود که مرا به یاد تابلوهای تو می‌اندازد.

خون‌سرد فقط نگاهش می‌کنم.

کمی ساکت می‌ماند، متعجب و با کلماتی شمرده شمرده، می‌پرسد: قبلاً تابلو را دیده بودی؟

با خون‌سردی می‌گویم: بله، تابلو را دیده بودم، بارها آن را دیده بودم.

پری بهت‌زده می‌پرسد می‌گوید: کجا؟ کجا آن را دیده بودی؟

می‌گویم: وقتی داشتم آن را می‌کشیدم.

پری با تعجب در جایی که نشسته جا به جا می‌شود و می‌گوید: تو چه گفتی؟ تابلوی تو... در آن فروشگاه؟ من نمی‌فهمم تابلوی تو چطور در آن فروشگاه است؟

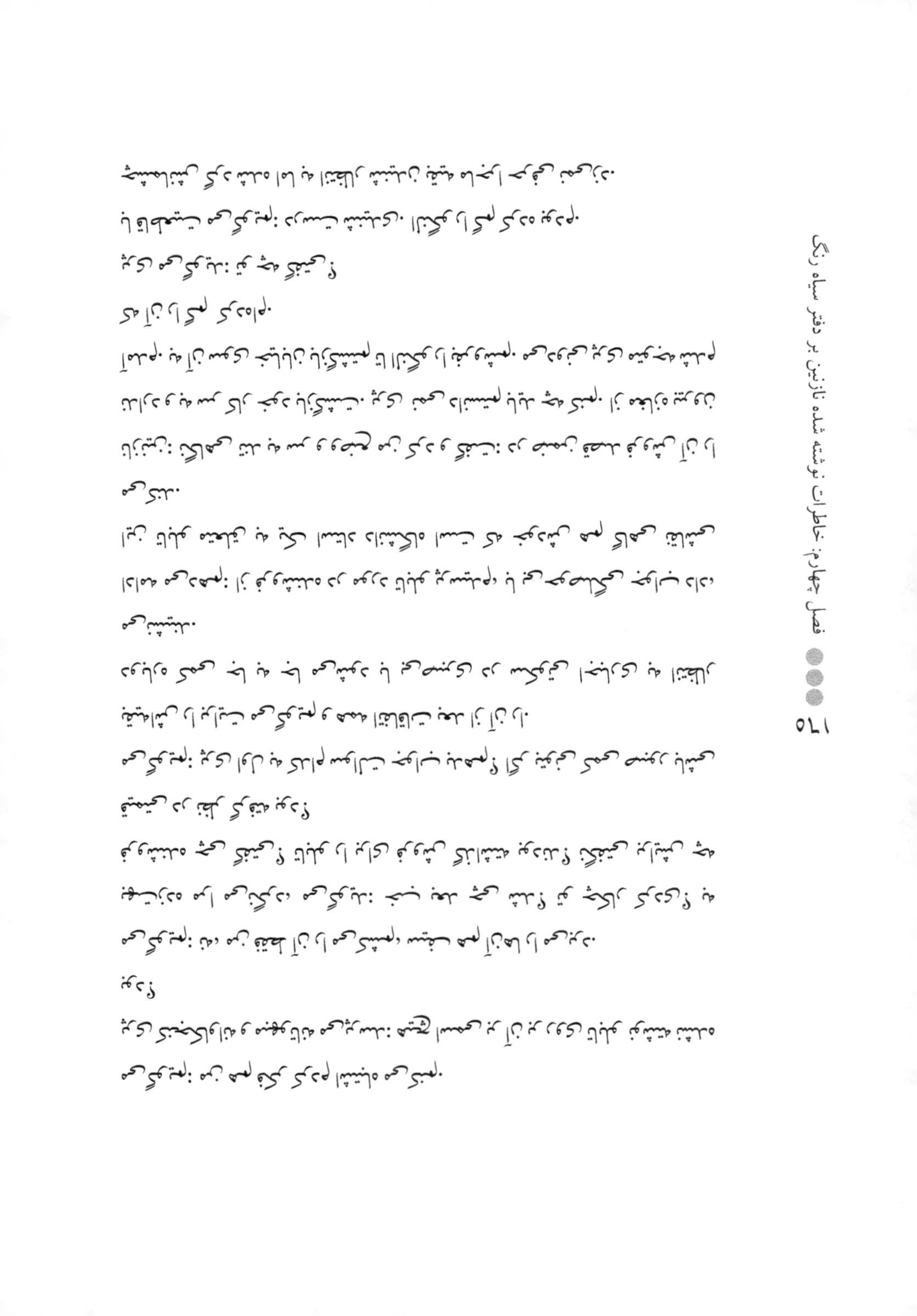

می‌گویم: من هم فکر کردم اشتباه می‌کنم.

پری کنجکاوانه و مبهوتانه می‌پرسد: هیچ اسمی بر آن بر روی تابلو نوشته نشده بود؟

می‌گویم: نه، من فقط آن را می‌کشم، سیف هم آن‌ها را می‌برد.

بهت‌زده مرا می‌نگرد، می‌گوید: خب بعد چی شد؟ تو چکار کردی؟ به فروشنده چی گفتی؟ تابلو را برای فروش گذاشته بودند؟ نگفتی برایش چه قیمتی در نظر گرفته بود؟

می‌گویم: پری اول به کدام سوالت جواب بدهم؟ اگر بتونی کمی صبور باشی بقیه‌اش را برایت می‌گویم و همه اتفاقات بعد از آن را.

دوباره کمی جا به جا می‌شود با بی‌صبری در سکوتی اجباری به انتظار می‌نشیند.

ادامه می‌دهم: از فروشنده در مورد تابلو پرسیدم، با بی‌حوصلگی جواب داد، این تابلو متعلق به یک استاد دانشگاه است که خودش هم گاهی نقاشی می‌کند.

نازنین: نگاهی تند به سر و وضع من کرد و گفت: در ضمن قصد فروش آن را ندارد و به سر کار خود بازگشت. پری نمی دانستم باید چه کنم. از مغازه بیرون آمدم. به آن سوی خیابان بازگشتم تا النگو را بفروشم. می‌دونی پری متوجه شدم که آن را گم کرده‌ام.

پری می‌گوید: تو چه گفتی؟

با قاطعیت می‌گویم: درست شنیدی. النگو را گم کرده بودم.

چشمانش گرد شده اما به انتظار شنیدن بقیه ماجرا حرفی نمی‌زد.

ادامه می‌دهم: فکری به خاطرم رسید. به آن گالری نقاشی بازگشتم. مرد فروشنده با خون‌سردی نگاهی سنگین به من کرد

با بی‌تفاوتی به کارش ادامه داد اما از همه زوایای نمایشگاه مراقب من بود. به او گفتم: ببخشید شما صاحب این تابلو را می‌شناسید، مقصودم این است که...

نازنین: مرد فروشنده صحبتم را نیمه تمام گذاشت و گفت: بله، ولی می‌دانم آن را که تابلو قیمتی هم هست و دو خریدار بسیار خوب هم دارد، نمی‌فروشد فکر می‌کنم امروز یا فردا برای بردن تابلو خواهد آمد. او تابلو را اتفاقی از مردی دست فروش خریده.

نازنین: توضیح بیشتر داد شاید بتواند مرا قانع کند تا فروشگاه را ترک کنم و مزاحمش نباشم. به او گفتم: ولی من خریدار این تابلو نیستم، می‌خواهم پیشنهاد فروش تابلوهای دیگر این خانم را به ایشان بدهم.

نازنین: به طرفم آمد و با طعنه گفت: چطور؟ شما نقاش این تابلو را که هیچ امضایی هم ندارد می‌شناسید؟ آیا می‌دونید این تابلو بسیار قیمتی است؟ جواب دادم، نه، نمی‌دونستم.

نازنین: می‌دونی پری شاید فکر می‌کرد به او دروغ می‌گویم، با بی‌میلی آدرس صاحب تابلو را که در دانشگاه تدریس می‌کند، به من داد.

پری لحظه‌به‌لحظه مشتاق‌تر می‌شود، ادامه می‌دهم: فردای آن روز به دانشگاه رفتم. از مردی که به نظر می‌رسید استاد دانشگاه باشد سراغ او را گرفتم. نزدیک در ورودی دفتر دانشگاه به انتظارش ایستادم. مردی به سویم آمد در مقابلم ایستاد. از او پرسیدم: شما آقای دکتر مهران هستید؟ مرد گفت: بله، چه کاری می‌توانم برای شما بکنم؟

نازنین: نمی‌دانستم باید به او چه بگویم. بی‌حرکت و بی‌صدا بر جایم ایستاده بودم. چند دختر و پسر جوان از برابرمان گذشتند.

حس کردم عجله دارد، دوباره با صدایی بلندتر که مرا به خود آورد پرسید: می‌توانم برایتان کاری بکنم. با دلهره گفتم: من خانم نازنین هستم، نقاش آن تابلو.

نازنین: دکتر مهران نگاهی کوتاه به فضای شلوغ و پرتردد دفتر دانشگاه کرد، درحالی‌که به طرف دیگر راهرو می‌رفت با بی‌تفاوتی گفت: با من بیایید. پری کنجکاو و هیجان زده انگشت دست‌هایش را در هم فرو کرده به سختی می‌فشرد.

نازنین: با بی‌میلی مرا به درون کلاس دعوت کرد. آفتاب نیمروز، کلاس خالی را به شدت گرم کرده بود. دکتر مهران بر روی صندلی نشست، لحظه‌ای تأمل کرد و گفت: مقصود شما کدام تابلوست؟

نازنین: از سردی کلامش چنین به نظر می‌رسید که متوجه حرف‌هایم نشده. نگاهی به تخته سیاه کلاس کردم. به طرف آن رفتم، گچی از کنارش برداشتم، به سادگی و مهارت ابعاد و خطوط اصلی بازارچه را طراحی کردم. گفتم: این تابلو را می‌گویم. وقت دارید کاملش کنم؟

نازنین: دکتر مهران مبهوتانه از روی صندلی برخاست بی‌اراده دوباره بر روی صندلی نشست. درحالی‌که چشمانش در بین آنچه بر تخته سیاه کشیده شده بود و دست‌هایم که هنوز مشغول تکمیل کردن آن بود می‌چرخید، با حالتی که در آن تغییر بسیار دیده می‌شد گفت: شما همین جا باشید من به زودی بر می‌گردم.

نازنین: دکتر مهران از کلاس بیرون رفت، در زمانی کوتاه بازگشت. مردی با او بود.

دکتر مهران گفت: آقای دکتر ادیب ریس دانشکده هنر هستند می‌خواهند با شما صحبت کنند. دکتر ادیب نگاهی به نقش ترسیم شده بر روی تابلو کرد، گفت:خانم...

نازنین: سرگشته، با دلهره گفتم: من نازنین هستم. دکتر ادیب گفت: ممکن است با من بیایید. با آن‌ها به دفتر دانشگاه رفتم. دکتر ادیب گفت: خواهش می‌کنم بنشینید. خانم نازنین من و همکارانم تابلوی شما را دیده‌ایم. بعضی از آن‌ها می‌گویند که تابلو از نظر نقاشی ارزش هنری دارد بعضی دیگر معتقدند که کار طراحی و معماری آن بی‌نظیر است. همه اجزا موجود در تابلو زنده‌اند و پرتحرک حتی آنچه را که در بازارچه آویخته شده با جریان وزش باد متحرک به نظر می‌رسند. می‌شود باد را به زمان تشبیه کرد و شدت وزش آن را به گذر زمان و دگرگونی‌هایی که زمان... این عامل مهم، متعلقات هستی را متغیر می‌سازد. در تاروپود تابلو روند و روال زندگی به وضوح حس می‌شود، تحولاتی که مدام به وجود می‌آیند، دگرگونی‌هایی که حاصل بی‌وقفه واکنش‌های حیاتی‌اند. هجره‌ها سال‌های زندگی را تداعی می‌کنند و ستون‌ها روزهای زندگی را... و ضلع‌های هر زاویه که در بالای ستون‌ها به طرف صفر امتداد دارند... دکتر ادیب ادامه داد، و پیرمرد که به آخرین ستون تکیه داده است بیننده را تا به اعماق فکری مبهم فرو می‌برد! شاید پایان هستی و آغاز نیستی و شاید به عکس... آغاز هستی و پایان نیستی ...

نازنین: یک‌باره با گفته‌اش این تجسم در تفکراتم شکل گرفت... شاید او در شروع راهی ناشناخته و متفاوت ایستاده است، جایگاهی که وابستگی‌ها، دلبستگی‌ها و خواستن‌ها آن را تحت تأثیر قرار نمی‌دهند و یا زمان برای او متوقف شده است!

نازنین: زمانی کوتاه هر دو متفکرند و ساکت می‌مانند. دکتر ادیب گفت: و ادغام بافتی مدرن و سنتی در گوشه و کنار نقاشی حس می‌شود که نشانه‌ایست از تغییر فرهنگ‌ها و سنت‌ها در عصرهای متفاوت.

نازنین: دکتر مهران در روبه‌رویم نشسته باخشنودی گفت: اما کار طراحی و معماری دیوارها مخصوصاً سقف‌های هشتی آن‌ها قابل بحث‌اند. همه آن‌ها با محاسبه‌ای دقیق کشیده شده‌اند مثل اینکه با خطوط ریاضی و هندسی ترسیم شده باشند. و نگاه نافذ و گیرای پیر مرد، انسان را به فکر نوعی رابطه بی‌دوام بین خودش و زندگی وا می‌دارد، جالب ست، جالب... نگرش‌های گوناگون در نگاهش مشهودست، تردیدها، دوگانگی‌ها، انتظار و تضادها، ضد و نقیض‌ها، بی‌تفاوتی‌ها، همه و همه در نگاهش در هم آمیخته، و نیز آرامش، اضطراب، بی‌ثباتی هستی، همه و همه بیننده را در سکوت و در محیطی رازآلود قرار می‌دهند به‌شدت متفکر می‌سازد و آخرین هجره، آخرین جایگاه که پیرمرد به آن تکیه داده است!

نازنین: می‌دونی پری من از این گونه تفسیر او بسیار تعجب کردم. در اصل من همواره همه احساسم را بر روی کاغذ ترسیم می‌کنم شاید بی‌آنکه به معنای آن بیندیشم.

پری می‌پرسد: چرا نازنین؟ شاید هم بی‌آنکه تلاش کنی، به معنای هر آن چه که ترسیم می‌کنی عمیقاً فکر می‌کنی؟

بی‌دلیل ساکت می‌ماند، سکوتش هم طولانی می‌شود.

می‌گویم: دکتر مهران دقیقاً به هدف زده بود، به موردی اشاره کرد که تمام مدتی که تابلو را می‌کشیدم سخت به آن می‌اندیشیدم.

به گل‌هایی که با تمام اعجابی که در کشش خود دارند، در دگرگونی محیط و اطرافشان و در گذرگاه زمان همه جذابیت خودشان را از دست داده‌اند...

نازنین: دکتر ادیب در آخر صحبت‌مان گفت: خانم نازنین ممکن است از شما خواهش کنم بگویید رشته تحصیلی شما چیست؟ نقاشی یا معماری؟ یا هر دو؟ خیلی صریح گفتم: هیچ‌کدام. با تعجب پرسید: پس رشته تحصیلی شما چیست؟

نازنین گفتم: من فقط مشتاقانه و ... و بی‌اراده آنچه را که می‌بینم و یا هر چه که در ذهنم مجسم می‌شود در هرجا و هر مکانی که ممکن باشد می‌کشم، گاهی هم بر سطحی بوم مانند و یا بر گستره‌ای رها در طبیعت.

نازنین: شتاب‌زده جمله‌ام را تکمیل کردم، در حقیقت من تخیلاتم را ترسیم می‌کنم. اگرچه آن‌ها متحرک‌اند و من تنها می‌توانم قسمتی از تصوراتم را بر تاروپود کاغذ طراحی کنم.

نازنین، دکتر مهران گفت: اما من اصلاً متوجه نمی‌شوم، ممکن است بیشتر توضیح بدهید؟

نازنین گفته‌هایش اعتماد به نفسم را تشدید می‌کرد ادامه دادم، به خاطر می‌آورم از زمانی که خود را می‌شناسم دست‌هایم بی‌اراده هر چه را که در خاطر داشتم در هر کجا که ممکن بود به تصویر می‌کشیدند. گاهی در خفا احساسم را با شاخه‌ای باریک بر شن‌های نرم و روان می‌کشیدم و زمانی دیگر همهٔ تصوراتم را، همهٔ تجسم‌هایم را با شیبی نوک تیز بر دیوارهای کاهگلی حک می‌کردم مثل اینکه زبان من برای ارتباط و برای گفتگو، ترسیم باشد و یا خطوط خواسته‌هایم را تمایلاتم را به شفافی توضیح می‌دهند. گاهی هم مدام تمام آن چرا که در تخیلاتم می‌دیدم با ذغال بر سطح خالی دیوار منتقل می‌کردم.

به یاد می‌آورم می‌خواستم ماژیکی را امتحان کنم. با آن طرحی بر روی کاغذی کاهی کشیدم. دوستم از من خواست که همان طرح را بر پشت بلوز سفید و کهنه‌ای که به تن داشت، بکشم. من قبول نکردم. او خندید و گفت: حتماً نمی‌تونی دیگه مثل اون بکشی! با همان ماژیک بنفش طرحی را که خواسته بود بر روی بلوزش کشیدم.

نازنین: بچه‌ها به دورم جمع شدند و به اصرار خودشان طرح‌هایی را که می‌خواستند بر روی لباس‌هایشان کشیدم. پدرم جریان را فهمید، سه روز مرا در زیرزمین خانه زندان کرد و...

نازنین: پری ناگهان به خاطر آوردم مطالبی را گفته بودم که نباید می‌گفتم. سکوت کردم. مثل اینکه حرف‌هایم آن‌ها را تحت تأثیر قرار داده بود. دکتر مهران بعد از سکوتی کوتاه گفت: نباید فراموش کرد که اولین زبان انسانِ نخستین ترسیم تصاویر بوده که هنوز هم می‌شود آن‌ها را بر دیواره غارها دید و شاید تصاویر، ساده‌ترین و بهترین نوع گویش باشند. ولی پدر شما نباید...

نازنین: ملتمسانه گفتم: خواهش می‌کنم بیش از این از من نپرسید. گذشته من در گذشته ثبت و محو شده، دیگر هم تکرار نمی‌شود. من همواره خواسته‌ام تا اندیشه‌هایم رها و آزاد باشند و آزادانه هم از اندیشه‌هایم بگویم آن هم با خطوط و بر بستری رها و گسترده. به نظر من ترسیمِ افکار نوعی از گفتارست که می‌توان به وسیله آن قسمت‌های مهمی از رویدادهای حادث شده در اطراف‌مان را توجیه کرد که شاید با بیان واژه‌ها ممکن نباشد. به همان‌گونه که غارنشینان خواسته‌هایشان را، ایده‌هایشان را، هرآن چرا که می‌دیدند و یا همه رخدادها را بر دیواره‌های غارها ترسیم می‌کردند.

نازنین: دکتر ادیب دقایقی متفکرانه مرا نگاه کرد و گفت: خانم نازنین شما به هر گونه که مایل باشید می‌توانید از تمام امکانات این دانشگاه استفاده کنید، از کتابخانه دانشگاه و از کلاس‌های آن.

نازنین: پری واقعاً نمی‌دونستم باید چه جوابی به او بدهم. می‌دونی چند روز بعد به بهانه دیدن دکتر مهران و نشان دادن یکی از تابلوهایم و شاید پیشنهاد فروش آن، به دانشگاه رفتم اما واقعیت این است که انگیزه‌ای قوی که مدت‌ها در من مرده بود، مرا به آنجا کشانید و آن عطش و عشق به تحصیل بود. می‌خواستم در راهرو به انتظارش بمانم اما مرا با اصرار به کلاسش دعوت کرد. او بحث روز را آغاز کرده بود و با اشاره دستش صندلی خالی را به من نشان داد. بی‌صدا و آهسته در گوشه‌ای از کلاس نشستم. جوّ کلاس برایم جالب بود، مثل این که به اقلیمی دل‌آسا قدم گذاشته باشم.

نازنین: یک‌باره دکتر مهران پرسید: خانم نازنین نظر شما در مورد سبک معماری‌های قدیم چیست؟ من که در میان عالمی گیرا و جذاب، گم شده بودم، با شنیدن نام خود از آن جدا شدم گفتم: استاد من نمی‌دانم بحث شما دقیقاً در مورد چیست؟ دکتر مهران گفت: بحث ما در مورد به فراموشی سپردن معماری سنتی و جایگزینی معماری مدرن به جای آن است.

نازنین: همان‌طور که در جایم نشسته بودم گفتم: ولی من معماری قدیم را ترجیح می‌دهم که متأسفانه اجرا و گسترش آن با جمعیت رو به افزایش و بی‌رویه امروز تناسبی ندارد اما می‌شود معماری جدید را نیز با معماری قدیم ادغام کرد و ساختاری راحت و در خور تحسین خلق نمود به شرطی که جمعیت غیرقابل کنترل نباشد و تمام معیارهای قدیم و جدید و محاسبات شهرسازی را از حیطه‌ای مستدل خارج نسازد و تناسب جمعیت و طبیعت را برهم نزد.

نازنین: همه دانشجویان خندیدند. نگرانی‌ام تشدید شد، مضطربم ساخت. دکتر مهران هم می‌کوشید خنده‌اش را پنهان کند، گفت: ممکن است بیشتر توضیح بدهید.

نازنین: باید تنها به خودم تکیه می‌کردم و دیگر هیچ، باید از گفته‌هایم، از نظری که داده بودم دفاع می‌کردم در غیر این صورت همه آن‌ها بی‌ارزش جلوه داده می‌شدند، همه اعتقاداتم به زیر سوالی بی‌جواب می‌رفتند یک‌باره محو می‌شدند.

نازنین: کمی فکر کردم پرسیدم: می‌توانم تصوراتم را بر روی تخته سیاه رسم کنم تا توجیهی ساده‌تر داشته باشند؟ دکتر مهران با تبسم به تابلو سیاه اشاره کرد، با اشتیاق گفت: بله، من و بچه‌ها منتظریم و... تابلو.

نازنین: روبروی تابلو سیاه ایستاده بودم. کمی مکث کردم. پری نمی‌دانستم می‌خواهم چکارکنم. به بچه‌ها نگاه کردم، انتظارشان، سکوتشان برای شناسایی من، مرا گیج‌تر می‌کرد. اما باید تمام توانایی‌هایم را از هر آنچه که خوانده بودم، نوشته بودم، کشیده بودم و یا تجربه کرده بودم، به کار می‌گرفتم تا افکارم تا تجسم‌هایم در قالب ترسیم بی‌نقص باشد.

نازنین: تابلو را به چند قسمت تقسیم کردم و در قسمت‌های مختلف آن سیر تکاملی معماری، از دوران غارنشینی تا دوران شهرنشینی را به وسیله تصاویری گویا برروی تخته کشیدم و در ضمن توضیح دادم که در کنار طرح‌های جدید، طرح‌های قدیم هم به بناها زیبایی بیشتر می‌دهند و هم اینکه استحکام بیشتری خواهند داشت.

نازنین: در آخرین دقایق دانشجویان در سکوت مطلق کلاس مشتاقانه به داستان پرکشش و دائم در حال تغییر بنا کردن و ساختن که در هشت قسمت

متمایز شده تابلو از معماری‌های متفاوت اعصار گذشته تا کنون و به صورت مجزا از هم کشیده شده بودند، می‌نگریستند. در واقع من ادغام آن چرا که دیده و خوانده بودم و ایده‌های شخصی خودم را بر روی تابلو ترسیم کرده بودم.

نازنین: وقتی کلاس تمام شد بچه‌های کلاس به دورم جمع شده بودند و با سوالاتشان مرا به کلی گیج کردند. دکتر مهران که متعجب در گوشه‌ای از کلاس ایستاده بود مبهوتانه مرا می‌نگریست، صدایم کرد. با هم از کلاس خارج شدیم.

نازنین: در راهرو دانشگاه آهسته قدم می‌زدیم، او گفت: شما این قدر پرشور و نزدیک به واقعیت مطالب را در چهارچوب تصاویر جذاب و گویا گنجاندید که مرا هم مشتاق به ادامه بحث شیرین‌تان کردید! تصویرهای شگفت‌انگیز مراحل تکمیل شدن ساختارها و سازه‌ها در گذر هزاره‌ها.

پری که ساکت مانده فقط گوش می‌کند یک‌باره با خنده‌ای بلند و با همان طنزهای مخصوص به خودش می‌گوید: من فکر می‌کنم تو در اصول معماری تحولی غیرقابل باور به وجود آورده‌ای که این چنین همه را متعجب کرده‌ای وگرنه کسی از آنچه که می‌داند این همه شگفت‌زده نمی‌شود!

عصبانی می‌شوم، می‌گویم: از حرف‌هایت سر در نمی‌آورم، مقصودت چیست؟ نکند شوخی می‌کنی؟

می‌گوید: واقعاً عجیب است.

با سرگشتگی می پرسم: چی عجیب است پری؟

با خون‌سردی می‌گوید: این که دکتر مهران استعفای خود را به دانشگاه نداده و تو را به جای خودش معرفی نکرده.

خنده‌هایش شدیدتر می‌شود و عصبانیت مرا به کلی خنثی می‌کند.

با حالتی پر رمز و راز می‌گویم: ولی پری ماجرا هنوز تمام نشده.

به سرعت ساکت می‌شود دوباره با صورت همیشه خندانش دستش را بر روی دستش می‌گذارد، به انتظار گفته‌هایم می ماند.

نازنین: در آخر دکتر مهران گفت، خانم نازنین هیچ‌وقت به تحصیل و یا ادامهٔ تحصیل فکر کرده‌اید؟

نازنین: شاید او تصور می‌کرد من هیچ‌گاه به مدرسه نرفته‌ام البته از شخصیتی مثل او این فکر بعید است. شاید با این سوال خواسته میزان تحصیلات مرا و یا علاقه‌ام را به ادامه تحصیل در رشته معماری بداند.

پری هم که در این مورد هیچ اطلاعی ندارد خیلی جدی‌تر به ادامه گفته‌هایم گوش می‌کند.

نازنین: مثل بچه‌ای بی‌تجربه و عجول مدارک تحصیلی‌ام را که همچنان مخفی‌اش کرده بودم، به او نشان دادم. شاید عشق به فراگیری را با یک نگاه در ضمیر مشتاق من دید. مدارک را نگاه کرد و بدون هیچ مقدمه‌ای گفت: مدارک شما کامل‌ست. اگر تصمیم به ادامه تحصیل گرفتید من هر کمکی که بتوانم خواهم کرد اما در این مورد کاملاً فکر کنید چون کار آسانی نیست و من هم در راه و روشم بی‌اندازه جدی و سخت‌گیر هستم.

پری می‌خندد، می‌گوید: وای نازنین، من نمی‌دونم چی بگم فقط می‌دونم از شدت خوش‌حالی واقعاً گیج شده‌ام. متعجبم...

نازنین: با انتظار و مبهوتانه به پری خیره می‌شوم تا نگاه مبهمش را حلاجی کنم.

پری ادامه می‌دهد: متعجبم، از این که بعد از این همه ماجراهای گوناگون خودت هنوز سرپا هستی، پریشان حال و آشفته نشده‌ای.

نازنین: راستی پری برات نگفتم از من خواسته که نمایشگاهی از نقاشی‌هایم را در دانشگاه برگزار کنم.

من هم در این مدت بیشتر وقتم را در کلاس‌های دانشگاه و کتابخانه بزرگ آن و در بین کتاب‌های بی‌شمارش گذرانیده‌ام. اگر باز به من نخندی برایت می‌گویم که چند مجسمه مسخره هم ساخته‌ام. خانم خالقی می‌گوید: آن‌ها عالی‌اند. پری فرصت کمی دارم باید تابلوهایم را تکمیل کنم.

پری با خوش‌حالی می‌گوید: عالی‌یست، عالی.راستی نازنین برایت کاری پیدا کردم. در شرکت به کسی احتیاج دارند که انبارهای قدیمی را به شکلی جادار و قابل استفاده بازسازی کند. من ترا معرفی کرده‌ام.

کمی مکث می‌کنم، سریع چشمم را بسته و باز می‌کنم، می‌گویم: تو چکار کردی پری؟ ولی من...

به من هیچ فرصتی نمی‌دهد، مثل همیشه حرفم را قطع می‌کند و می‌گوید: تو همیشه عادت داری که نگران بشوی بی‌دلیل و یا با دلیل اما در این مورد نگران نباش در شروع آن‌ها یک کارگاه کوچک را برای بازسازی در نظر گرفته‌اند و اول کار هم پول نمی‌دهند. بعد از تحویل آن، چنانچه کار مورد تأییدشان باشد پول خوبی خواهند داد و سالن‌های زیاد دیگری هم دارند که اگر مایل نبودی می‌توانی کارهای دیگر را قبول نکنی.

با دودلی می‌گویم: ولی پری من هیچ‌وقت این جور کارها را انجام نداده‌ام و تجربه‌ای هم در این زمینه ندارم.

پری می‌گوید: این واقعیت است اولین قدم سخت‌ترین قدم است.

با قاطعیت ادامه می‌دهد : شک ندارم ... مطمئنم که از عهده‌اش برمی‌آیی، همیشه به تو و توانایی‌هایت اطمینان داشته‌ام.

می‌گویم: راستی پری داخل پاکتی که زیر در گذاشته بودی مقداری پول بود....

پری می‌خندد می‌گوید: پس انداز دوران باز نشستگی‌ام را می‌گویی؟

حالتی مغرورانه به صورتش می‌دهد و می‌گوید: تا اون وقت خیلی مونده، می‌بینی که در حال حاضر به اون پول‌ها احتیاجی ندارم.
بلند می‌خندد، می‌گوید: کسی چه می‌دونه، شاید هم هیچ‌وقت خیال نداشته باشم پیر و یا بازنشسته بشوم.
می‌گویم: ولی پری من نمی‌تونم هیچ پولی از تو قبول کنم.
با حالتی طنز گونه می‌گوید: مطمئن باش وقتی حقوق گرفتی همه را یک‌جا از تو خواهم گرفت.
خنده پایدارش پژواکی مملو از نشاط به وجود می‌آورد، ادامه می‌دهد: و به اضافه مهمانی که باید بدهی، برای این همه تحول ...
با شروع شدن کار در شرکت، مدت‌هاست نتوانستم پری را ببینم. امروز با تحویل دادن آن کار سنگین و پرمسئولیت، نفسی به راحتی می‌کشم. ارتباطی نامریی و قوی در بین من و او به من الهام می‌دهد پری به زودی پیدایش خواهد شد. برای او و خودم چای درست می‌کنم، با بی‌قراری و ناشکیبایی منتظرش می‌مانم.
کسی که با در زدنش در و چهار چوب آن را باهم از پاشنه در می‌آورد به جز پری نمی‌تواند باشد ... و با خبرهایی تازه. در را باز می‌کنم. بدون هیچ مقدمه‌ای، مثل مجسمه‌ای بی‌روح دستش را به سوی من دراز می‌کند، پاکت در دستش را به من می‌دهد. آنقدر جدی‌ست که مرا می‌ترساند، وحشت‌زده‌ام می‌کند.
باسردی و بی‌تفاوتی می‌گوید: بیا نازنین این پاکت مال توست.
جدی بودنش فقط چند ثانیه طول می‌کشد. شادمانه می‌خندد، می‌گوید: آن‌ها وقتی کار تمام شده را دیدند باور نمی‌کردند

که زنی بی‌تجربه در کار بازسازی انبارهای وسیع بتواند کاری زمخت و سخت را با این ظرافت و با این دقت انجام دهد.

کمی ساکت می‌ماند. چشمانش می‌خندند، ادامه می‌دهد: راستی تا دو ماه دیگر در اداره رادیو جشنی به مناسبت سالگرد تأسیس آن برپا خواهد شد. شوهرم قرار است همکارانش را برای دیدن کار تو به شرکت ما بیاورد تا از نزدیک کارگاه بازسازی شده را، ببینند. ما امیدواریم آن‌ها نیز کارشان را به تو بدهند. و امیدوارم دکور کردن سالن بزرگ جشن را نیز به تو واگذار کنند.

می‌گویم: ولی پری کار بازسازی کارگاه با دکور کردن سالن گردهمایی‌ها تفاوت دارد.

با این تصمیم و با این هدف که کار را نخواهم پذیرفت گفته‌ام را کامل می‌کنم:... تو پری... آدم را به چه کارهایی وادار می‌کنی!

یک باره مسیر صحبت را عوض می‌کند و می‌گوید: نازنین حرف آن‌روز تو نظر مرا به کلی عوض کرد.

سرش را پایین انداخته، کلماتش بریده بریده هستند و از هم فاصله دارند. شاید می‌خواهد افکار خودش و مرا در توجیهی مشترک قرار دهد. کمی مکث می‌کند اما این سکوت کوتاه لحظه‌ای بیش پایدار نیست. ماجرایی به ذهنش راه می‌یابد که او را می‌خنداند. می‌دانم بی‌درنگ آن را خواهد گفت.

ادامه می‌دهد: می‌دونی چند روز پیش چی دیدم؟ در یک مجله کاریکاتوری عجیب نظرم را جلب کرد. کیفی گرد به صورت کره "زمین" کشیده شده بود و زیپ آن در حال بسته شدن بود، عده‌ای زن و مرد، پیر و جوان در میان کیف و دندانه‌های زیپ و در جایی کم و غیرقابل نفس کشیدن، نالان و سرگشته بی‌آنکه جایی داشته باشند، مانده بودند. بی‌اختیار حرف ترا به خاطر آوردم و این که حق

با توست. درحالی‌که داستان زیبا و جذاب تولد همچنان ادامه دارد، به زودی نیز این داستان تکراری، و بازهم تکراری، "زمین" را غیرقابل سکونت و در نهایت منفجر خواهد کرد. این که بخواهیم در این شرایط مبهم و نابسامان انسانی دیگر را به این جمع بی‌تکلیف و سرگردان اضافه کنیم جای تفکر دارد. اگر زوج‌هایی که صاحب فرزند نمی‌شوند و یا حتی آن‌ها که می‌توانند فرزندی داشته باشند، کودکی را که به هر دلیل والدینش را از دست داده، جایگزین فرزند خود کنند و به خمیر بی‌شکل شخصیتش، شکل مناسب و دل‌خواه خود را بدهند و در آخر، فرهنگ پرارزش نیاکان‌مان را که وارث آنیم به او انتقال دهند، می‌توان در آینده انتظار جامعه‌ای پیشرفته را داشت اما اگر به آن چرا که در اطراف‌مان اتفاق می‌افتد و زیربنای جامعه‌مان را به تدریج سست و متزلزل می‌سازد باز هم بی‌تفاوت باشیم، بچه‌هایی که متولد می‌شوند بی‌آنکه کسی به انتظار آمدنشان باشد در واقع به جامعه‌ای از هم گسیخته تحمیل می‌شوند، به شکل علف خودرو رشد می‌کنند، وحشی شکل می‌گیرند و خاصیت همان علف هرزه و مزاحم را نیز خواهند داشت و آن زمان که وارث نسل گذشته خود می‌شوند و حکم‌فرمای بر جامعه، همان فرهنگ تهی و از هم پاشیده را که ریشه از فقر و فساد گرفته به آیندگان انتقال می‌دهند و در مجموع جامعه‌ای متزلزل و به دور از آنچه که روزی به آن معتقد بودیم و می‌بالیدیم، تشکیل خواهد شد. بیش از این هم نمی‌توان انتظار داشت. چگونه می‌توان از نسلی این چنین لجام گسیخته توقع داشت که فرهنگ پرآوازه و غنی کشورش را به نسل بعد انتقال دهد؟ ساختار آن را از چه کسی فرا گرفته تا به همان‌گونه به دیگری بدهد؟

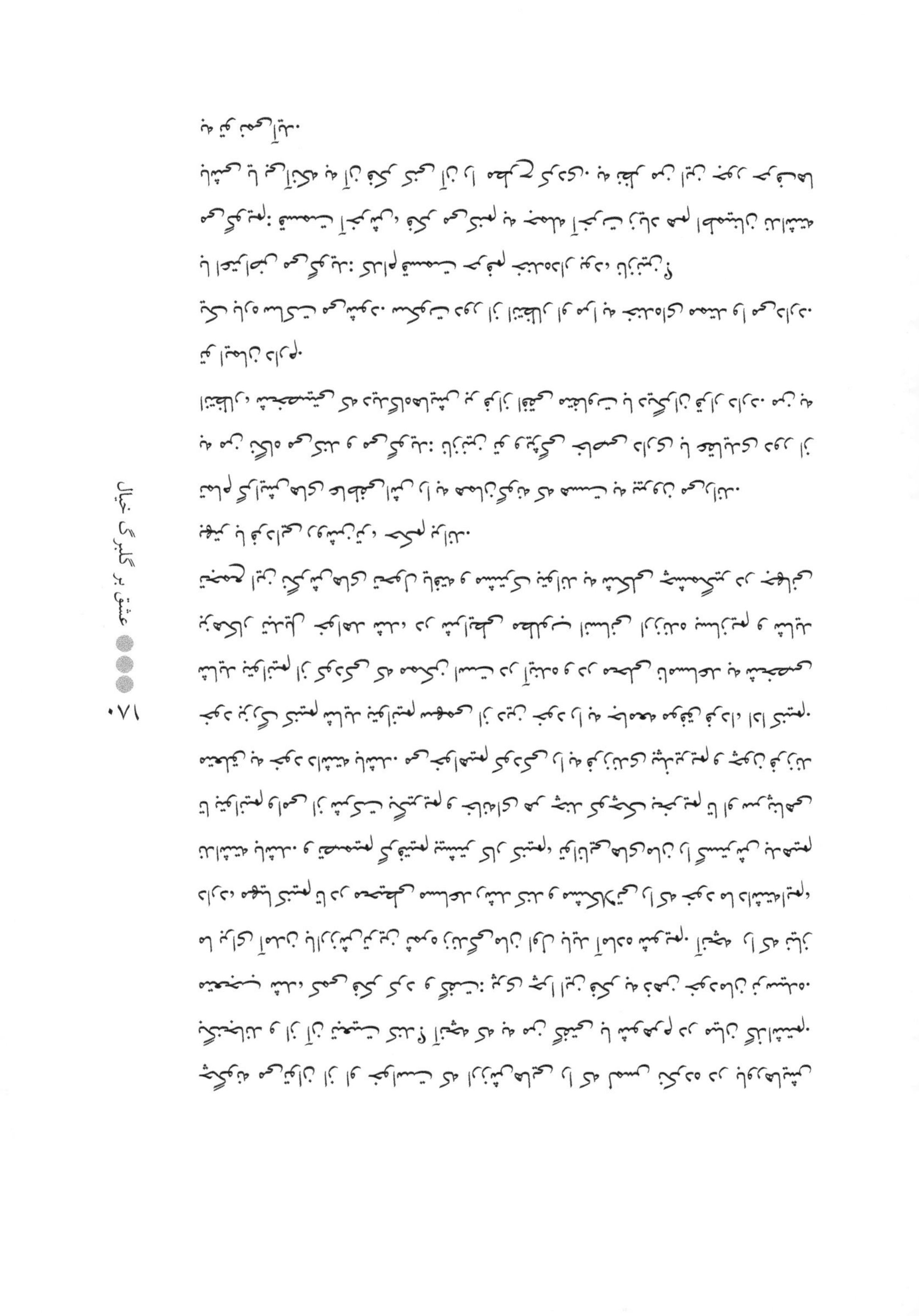

چگونه می‌توان از او خواست که ارزش‌هایی را که لمس نکرده در باورهایش بگنجاند و از آن تبعیت کند؟ آنچه که به من گفتی با شوهرم در میان گذاشتم. متعجب شد، کمی فکر کرد و گفت: پری چرا این فکر به ذهن خودمان نرسیده. ما برای آمدن باارزش‌ترین ثمره زندگی‌مان اول باید آماده شویم. آنچه را که نیاز دارد، مهیا کنیم تا در محیطی مساعد رشد کند و مشکلاتی را که خود ما داشته‌ایم، نداشته باشد. و تصمیم گرفتیم بیشتر کار کنیم، توانایی‌های‌مان را گسترش بدهیم تا بتوانیم وامی از شرکت بگیریم و خانه‌ای هر چند کوچک بخریم تا او سرپناهی متعلق به خود داشته باشد. می‌خواهیم کودکی را به فرزندی بپذیریم و چون فرزند خود بزرگ کنیم شاید بتوانیم سهمی از دین خود را به جامعه موفق فردا، ادا کنیم. شاید بتوانیم از کودکی که ممکن است در آینده و در محلی نامساعد به شخصی بزهکار تبدیل خواهد شد، در شرایطی مطلوب انسانی ارزنده بسازیم و شاید تجمع این نگرش‌های تحول یافته و مشترک بتواند به شکلی چشمگیر در جهانی بهتر با فردایی روشن‌تر، حکم براند.

تمام گرایش‌های عاطفی‌اش را به همان‌گونه که هست به بیرون می‌راند.

به من نگاه می‌کند و می‌گوید: نازنین تو ویژگی خاصی داری با عقایدی دور از انتظار، شخصیتی که دیدگاه‌هایش بر فراز افقی متفاوت با دیگران قرار دارد. من به تو ایمان دارم.

یک باره ساکت می‌شود. سکوت دور از انتظار او مرا به خنده‌ای ممتد وا می‌دارد.

با اعتراض می‌گوید: کدام قسمت حرفم خنده‌دار بود، نازنین؟

می‌گویم: قسمت آخرش، فکر می‌کنم به جمله آخرت زیاد هم اطمینان نداشته باشی یا بی‌آنکه به آن فکر کنی آن را مطرح کردی. به نظر من این جور حرف‌ها به تو نمی‌آید.

او را خوب می‌شناسم، هیچ کجا کم نمی‌آورد، به زودی جوابی شفاف و قاطع خواهد داد.

باجدیت می‌گوید: نازنین تو واقعاً یک عیب بزرگ داری.

می‌خندم، می‌گویم: خب دیگه چی؟ حرف آخرت را بزن خودت و مرا راحت کن.

مصرانه می‌گویم: ناراحت نباش، بگو.

می‌گوید: آدم هیچ‌وقت نمی‌دونه تکلیفش با تو چیه؟ کدوم حرفت شوخی‌یست و کدوم جدی.

به شدت می‌خندد.

می‌گویم: پری اتفاقاً تو هم یک ایراد بزرگ داری.

در چهره خندانش کنجکاوی موج می‌زند. ادامه می‌دهم: خیلی حرف می‌زنی، حرف‌هایت هم خسته کننده‌اند، حوصله‌ام را سر می‌برند و نیز من را به دردسر می‌اندازند آن‌چنان که هیچ راه فراری باقی نمی‌ماند.

ثانیه‌هایی زودگذر هر دو ساکت می‌شویم... و هر دو با تمام وجود می‌خندیم... برای این دوستی دلارام ...

در گیرو دار حوادثی ممتد فرصتی پیدا می‌کنم تا خاطرات دور و نزدیک و حادث شده بر تقدیرم را در کنار هم و در دفتری بنویسم، دفتری که صفحات سفیدش با جلدی سیاه پوشیده شده‌اند.

آرزو داشتم، زمان با من یار بود، می‌توانستم لحظه‌لحظه‌های جزییات سرنوشتم را به همان‌گونه که روزگار بر من تحمیل کرده، با همان خشونت بی‌رحمانه‌اش، بر صفحات دفتری قطور بنگارم اما مثل این که من و زمان در جهتی مخالف با یکدیگر در حرکتیم

و من هیچگاه مجالی برای به دست آوردن زمان و در پناه گذرش آسودن را نخواهم داشت...

کار بازسازی دو سالن دیگر را به من واگذار کردهاند. طی نامهای رسماً سفارشها و کار آن شرکت را رد میکنم. با کثرت روز افزون کارهای پیشنهاد شده به پری، از همیشه هم تنهاتر میمانم.

هر روز دکتر مهران در میان ساعتهای فشرده و محدودش، به من کمک کرده تا دو سال آخر دبیرستان را در کوتاهترین زمان، بگذرانم. گرچه عملاً با حضور مستمر و همیشگیام در کلاسهای دانشگاه و بنا به خواست دکتر مهران، مراحل آغاز تحصیل در دانشگاه را علیرغم سنگین بودنش شروع کردهام و نیز به اصرار خود او که واقعاً مرد جدی و سختگیریست، چند تابلو برای نمایشگاهی که به زودی در دانشگاه برگزار میشود، آماده کردهام. گاهی هم بعد از ظهرها برای طراحی و دکور کردن سالنهای سازمان رادیو و تلویزیون، به آنجا میروم. ماههاست از سیف خبری ندارم. مراسم تدفین عمه خانم را بدون سیف و دیگر فرزندانش، به تنهایی برگزار کردهام. و همه کارهای مربوط به خودم نیز به تعویق افتادهاند. گاهی فکر میکنم تحمل مشکلات راه پرپیچ و خمی که به آن قدم گذاشتهام بیش از توان من است. حس میکنم خستگی به زودی مرا از پای در میآورد، دکتر مهران به راستی مردی سختگیر است، برای حضور در کلاسها و پیشرفتی شتابزده، مرا در منگنه قرار داده.

یک هفته دیگر بیهدف در انزوای مطلق و تنها با خود ماندهام بیآنکه به سراغ، کتابها، یادداشتها و یا نقاشیهایم بروم.

مدت‌ها بود او را ندیده بودم. برایش چای می‌آورم و برشی کوچک از کیکی که پخته‌ام. سعی می‌کند جدی باشد ولی عطوفت‌های بی‌شائبه‌اش همچون سدی مانع می‌شود، سکوتش هم دوامی ندارد.

با عصبانیتی کم‌رنگ که به او نمی‌آید، می‌گوید: برای تو اتفاقی افتاده که من بی‌خبرم؟ مگر کار نمی‌خواستی؟ مگر نه اینکه آن‌ها ترا به میل خودشان انتخاب کرده‌اند، نه به خواست من. مگر نه اینکه آن‌ها ترا صرفاً به خاطر خود تو و جدی بودنت در کار، استخدام کرده‌اند نزنین؟ مگر نه؟ من نمی‌دونم تو دیگه چی می‌خواهی؟ با من رو راست باش، مشکل چیست؟ کاری بدون دردسر با حقوقی خوب و آینده‌ای عالی، چرا ساکت نشسته‌ای؟ آیا حرفی هم برای گفتن داری و نمی‌گویی؟

به او اجازه می‌دهم همه آنچه را که می‌خواهد بگوید. در جوابش می‌گویم: حرف‌هایت را زدی؟ سبک شدی؟ حالا تو به حرف‌های من گوش کن. آن‌ها انگلیسی صحبت می‌کنند، من زبان آن‌ها را نمی‌فهمم. آن‌ها نیز زبان مرا نمی‌فهمند.

با خنده‌ای آمیخته به طنز می‌گویم: فکر یکدیگر را هم که نمی‌توانیم بخوانیم، خودت بگو در این حالت ما چطور می‌توانیم در کنار هم کار را ادامه دهیم بی‌آنکه بدانیم برای پیشرفت و گستردگی کار چه طرح‌هایی در رأس هستند، چه برنامه‌هایی باید دنبال شوند و یا چه اهدافی باید مورد بررسی قرار بگیرند. کار کردن در شرکت آن هم در میان کسانی که تحصیلات بالایی دارند، کار راحتی نیست. گاهی احساس می‌کردم که به سرزمینی متفاوت با فرهنگی متفاوت آمده‌ام. وقتی در کتابخانه دانشگاه نشسته‌ام در حالی که تعداد زیادی کتاب در اطرافم چیده شده است.

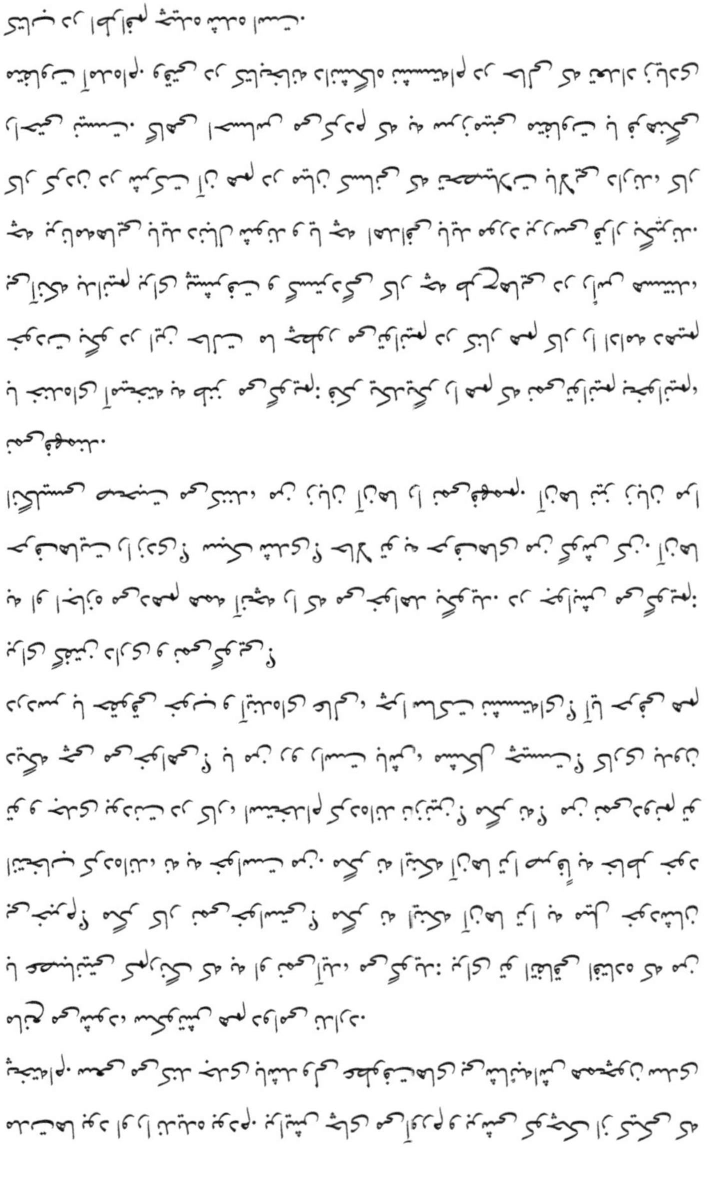

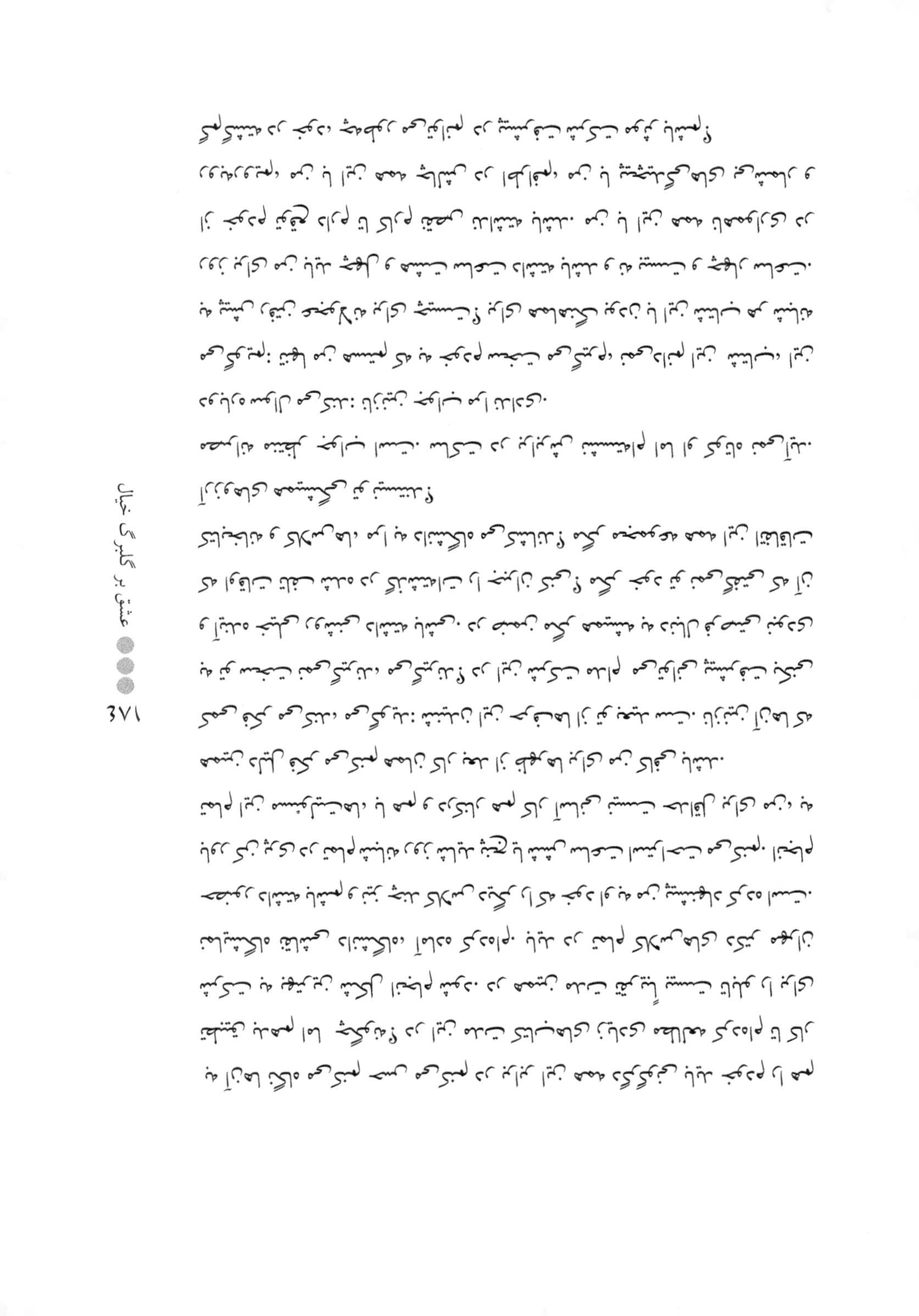

به آن‌ها نگاه می‌کنم حس می‌کنم در برابر این همه دگرگونی باید خودم را هم تطبیق بدهم اما چگونه؟ در این مدت کتاب‌های زیادی مطالعه کرده‌ام تا کار شرکت به بهترین شکل انجام شود. در همین مدت تقریباً بیست تابلو را برای نمایشگاه نقاشی دانشگاه، آماده کرده‌ام. باید در تمام کلاس‌های دکتر مهران حضور داشته باشم و نیز چند کلاس دیگر را که خود و به من پیشنهاد کرده است. باور کن پری در تمام شبانه روز شاید پنج یا شش ساعت استراحت می‌کنم. انجام تمام این مسئولیت‌ها، با هم و درکنار هم کار آسانی نیست حداقل برای من، به همین دلیل فکر می‌کنم همان کار بعد از ظهرها برای من کافی باشد.

کمی فکر می‌کند، می‌گوید: شنیدن این حرف‌ها از تو بعید ست. نازنین آن‌ها که به تو سخت نمی‌گیرند، می‌گیرند؟ در این شرکت مدام می‌توانی پیشرفت بکنی و آینده خیلی روشنی داشته باشی. در ضمن مگر همیشه به دنبال فرصتی نبودی که اوقات تلف شده در گذشته‌ات را جبران کنی؟ مگر خود تو نمی‌گفتی که آن کتابخانه و کلاس‌ها، مرا به دانشگاه می‌کشاند؟ مگر مجموعه همه این اتفاقات آرزوهای همیشگی تو نیستند؟

مصرانه منتظر جواب است. ساکت در برابرش نشسته‌ام اما او کوتاه نمی‌آید. دوباره سوال می‌کند: نازنین جواب مرا ندادی.

می‌گویم: تنها من هستم که به خودم سخت می‌گیرم، نمی‌دانم این شتاب، این به پیش رفتن عجولانه برای چیست؟ برای هماهنگ بودن با این شتاب هر شبانه روز برای من باید چهل و هشت ساعت داشته باشد و نه بیست و چهار ساعت. از خودم توقع دارم تا کارم نقص نداشته باشد. من با این همه ناهمواری در روبه‌رویم، من با این همه چالش در اطرافم، من با پیچیدگی‌های بی‌شمار و گم‌گشته در خود، چه‌طور می‌توانم در پیشرفت شرکت موثر باشم؟

خسته می‌شوم کمی مکث می‌کنم، ادامه می‌دهم: واقعیت این است پری مسئولیت کارهایی را که به عهده گرفته‌ام کم‌کم بر دوشم سنگینی می‌کنند، به اضافه این که کار من در این شرکت روز به روز سنگین‌تر و گسترده‌تر می‌شود. نه، من واقعاً نمی‌توانم، واقعاً این همه تحول و این همه دگرگونی با هم و در کنار هم برای من غیرقابل تحمل است ...

می‌گوید: بله، چون آن‌ها به ارزش و توانایی‌های تو پی برده‌اند به همین دلیل تصمیم گرفته‌اند که به تو مسئولیتی بیشتر بدهند و ترا به شرکت طراحی و مهندسی که وابسته به شرکت خودشان است، دعوت کرده‌اند. این خود نشانه‌ای از آن است که ترا در بین خود پذیرفته‌اند و می‌خواهند کارت را در سطحی وسیع‌تر، ادامه دهی. من هم وقتی در این شرکت استخدام شده بودم همین مشکلات را داشتم ولی حالا به همه کارها مسلط شده‌ام.

با چهره‌ای شاد ادامه می‌دهد: نباید این فرصت را که آینده‌ای مطمئن و درخشان به دنبال دارد به خاطر مشکلات کوچک از دست بدهی. من به تو اجازه نمی‌دهم. مطمئن باش که گذشت زمان دشواری‌ها را در خودش محو می‌کند. واقعیت این است وقتی با سختی به قله به ظاهر دست نیافتنی خواسته‌هایت می‌رسی و از بالا به ناهمواری‌های پرفراز و نشیبی که طی کرده‌ای، نگاه می‌کنی دیگر مشقت‌های راهی را که آمده‌ای حس نمی‌کنی چون پستی و بلندی راه طی شده، دیدگاهت را به کلی تغییر داده است.

می‌گویم: وای پری از دست تو چه بگویم... هیچ‌چیز، به کجا می‌شود که گریخت؟ هیچ کجا، نه، مطمئنم که دیگر رهایی ندارم. این‌طور که معلوم است از قبل هم نکته سنج‌تر شده‌ای، وسیع‌تر فکر می‌کنی.

تجربه‌های بی‌شمار ترا پخته‌تر کرده. به تازگی هم موعظه می‌کنی و هم از فلسفه می‌گویی، پری تو مار را هم رام خودت می‌کنی.

دوباره به شخصیت اصلیش باز می‌گردد و به‌شدت می‌خندد، می‌گوید: نازنین معنی حرف آخرت را نفهمیدم.

با صراحت می‌گویم: معنایش این‌ست که مار با تمام مرموز بودنش و با خاصیتی که چشم‌هایش دارد، انسان را به راحتی سحر می‌کند اما تو با حرف‌هایت مار بیچاره را نیز مسحور خودت می‌کنی چه رسد به من!

کمی فکر می‌کند، خنده‌اش شدیدتر می‌شود، می‌گوید: مار را بله اما در مورد تو اطمینان ندارم نازنین.

کارها به کندی ولی خوب پیش می‌رفتند. غروبی سرد بی‌آنکه منتظرش باشم، مست و بی‌خبر، بعد از گذشت زمانی طولانی به خانه آمد. او حتی از مرگ مادرش خبر نداشت.

به آرامی گفتم: عمه خانم فوت کرده است.

بی‌آنکه متأثر شود، گفت: خب هر کسی روزی می‌میره دیگه، نیومدیم که تا ابد بمونیم.

درگوشه‌ای نشست، گفت: زود شامم رو بیار.

با ملایمت گفتم: نمی‌دونستم که می‌آیی، خیلی زود برایت چیزی آماده می‌کنم.

به طرفم آمد، در برابرم ایستاد، چند سیلی بر صورتم زد تا حاکمیت مطلق خود را بر من مستبدانه و بدون حرف گفته باشد.

با خشونت گفت: هرگز فراموش نکن که من شوهرت هستم. فردا ظهر نهارم رو به بندر بیار، فهمیدی یا نه؟ کنار کشتی منتظرت هستم، ساعت سه در بندر باش، باهات کار دارم.

چند تابلوی آماده شده را برداشت، از خانه بیرون رفت. تمام روابط من و او به عنوان یک زن و شوهر بدین‌گونه بوده است.

گاهی وزشی خنک بوی نمناک دریای نیلی رنگ و سرمست از شکوفایی دوباره بهار را تا کوچه‌های مجاور بندر می‌کشاند.

دایانا بی‌حرکت بر امواج آرام دریا نشسته است.

کاپیتان فیلیپ چون همیشه با حالتی پرانتظار بر روی عرشه ایستاده با دوربینش به نقطه‌ای دور بر خط کرانه خیره مانده است.

با خود آهسته می‌گویم: کاپیتان غوطه ور در افکاری ناپایدار، افکاری که سوار بر امواج تخیلات تا فراسوی افق، به دور از مرزهای محصور شده در چهارچوب هستی و تا گستره بلورین آزادگی‌ها پیش می‌روند.

گاهی به آسمان می‌نگرد و گاه به دریا و زمانی به خط مشترک بین آن‌ها.

کاپیتان فیلیپ با همان لهجه مخصوص به خودش، صدایم می‌کند: سلام خانم نازنین.

صدایش مرا در یک دم فرسنگ‌ها از خود دور می‌سازد. به او سلام می‌گویم.

کاپیتان فیلیپ می‌گوید: آقای سیف برای کاری به بازار رفته، به زودی باز می‌گردد. میل دارید به داخل کشتی بیایید؟

می‌گویم: متشکرم، همین جا منتظرش می‌مانم.

سیف در انتهای پیچ کوچه ظاهر می‌شود. مرا می‌بیند، چهره‌اش شاد و بشاش می‌گردد. حالت‌هایش را می‌شناسم، در دل می‌گویم: باز هم برایم خوابی تازه دیده، شک ندارم.

از همان فاصله می‌گوید: نازنین، کاپیتان فیلیپ می‌خواهند با تو صحبت کنند.

با او به کابین کاپیتان فیلیپ می‌رویم. پیشنهاد غیرمنتظره کاپیتان فیلیپ مرا متعجب می‌کند، به شدت آشفته و منقلبم می‌سازد.
می‌گویم: ولی کاپیتان فیلیپ این یکی را دیگر واقعاً نمی‌توانم انجام بدهم. چگونه می‌توانم برگزاری ضیافتی رسمی را به عهده بگیرم؟
مسئولیت سنگینی‌ست و من نمی‌توانم و نباید آن را قبول کنم، کار تخصصی من در شرکت، طراحی و باز سازی انبارهاست. بله، گاهی طراحی و دکوراسیون سالن‌های رادیو و تلویزیون را به من واگذار می‌کنند. من نمی‌توانم کارهای مربوط به یک میهمانی بزرگ آن هم برای پذیرایی از میهمانان کشور شما را انجام بدهم، در این کار تجربه‌ای ندارم. واقعاً نمی‌توانم قبول کنم. از شما متشکرم که تا این حد به من اطمینان دارید و برای کار من ارزش قائل هستید.
سیف بر روی صندلی راحتی کاپیتان فیلیپ نشسته با خود تنها به پولی که از بابت این کار می‌گیرد، فکر می‌کند، می‌گوید: ولی کاپیتان فیلیپ، نازنین شکسته نفسی می‌کنه، او در تمام کارهایی که به عهده گرفته، موفق بوده، خود شما بیشتر نقاشی‌هاش رو از من خریدید. می‌دونم از عهده این کار هم به خوبی بر می‌آد. سیگارش را خاموش می‌کند، پایش را بر روی پای دیگرش می‌اندازد، بااعتماد به نفسی راسخ ادامه می‌دهد: مطمئن باشید ما در میهمانی شما شرکت خواهیم کرد. دقایقی بعد به همان‌گونه که نشسته، به خوابی عمیق فرو می‌رود.
انگشت‌های در هم فرو رفته‌ام را بر زانوانم می‌فشارم تا همچنان خاموش بمانم، از غرور به یغما رفته‌ام سخنی نگویم، ایستاده بر ویرانه‌اش، مبهوتانه فریاد نکشم و به خاکستر داغ و ملتهبش ننگرم.

اما دیگر از کارهای سیف تعجب نمی‌کنم. او برای حفظ منافع خودش بحث و گفتگوی مرا برای رد پیشنهاد کاپیتان فیلیپ، بی‌نتیجه می‌گذارد و همچون همیشه حرفش را به کرسی می نشاند.

کاپیتان فیلیپ با خشمی پنهان او را که به خوابی عمیق فرو رفته، نگاه می‌کند، سپس عجیب و پر معنا مرا می‌نگرد.

در چشمانش تردیدی موج می‌زند که شاید تأثیر رنگ موزون و سبز آبی آن‌ها بر انسان باشد. رنگی که به درستی نمی‌توان از آن چیزی گفت. حتی سایه روشن لاجوردی آسمان در میان ژرفای چشمان نیلگونش، اثری جادویی ندارد و حالت ثابت و اسرارآمیز آن را تغییر نمی‌دهد. و نیز نیزه‌های زرین و تابنده خورشید بر موهای ریخته بر چهره‌اش منعکس نمی‌گردند و آن را به رنگی دیگر متمایل نمی‌سازند. اما گاهی پیشانی پرچین و چروکش همچون امواج بی‌تاب و خروشان، تغیُری ستیزگونه دارد گویی باتردید به حقیقتی تلخ و ملموس دست یافته. گاهی انعکاس آبی دریا بر چشمانش موجی مبهم می‌زند و زمانی خاکستری تیره افق در خزان، بر آن ردی ملایم بر جای می‌گذارد.

کاپیتان فیلیپ می‌گوید: راستی صورتتان چی شده؟

ناگهان از حیطه‌ای ناشناخته، مجازی و ممنوع دور می‌شوم. بی‌آنکه منتظر این سوال از طرف او باشم، شتاب‌زده می‌گویم: زیاد مهم نیست. زمین خورده‌ام.

دوباره خشمگینانه به سیف که همچنان در خواب است، می‌نگرد.

اتاق کارش جالب و تماشایی‌ست، نمای دریا و آسمان از هر گوشه آن به جذابیتش می‌افزاید. آن را با اشیایی عجیب و غریب تزیین کرده. تابلوهایی که همه مدرن هستند و سبکی جالب دارند، به دیوار اتاقش آویخته شده‌اند.

در کنارم ایستاده، می‌گوید: باید توجه داشت که در اعصار متمادی، نگرش و دیدگاه بشر در هر زمینه متفاوت بوده و این اختلاف نظر همیشه بین مردم باقی خواهد ماند مثل موضوع این تابلو که شاید برای من هم که سال‌ها به آن‌ها نگاه می‌کنم، باز هم معنایی روشن و شفاف ندارد. اما تابلوهای کوبیسم اشکالی شگرف در تصور خلق می‌کنند که تحسین برانگیزند و بسیار جذاب.

مثل اینکه فکر مرا می‌خواند، ادامه می‌دهد: من نیز طرح‌ها و نقش‌های قدیمی‌تر را بیشتر می‌پسندم. و فکر می‌کنم سبک‌های قدیمی‌تر گیرایی و جاذبه بیشتری دارند ولی نمی‌توان تضاد خواسته‌ها را در نسل‌های متفاوت نایده گرفت و یا انکار کرد. اگر بخواهیم در یک زمان مشترک و در کنار آن‌ها باشیم باید به آرمان‌ها و دیدگاه‌هایشان احترام بگذاریم و آن‌ها را بپذیریم.

به سویی دیگر از اتاقش می‌رود. شمشیری قدیمی فرو رفته در غلافی از نقره کنده‌کاری شده را از روی میز کارش برمی‌دارد، در دست‌های من می‌گذارد، سنگینی غیر منتظره شمشیر دستانم را به سمت پایین می‌کشاند.

می‌گوید: من این یکی را ترجیح می‌دهم.

به آرامی و با ظرافتی خاص بر آن دست می‌کشد، می‌گوید: خیلی زیباست، فوق‌العاده‌ست و... شگرف... شگرف چون داستان‌های زیادی را در وجود خود پنهان دارد. فوق‌العاده‌ست چون قدیمی‌یست با این حال هیچ تغییری در ساختار آن حس نمی‌شود.

می‌گویم: بله زیباست، باید هم خیلی قدیمی باشد.

او می‌گوید: پدر بزرگم عاشق جمع‌آوری عتیقه بوده است اما پدرم بعد از کارش به دریا عشق می‌ورزید. من وجهی مشترک با هردوی آن‌ها دارم به همین دلیل پدر بزرگم خانه پدریش و آنچه که در آن وجود دارد را به من بخشید. این شمشیر نیز

جزیی از آن خانه است و سرگذشتی عجیب دارد. شمشیر متعلق به یک ملکه بوده است که وقتی سرزمینش را تصاحب کردند، تمام ثروتش را به جزیره‌ای دوردست فرستاد. چنین به نظر می‌رسد که در راه کشتی غرق شده است. پدر بزرگم و دوستانش خیلی تصادفی به هنگام غواصی صندوقی را از ته آب بیرون آوردند که در آن گنجی بی‌نظیر وجود داشته و این شمشیر قسمتی از آن گنج است.

حالا هر وقت به شمشیر نگاه می‌کنم به یاد سرنوشت نامعلوم آن ملکه می‌افتم که به گونه‌ای اسرارآمیز بوده است.

در کنار پنجره ایستاده با همان حالت پراز انتظار به دریا می‌نگرد، ادامه می‌دهد: همیشه در تخیلاتم شکست او را حس می‌کنم و روز و روزگارانش را پس از آن شکست و فرجامی که بی‌شک ناخوشایند بوده‌ست.

متعجبانه می‌پرسم: دریا شما را به یاد آن ملکه می‌اندازد؟

سوالم منقلبش می‌سازد. خطوط چهره‌اش متغیر می‌شوند. مرغی دریایی از کنار پنجره می‌گذرد. نوای دل انگیز آوایش و صدای بهم خوردن پر و بالش زمانی کوتاه در سکوت اتاق می‌پیچد، پژواکی دل‌فریب پدید می‌آورد.

از حرفی که زده‌ام به شدت پشیمان می‌شوم. بی‌صدا خود را برای رفتن آماده می‌کنم. به نزدیکی در کابین می‌رسم.

همچنان در کنار پنجره ایستاده، به دریا می‌نگرد. با صدایی مملو از حزن می‌گوید: دریا مرا بیاد پدر و مادرم می‌اندازد و طوفان هولناکی که آن‌ها را به کام نیستی کشاند. اندکی بعد از مرگشان، همسرم نیز که آن‌ها به اصرار برایم انتخاب کرده بودند، بی‌هیچ توضیحی برای همیشه مرا ترک کرد.

همچنان از پنجرهٔ گرد و کوچک اتاقش به خورشید و دریا که در میعادگاه همیشگی‌شان آرام‌آرام به یکدیگر نزدیک می‌شوند، نگاه می‌کند. ادامه می‌دهد: گاهی احساس می‌کنم دریا مرا به آنچه را که از دست داده‌ام نزدیک می‌کند و زمانی با دریا نیز غریبه‌ام ... و گاهی گمانی بیگانه مرا از خود نیز دور می‌سازد. در سکوتی ممتد فرو می‌رود.

به آسمان نگاه می‌کنم، به زودی غروب از راه می‌رسد. سیف همچنان در خوابی سنگین فرورفته.

کاپیتان فیلیپ به سوی من باز می‌گردد، حس می‌کنم از حریمی یگانه و مجذوب کننده که در آن بود، فاصله گرفته، باقاطعیت می‌گوید: فردا آقای پرکینز به دنبال‌تان می‌آید تا شما را برای دیدن جایگاه میهمانی، به آنجا ببرد.

تنها به خانه باز می‌گردم.

سعی می‌کند لباس‌های رسمی خود را که دائماً به تنش کج می‌شوند و شخصیت واقعی او را به وضوح نشان می‌دهد، مرتب کند. کمی عصبی به نظر می‌رسد. به انتظار شروع میهمانی، بی‌وقفه قدم می‌زند، به ساعت بزرگ و برنزی که در گوشه سالن گذاشته شده، نگاه می‌کند. او هیچ‌گاه میهمانی و مراسم آن را نخواهد دید.

کاپیتان فیلیپ هم این واقعیت را به خوبی می‌داند.

سیف با بی‌صبری می‌پرسد: مهمونی کی شروع می‌شه؟

کاپیتان فیلیپ خیلی رسمی، خشک و مختصر به او جواب می‌دهد: رأس ساعت هشت.

سیف می‌گوید: بهترست کمی استراحت کنم.

کاپیتان فیلیپ پیشخدمتی را صدا می‌کند تا او را به طبقه بالا ببرد.

لباس زیبایی که کاپیتان فیلیپ به مناسبت آن شب برایم فرستاده، مرا از آنچه که هستم بی‌قرارتر می‌کند. ثانیه‌ها به سرعت عقربه کوچک ساعت را به هشت نزدیک می‌کنند. در آن شب گرم آخر بهار مثل اینکه دست‌هایم یخ‌زده‌اند. دوباره همان دل‌واپسی به سراغم می‌آید و قلبم را می‌فشرد. برای آخرین بار گوشه و کنار تالار بازسازی شده و آذین گشته را با دقت بررسی و بازدید می‌کنم. میهمانی باشکوه، در کشتی معروف هی ون با ورود میهمان‌های برجسته و عالی مقام، آغاز می‌شود.

چلچراغ‌های روشن شده سالن با دقت انتخاب شده‌اند، آمیختگی نقش‌ها و رنگ‌ها و تغییر مداوم حالت آن‌ها بر روی تلألؤ کریستال‌های بلورین، مرز بین تخیلات و واقعیت ها در تصورات مه سا مجسم می‌کنند، خیال‌هایی نقش گرفته برگسترهٔ اندیشه‌ها که مه سا با گذر از مراحلی دشوار آن‌ها را به رویایی ملموس در واقعیت‌ها بدل کرده بود.

در گوشه شرقی سالن نشسته‌ام و از دور در جمع آن‌ها حضوری اجباری اما غیرقابل انکار دارم.

چند مرد که لباس‌های رسمی پوشیده‌اند، در کنار تابلوی "فردا در مِه" ایستاده‌اند، تابلویی که متعلق به کاپیتان فیلیپ است و شاید اکنون که با غرور در جایگاه مخصوص خود آویخته شده، مفهوم پرارزشش نیز مورد ارزیابی قرار بگیرد.

کاپیتان فیلیپ در میان جمعی ایستاده با میهمانانش صحبت می‌کند. مرا از دور می‌بیند، به طرفم می‌آید. با همان لهجه شکسته می‌گوید: همه چیز عالی‌ست و تحسین برانگیز، نمی‌دانم چگونه می‌شود از شما تشکر کرد.

تنها پاسخم تبسمی کوتاه است.

به مدعوین حاضر در سالن که در کنار تابلو ایستاده‌اند اشاره می‌کند، می‌گوید: آن‌ها شیفته آن تابلو شده‌اند، مثل این که هر روز که می‌گذرد مفهومش اهمیت بیشتری پیدا می‌کند!

به سوی مهمان‌ها می‌رود، چند قدم دور می‌شود دوباره باز می‌گردد، می‌گوید: آن‌ها میل دارند طراح و نقاش تابلو را ببینند و نظرش را در مورد تابلو بپرسند.

مکث می‌کند، با دودلی می‌پرسد: شما واقعاً نمی‌خواهید در میهمانی ما شرکت کنید؟

تنها با نگاهی ملایم نظرم را به او می‌گویم.

می‌گوید: بله، بله می‌فهمم...

کاپیتان فیلیپ به طرف زن و مردی که تازه رسیده‌اند، می‌رود. آن‌ها را به طرف تابلو و گروهی که در کنار آن ایستاده‌اند، راهنمایی می‌کند. خدمتکار برایشان نوشیدنی خنک می‌آورد.

کمی دورتر از آن‌ها ایستاده به دقت همه جا را زیر نظر دارد. برمی‌گردد مرا نگاه می‌کند، تنها یک دم ... یک دم نگاه‌مان بر هم گرهی ناپایدار می‌زنند.

حسی ناآشنا آرام، به آرامی نشستن شبنم سپیده دم بر گلبرگی تازه متولد شده در سحرگاهی سیمگون، متفاوت با رویاهای گذشته در نقطه‌ای دور افتاده و فراموش شده در درونم، شکلی تازه می‌گیرد. احساسی ناشناس که غریبه است و توجیهی بر آن نمی‌توان یافت. نمی‌توان تأییدش کرد چون موجودیت ندارد، نمی‌توان نامی بر آن نهاد چون مبهم است، نمی‌توان باورش نکرد چون ریشه از یک حس پرتوان دارد. منطق حاکم بر شرایط موجود در دادگاهی خشن و بی‌رحم قاطعانه این حس بیگانه را که منشأ غریبانه‌ای دارد، رد می‌کند. شاید می‌بایست که این چنین باشد. شاید دیگر تحمل سنگینی ماجرایی تازه را ندارد.

شاید در میان تار و پود از هم گسیخته‌اش چهارچوب متزلزلی که تنها به ظاهر محکم است، ساخته و دیگر توان از هم پاشیده شدن و از نو ساخته شدن را در خود نمی‌بیند. شاید می‌باید که این چنین باشد و شاید تنها در پناه این کالبد آسیب دیده، ساختار باورهایم در امان باشند.

نگاهم را از او بر می‌گیرم تا دوباره آن گره آشوبگر تکرار نشود.

میهمانی‌شان تا نزدیکی صبح ادامه خواهد داشت اما من دیر زمانی‌ست که به خانه بازگشته‌ام. آشفته و بی‌قرار تا سحرگاه در لابه‌لای صفحات قطور کتاب‌ها سرگردانم...

در کشاکش زمان و روزهایی که می‌گذرند، آینده نقش غیرقابل پیش‌بینی خود را مستبدانه در سرنوشت‌ها می‌گنجاند... واقعیتی که انکار ناپذیر است.

در نمایشگاه نقش و حجم که به مناسبت سی‌امین سال تأسیس دانشگاه برگزار می‌شود تابلوهای بسیار بزرگی را که کشیده‌ام، جای اصلی خودشان را بین مدعوین پیدا می‌کنند و بیشتر آن‌ها با قیمت‌های بالایی به فروش می‌رسند.

زمانی طولانی‌ست که از سیف خبری نیست به همین دلیل نمی‌توانم بورس تحصیلی ارزشمندی را که مدت‌ها در انتظارش بوده‌ام، قبول کنم. و باز به همین دلیل پروژه‌هایی را که در تهران به من پیشنهاد می‌شود، رد می‌کنم.

کاپیتان فیلیپ هم از او خبری ندارد، من نیز دیگر به بندر نرفتم.

پری و شوهرش برای گذرانیدن دوره‌های تخصصی برای مدتی نامعلوم به کشوری دیگر رفته‌اند، جدا شدن از او مثل جدا شدن از ضمیرم بود. از نامه‌های بی‌شمارش چنین به نظر می‌رسد که مصرانه می‌خواهد مرا از همه جزییات رخدادهای اطرافش باخبرسازد درست به همان‌گونه که حضوراً بود. او و شوهرش دو دختر را که والدینشان را در حادثه‌ای هولناک از دست داده بودند،

به فرزند خواندگی پذیرفتند. از متن نامه‌هایش بوی تکامل خوشبختی به مشام می‌رسد.

گاهی می‌ترسم دخترها را به قدری لوس کند که از مسیر واقعی خودشان خارج و دور شوند. برایم می‌نویسد که کاملاً شوکه و گیج شده و در زمینه تربیت آن‌ها هیچ تجربه‌ای ندارد و از من می‌خواهد کمکش کنم.

تداوم این‌گونه ارتباط با او مرا از آنچه که هستم غمگین‌تر می‌کند و کمبود او را بیشتر حس می‌کنم. به ندرت برایش نامه‌ای کوتاه و مختصر می‌نویسم با این امید که او نیز دیگر برایم نامه ننویسد ولی از دور نیز دست مرا می‌خواند، مدام برایم تلفن می‌زند و همچنان برایم می‌نویسد از هر اتفاق کوچک و بزرگ که در اطرافش رخ می‌دهند بی‌آنکه نکته‌ای را از قلم بیندازد، درست مثل این که روبه‌رویم نشسته باشد. در آخر هر نامه نیز یادآور می‌شود، همان‌گونه که خود تو اولین بار کشف کردی، من آدم پرحرفی هستم اگر نتوانم حرف‌هایم را رو در رو بزنم آن‌ها را بر روی کاغذ خواهم آورد و تنها برای تو می فرستم. امیدوارم به زودی بتوانم مثل گذشته در روبه‌رویت بنشینم و حرف‌هایم را که می‌دانی پایانی ندارند، با تو بگویم ولی تا آن موقع مجبورم آن‌ها را برایت بنویسم و پست کنم!

گاهی صدای خنده‌های سرشار از نشاطش را می‌شنوم، زمانی احساسش را لمس می‌کنم، همان احساسات ظریف و بی‌شائبه‌ای که به سختی شکننده‌اند و آسیب پذیر.

از من خواسته که به دیدار او و دخترهایش بروم.

با پیشنهاد مکرر دکتر مهران برای گذرانیدن مراحل دانشگاهی در رشته معماری، آماده می‌شوم.

شور و هیجانی غیرقابل توصیف دارم، اضطرابی که شاید بتواند مرا در هم بشکند.

دوباره تلاش‌هایم، تلاش‌های مداومم برای یافتن آن‌ها بی‌نتیجه می‌ماند. اما امیدم را از دست نخواهم داد... آن‌ها را خواهم یافت، از دریا بازخواهم ستانید... قطره‌های متعلق به خودم را... مینا و نسرین را... مسعود و رضا را...
برای هم‌فکری با مهندسین شرکت در زمینه تکمیل پروژه‌ای از من خواسته‌اند برای مدتی نامعلوم به مرکز شرکت در تهران بروم.

باز هم از سیف خبری نبود. نمی‌دانستم با او که این چنین مرا آواره و پریشان گذاشته است، چه کنم. او که به ظاهر شوهر من بود و بدون اجازه‌اش حتی حق نفس کشیدن را هم نداشتم. همچنان در میان گذشته و آینده سرگردان مانده بودم. نمی‌دانستم در کجای این جاده ناهموار قرار دارم و تا به کجا و چگونه پیش خواهم رفت. بی‌آنکه هدفی داشته باشم به دنبال چه خواهم گشت؟

خود را در میان فشردگی کارها و پیچیدگی متن کتاب‌های گوناگون گم کرده‌ام تا آنچه را که نمی‌دانم مرا در تنگناهای پیچ در پیچ و مبهم‌شان غوطه‌ور نگردانند.

دوباره او را بر سرراهم می‌بینم، همان دخترک کوچک و لاغر اندام را، با لباسی نازک در کنار جوی آب ایستاده است. با دیدن او سردی زمستان را بیشتر احساس می‌کنم، نمی‌دانم او سرما را حس نمی‌کند؟ برگی را در جوی آب فرو می‌کند بر روی دستش می‌گذارد. دیدن او همیشه مرا خوش‌حال می‌کند شاید راهی نامریی به ژرفای درون من دارد. از همان فاصله دور بازی‌هایش را که کمی عجیب به نظر می رسند، نگاه می‌کنم.

به سرعت مداد و کاغذم را آماده می‌کنم، از دور حرکاتش را بر روی کاغذ ترسیم می‌کنم تا بتوانم تابلوی ناتمام چهره معصوم او را که خواستاران بسیاری پیدا کرده، تکمیل کنم.

همان‌گونه که تصویرش را می‌کشم، به خاطر می‌آورم چند روز پیش او را نشسته بر پشت در بسته خانه شان، دیدم. تکه‌ای نان را با ولع می‌خورد. پاهایش در داخل دمپایی پاره، خشک و سرد به نظر می‌رسیدند. بر روی سکویی نزدیک به او، نشستم. کمی خودش را عقب کشید، به زمین نگاه می‌کرد.

چند بیسکویت از داخل کیفم در آوردم و به او دادم، آن‌ها را نگرفت. محجوبانه سرش را پایین انداخته بود اما گاهی زیرچشمی مرا می‌نگریست. بیسکویت‌ها را در دامن پیراهنش گذاشتم و از او دور شدم. در جایی دورتر از او ایستادم که او مرا نمی‌دید. به دو طرفش نگاه کرد، کسی را ندید. آهسته بیسکویت‌ها را برداشت و خورد.

باز هم از دیدن مجددش خوش‌حال می‌شوم از کنارش می‌گذرم، لبخندی که بر چهره‌اش می‌نشیند، نشان می‌دهد که مرا می‌شناسد. با چابکی از داخل جوی آب بیرون می‌آید، به طرفم می‌دود. بی‌آنکه حرفی بزند یا حالتی از درد بر صورتش داشته باشد، دست سوخته و آسیب دیده‌اش را به من نشان می‌دهد.

متعجبانه از او می‌پرسم: دستت چی شده؟

انگار خیال و یا خاطره‌ای او را تهدید کند، با دلهره به دستش اشاره می‌کند، سراسیمه، هراسان مرا می‌نگرد، می‌گوید: او...

اما ترجیح می‌دهد تا ساکت بماند.

با شنیدن صدای در ترسان، با شتاب از آنجا دور می‌شود.

مردی میان‌سال و خمیده، تلوتلو خوران از خانه بیرون می‌آید و به طرف خیابان اصلی می‌رود.

حدسم کاملاً درست است، دختر کوچک نتیجه یک ازدواج ناموفق است.

تنها و خسته به خانه بازگشتم. مردی جوان به دیوار خانه مجاور تکیه داده بود، به نظر می‌آمد منتظر کسی است. دم در خانه ایستاده بودم. به طرفم آمد، گفت: شما خانم نازنین هستید؟

هیچ‌گاه او را ندیده بودم، با تعجب گفتم: بله خودم هستم.

مردد بود، گفت: شوهر شما...

وحشت‌زده گفتم: سیف؟

گفت: بله او در بیمارستان است. آدرس شما را به من داد تا خبرتان کنم.

با عجله به بیمارستان رفتم. دکتر معالجش را به سختی پیدا کردم. از اتاق عمل بیرون می‌آمد. در مورد سیف از او پرسیدم، با بی‌حوصلگی گفت: شب گذشته او را به بیمارستان آورده‌اند. ساعت‌ها طول کشید تا به هوش آمد، وضع خوبی هم ندارد.

خداحافظی کرد، شتابان از من دور شد. به دنبالش دویدم، گفتم: من تمام مخارج معالجه او را پرداخت خواهم کرد. خواهش می‌کنم شما هم...

حرفم را قطع کرد، با حالتی جدی گفت: خانم هر کاری که لازم بوده برایش انجام داده‌ایم.

نگاه مضطرب مرا دید، کمی مکث کرد، ادامه داد: متأسفانه الکل زیاد به کبدش آسیب رسانیده، الکلی که خوراکی نبوده. بعضی از آدم‌ها حاضرند زودتر بمیرند ولی آن‌طور که می‌خواهند زندگی کنند درست مثل شوهر شما.

به پنجره زل زده، برایش کمی میوه می‌آورم، بر روی میز کنار تختش می‌گذارم. دل‌واپس نگاهش می‌کنم، ناگهان به من خیره می‌شود. با فریاد می‌گوید: به چه زل زده ای؟ به بدبختی من؟ به ذلتم؟ هرچه می‌کشم از دست توست، تو مقصری، از تو متنفرم، همیشه از تو متنفر بودم.

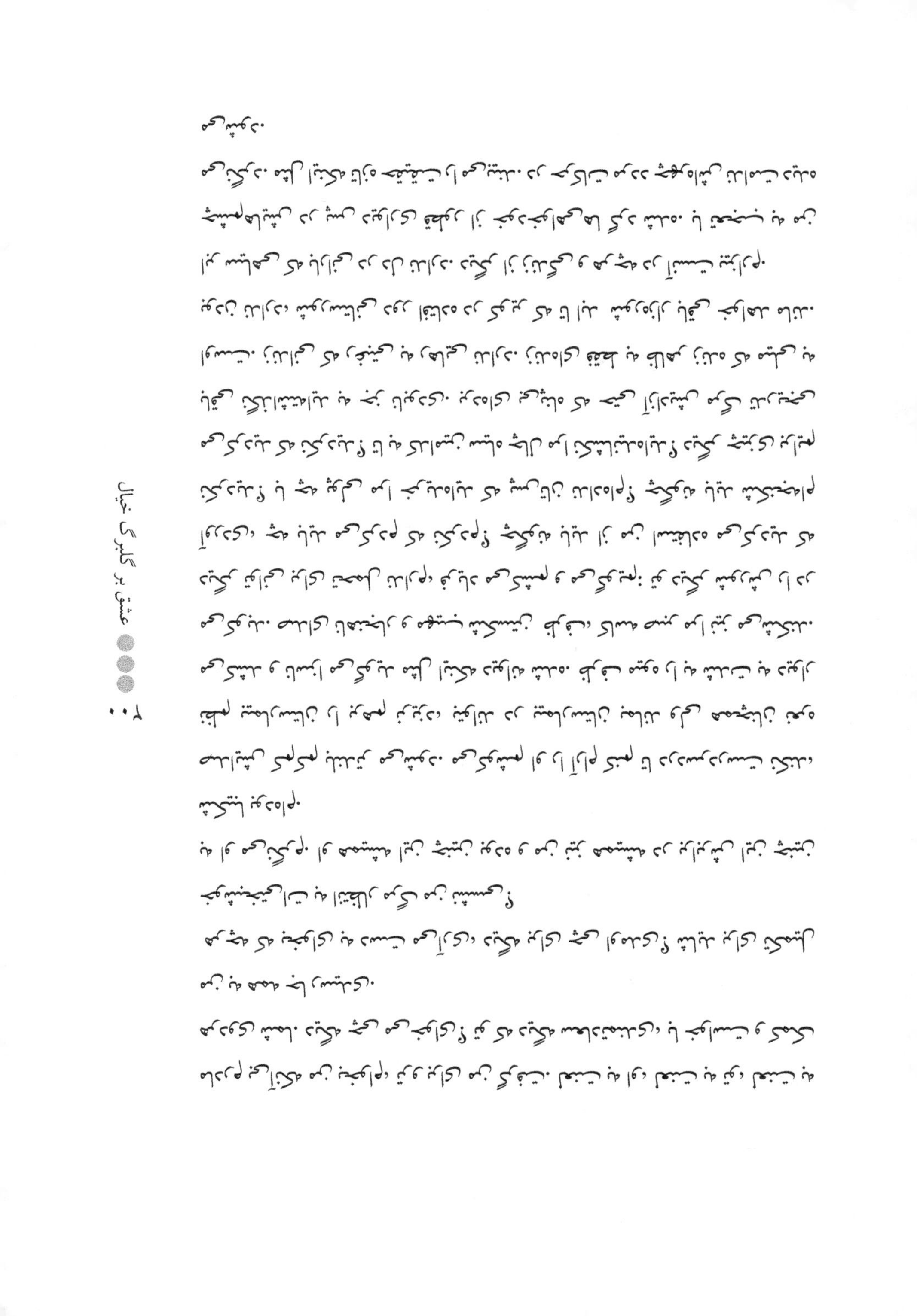

مادرم بی‌آنکه من بخوام، ترو برای من گرفت. لعنت به او، لعنت به تو، لعنت به هردوی شما. دیگه چی می‌خوای؟ تو که دیگه سعادتمندی، با خواست و کمک من به همه جا رسیدی.

هرچه که بخوای به دست می‌آری، دیگه برای چی اومدی؟ شاید برای تکمیل خوشبختی‌ات به انتظار مرگ من نشسی؟

به او می‌نگرم. او همیشه این چنین بوده و من نیز همیشه در برابرش این چنین شکیبا بوده‌ام.

صدایش کم‌کم بلندتر می‌شود. می‌کوشم او را آرام کنم تا دردسردرست نکند، نظم بیمارستان را برهم نریزد، بتواند در بیمارستان بماند ولی همچنان نعره می‌کشد و ناسزا می‌گوید مثل اینکه دیوانه شده. ظرف میوه را به شدت به دیوار می‌کوبد. صدای ناهنجار و مهیب شکستن ظرف، کاسه صبر مرا نیز می‌شکند. دیگر توانی برای تحمل ندارم، فریاد می‌کشم و می‌گویم: تو دیگر شورش را در آوردی، چه باید می‌کردم که نکردم؟ چگونه باید از من استفاده می‌کردید که نکردید؟ با چه پولی مرا خریده‌اید که پس‌تان نداده‌ام؟ چگونه باید شکنجه‌ام می‌کردید که نکردید؟ تا به کدامین سیاه چال مرا نکشانیده‌اید؟ دیگر چیزی برایم باقی نگذاشته‌اید به جز نابودی. برده‌ای بی‌پناه که حتی آزادیش مرگ تدریجی اوست. زندانی که رغبتی به رهایی ندارد. زنده‌ای فقط به ظاهر زنده که میلی به بودن ندارد، شورستانی دور افتاده در کویر که تا ابد شوره‌زار باقی خواهد ماند.

ابر سیاهی که بارانی در دل ندارد. دیگر از زندگی و هرچه در آنست بیزارم.

چشم‌هایش در پس دیواری قطور از خودخواهی‌ها گرد شده. با تعجب به من می‌نگرد. مثل اینکه تازه حقیقت را می‌بیند. در حرکات مردد چهره‌اش ندامت دیده می‌شود.

دل‌گرفته با بغض می‌گویم: اگر مشکل تو تنها من هستم، برای همیشه می‌روم. می‌خواهد حرفی بزند به او اجازه نمی‌دهم. ادامه می‌دهم: نگران نباش تمام خرج بیمارستان را تا به آخر خواهم پرداخت.
به همان‌گونه که همیشه از من توقع داشته‌ای، به همان‌گونه که هر چه کرده‌ام به اصرار مستبدانه تو و صرفاً به خاطر منافع شخصی تو بوده است.
اتاقش را ترک می‌کنم. با استغاثه فریاد می‌کشد: نازنین، نازنین...
در راهرو بیمارستان می‌دوم تا از او که قسمتی از گذشته تلخ من است، دور شوم. ضجه‌هایش در طلب بخشش‌اند و روح عصیان‌زده من در جستجوی پناهگاهی برای آرام گرفتن، جایگاهی که در سایه امنش، از گرداب نیستی رهیده شوم.
هر روز بی‌آنکه او مرا ببیند به بیمارستان می‌رفتم با این امید که بتوانم برایش کاری بکنم.
دکتر گفت: دیگر هیچ امیدی نیست. الکل‌هایی که مصرف کرده خوراکی نبوده‌اند.
به تقاضاهای مکرر شرکت برای رفتن به تهران موافقت کردم اما برای همیشه. دیگر تحمل آن خانه را حتی برای مدتی کوتاه نداشتم. با بی‌حوصلگی آخرین وسائلم را در کارتن گذاشتم. چند ضربه پرتردید به در خورد. مردد در پشت در ایستادم. منتظر کسی نبودم با دلهره و تشویش در را باز کردم. حنا زن سیف پشت در ایستاده بود، به شکلی غیر منتظره شکسته شده بود. از دیدنش یکه خوردم. او را به داخل خانه دعوت کردم.
ساکت و غمگین بر روی سنگ‌های کریدور حیاط نشست. سراسیمه بقچه‌ای از زیر چادرش بیرون آورد، گره آن را باز کرد.

از لابه‌لای چند لباس مندرس شناسنامه‌ای بیرون آورد. به خطوط سنگ‌های ترک خورده و شکسته کف حیاط خیره شده بود. آشفته حال، با صدایی گرفته گفت: آن‌ها مرا هم چون تو شکنجه می‌کردند.

سرش به زیر بود، ادامه داد: من و سیف هیچ شباهتی با هم نداشتیم مثل اینکه از دو دیار دور و متفاوت باشیم.

ساکت شد مانند آنکه در حیطه به هم ریخته واژه‌ها سرگردان باشد و یا در گیر و دار تلاطم خاطره‌هایی تلخ سرگشته شده باشد. و سکوتی سنگین ادامه داشت.

بی‌اراده چشم‌هایم بسته شدند تا در چهارچوب حباب مانند اندیشه‌ها فرو روم و تنها بمانم. آرام با خود گفتم: دو دنیای متفاوت و به دور از هم که به اجبار سنت‌های تحمیلی و تکراری باید به هم نزدیک شوند تا دنیایی مشترک و بی‌تردید ناپایدار را به وجود بیاورند اما دنیای متفاوت من و سیف همیشه از هم دور بود... همیشه و خیلی دور.

به حنا نگریستم همچنان در پیله‌ای دورافتاده غوطه‌ور بود، آهسته گفتم: وجه مشترک من و او...

حنا به شناسنامه رنگ و رو رفته‌ای که در دست داشت نگاهی گذرا کرد، آن را به من داد و گفت: این تنها کاری بود که می‌تونستم برات بکنم.

صدایش غمگین‌تر شد، ادامه داد: آخر و عاقبت آدم‌هایی مثل سیف بهتر از این نیست. می‌دونی مرگ سیف شرایط و وضعیت من و بچه‌هایم رو عوض نکرد. بود و نبودش برای من یکسان بود. در واقع او سال‌هاست که برای من مرده، شاید از همون اوایلِ ازدواج اجباری و تحمیلی...

نمی‌دانستم چه باید بگویم و او منتظر شنیدن گفته‌ای نماند.

اولین‌بار بود که شناسنامه خود را می‌دیدم و لمس می‌کردم. صفحه‌های پوسیده و پاره‌اش نویدی از گسیختن یک اسارت دیرینه را می‌داد و در پس آزادی دور از انتظار، غمی سرگردان ملموس بود.

با رفتنش احساس عجیبی داشتم، احساسی که توجیهش برای خودم نیز آسان نبود. حال پرنده‌ای را داشتم که حتی تولدش در قفس اتفاق افتاده باشد و سال‌ها غیر از دیوار آهنین آن قفس، اتکایی نداشته و هر زمان و هر مرحله از زندگیش در گرو حلقه‌های سرد و بی‌روح زنجیر و میله‌های فولادی آن بوده. حالا صبحی سرد و زمستانی، خود را به دور از قفس و فضای محدود آن می‌بیند...

دوباره آن مرد و دختر کوچکش بر سر راهم ظاهر می‌شوند. دخترک بینوا به شدت ناله می‌کند. بر قطره اشکش نقشی از آرزوهای بر باد رفته، نشسته و یأسی که نشانگر خواسته‌ای عبث است. درحالی‌که دستش در دست پدرش است، بر روی زمین به دنبال او کشانیده می‌شود مانند آنکه در خواب و بی‌خبری راه برود. به مرد التماس می‌کند که دیگر او را نزند و داغ بر دست‌هایش نگذارد، او نیز قول می‌دهد به همان‌گونه باشد که پدر می‌خواهد اما مرد همچنان دست ظریف دختر را در دست‌های زمخت خود به شدت می‌فشرد مثل این که تعمدی برای شکستن آن دارد.

تصویر بچگی‌ام را در او می‌بینم و لحظاتی سخت که بر او می‌گذرد چون خاطرات تلخی که بر من گذشته و آینده‌اش در دورنمایی نامعلوم ...

کودک مرا می‌بیند، مثل این که تنها حامی خود را دیده باشد، با تلاشی مداوم خود را از دست پدر می‌رهاند، به طرف من می‌دود، خودش را به لباسم می‌آویزد. مرد او را به زور از من جدا می‌کند. درحالی‌که دخترک به من زل زده او را از من دور می‌کند و با خود می‌برد.

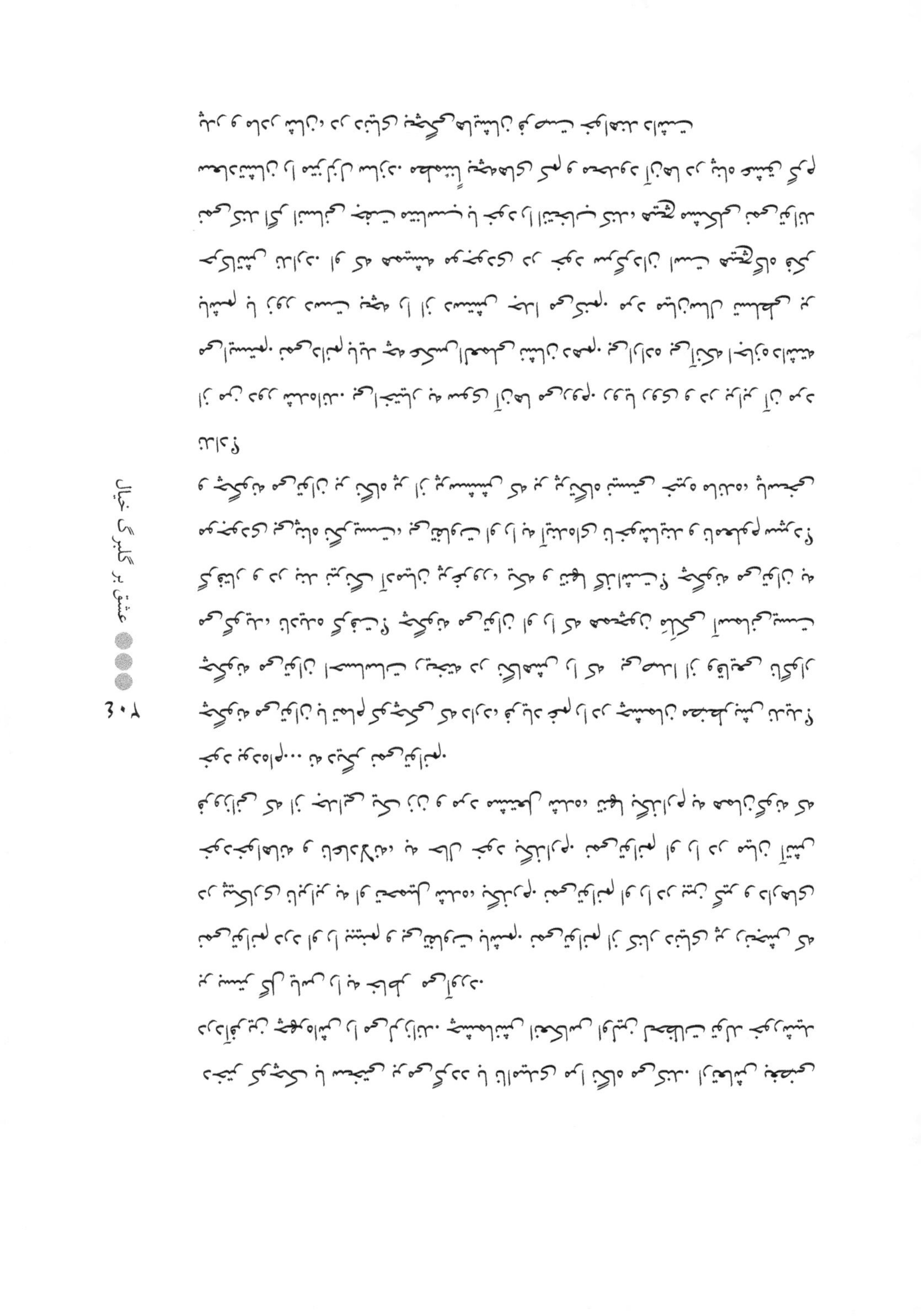

دختر کوچک با سختی برمی‌گردد با ناامیدی مرا نگاه می‌کند. ارتعاش بغضی دردآفرین چهره‌اش را می‌لرزاند. چشمانش انعکاس اولین لحظات تولد خورشید بر بستر گل یاس را به خاطر می‌آورد.

نمی‌توانم درد او را ببینم و بی‌تفاوت باشم. نمی‌توانم از کنار دنیای پر رنجش که در پیکاری نابرابر به او تحمیل شده، بگذرم. نمی‌توانم او را در بین گیر و دارهای خودخواهانه و ناعادلانه، به حال خود بگذارم. نمی‌توانم او را در میان آتش فروزانی که از جدایی یک زن و مرد مشتعل شده، تنها بگذارم به همان‌گونه که خود بوده‌ام... نه دیگر نمی‌توانم.

چگونه می‌توان با تمام کوچکی که دارد، فریاد غم را در چشمان مضطربش ندید؟ چگونه می‌توان احساسات ریخته در نگاهش را که بی‌صدا از وقایعی ناگوار می‌گوید، نادیده گرفت؟ چگونه می‌توان او را که همچون مَلَکی آسمانی‌یست گرفتار و در بند نیرنگ آدمیان پرغرور، یکه و تنها گذاشت؟ چگونه می‌توان به موجودی بی‌پناه نگریست، بی‌تفاوت او را به آینده‌ای ناخوشایند و نامعلوم سپرد؟ و چگونه می‌توان بر نگاه پر از پرسشش که بر پرتگاه نیستی خیره مانده، پاسخی نداد؟

از من دور شده‌اند. بی‌اختیار به سوی آن‌ها می‌روم. رویا روی و در برابر آن مرد می‌ایستم. نمی‌دانم باید چه عکس‌العملی نشان دهم. بی‌اراده بی‌آنکه اجازه داشته باشم با زور دست بچه را از دستش جدا می‌کنم. مرد میان‌سال تسلطی بر حرکاتش ندارد. او که همیشه موجودی در خود سرگردان است هیچ‌گاه فکر نمی‌کند اگر انسانی جفت متناسب با خود را انتخاب کند، هیچ مشکلی نمی‌تواند سعادتشان را متزلزل سازد. مطمئناً بچه‌های کم و محدود آن‌ها در پناه عشق گرم پدر و مادر شان، در دنیای بچگی‌هایشان فرصت خواهند داشت

خلاقیت‌ها و ارزش‌های خود را بیابند و به اثبات برسانند که در مجموع جامعه‌ای پیشرفته و به دور از هر فسادی خواهیم داشت و این همان اکسیریست که نامش را خوشبختی می‌گذاریم و مصرانه برای به دست آوردنش تلاش می‌کنیم که متأسفانه در این راستا بیشتر به خطا می‌رویم.

مرد با بی‌حالی می‌گوید: شما دیگه کی باشی؟ یهویی از کجا پیدات شد؟ چه طور جرئت می‌کنی و با اجازه کی؟

بریده بریده ادامه می‌دهد: هیچ‌کس نمی تونه...

با تندی و بُرّایی می‌گویم: فکر می‌کنم پرسیدی من کی هستم، باشد می‌گویم. من کسی هستم که بارها شاهد وضعیت اسفناک این کودک بوده‌ام و می‌توانم... با تردید ادامه می‌دهم: می‌توانم ترا به راحتی به دادگاه بکشانم.

اسم دادگاه را که می‌شنود رعشه‌ای محسوس بر اندام ضعیف و بی‌قواره‌اش می‌نشیند و لحنش ملایم‌تر می‌شود.

با کلماتی سست می‌گوید: ولی من پدر او هستم و حق دارم...

نمی‌گذارم حرفش را تمام کند، می‌گویم: راستی؟ تو پدرش هستی یا قاتل جانش؟ او را حمایت می‌کنی یا به خونش تشنه‌ای؟ تربیتش می‌کنی یا با زنت که نامادری اوست، او را به منجلاب می‌کشانید؟ کدام؟ چرا ساکت شده‌ای؟

به شدت ترسیده، می‌گوید: آخر خانم پول در آوردن مشکل است، شما که نمی‌دونید.

می‌گویم: خوب شد در نهایت فهمیدی که زندگی سخت است آن هم بعد از به دنیا آمدن این همه بچه! سرنوشت آن‌ها چیست؟ تقدیرشان چگونه خواهد بود؟ شما که خود طعم تلخ فقر را چشیده‌اید.

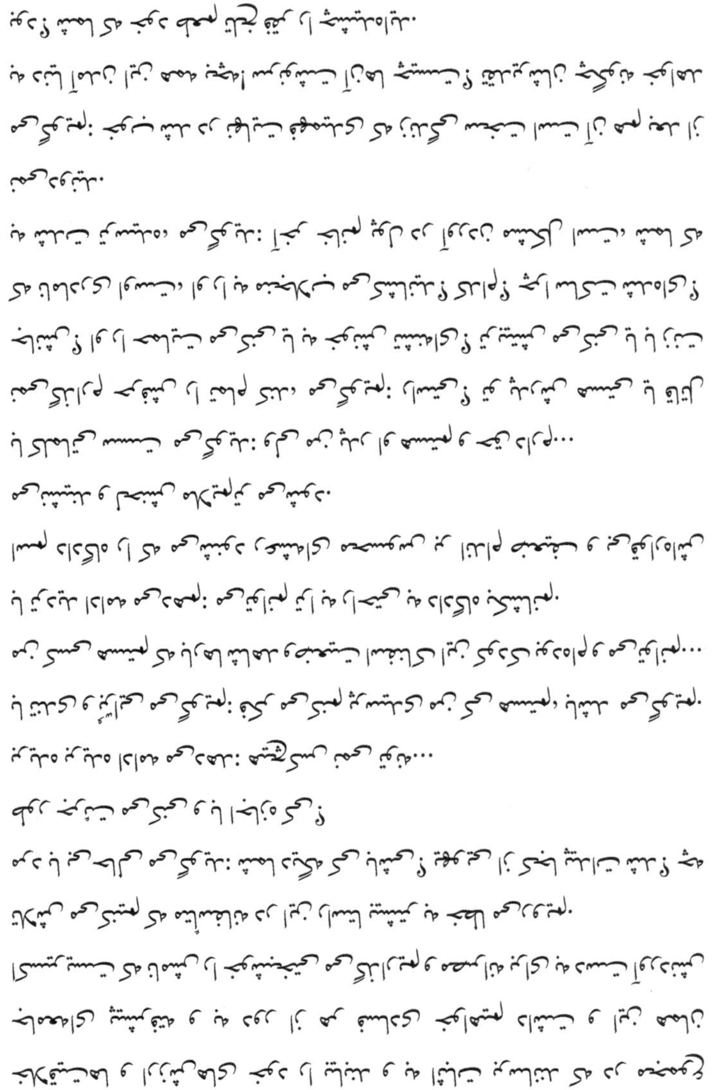

مشکلات بی پایان یک خانواده پرجمعیت را به خوبی دیده‌اید چرا همان اشتباهات را باز هم تکرار می‌کنید. آمدن این همه بچه بی‌آنکه حتی بتوانید راه مشترکی را که با هم انتخاب کرده‌اید

ادامه دهید، برای چیست؟ کمبودها و از هم گسیختگی‌هایی را که در خانواده‌ای پرجمعیت به شما تحمیل شده نادیده می‌گیرید، سفره‌ای که به علت جمعیت روبه فزونی خانواده کوچک‌تر و کوچک‌تر، خالی و خالی‌تر می‌شود را به راحتی فراموش می‌کنید ؟و دوباره همان بیراهه‌ای را می‌روید که پدر و مادرتان رفته‌اند. سرش را پایین انداخته مثل اینکه منطقش تهی و حبابی بر آب باشد. با درماندگی و استیصال می‌گوید: من...

دوباره منطقی را که می‌خواهد از آن دفاع کند، فراموش می‌کند.

می‌گویم: بگذار من بقیه این داستان تکراری و خانمان سوز را بگویم، داستانی که حداقل من و تو بارها خوانده‌ایم و به وضوح دیده‌ایم و آن ازدواج ناموفق یک زن و مرد است و بچه‌هایی که حاصل این ازدواج‌اند. آیا خودخواهی ما اجازه نمی‌دهد به سرنوشت آن‌ها که به خواست ما به دنیا می‌آیند و نه به اراده خودشان، بیندیشیم؟

چند رهگذر کمی دورتر ایستاده‌اند مبهوتانه به آنچه می‌گذرد، نظاره می‌کنند. مرد ساکت، بدون هیچ عکس‌العملی ایستاده، ترسان به شاهدانی خاموش و خشن که می‌توانستند برای او دردساز باشند، خیره شده بود.

آدمی چون او با چه دلیل و برهانی می‌تواند از خودش دفاع کند؟ چه شرحی بر احوال ناپایدار و سست خود خواهد گفت؟

متأسف، با تعمق به دختر بچه نگاه می‌کنم که همچنان لرزان به دامن من چسبیده، بی‌آنکه متوجه باشد چه اتفاقی می‌افتد.

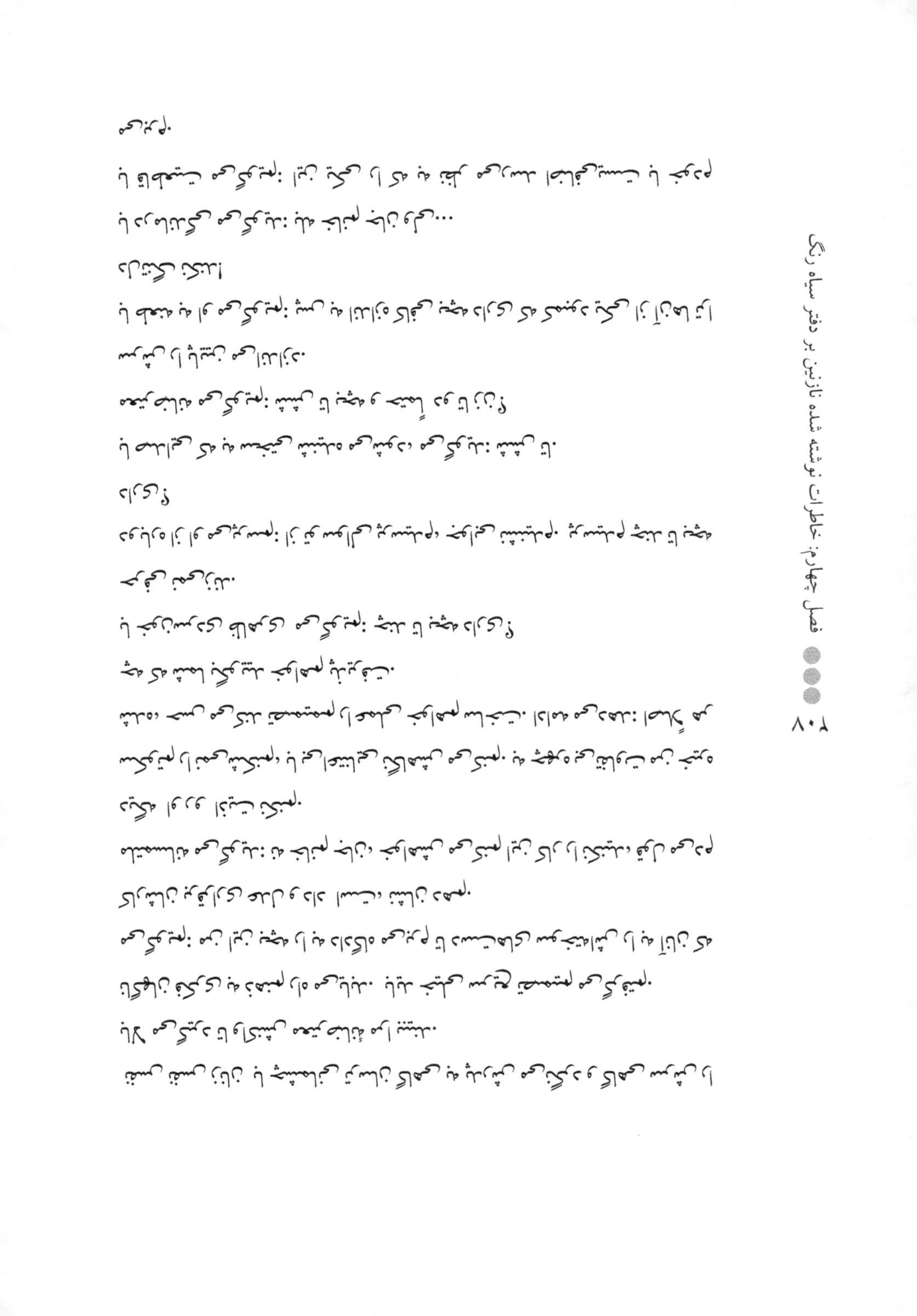

نفس نفس زنان با چشمانی ترسان گاهی به پدرش می‌نگرد و گاهی سرش را بالا می‌گیرد تا واکنش معترضانهٔ مرا ببیند.

ناگهان فکری به ذهنم راه می‌یابد. باید خیلی سریع تصمیم می‌گرفتم.

می‌گویم: من این بچه را به دادگاه می‌برم تا دست‌های سوخته‌اش را به آنان که کارشان برقراری عدل و داد است، نشان دهم.

ملتمسانه می‌گوید: نه خانم جان، خواهش می‌کنم این کار را نکنید، قول می‌دم دیگه او رو اذیت نکنم.

سکوتم را نمی‌شکنم، با بی‌اعتنایی نگاهش می‌کنم. به چهره بی‌تفاوت من خیره شده، حس می‌کند تصمیمم را عملی خواهم ساخت. ادامه می‌دهد: اصلاً هر چه که شما بگویید خواهم پذیرفت.

با خون‌سردی ظاهری می‌گویم: چند تا بچه داری؟

حرفی نمی‌زند.

دوباره از او می‌پرسم: از تو سوالی پرسیدم، جوابی نشنیدم. پرسیدم چند تا بچه داری؟

با صدایی که به سختی شنیده می‌شود، می‌گوید: شش تا.

معترضانه می‌گویم: شش تا بچه و حتماً دو تا زن؟

سرش را پایین می‌اندازد.

با طعنه به او می‌گویم: پس به اندازه کافی بچه داری که کمبود یکی از آن‌ها ترا دل‌تنگ نکند!

با درماندگی می‌گوید: بله خانم جان ولی...

با قاطعیت می‌گویم: این یکی را که به نظر می‌رسد اضافی‌یست با خودم می‌برم.

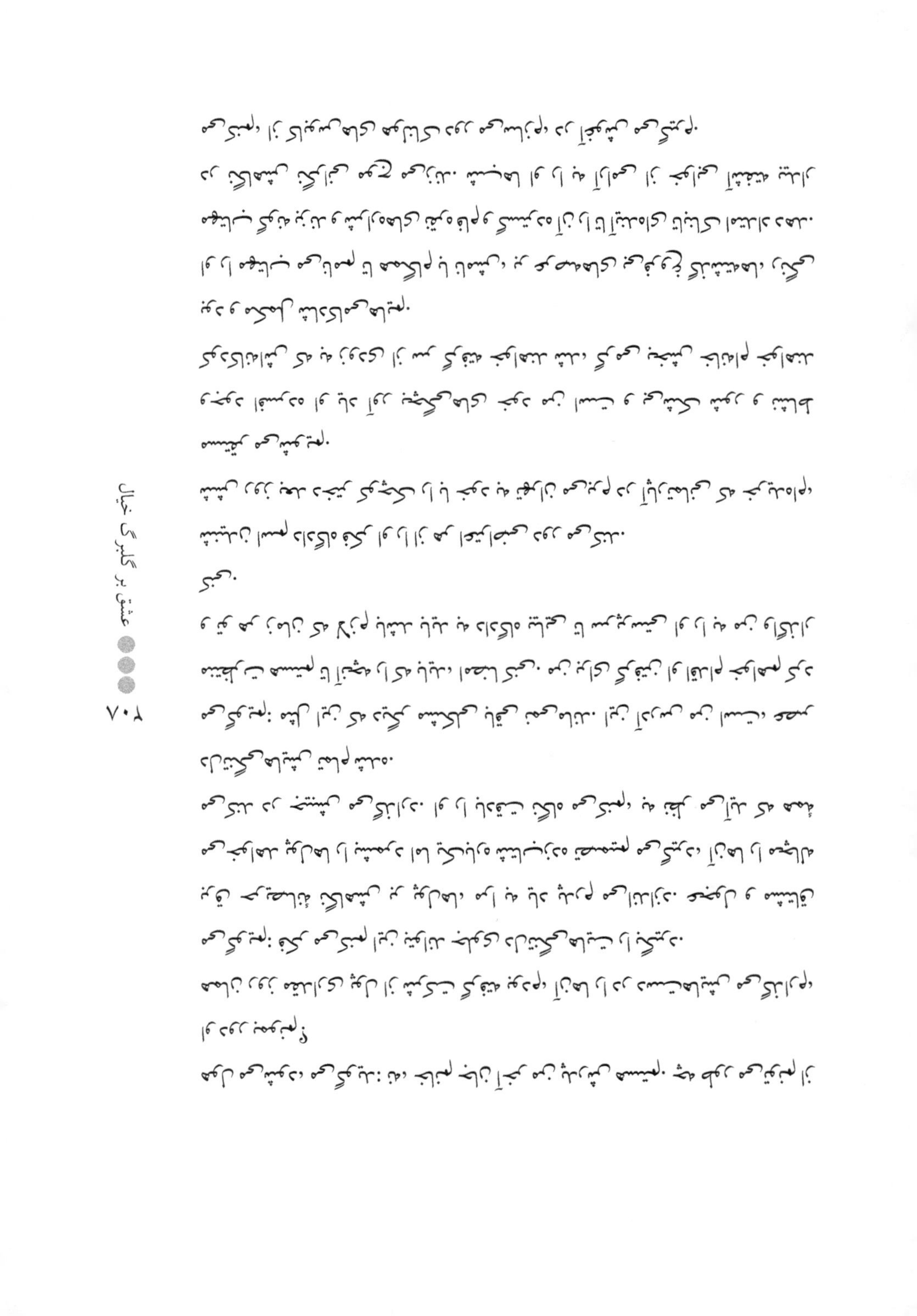

هول می‌شود، می‌گوید: نه، خانم جان آخر من پدرش هستم. چه طور می‌تونم از او دور بمونم؟

همان روز مقداری پول از شرکت گرفته بودم، آن‌ها را در دست‌هایش می‌گذارم، می‌گویم: فکر می‌کنم این بتواند جلوی دل‌تنگی‌هایت را بگیرد.

برق حریصانهٔ نگاهش بر پول‌ها، مرا به یاد پدرم می‌اندازد. عجول و مشتاق می‌خواهد پول‌ها را بشمرد اما یک‌باره شتاب‌زده تصمیم می‌گیرد، آن‌ها را مچاله می‌کند در جیبش می‌گذارد. او را بادقت نگاه می‌کنم، به نظر می‌آید که همهٔ دل‌تنگی‌هایش تمام شده.

می‌گویم: مثل این که دیگر مشکلی باقی نمی‌ماند. این آدرس من است، عصر منتظرت هستم تا آنچه را که باید، امضا کنی. من برای گرفتن او اقدام خواهم کرد و تو هر زمان که لازم باشد باید به دادگاه بیایی تا سرپرستی او را به من واگذار کنی.

شنیدن اسم دادگاه فکر او را از هر اعتراضی دور می‌کند.

شش روز بعد دختر کوچک را با خود به تهران می‌برم در آپارتمانی که خریده‌ام، مستقر می‌شویم.

وجود افسرده او یاد آور بچگی‌های خود من است و بی‌شک شور و نشاط کودکانه‌اش که به زودی از سر گرفته خواهند شد، گرمی بخش خانه‌ام خواهند بود و مکمل شادکامی‌هایم.

او را مهتاب می‌نامم تا همگام با نامش، بر عرصه‌های بی‌فروغ گذشته‌ها، رنگی مهتاب گونه بزند و شراره‌های نقره فام و گسترده آن را تا آینده‌ای تابناک امتداد دهد. در نگاهش نگرانی موج می‌زند. شب‌ها او را به آرامی از خوابی آشفته بیدار می‌کنم، از کابوس‌های هولناک دور می‌سازم، در آغوش می‌گیرم.

تا صبحگاه نوازشش می‌کنم شاید در درون پناهگاهی که یافته، به خوابی آرام برود، آرامشی خوشایند را حس کند.
به کندی با من انس می‌گیرد، زمانی طولانی چشم‌های درشتش بر نقطه‌ای خیره می‌مانند. به سختی کلمه‌ای بر زبان می‌آورد گویی که در اغما به سر می‌برد.
در شبی پرباران و طوفانی تبی سوزنده، تمام تن تکیده‌اش را می‌گدازد. حالت‌های او برایم ناآشنایند، تا صبح در کنارش مانده‌ام، تمام شب در میان هذیان‌هایش از نامادریش می‌گوید. صبحدم تبش فرو می‌شیند. چشم‌هایش به پرده افتاده اتاق خیره مانده، پرده‌ها را در گوشه اتاقش جمع می‌کنم تا نور به داخل بیاید. در کنارش می‌نشینم، دست‌های کوچکش را نوازش می‌کنم. چشمان بی‌فروغش را به سختی باز می‌کند. پیشانی رها شده از تب گداخته او را می‌بوسم.
با تمام توانم می‌کوشم که نزدیک او و همراه با او باشم، به او کمک کنم، یاریش بدهم تا نیروی از دست رفته‌اش را باز یابد. از کنارش برمی‌خیزم. وحشت‌زده صورتش را به طرفم برمی‌گرداند، هراسان بر روی تختش می‌نشیند. با بی‌رمقی به تصویر تکمیل شده خودش که در حاشیه تخت گذاشته شده اشاره می‌کند، می‌گوید: اون کیه؟
در کنارش می‌نشینم، نوازشش می‌کنم، شاد و خندان می‌گویم: خیلی شبیه توست مگر نه؟
مخفیانه و زیر چشمی نگاهم می‌کند. به طرف آشپزخانه می‌روم.
با حالت تب گونه‌اش فریاد می‌زند: منو پیش خودت نگه می‌داری؟ همین جا مثل اون عکس؟

تردید در گفته‌هایش موج می‌زند، ادامه می‌دهد: برای همیشه؟

این اولین جمله‌ای بود که او می‌گفت. اخمی محو و ناپایدار بر چهره معصومش نشسته، موهای قهوه‌ای و بلندش را که از تب زیاد ژولیده‌اند، کنار زده تا چشم‌هایش که به انتظار هزار امید برق می‌زنند واکنش مرا بهتر ببینند.

می‌خندم، می‌گویم: برای همیشه، مطمئن باش.

آهسته می‌گویم: ولی نه مثل اون تصویر...

تابستان پری و دو دخترش به دیدن من و مهتاب آمدند. در آپارتمان بزرگ و راحتی که قسمتی از آن را به آتلیه‌ام اختصاص داده بودم، دخترها روزهای خوبی را با هم گذرانیدند. پری با غرور از بچه‌هایش و پیشرفت‌های آن‌ها می‌گفت. او که اولین بار بود مهتاب را می‌دید با هیجانی وصف‌ناپذیر در آغوشش می‌گرفت، درحالی‌که مدام نوازشش می‌کرد، قربان صدقه‌اش می‌کرد، هدایایی را که برایش آورده بود به او می‌داد. گاهی هر سه آن‌ها که احساسات لطیف پری را می‌شناختند، یک‌باره به طرفش می‌دویدند، در او می‌پیچیدند و او را از سنگینی ابراز صمیمیت‌ها و هیجانات عاطفی آن‌ها خم شده بود، می‌بوسیدند. موقعیت تازه و مستحکم مهتاب، شخصیت شفاف او را به همان‌گونه که بود، نشان می‌داد.

لباس‌هایی را که برایش خریده بودم در کمد اتاقش آویزان می‌کنم. عروسک را بر روی تختش می‌گذارم، بی‌شک از دیدگاه مهتاب، تکیه عروسک او بر تختش چون تکیه مرواریدی پرغرور، بر صدف محکم و غیرقابل نفوذ آن خواهد بود. روز تولدش باید به همان‌گونه شادی‌آفرین باشد که او در تصورش مجسم می‌کند. ماشین را در برابر در ورودی مدرسه پارک می‌کنم، بی‌صبرانه منتظرش می‌مانم.

به ساعتم می نگرم که با عقربه‌های کوچک و بزرگ خود مدام زمان را به جلو می‌برد تا با گذرش حوادثی را که در بطن مرموز و سربسته خود دارد، مستبدانه و با سرسختی در سرنوشت هر یک از ما حادث سازد و حضور پرقدرت خود را در عرصه زندگانی به ثبوت برساند.

این پنجمین سال تولد اوست که با هم جشن می‌گیریم مثل این که وقایع شاد و پربار پنج سال گذشته هیچ‌کدام اتفاق نیفتاده‌اند و ما با هم از کنار هیچ یک از حوادث آن عبور نکرده‌ایم و رویدادهای دل‌پذیرش را تنها در کتابی جذاب و فراموش نشدنی خوانده‌ایم، خاطرات شیرینش نیز چون دمی زود گذر در گذشته ما حک شده، مثل خاطره بیاد ماندنی امروز که تمام وقتم را با مهتاب خواهم گذرانید و هدیه‌ای برای او که بی‌شک به انتخاب او خواهد بود.

در بحبوحه تلاش برای فراموش کردن و فاصله گرفتن از سرخوردگی‌ها و نزدیک شدن به قله بلند و سربه‌فلک کشیده موفقیت‌ها، به ندرت فرصت پیدا می‌کنم وقت کوتاهی را به نگارش آنچه که می‌گذرد اختصاص بدهم اما روزهای زندگی بی‌آنکه منتظر ثبت تأثیر خود باشند چون صفحات بهم چسبیده که در معرض باد ورق می‌خوردند، به آخر می‌رسند و در کتاب قطور داستان آفرینش گم می‌شوند.

سال ها در پی هم گذشته‌اند، سال‌هایی که در طی گذر آن‌ها توانسته‌ام دوبار مراحل طاقت‌فرسای دکترا در زمینه معماری و هنر را پشت سر بگذارم همراه با موفقیت‌های چشمگیری که در شرکت به دست آورده‌ام و برپا کردن نمایشگاه‌های متعدد در سراسر جهان که همه بحث برانگیز و موفق بوده‌اند.

اوقات فراغتم را در مزرعه پونه می‌گذرانم، با ابریشم و در اعماق طبیعت...

امروز کتاب‌های ریخته شده بر روی میز کتابخانه دانشگاه مرا به میان خطوط جذاب و پرشگفت خود نمی‌کشانند، تنها چشم‌هایم بی‌هدف از روی حروف آن‌ها می‌گذرند. نمی‌دانم چرا آن نامه تمام فکر مرا به خود مشغول کرده است. بازهم درونم دستخوش تحولی غیرقابل توجیه و ناشناخته‌ شده، درست مثل هر برهه از روزگاران که تغییری ناگهانی همه چیز را بر سر راهم متغیر می‌سازد و مرا در مسیری دیگر از راه قرار می‌دهد. اتفاقی که پیش بینی‌اش از قبل غیرممکن بوده.

صدای خنده چند دانشجو شنیده می‌شود، طنینی ناپایدار در فضای کتابخانه به وجود می‌آورد. به خاطر می‌آورم که باید خود را برای سمیناری مهم که در دانشگاه برگزار می‌شود، آماده کنم .

بر روی پاکت، دفتر زیبا و کوچکی که ذرات نقره‌ای بر بافت سفیدش پراکنده شده است و دسته‌ای گل یاس صحرایی با تزیینی از روبان طلایی، دیده می‌شود. پاکت را که شکلی غیرمعمول دارد، بر می‌دارم.

تماس دستم با آن حالتی عجیب وغیرعادی در من بوجود می‌آورد. شاید اشتباهی شده، شاید این پاکت متعلق به من نیست، ناخودآگاه می‌خواستم که این‌گونه باشد ولی اسم من بر آن نوشته شده. آیا عاملی نامری‌یست که مأموریت دارد مرا به قسمی دیگر و متفاوت از تقدیرم ببرد! این فکر عجیب و ناگهانی را از میان تصوراتم محو می‌کنم. آهسته می‌گویم: جایی که هستم نهایت آرزوهاست و نهایت ایده‌آل من. نمی‌خواهم ... نباید به جایی دیگر بروم. مشوش، مغشوش و با تردید پاکت را باز می‌کنم. موضوع نامه مرا به کلی گیج کرده، دوباره روی پاکت را می‌خوانم، اسم من بر روی آن نشان می‌دهد که اشتباهی در کار نیست.

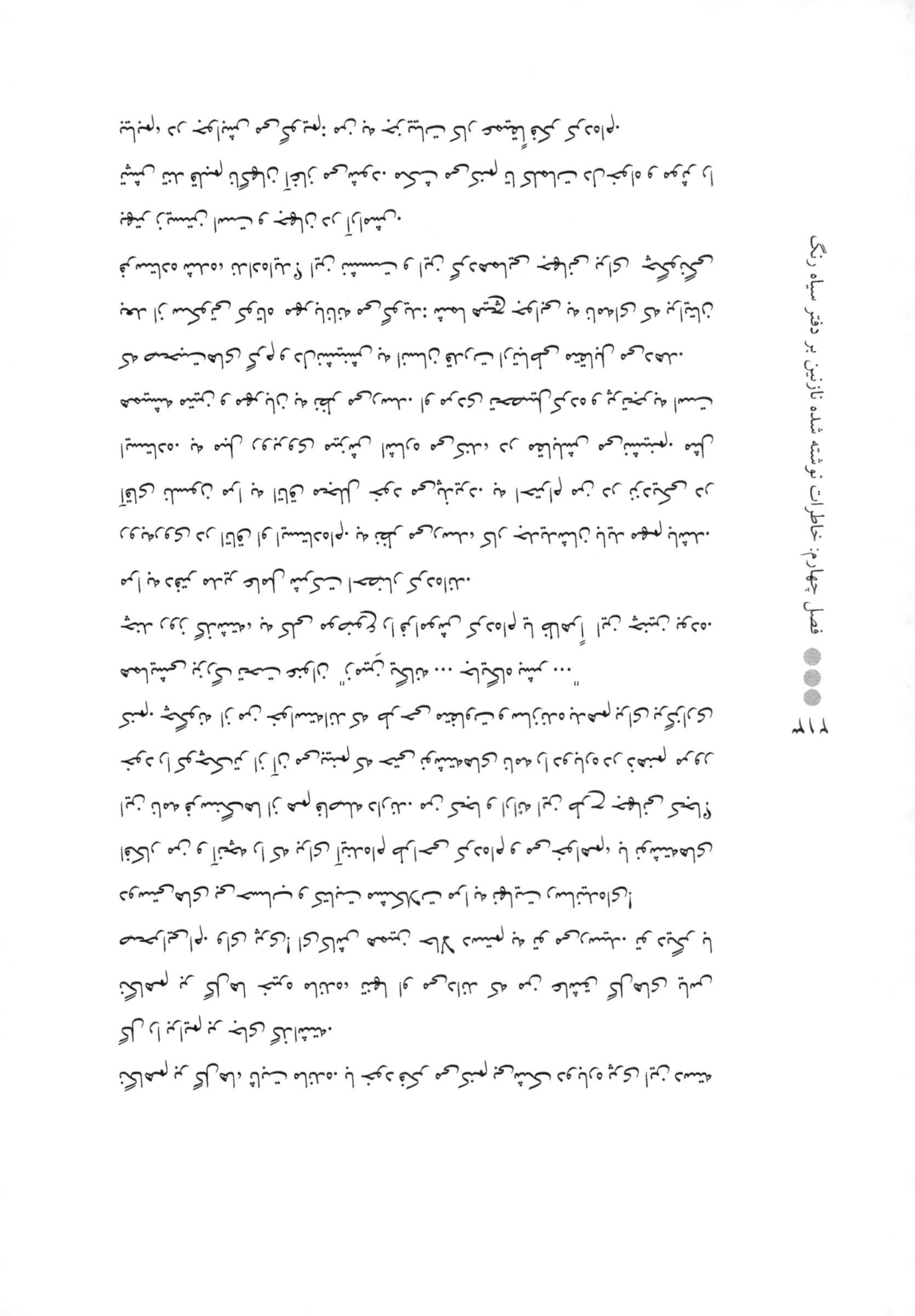

نگاهم بر گل‌ها، ثابت مانده، با خود فکر می‌کنم بی‌شک دوباره پری این دسته گل را برایم بر جای گذاشته.

نگاهم بر گل‌ها خیره مانده، تنها او می‌داند که من عاشق گل‌های یاس صحرایی‌ام. وای پری! ای‌کاش همین حالا دستم به تو می‌رسید. تو دیگر با دوستی‌های بی‌حساب و کتابت مشکلات مرا به نهایت رسانیده‌ای! افکار من و آنچه را که برای آینده‌ام طراحی کرده‌ام و می‌خواهم، با نوشته‌های این نامه فرسنگ‌ها از هم فاصله دارند. من کجا و ارائه این طرح جهانی کجا؟ خود را کوچک‌تر از آن می‌بینم که حتی نوشته‌های نامه را دوباره در ذهنم مرور کنم. چگونه از من خواسته‌اند که طرحی متفاوت و سازنده بدهم برای برگزاری همایشی بزرگ تحت عنوان "زمینِ یگانه ... جایگاه بشر ..."

چند روز گذشته، به کلی موضوع را فراموش کرده‌ام یا ظاهراً این چنین بوده. مرا به دفتر مدیر عامل شرکت احضار کرده‌اند.

روبه‌روی در اتاق او ایستاده‌ام. به نظر می‌رسد، کار جدیدشان باید مهم باشد. آقای نلسون مرا به اتاق مجلل خود می‌پذیرد. به احترام من در نزدیکی در ایستاده. به مبل روبروی میزش اشاره می‌کند، در مقابلش می‌نشینم. مثل همیشه متین و مهربان به نظر می‌رسد. او مردی تحصیل‌کرده و پرتجربه است که صحبت‌های گرم و دل‌نشینش به انسان قدرت ارتباطی متقابل می‌دهد.

بعد از سکوتی کوتاه مهربانانه می‌گوید: شما هیچ جوابی به نامه‌ای که برایتان فرستاده شده، نداده‌اید؟ این نشست و این گردهمایی جهانی برای چگونگی بهتر زیستن است و جهان در آرامش.

تپش تند قلبم ناگهان آغاز می‌شود. مکث می‌کنم تا کلمات دل‌خواه و موثر را بیابم، در جوابش می‌گویم: من به جزییات کار عمیقاً فکر کرده‌ام.

در این گردهمایی بزرگ و مهم باید قبل از هر اقدامی از تمام مردم جهان یاری گرفت و کمک خواست. بله، مهم است که مردم این گردهمایی جهانی را بپذیرند و در همهٔ لحظه‌لحظه‌های آن حضور داشته باشند، باید از طریق نشریات و رسانه‌های گوناگون به آن‌ها نشان داد که اگر جمعیت "زمین" با این روند پیش برود، آینده چگونه خواهد بود. بی‌شک همهٔ آن‌ها به خوبی می‌دانند که "زمین" آب، خاک و هوای محدود دارد. از آب، خاک و هوای محدود به جمعیتی نامحدود چه چیزی می‌رسد، سهم هر انسان از آب، خاک و هوایی محدود چه خواهد بود؟ متأسفانه در هر جا، در هر شرایط و در هر نشست از نقصان‌ها و مصائب بی‌شمار یاد می‌شود به جز مشکلی که در رأس قرار دارد. معضلی جدی که دیگر دشواری‌ها و سختی‌ها از آن نشأت می‌گیرند. جمعیتی که برای کرهٔ "زمین" زیادی‌یست! در واقع "زمین" با آب، هوا، خاک و منابعی محدود که دارد، توانایی پذیرش جمعیتی نامحدود را ندارد... و متأسفانه همه ما روز به روز مقدمات این معضل خطرآفرین و مخرب را می‌بینیم که به زودی همه مشکلات جزیی جوامع بشری را هم تحت‌الشعاع قرار خواهد داد و به تدریج به مراحلی حاد خواهد رسید که دیگر از دست کسی کاری ساخته نیست. در این زمینه بی‌شک مردم به آموزش وسیع‌تری احتیاج دارند و من باز هم تأکید می‌کنم که در این همایش به همکاری همه مردم جهان نیاز است. باید طبیعت و اجزا تشکیل دهنده آن را مهم شمرد، به مقام پراهمیت آن ارزش داد و سرلوحه ایده‌ها و آرمان‌ها قرارش داد. متأسفانه من در موقعیتی نیستم که طبیعت و انسان را بر مسندی مشترک به آن‌گونه که در تصورات خود می‌بینم قرار دهم و به دوستداران صلح نشان بدهم. نه، این دیگر واقعاً از عهده من خارج است. خواهش می‌کنم خود شما به آن‌ها بگویید.

یک ماه بعد از دیدارم با آقای نلسون، کارت دعوتی برای شرکت در سمیناری که همه طراحان "زمینِ یگانه... جایگاه بشر... " در آن حضور دارند، برایم فرستاده شد. و من باید برای شرکت در این گردهمایی و آماده کردن طرحی به همین منظور به کشوری دور سفر کنم چه بخواهم چه نخواهم.

آقای نلسون با غرور گفت: شما به عنوان نماینده ما در این سمینار شرکت خواهید کرد و تنها از طرح‌تان خواهید گفت.

خندید و ادامه داد: نگران نباشید در میان آن همه طرح رسیده، پیشنهادات شما برای اجرا، هیچ شانسی ندارند.

مقصود او را نفهمیدم، و او حس کرد شاید مرا رنجانیده، گفت: پیشنهادی دیگر را خواهند پذیرفت با شرایطی راحت‌تر. من مطمئنم که همان‌طور که خود شما می‌خواهید به زودی به سرکارتان باز خواهید گشت. فکر می‌کنم ما بیشتر از هر کس دیگر به شما نیاز داریم.

صحبت‌هایش مرا آرام‌تر کرد.

جسم خسته‌ام را به در اتاق مهتاب تکیه داده‌ام، به داخل اتاقش نگاه می‌کنم. دو بوم با نقاشی‌های ناتمام را در کنار کتابخانه‌اش قرار داده. در نزدیک تختش، بر روی میزی کوچک، عکسی بزرگ از من و خودش گذاشته. روی زمین چند کتاب دیده می‌شود که تا نیمه‌های شب مونس اویند. عروسک‌هایش را جمع کرده، مجسمه‌هایی را که خودش ساخته در ویترین اتاقش جای داده. بر روی میز تحریر، لیست نمراتش دیده می‌شود که از نظر من عالی هستند اما خودش هنوز راضی نیست. تابلوهای مرا نزدیک بهم و برروی دیوار اتاقش نصب کرده و در میان آن‌ها و جاهایی که خالی مانده‌اند، چند تابلوی کوچک از کارهای خودش را گذاشته.

نگران و خسته بر روی مبل می‌نشینم. افکارم آزاد و راحت نیستند. احساس می‌کنم دگرگونی دوباره‌ای در روبه‌رویم قرار گرفته که سرنوشتم را، دستاوردهایم را دستخوش تحولی غیرقابل حدس و گمان می‌سازد و من بودن-در همین شرایط را ترجیح می‌دهم، همین موقعیت را می‌خواهم ... می‌خواهم در همین راه و مسیر بمانم و نه بیشتر.

از اتاق ناهار خوری صدایی شنیده می‌شود. خسته‌تر از آنم که بتوانم از جایم برخیزم. در مبل راحتی کمی جابه جا می‌شوم و بیشتر در خود می‌پیچم. دوباره همان صدا به گوش می‌رسد. به طرف اتاق ناهار خوری می‌روم. در را باز می‌کنم. در فضایی تاریک شمعی کوچک در دورترین نقطه اتاق روشن است. آهسته، مات و مبهوت به طرف آن می‌روم ناگهان اتاق روشن می‌شود. مهتاب با خوش‌حالی به من می‌آویزد. می‌گوید: مادر جون تولدتون مبارک.

به کلی گیج شده‌ام، شاید برای این که اولین بار است که کسی مرا مادر صدا می‌کند یا شاید برای اولین بار است که کسی تولد مرا به یاد دارد و به خاطر آن جشن می‌گیرد.

او همه جا را با سلیقه مخصوص به خودش آراسته. بر روی کیک تعدادی شمع گذاشته که تنها یکی از آن‌ها روشن است و هدایایی با ظاهری زیبا که بر روی میز چیده شده‌اند.

به مهتاب نگاه می‌کنم، به نظرم می‌آید که مدت‌هاست او را ندیده‌ام. در کنار اولین تابلویی که سال‌ها پیش از او کشیده‌ام، ایستاده، مهربانانه مرا نگاه می‌کند. چقدر او تفاوت کرده و چقدر از آن سال‌ها گذشته و او در طی این مدت از آنچه که پشت سر گذاشته، فاصله چشمگیری گرفته است. چشمان زیبایش همچنان برق می‌زنند اما برقی متفاوت با همیشه.

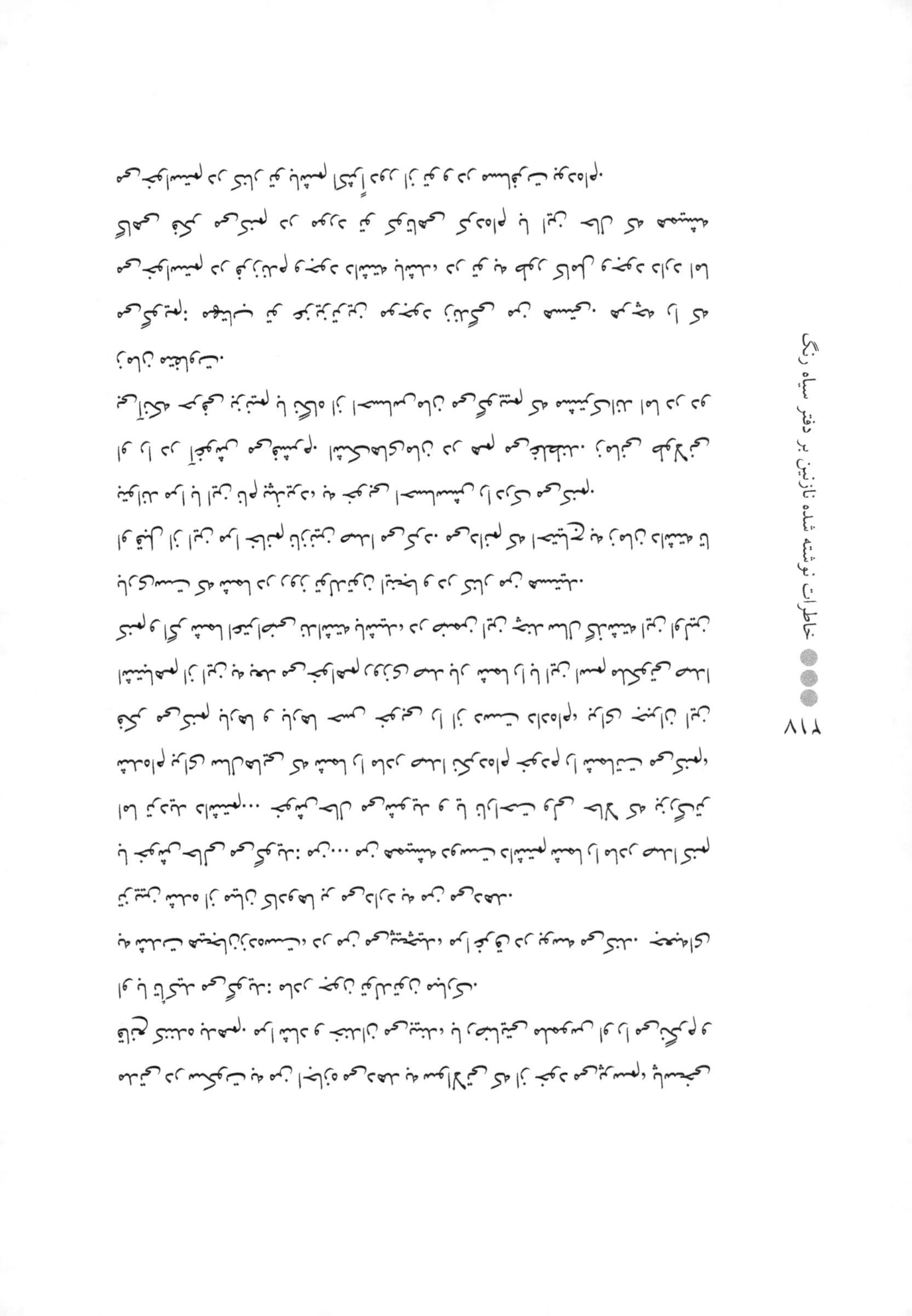

مدتی در سکوت به من اجازه می‌دهد به سوالاتی که از خود می‌پرسم، پاسخی قانع کننده بدهم. مرا شاد و خندان می‌بیند، با رضایتی ملموس او را می‌نگرم و او با تأکید می‌گوید: مادر جون تولدتون مبارک.

به شدت هیجان‌زده‌ست، در من می‌پیچید، مرا غرق در بوسه می‌کند. جعبه‌ای تزیین شده از میان کادوها بر می‌دارد به من می‌دهد.

با خوش‌حالی می‌گوید: من... من همیشه دوست داشتم شما را مادر صدا کنم اما تردید داشتم... خوش‌حال می‌شوید و یا ناراحت ولی حالا که بزرگ‌تر شده‌ام برای سال‌هایی که شما را مادر صدا نکرده‌ام خودم را شماتت می‌کنم، فکر می‌کنم بارها و بارها حس خوبی را از دست داده‌ام، برای جبران این اشتباهم از این به بعد می‌خواهم روزی صد بار شما را با این اسم ملکوتی صدا کنم و اگر شما اعتراضی نداشته باشید، در ضمن این چند سال گذشته این اولین باری‌ست که شما در روز تولدتون اینجا و در کنار من هستید.

او قبل از این مرا خانم نازنین صدا می‌کرد. می‌دانم که احتیاج به زمان داشته تا بتواند مرا با این نام بپذیرد، به خوبی احساسش را درک می‌کنم.

او را در آغوش می‌فشرم. اشک‌های‌مان در هم می‌غلطند. زمانی طولانی بی‌آنکه حرفی بزنیم با نگاه از احساس‌مان می‌گوییم که مشترک‌اند اما در دو زمان متفاوت.

می‌گویم: مهتاب تو عزیزترین موجود زندگی من هستی. هرچه را که می‌خواستم در فرزندم وجود داشته باشد، در تو به طور کامل وجود دارد اما گاهی فکر می‌کنم در مورد تو کوتاهی کرده‌ام با این حال که همیشه می‌خواستم در کنار تو باشم اکثراً دور از تو و در مسافرت بوده‌ام.

مهتاب مهربانانه و با قاطعیت می‌گوید: این حرف را نزنید. با این حال که من از خانواده شما، گذشته و مشکلات شما نمی‌دانم، به خوبی حس می‌کنم که تا به این مرحله رسیده‌اید، چالش‌های بی‌شماری را پشت سر گذاشته‌اید، و به سهم خودم کوشیده‌ام درکی بالا از واقعیت‌های اطرافم داشته باشم. خیلی زود فرا گرفتم تا از دوران بچگی با سرعت فاصله بگیرم تا هیچ‌گاه شما را به درد سر نیندازم.

دستم را در دست‌هایش می‌گیرد، می‌فشرد، ادامه می‌دهد: و خیلی خوب می‌فهمم که شما برای من چه کرده‌اید و چه نقش مثبت و موثری در روز و روزگارم داشته‌اید.

در بین ما سکوتی طولانی حکم‌فرما می‌شود، می‌گویم: در حقیقت من سال‌های زیادی در میان تصورات پراکنده‌ام به دنبال هدفی که واقعاً نمی‌دانستم چیست، به دور از خود و دیگران سرگردان بوده‌ام و به نظر می‌رسد این جستجو هیچ‌وقت به پایان نخواهد رسید.

قاطعانه ادامه می‌دهم: شاید هم دیرزمانی‌ست به پایان رسیده و من از آن بی‌خبرم.

مهتاب با اعتمادبه‌نفسی محسوس می‌گوید: با شناختی که از شما دارم مطمئنم که شما هدف خود را در بچگی انتخاب کرده‌اید و حالا درست همان جایی هستید که می‌خواستید باشید. به نظر من شما زنی خود ساخته و خستگی‌ناپذیر هستید که با وجود مشکلات زیاد تحصیلات‌تان را به بهترین شکل به پایان رساندید.

شاد و با نشاط، خندان دست‌هایش را به گردنم حلقه می‌کند و می‌گوید: و یاد گرفتید که چگونه بهترین مادر دنیا باشید.

با تعجب می‌پرسم: واقعاً نظر تو در مورد من این است؟

قاطعانه می‌گوید: با تمام وجودم فکر می‌کنم شما زن ارزشمندی هستید.
شادمانه می‌خندد ادامه می‌دهد: با تمام توانم می‌کوشم که همچون شما نازنین باشم.
آنچه امروز بر من گذشته بر وجودم سنگینی می‌کند، درونم را ملتهب و بی‌قرارم می‌سازد، می‌گویم: ولی مهتاب مثل این که گرفتاری‌های من هیچ‌وقت نمی‌خواهند تمام شوند.
با نگرانی می‌پرسد: مشکلی پیش آمده؟
نامه را از داخل کیفم در می‌آورم به او می‌دهم. او به خوبی در جریان کار است. در کنار مبل و بر روی زمین می‌نشیند. دستش را بر روی پایم می‌گذارد و با حالتی ستایشگرانه به من خیره می‌شود و می‌گوید: آن‌ها به تجربه‌ها و دیدگاه‌های شما احترام گذاشته‌اند، به آنچه گفته‌اید اعتماد کرده‌اند و این اطمینان به شما از طرف آن‌ها منطقی و حساب شده است. بی‌شک روزهای بی‌شماری در مورد شما و کارهای‌تان فکر کرده‌اند. من هم مثل آن‌ها به شما و آنچه که خواهید کرد، اطمینان دارم.
از حرف‌هایش خنده‌ام می‌گیرد، می‌گویم: ولی تو این ها رو از کجا می‌دونی من که هنوز طرحی ندادم. کسی هم از افکارم و از تجسم هایم، خبر ندارد حتی خود من که در این زمینه هنوز هیچ طرحی در ذهنم هم ترسیم نکرده‌ام، در ضمن این مورد استثناً بسیار پیچیده است و احتیاج به پژوهش‌ها و تحقیقات وسیعی دارد.
باید او را قانع می‌کردم که این طرح و اجرای این پروژهٔ پر مسئولیت، از محدوده توان من خارج است.

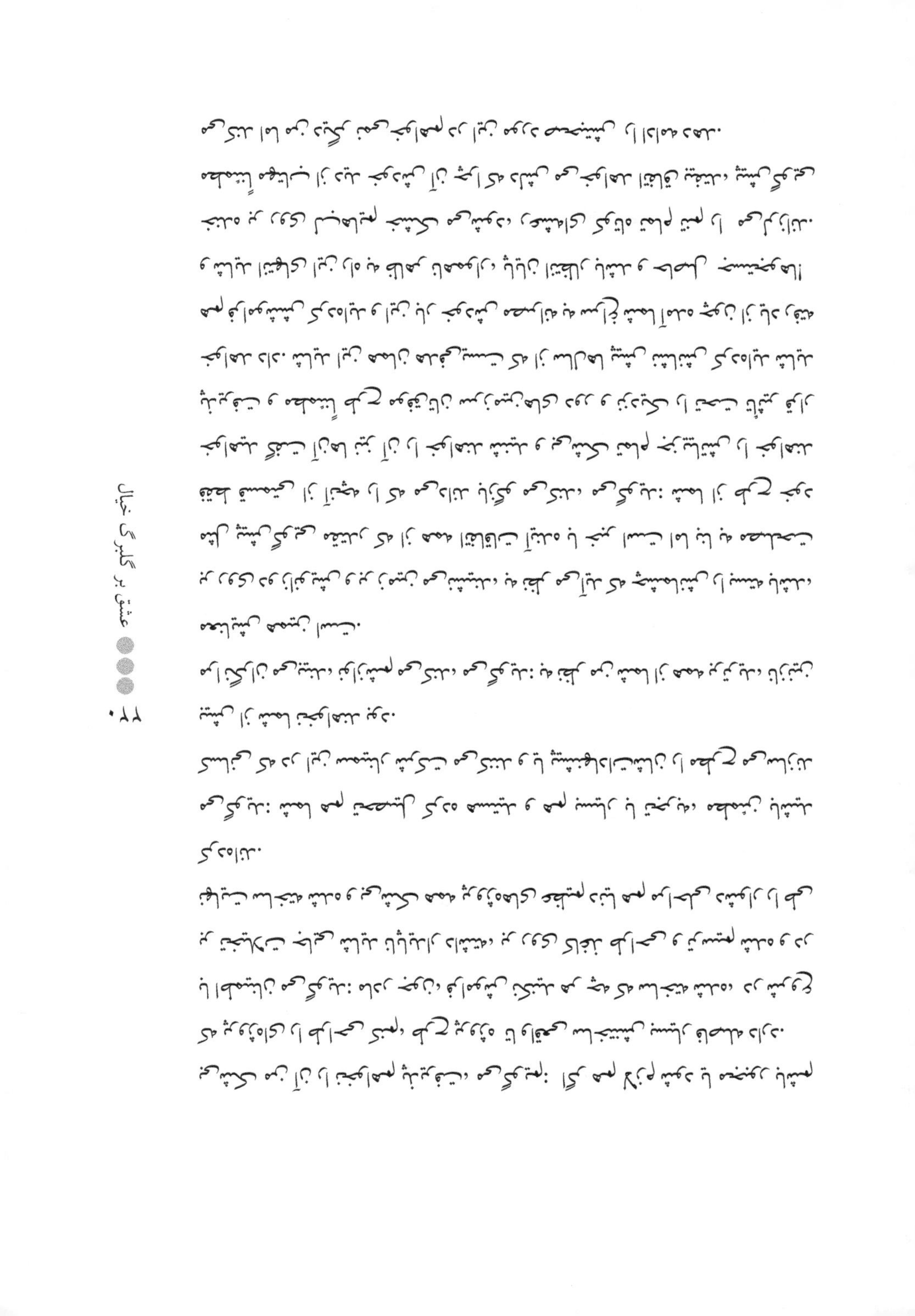

بی‌شک من آن را نخواهم پذیرفت، می‌گویم: اگر هم لازم شود یا مجبور باشم که پروژه‌ای را طراحی کنم، طرح پروژه تا واقعی ساختنش بسیار فاصله دارد.

با اطمینان می‌گوید: مادر جون، فراموش نکنید هر چه که ساخته شده، در شروع بر تخیلات جایی شاید ناپایدار داشته، بر روی کاغذ طراحی و ترسیم شده و در نهایت ساخته شده و بی‌شک همه پروژه‌های عظیم دنیا هم مراحلی دشوار را طی کرده‌اند.

می‌گوید: شما هم تحصیل کرده هستید و هم بسیار با تجربه، مطمئن باشید کسانی که در این سمینار شرکت می‌کنند و یا پیشنهاداتشان را مطرح می‌سازند بیش از شما نخواهند بود.

مرا نگران می‌بینند، نوازشم می‌کند، می‌گوید: به نظر من از شما از همه برترید، نازنین معنایش همین است.

بر روی دو زانویش و بر زمین می‌نشیند، به نظر می‌آید که چشمانش را بسته باشد، مثل پیش‌گویی مقتدر که از همه اتفاقات آینده با خبر است اما بنا به مصلحت فقط قسمتی از آنچه را که می‌داند بازگو می‌کند، می‌گوید: شما از طرح خود خواهید گفت آن‌ها نیز آن را خواهند شنید و بی‌شک تمام جزییاتش را خواهند پذیرفت و مطمئناً طرح موفق‌تان سرزمین‌های دور و نزدیک را تحت تأثیر قرار خواهد داد. شاید این همان هدفی‌ست که از سال‌ها پیش نشانش کرده‌اید شاید هم فراموشش کرده‌اید و این بار خودش مصرانه به سراغ شما آمده چون از یاد رفته و شاید انتهای این راه به ظاهر ناهموار، پایان انتظار باشد و حاصل جستجوها! خنده بر روی لب‌هایم خشک می‌شود، رعشه‌ای کوتاه تمام تنم را می‌لرزاند. مطمئناً مهتاب از دید خودش آن چرا که دلش می‌خواهد اتفاق بیفتد، پیش‌گویی می‌کند اما من دیگر نمی‌خواهم در این مورد صحبتش را ادامه دهد.

با سیاست همیشگی خود بحث را عوض می‌کند، دوباره با همان شوخ طبعی مخصوص به خودش می‌خندد، می‌گوید: راستی نمی‌خواهید بازش کنید؟

می‌پرسم: چی رو؟

بسته را از روی میز برمی‌دارد به من می‌دهد و می‌گوید: این بسته رو.

بسته را باز می‌کنم، می‌گویم: وای مهتاب چقدر زیباست، باور نمی‌کنم که آن را خودت درست کرده باشی، چقدر در کارت پیشرفت کرده‌ای!

می‌گوید: فراموش نکنید خود شما معلم من بوده‌اید و من مطمئنم کارم هیچ‌وقت به کار شما شبیه نخواهد شد.

می‌گویم: ولی مهتاب این مجسمه چیست؟ یک فرشته که چون گره در خود فرو رفته و یا یک انسان؟

می‌گوید: چه فرقی می‌کنه شاید یک انسان و شاید یک فرشته، بین آن‌ها تفاوت چندانی نیست. یک انسان به‌راحتی می‌تونه یک فرشته باشه و یا فرشته‌ای که می‌تونه یک انسان باشه. می‌خواستم مجسمه‌ای بسازم که حالتش به شخصیت شما نزدیک باشد ولی نمی‌دونستم چی باید درست کنم. روزهای زیادی بی‌آنکه در این زمینه مورد خاصی به فکرم برسد خمیری را که درست می‌کردم، می‌ماند. یک روز خمیر مانده و خشک شده بر روی میزم شکلی را برایم تداعی کرد که امروز تکمیل شده‌اش در دست شماست و تنها متعلق به شما!

می‌گویم: مهتاب کارت واقعاً عالیه.

می‌گوید: شما بهترین معلم و بهترین مادر دنیا هستید.

از او می‌پرسم: امشب به رستوران کندو خواهیم رفت، اعتراضی که نداری؟

با خوش‌حالی می‌گوید: عالی‌یست، خیلی عالی. شما همیشه سورپرایزم می‌کنید.

به اتاقش می‌رود خیلی زود بازمی‌گردد، بسته‌ای در دستش است آن را به من می‌دهد.

با تعجب می‌پرسم: این دیگر چیست؟

می‌گوید: مال شماست.

در بسته همان کت و دامن زیبا پیچیده شده است که هفته قبل در آن فروشگاه نظرم را جلب کرده بود.

با هیجان می‌گویم: چقدر دلم می‌خواست آن را بخرم اما غرقِ در کار و به دلیل مسئولیت‌های زیادی که داشته‌ام، از آن روز به بعد به کلی فراموشش کرده بودم.

می‌گوید: این هدیه تولد سال دیگر است. آن را یک سال زودتر به شما می‌دهم به شرط این که شما هم قول بدهید که آن روز را با من بگذرانید. شک ندارم که رنگ آبی به شما می‌آید در ضمن می‌دونستم برای سمینار فردا فرصت نکرده‌اید لباسی تهیه کنید.

می‌گویم: مهتاب تو همیشه با من همراه و همفکر بوده‌ای همیشه هم از دور و نزدیک مراقب من بوده‌ای، سرگشته در شرایطی دور از انتظار و فرورفته در تفکراتی به هم ریخته برای این مراسم هیچ لباسی انتخاب نکرده‌ام.

برای آخرین بار شماره پروازم از بلندگوی فرودگاه اعلام می‌شود. به ساعتم نگاه می‌کنم، مهتاب خیلی دیر کرده، دلم مرا با خود به هزار راه نگران کننده می‌برد. هیچ‌گاه به این گونه دل‌واپس او نبوده‌ام، او که تمام ساعت‌های زندگیش طبق خواست و نظر من بوده حتی زمانی که در مسافرت بوده‌ام. باید بر خود مسلط باشم و قبول کنم که دیگر او بزرگ شده و می‌تواند به خوبی از خودش مراقبت کند اما یک مادر چگونه می‌تواند در این مورد منطقی باشد، چگونه می‌تواند نگران نباشد؟

این مسافرت نابه هنگام روال و نظم برنامه‌های از پیش تعیین شده‌ام را تماماً بهم ریخته.

در آخرین دقایق به انتهای سالن نگاه می‌کنم، مهتاب دوان دوان به طرفم می‌آید. حس می‌کنم بیشتر از هر زمان دیگر او را دوست دارم، به شدت او را در آغوشم می‌فشرم، می‌خواهم با او تند باشم، با عجله دسته گل یاس صحرایی را که در پشت سرش پنهان کرده به دستم می‌دهد، هیجان‌زده است، می‌گوید: تا حالا در دفتر آقای نلسون بوده‌ام.

راننده شرکت که کمی دورتر ایستاده، جلو می‌آید. با احترام پاکتی که حاوی کارت دعوت به همایش است را به من می‌دهد. به جای خود باز می‌گردد. چشمان زیبای مهتاب در زیر پرده‌ای از اشک برقی شفاف از خوش‌حالی می‌زنند. می‌گوید: مادرم، نازنینم مواظب خودتون باشید. بسته‌های زیبا، کوچک و بزرگ را که در دست دارد به من می‌دهد. با تعجب نگاهش می‌کنم.

می‌گوید: روزهای گذشته روزهای پرتلاشی بوده‌اند، فشرده و خیلی خسته کننده و شما هیچ فرصتی برای خرید نداشتید. شما باید در آنجا خیلی مرتب و شیک باشید. برایتان چند دست لباس خریده‌ام، امیدوارم... دوباره او را در آغوشم می‌فشارم.

اشک‌های جمع شده در دیدگانش، بی‌اختیار فرو می‌ریزند، می‌گوید: ولی این‌ها هدیه تولد سال‌های آینده نیستند ...

می‌گویم: دور بودن از تو همیشه برای من سخت بوده اما برخلاف خواسته و میلم باید بروم. امیدوارم ارائه آخرین طرح مرحله از این کار شاق باشد.

سرشار از شادی و هیجان است می‌گوید: امروز توی دانشگاه همه بچه‌ها در مورد شما و مسافرت پرارزشتان، صحبت می‌کردند.

می‌خندد، ادامه می‌دهد: و مصاحبه با خبرنگاران که شما در جمع آن‌ها حاضر نشدید.

مکث می‌کند، می‌گوید: با تمام وجود می‌خواستم که در این مسافرت در کنارتان می‌بودم و از نزدیک شما را در آن جایگاه پرابهت و ارزشمند می‌دیدم.

می‌گویم: در مورد مصاحبه باید بگویم که هنوز اتفاقی نیفتاده، طرحی هم نداده‌ام تا بشود در موردش نظری داد یا حرفی زد.

با خود می‌گویم: طرحی عجیب و غیرقابل تصور با شرایطی سنگین آن‌چنان که آن را نپذیرند و من رها و آزاد، بی‌هیچ مسئولیتی باز گردم.

دست‌هایش را می‌فشرم، می‌گویم: این واقعیت است که من هم با تمام وجودم می‌خواهم هر کجا که هستم در کنارم باشی اما تو در حساس‌ترین زمان تحصیلی‌ات هستی، مطمئنم در مهمان‌سرای شرکت به تو خوش می‌گذرد. من دیگر باید بروم. راستی نگفتی چی می‌خوای که برات بیارم؟

با حالتی عجیب فقط به من می‌نگرد. با نگاه سوالم را تکرار می‌کنم.

می‌گوید: می‌خواهید بدانید؟

با تعجب می‌گویم: خب، بله.

می‌گوید: از خدا می‌خواهم طرح شما برنده شود.

بعد از مدت‌ها انتظار امروز با تمام هیجانی که در ساعت‌های پر اهمیت و سرنوشت سازش دارد، از راه می‌رسد.

در گوشه دیگر از دنیا و فرسنگ‌ها دور از کشورم، مراسم ارائه نظرات و اندیشه‌های متفاوت برای همایش "زمین- یگانه... جایگاه بشر..." روزها بی‌وقفه و مداوم ادامه دارد.

ده‌ها دانشمند، محقق و پژوهشگر هر کدام به تنهایی ساعت‌ها از ایده‌های خود گفته‌اند و هیئت داوران تمام گفته‌های آن‌ها را به دقت شنیده‌اند. روز هفتم و آخرین روز، خسته‌کننده از راه می‌رسد. نام مرا از بلندگو اعلام می‌کنند.

قلبم می‌تپد، اما چگونه؟ تند یا کند؟ برای اینکه بایستد و یا برای اینکه به تپش ادامه دهد؟ باید بر خود مسلط باشم تا آنچه را که می‌خواهم بیان کنم، پرقدرت، قاطعانه و بدون هیچ پوشیدگی گفته شود. نام و یاد خدایم در میان تفکراتی ضد و نقیض تکرار می‌شود، و باز هم تکرار می‌شود، در تمام زوایای درونم پژواک می‌گردد، آرام می‌گیرم.

همان‌طور که آقای نلسون گفت بی‌شک طرح مرا نخواهند پذیرفت، من نیز تنها همین را می‌خواهم. می‌خواهم بی‌آنکه قدمی بر این راه ناهموار بگذارم، از حاشیهٔ آن عبور کنم و به زندگی آرامم بازگردم. مطمئناً وقتی آن‌ها نظر مرا که در جمله‌ای کوتاه خلاصه شده، بشنوند آن را مردود خواهند کرد.

با جایگاه فاصله کمی دارم ، به تدریج به آن نزدیک می‌شوم.

آرزوی مهتاب را به خاطر می‌آورم، آهسته می‌گویم: این اولین بار است خوش‌حال می‌شوم که آرزویت برآورده نخواهد شد.

ابهت و عظمت جایگاهی که بر آن ایستاده‌ام و هدفی که در نهادش دارد، مرا در سنگینی خود فرو برده. بودن در آن جمع و تصور تلاقی افکار متفاوتم با تفکرات آن‌ها، پاهایم را می‌لرزاند.

تمام وجودم نیز از این لرزش مرتعش می‌شود، اما عشق به آنچه را که بدان معتقدم، همه ناملایمات را تحت الشعاع قرار می‌دهد.

محکم و بی‌هیچ تردیدی می‌گویم: اگر جمعیت "زمین" متناسب با توان آن باشد، در هیچ کجا حصاری نخواهیم دید و در هیچ سرزمینی ریشه جنگ شکل نخواهد گرفت.

نفسی به راحتی می‌کشم، تمام آنچه را که باید، در قالب یک جمله کوتاه بیان کرده بودم. به طرف جایگاهم که در ردیف هفتم است، باز می‌گردم.

سکوت همه جا را فرا گرفته، بر جایم می‌نشینم، وانمود می‌کنم که وسائلم را مرتب می‌کنم. کسی به پشت تریبون دعوت نمی‌شود. هیچ‌کس واکنشی نشان نمی‌دهد، سکوت غیرعادی سالن را نمی‌شکند. همه بهت‌زده به یکدیگر می‌نگرند. بی‌شک مدعوین حاضر در سمینار به خاطر نمی‌آورند در هیچ کجا نطقی این چنین خلاصه و کوتاه شنیده باشند. در بحبوحهٔ سکوتی ممتد و بی‌وقفه احساس می‌شود که هیچ‌کس در سالن وجود ندارد. با تردید، به آهستگی به طرف راست سالن نگاه می‌کنم، به طرف چپ، جایگاه مخصوص بالا را می‌نگرم... همه کسانی که در سالن نشسته‌اند مثل اشباح خشمناک و عصبانی بی‌آنکه مژه بزنند، با غضب مرا نگاه می‌کنند. احساس خاموش آن‌ها چون خنجرهای زهرآگین تمام وجودم را می‌شکافد و استخوان‌هایم را در هم می‌شکنند، مثل اینکه فقط در میان آن جمعیت تنها منم که وجود دارم و زنده‌ام. زنده‌ای سرگشته در میان مجسمه‌هایی خشمگین! شاید آن‌ها بر این تصورند که تمام باورهای پر ارزششان را نادیده گرفته‌ام، مثل این که آن‌ها حرف‌های مرا درک نکرده‌اند. آیا واقعاً آن‌ها متوجه نیستند که هرچه جمعیت کمتر باشد، سهم بشر از طبیعت و مواهب آن بیشتر است؟ متوجه نیستند که مرگ طبیعت پایان زندگی‌ست.

مثل این که کسی باید آن‌ها را متوجه سازد، متوجه موقعیت بحرانی و حساس دوره‌ای که در آن قرار داریم. احساس می‌کنم باید از آنچه گفته‌ام دفاع کنم. همین‌جا، همین حالا، قبل از این که ابهام نشسته بر اذهان، تا رسانه‌های گسترده و بی‌مرز کشانیده شود. قبل از اینکه زیر سنگینی انتقادات آن‌ها خرد و نابود شوم. گاهی همهمه‌ای محو شنیده می‌شود. با شکسته شدن سکوت سالن، زمانی را که به من اختصاص داده‌اند به زودی به پایان خواهد رسید.

با قاطعیتی ظاهری از جایم بلند می‌شوم. دوباره به طرف تریبون سخنرانان می‌روم. و دوباره سکوت در همه جا حکمفرما می‌شود. سنگینی شکنندهٔ نگاه‌ها را به وضوح حس می‌کنم. در آن سالن بزرگ تنها صدای پاهای لرزان خودم را می‌شنوم. بزرگی محیط، مدعوین و سکوت آمیخته به انتظار آن‌ها، مرا چنان به هیجانی عذاب‌آور دچار کرده که مطمئن نیستم بتوانم آنچه را که در ذهن دارم بیان کنم.

حالت خشمگین نگاه‌ها به پرسشی مجهول بدل گشته. در دل از خدایم می‌خواهم که مرا یاری کند. بی‌آنکه متنی را برای گفتن آماده کرده باشم در پشت تریبون قرار گرفته‌ام. بی‌قرار و بی‌هدف، مخفیانه به دنبال تکیه گاهی مطمئن می‌گردم تا از پای نیفتم. به آرامی بر میز بلند تریبون تکیه می‌دهم تا فرو نریزم. با تمام توانم می‌کوشم گردهمایی را، مدعوین را، آن جمع فرو رفته در انتظار را نبینم.

زمانی کوتاه فرو رفته در تردید ساکت می‌مانم. با صدایی رسا و بی‌لرزش می‌گویم: اگر جمعیت "زمین" متناسب با توان آن باشد، در هیچ کجا حصاری نخواهیم دید و در هیچ سرزمینی ریشه جنگ شکل نخواهد گرفت. جمله‌ای کوتاه از کتابی قطور. بله... جمله‌ای کوتاه که یادآور کتابی قطور است...

کتاب پراز تلاطم و پر از تنش تاریخ... جمله‌ای ساده که معنایش خوشبختی‌یست. خوشبختی...
هدف و خواسته‌ای که همواره بشر به دنبالش می‌گردد.
حقایق به همان سادگی‌یست که گفته شد، هریک از ما ساعت‌ها از نظرات خود گفتیم درحالی‌که هیچ اشاره‌ای به اساسی‌ترین و اصلی‌ترین مشکل جهان و بشر نکرده‌ایم. واقعیت این است که بشر با زنجیری محکم به طبیعت بسته و قفل شده و جزیی بی‌مقدار از کل است درحالی‌که طبیعت قسمتی مهم از کل است. حیات انسان بدون طبیعت لحظه‌ای تداوم نخواهد داشت درحالی‌که طبیعت بدون انسان زندگی عادی خود را تا ابد بی‌آنکه تهدید به نابودی شود، ادامه خواهد داد. بی‌آنکه هر یک حد خود را بدانیم و بدانیم که چگونه باید باهم و در کنار هم زندگی کنیم جمعیت "زمین" را تا حد انفجار می‌رسانیم و بنا به تقاضا و احتیاج، خاک و سنگ طبیعت را جا به جا می‌کنیم و تغییر می‌دهیم تا با آن خانه و آنچه را که لازم‌ست، برای این جمعیت رو به فزونی بسازیم. کوه‌ها را که ذخایر پرارزش آب و منشأ حیات‌اند، از بین می‌بریم و به تلی از خاک بدل می سازیم. جنگل ها را نابود می‌کنیم تا به جای آن آسمان‌خراش‌های آهنی بنا کنیم، با چوب‌های بی‌جان و خشکیده از آن همه ویرانی خانه‌های‌مان را تجهیز می‌کنیم. از آب رودخانه‌ها می‌نوشیم و به جایش آب ناپاک و سمی در جوی‌ها روان می‌سازیم. هوا را که زندگی بخش است و لحظه‌ای بی آن نمی‌توان زیست، با شکل‌های مختلف و روزافزون، آلوده می‌کنیم. تنها برای این که شاید نمی‌دانیم این کره خاکی ظرفیتی محدود برای جمعیت دارد. اگر حقوق طبیعت را نادیده بگیریم او خود از حق خود خواهد گفت و تعادل را حفظ خواهد کرد با به وجود آوردن حوادث ناخوشایند

طبیعی مثل سیل، رانش زمین، آتش‌سوزی‌های مهیب که بی‌تردید از نظر ما آدمیان عادلانه نیست! واقعیت نشان می‌دهد که انسان نیز بی‌آنکه خود بداند برای حفظ این تعادل با به راه انداختن نبردهای خونین که در امتداد تاریخ نیز ثبت شده‌اند، به طبیعت کمک می‌کند. مسلماً هیچ‌کس جنگ و تخریب‌های حاصل از آن را دوست ندارد حتی آنکه آغازگر جنگ است و بی‌شک هدفی به جز نشان دادن چهره واقعی و ویرانگر آن را به دیگران ندارد.

چه کسی باید از سهم بشر بگوید، از حق زیستن و چگونه زیستن؟ و چه کسی باید از آن دفاع کند؟ چه کسی باید این حقوق را نگاهبان باشد؟ آیا حقوق خود را می‌دانیم؟ آیا ارزش این کلمه را در می‌یابیم؟ آیا برای ثبت آنچه که داریم و معنای کامل زندگی را می‌دهد، می‌کوشیم؟

شاید گاهی به ندرت ضرب‌المثل فراموش شده و پرمعنای "نان کسی را آجر کردن" را شنیده باشیم. در عصری که ما ساکن "زمین" هستیم بی‌آنکه متوجه باشیم هر یک از ما در تلاشیم تا نان خود را آجر کنیم. با این روند گسترده در تخریب طبیعت بی‌شک نسل آینده اگر مسیر کنونی را ادامه دهد دیگر خاکی وجود نخواهد داشت تا ریشه‌های هستی را در خود بپروراند. آیا هیچ‌گاه فکر کرده‌ایم که وقتی خاک "زمین" را به آجر تبدیل کنیم، کشت، زراعت و تهیه مواد خوراکی در کجا باید تولید شود؟ برای این جمعیت رو به افزایش؟ سوالی که هیچ‌وقت از خود نپرسیده‌ایم. آیا فکر کرده‌ایم که اگر هر انسان بخواهد فقط یک فرزند داشته باشد چه اتفاقی خواهد افتاد؟ واقعیت تلخ این است که به مرحله‌ای رسیده‌ایم که تولد هر نوزاد به منزله انفجاری کوچک است که در مجموع تخریبی مهیب و غیر قابل جبران به دنبال خواهد داشت. آیا وقت آن نرسیده که به این مشکل به ظاهر لاینحل و جهانی جدی‌تر بیندیشیم؟ آیا باید

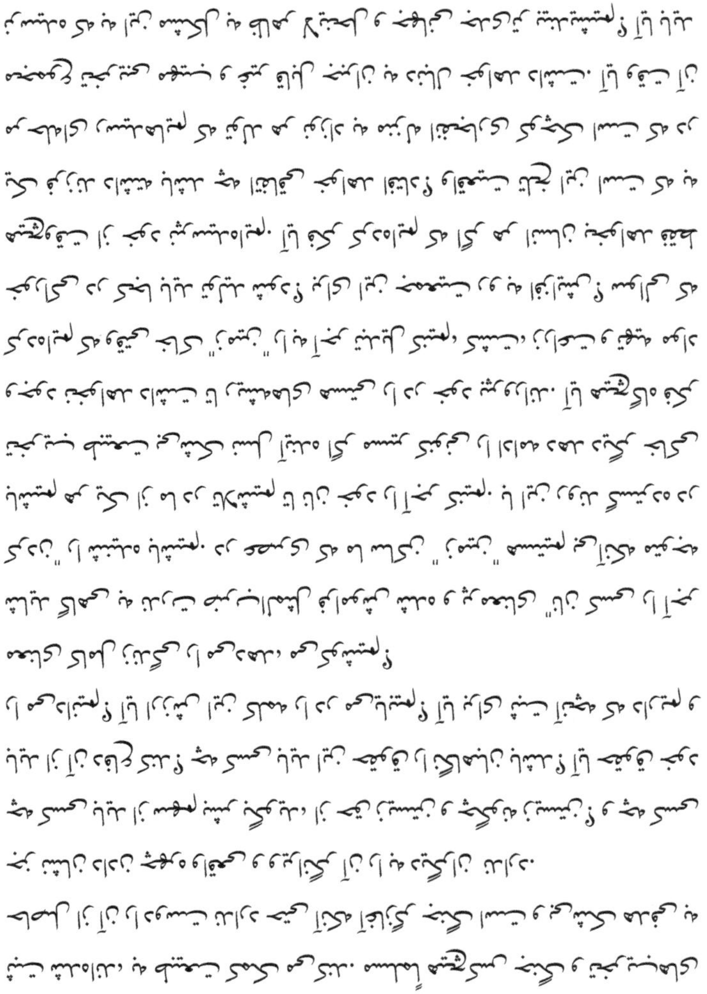

منتظر بمانیم تا بحران ترسناک و وهم‌انگیز گرسنگی و نیز تشنگی گسترده‌تر از آنچه که اکنون هست از راه برسد؟ آیا در آن شرایط راهی برای بازگشت وجود دارد؟ آیا جمعیت زیاد، قدرت تخریبی بمب‌های ویرانگر و مهیب را ندارد و نمی‌تواند تمام جهان را در زمانی کوتاه نابود سازد؟

با نادیده گرفتن تأثیرات جمعیت و پیامدهای مخربش، آلودگی‌های جبران ناپذیری به تنها پناهگاه‌مان "زمین" تحمیل می‌کنیم. تعادلش را که روالی طبیعی و منظم دارد خواسته و یا ناخواسته با اختراعاتمان بر هم می‌زنیم. درحالی‌که نقاطی خشک می‌مانند و محروم از باران، با مردمانی تشنه، سرزمین‌های دیگر بر اثر باران‌های پی‌درپی دچار سیل و طوفان می‌شوند و مردمانی که بی‌خانمان شده‌اند و آواره. آب‌های شیرین حاصل از باران‌ها و آب‌هایی را که به شکل‌های مختلف آلوده ساخته‌ایم با هم هم مسیر می‌شوند و در یک محل جمع می‌گردند و ما چاره‌ای جز نوشیدن آب‌های آلوده را نداریم تنها به این دلیل که نمی‌دانیم ظرفیت سیاره‌ای که در آن ساکن هستیم محدود است، درست مثل خانه‌مان که اگر تعداد زیادی در آن سکنا گزینند نظم حاکم بر آن غیرقابل کنترل می‌شود و اگر این روند ادامه یابد، ساختارش به زودی از هم خواهد پاشید. با سرعت پیش می‌رویم اما در سراشیبی مخرب و مرگبار. پیشرفت می‌کنیم اما گاهی در گمراهی‌ها. خلق می‌کنیم اما گاهی آنچه که ما را به سوی نابودی سوق می‌دهد. می‌سازیم، پلی معلق میان هستی و نیستی. قانون طلایی و زندگی بخش طبیعت را بر هم می‌زنیم و نام آن را تمدن می‌گذاریم.

آن زمان که شهرک‌های آهنین را گسترده‌تر از گذشته به جای جنگل‌ها و بر ویرانه‌های حاصل از تخریب آن‌ها جایگزین می‌کنیم، هیچ‌گاه به دستاورد این تمدن پرشتاب که بر روی ریل قدرتی کاذب به پیش می‌رود، اندیشیده‌ایم؟

به ساختمانی که در مقابل‌مان قرار گرفته نگاه کنیم، یک برج را با تعمق بنگریم، یک شهرک را ، یک شهر را، یک کشور را و کشورهای جهان را، آب مصرفی بشر چگونه تأمین می‌شود، باران؟ کدام باران و چگونه بارانی؟ آیا به آمیختگی باران و ذرات مسموم در فضا و آنچه را که موجب یک باران اسیدی می‌گردد، اندیشیده‌ایم؟ این چنین بارانی زندگی بخش است یا مرگ آفرین؟ عمیق‌تر بیندیشیم... آیا باران‌هایی که می‌بارد برای مصرف بشرِ ساکن "زمین" کافی‌یست؟ آیا برای بارش باران باید به آسمان خیره شویم و دعا کنیم؟ برای آبی که مصرف می‌کنیم؟ آیا باران‌هایی که می‌بارند نیاز این جمعیت و جمعیتی که بازهم اضافه می‌شود را تأمین خواهند کردند؟و اگر در اثر دگرگونی‌های طبیعت و نیز آلودگی‌های زیست محیطی باران نیاید!؟

دریاهایی کدر از جنس فاضلاب که هر روز در اثر مصرف آب به وجود می‌آیند با دریاهای محدود و آبی رنگ"زمین" با هم آمیخته نمی‌گردند؟ و باز هم دریا و یا دریاهایی از جنس فاضلاب که مدام تشکیل می‌گردند و با آب‌های شیرین و شفاف مواجه می‌شوند... هیچ‌گاه به تداوم این روند اندیشیده‌ایم؟ لحظه‌ای چشم‌هایمان را بر هم بگذاریم واقعیت ها را به وضوح ببینیم و آن چرا که به زودی رخ خواهد داد، در برابر‌مان مجسم کنیم...

"خود را محبوس در زندانی از دیوارها و میله‌های فولادی در دشتی خشک، بی‌آب و علف و هوایی آلوده خواهیم دید."

زندگی به ظاهر مدرنی که با دست‌هایمان، خودمان برای خود ساخته‌ایم. انسان متولد از طبیعت را چگونه می‌توان از طبیعت جدا کرد و در برج‌های آهنین اسکان داد؟ روح همیشه آزاده‌اش را چگونه می‌شود.

در زندان‌های سر به فلک کشیده مدرن باز هم آزاد دانست؟ آیا در میان ویرانه‌هایی که به جا می‌گذاریم صفای محوی که تنها از گذشتگان‌مان شنیده‌ایم، دگر بار باز خواهیم یافت؟

آیا می‌توانیم عشق پاک و بی‌آلایش را به دور از قلب‌های سنگی و در میان احساس‌های گمشده بیابیم؟ آیا دوباره به اصل پرصلابت خود "انسانیت" باز خواهیم گشت؟ اگر هر چیز را از اصل خود دور سازیم آیا آن را از وضعیت طبیعی بودن خود تا سر حد فنا دور نساخته‌ایم؟ در گذشته قبل از تولد این تمدن گسترده و گاهی مخرب، انسان‌ها با قلب‌های پرمهر و دل‌های بی‌ریا، ارتباطی نزدیک‌تر و سازنده‌تر با یکدیگر داشتند، آیا دلیلش این نیست که به تدریج تار و پود احساس‌مان نیز تحت‌تأثیر محیط‌مان آهنی می‌شود؟

آینده چی؟ فردا چه؟ چه نوعی از حیات جایگزین زندگی از هم پاشیده امروز خواهد شد؟ خانواده "زمین" را که به آن جمعیتی نامحدود تحمیل کرده‌ایم در آینده چه وضعیتی خواهد داشت؟ آیا داستان قدیمی و زیبای تولد و زندگی، تداوم خواهد داشت؟ آیا سهمی از آب، هوا، خاک و منابع برای نسل بعد به جا خواهیم گذاشت؟ آیا با اندوختن تجربه‌های غنی و گران‌بها، راهی به گذشته‌های آرام خواهیم گشود؟ من نیز چون شما و همسو با شما از زمینِ یگانه... تنها جایگاه بشر گفتم، از رهایی طبیعت گفتم و از چگونگی بهتر زیستن و جهان در آرامش اما به آن‌گونه که در تصور دارم.

در آخر با صدایی رسا می‌گویم: هرگز فراموش نکنیم ... این نقطه یگانه را، شگرف و زندگی بخش در کهکشان را "زمین" را... تنها زیستگاه‌مان، تنها مأوای‌مان را... به جای خود باز می‌گردم، وسایلم را جمع می‌کنم تا سالن را ترک کنم.

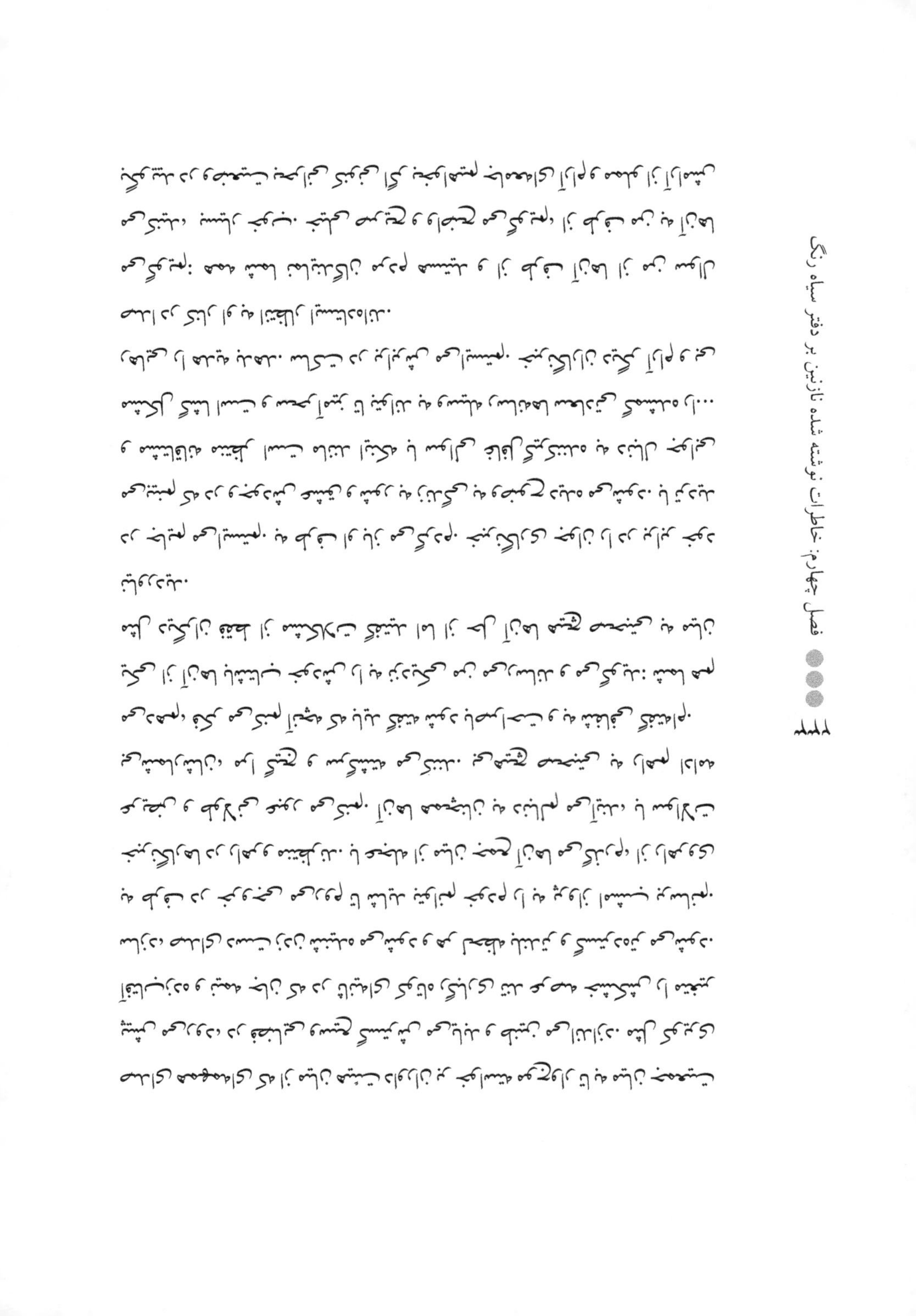

صدای همهمه‌ای که از میان هیئت داوران بر خواسته موج‌وار تا به میان جمعیت پیش می‌رود، در فضایی وسیع گسترش می‌یابد و طنین می‌اندازد. مثل کویری آفتاب‌زده و نیمه جان که در ثانیه‌ای کوتاه رگباری تند عرصه خشکش را متغیر سازد، صدای دست زدن شنیده می‌شود و هر لحظه بلندتر و گسترده‌تر می‌شود. به طرف در خروجی می‌روم تا شاید بتوانم خودم را به پرواز امشب برسانم. خبرنگارها در راهرو منتظرند. با عجله از میان جمع آن‌ها می‌گذرم، از راهروی عریض و طولانی عبور می‌کنم. آن‌ها همچنان به دنبالم می‌آیند، با سوالات بی‌شمارشان، مرا گیج و سرگشته می‌کنند. بی‌هیچ صحبتی به راهم ادامه می‌دهم، فکر می‌کنم آنچه که باید گفته شود باصراحت و به شفافی گفته‌ام. یکی از آن‌ها باشتاب خودش را به نزدیکی من می‌رساند و می‌گوید: شما هم مثل دیگران فقط از مشکلات گفتید اما از حل آن‌ها هیچ صحبتی به میان نیاوردید.

در جایم می‌ایستم. به طرف او باز می‌گردم. خبرنگاری جوان را در برابر خود می‌بینم که در وجودش عشق و شور به زندگی به وضوح دیده می‌شود. با تردید و مشتاقانه منتظر است مانند اینکه با سوالی غافل‌گیرکننده به دنبال جوابی مشکل گشا است و سحرآمیز تا بتواند به وسیله رسانه‌ها سعادتی گمشده را... رهایی را هدیه بدهد. ساکت در برابرش می‌ایستم. خبرنگاران دیگر آرام و بی صدا در کنار او به انتظار ایستاده‌اند.

می‌گویم: همه شما نمایندگان مردم هستید و از طرف آن‌ها از من سوال می‌کنید، بسیار خوب. خیلی صریح و واضح می‌گویم، از طرف من به آن‌ها بگویید در وضعیت بحرانی کنونی اگر بخواهیم جامعه‌ای آرام و مملو از آرامش

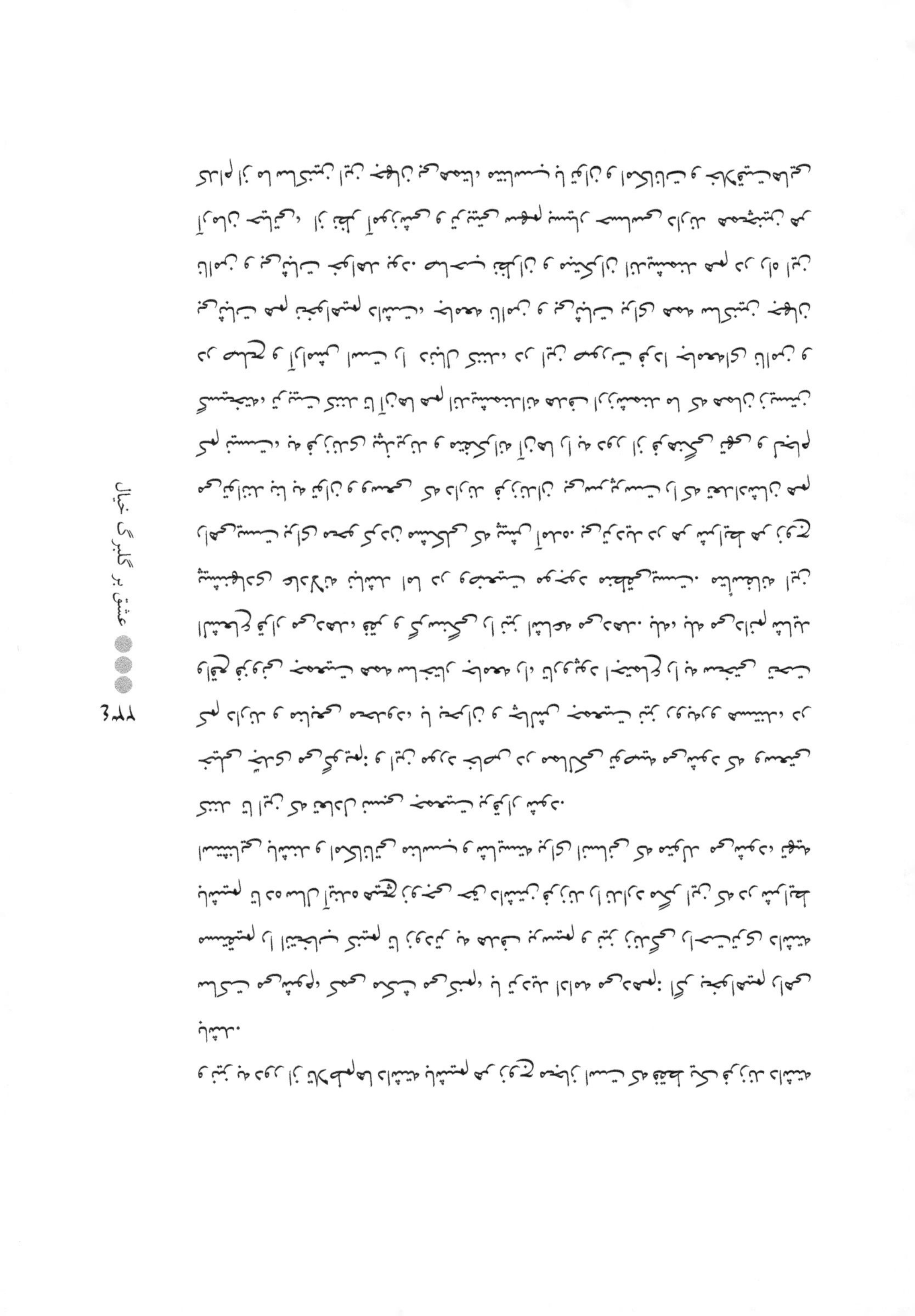

و نیز به دور از تلاطم‌ها داشته باشیم هر زوج مجاز است که فقط یک فرزند داشته باشد.

ساکت می‌شوم، کمی مکث می‌کنم، با تردید ادامه می‌دهم: اگر بخواهیم راهی مستقیم را انتخاب کنیم تا زودتر به هدف برسیم و نیز زندگی راحت‌تری داشته باشیم تا ده سال آینده هیچ زوجی حق داشتن فرزند را ندارد مگر این که در شرایط استثنایی باشند و امکاناتی مناسب و شایسته برای انسانی که متولد می‌شود، تهیه کنند تا این که تعادل نسبی جمعیت برقرار شود.

خیلی جدّی می‌گویم: و این مورد خاص در ممالکی توصیه می‌شود که وسعتی کم دارند و منابعی محدود، با بحران و چالش جمعیت نیز روبه‌رو هستند، در واقع فزونی جمعیت همه ساختار جامعه را، تاروپود اجتماع را به سختی تحت الشعاع قرار می‌دهد، فقر و گرسنگی را نیز اشاعه می‌دهد. بله، بله می‌دانم شاید پیشنهادی عادلانه نباشد اما در وضعیت موجود منطقی‌یست. متأسفانه این راهی‌یست برای محو کردن مشکلی که پیش آمده. بی‌تردید در هر شرایط هر زوج می‌توانند بنا به توان و وسعی که دارند فرزندان بی‌سرپرست را که تعدادشان هم کم نیست، به فرزندی بپذیرند و متفکرانه آن‌ها را به دور از فرهنگی تهی و لجام گسیخته، تربیت کنند تا آن‌ها هم اندیشمندانه هدف ارزشمند ما که همان زیستن در صلح و آرامش است را دنبال کنند، در این صورت فردا جامعه‌ای ناامن و بی‌ثبات هم نخواهیم داشت، جامعه ناامن و بی‌ثبات برای همه ساکنین جهان ناامن و بی‌ثبات خواهد بود. صاحب نظران و مبتکران اندیشمند هم در راه این آرمان حیاتی، از نظر آموزشی و تربیتی سهم بسیار حساسی دارند همچنین هر کدام از ما ساکنین این جهان بی‌همتا، متناسب با توان و امکانات و خلاقیت‌هایی

که داریم موظف هستیم "زمین" را تنها خانه‌مان را، تنها پناهگاه‌مان را بازسازی و پاک‌سازی کنیم.

با قاطعیت می‌گویم: فراموش نکنیم همه ما، همه ما در سرزمینی یکتا و یگانه زندگی می‌کنیم، جامعه ناامن و بی‌ثبات برای همه ساکنین جهان ناامن و بی‌ثبات خواهد بود.

همه آن‌ها ساکت هستند و با تعجب زیاد مرا می‌نگرند. به خبرنگار جوان نگاه می‌کنم، در چهره‌اش حالتی مردد می‌بینم برای مردود کردن یا تأیید کردن نظرم، همان حالتی که در صورت زنان و مردان اطرافش دیده می‌شود شاید آن‌ها از طرفی به غریزه خودشان و دیگران برای تشکیل خانواده می‌اندیشند و از طرف دیگر وضعیت اسفناک و نابسامان اطرافشان را می‌بینند.

با تأکید می‌گویم: شما پیشنهاد بهتری دارید؟ راه دیگری به نظرتان می‌رسد؟ ما چاره‌ای به جز این نداریم. اگر در این شرایط بحرانی، منطقی و سختگیر نباشیم به زودی زندگی بر روی "زمین" غیرقابل تحمل می‌شود و به تدریج غیرممکن. شاید مطرح کردن این نظریه در شروع به شهامت زیادی نیاز داشته باشد زیرا که اجرای آن به ظاهر غیرممکن‌ست و گاهی ناعادلانه به نظر می‌آید اما ما فرصت زیادی برای تفکر و تصمیم‌گیری نداریم. فقر، گرسنگی، بی‌آبی و آلودگی‌های محیط زیست همه را به شدت تهدید می‌کند. آوردن عده‌ای دیگر به میان این جمع بی‌فردا خودخواهی‌ست. به زودی "زمین" با جمعیت زیاد و یا بمب‌های مرگزا منفجر خواهد شد.

عجله داشتم تا به پرواز آن شب برسم. شتابان از گروه خبرنگاران فاصله می‌گیرم. اندیشه‌ای رعد گونه به میان افکارم رخنه می‌کند، تفکرات پراکنده‌ام را از هم گسیخته سپس محو می‌گرداند، شتاب‌زده به سوی آن‌ها بازمی‌گردم.

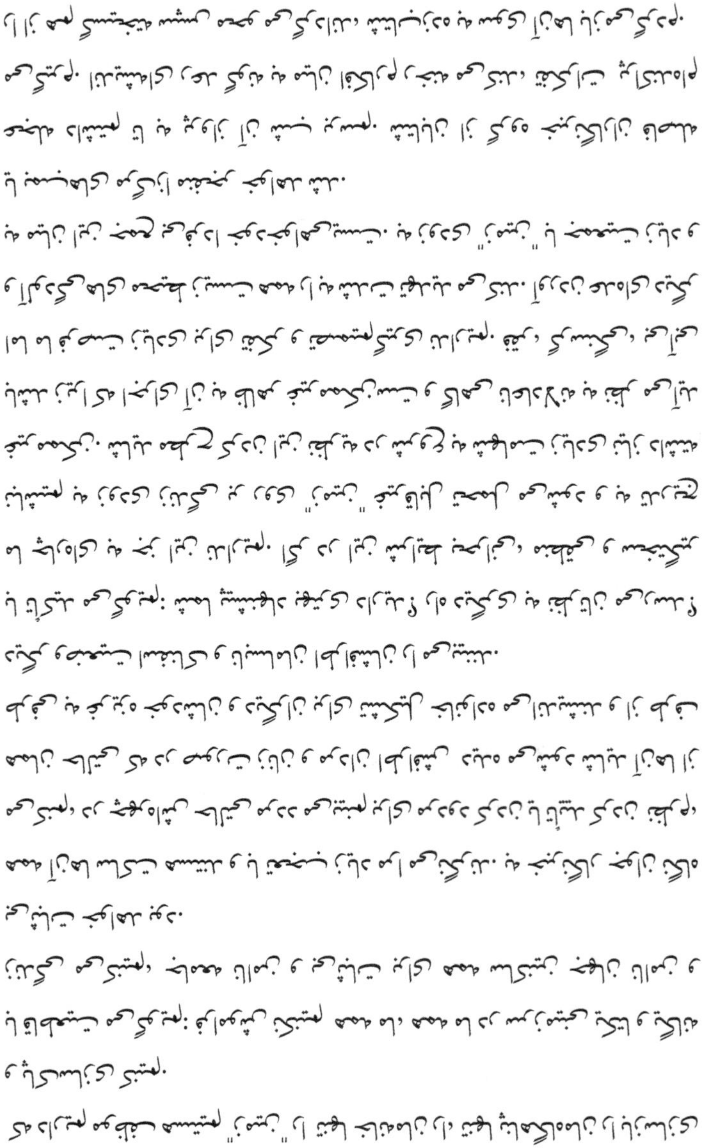

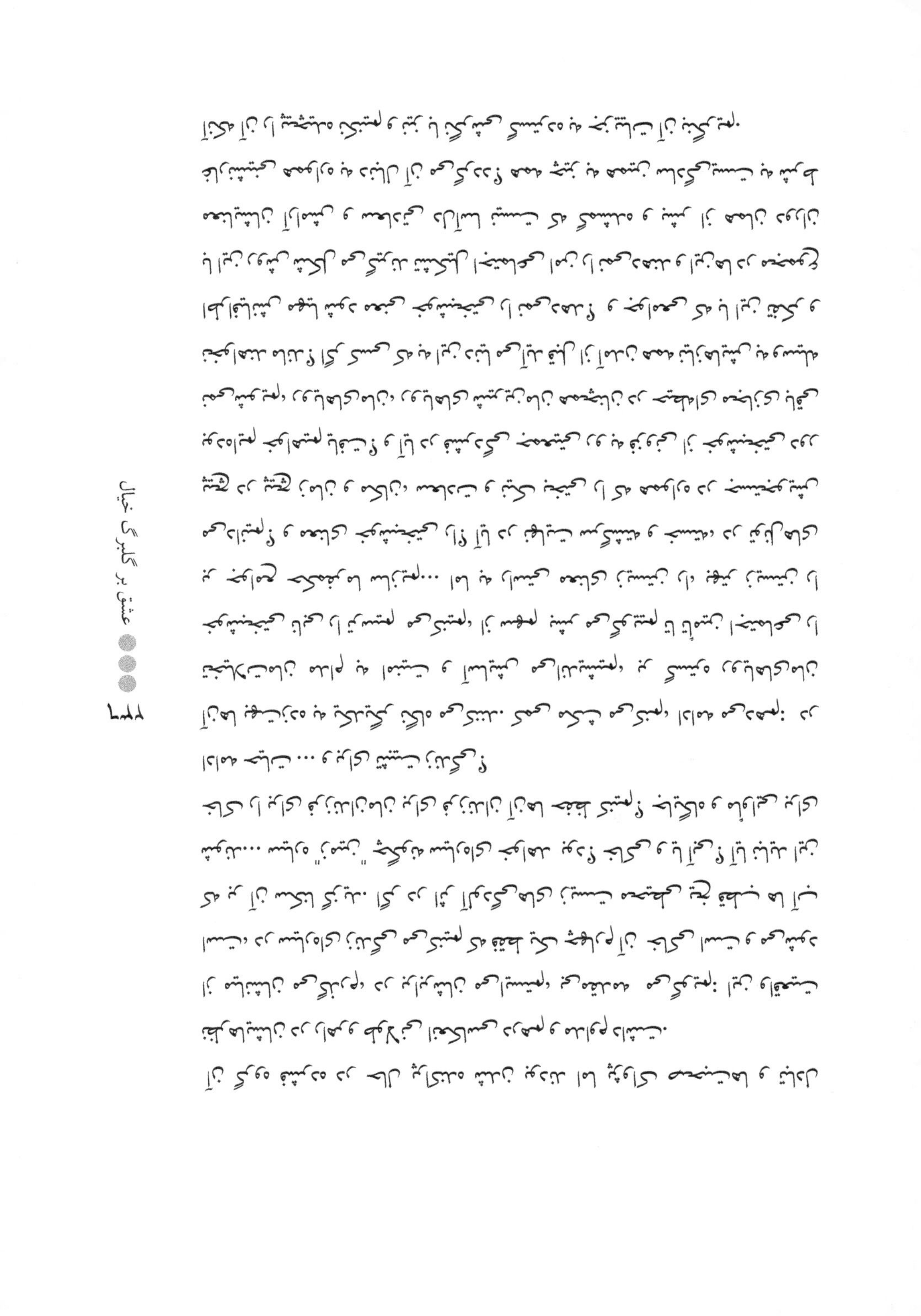

آن گروه فشرده در حال پراکنده شدن بودند اما پژواک صحبت‌ها و تبادل نظرهایشان در راهرو طولانی انعکاسی درهم و مداوم داشت.

از میانشان می‌گذرم، در برابرشان می‌ایستم، بی‌مقدمه می‌گویم: این واقعیت است، در سیاره‌ای زندگی می‌کنیم که فقط یک چهارم آن خاکی است و می‌شود که بر آن سکنا گزید. اگر در اثر آلودگی‌های زیست محیطی یخ قطب ها آب شوند... سیاره "زمین" چگونه سیاره‌ای خواهد بود؟ خاکی و یا آبی؟ آیا نباید این خاک را برای فرزندان‌مان برای فرزندان آن‌ها حفظ کنیم؟ جایگاه و مأوایی برای ادامه حیات ... و برای تثبیت زندگی؟

آن‌ها بهت‌زده به یکدیگر نگاه می‌کنند. کمی مکث می‌کنم، ادامه می‌دهم: در تخیلات‌مان مدام به امنیت و آسایش می‌اندیشیم، بر گستره رویاهای‌مان خوشبختی نابی را ترسیم می‌کنیم، از سهم بشر می‌گوییم تا تأمین اجتماعی را بر جوامع حکمفرما سازیم... اما به راستی معنای زیستن را، بهتر زیستن را می‌دانیم؟ و معنای خوشبختی را؟ آیا در نهایت سرگشته و خسته، در تونل‌های پیچ در پیچ زمان و مکان، سعادت و نیک بختی را که همواره در جستجویش بوده‌ایم خواهیم یافت؟ و آیا در فشردگی جمعیتی رو به فزونی از خوشبختی دور نمی‌شویم، رویاهای‌مان، رویاهای شیرین‌مان همچنان در حیطه‌ای مجازی باقی نخواهند ماند؟ اگر کسی که به این دنیا می‌آید قبل از آمدن همه نیازهایش به وسیله اطرافیانش مهیا شود معنی خوشبختی را نمی‌دهد؟ و جوامعی که با این تفکر و با این روش شکل می‌گیرند تشکیل اجتماعی امن را نمی‌دهند و این‌ها در مجموع معنایشان آرامش و سعادتی دل‌آسا نیست که گمشده و بشر از همان دوران غارنشینی همواره به دنبال آن می‌گردد؟ همه چیز به همین سادگی‌یست به شرط آنکه آن را پیچیده نکنیم و نیز با نگرشی گسترده به جزییات آن بنگریم.

با دلسوزی نامحسوسی می‌گویم:

من معتقدم که در گستره اسرارآمیز کائنات، خلقت بشر، زیباترین و شگفت‌انگیزترین واقعه هستی است، بی‌تردید بشر استحقاق بهترین زندگی را دارد و این خواسته و این آرزو امکان پذیر است. این واقعیت است که خالق هستی این سیاره شگرف و بی‌همتا را برای زیستن خلق کرده... برای زندگی بشر... زمین را... سرزمین خوشبختی‌ها را...

از جمع خبرنگاران دور می‌شوم و با شتاب به طرف در خروجی می‌روم. احساس می‌کنم تمام توانم گرفته شده، و در حال فرو ریختنم. نجوایی درونی می‌پرسد: آیا مهتاب به آرزویش خواهد رسید؟

دوباره استعفایم را برای شرکت فرستادم. به اتاق آقای نلسون دعوت شده‌ام.

آقای نلسون گفت: دیگر از دست ما کاری ساخته نیست. حتی اگر استعفایتان را بپذیریم، شما باید برای توضیح بیشتر در مورد طرحی که داده‌اید و شاید اجرای آن، خود را آماده کنید.

با تعجب و عصبانیت گفتم : ولی من طرحی نداده‌ام، مثل همه تنها از مشکلات پیچیده و روز افزون جوامع گفتم.

با شعفی که می‌کوشید تا در جدی بودنش پنهان بماند گفت: شاید همینطور باشد ولی ظاهراً مثل این که همه صحبت‌های شما را با آن خبرنگار به عنوان پیشنهاد طرح‌تان پذیرفته‌اند، بله جهانیان صدای شما را شنیده‌اند، همهٔ ایده‌هایتان را هم پذیرفته‌اند.

مردد بود، خندید و گفت: جای هیچ نگرانی نیست. بدون تردید ساکنین این جهان، برای بودنِ در شرایطی ایده‌آل و داشتن زندگی بهتر منطق شما را پذیرفته‌اند و از همین حالا در کنار شما هستند.

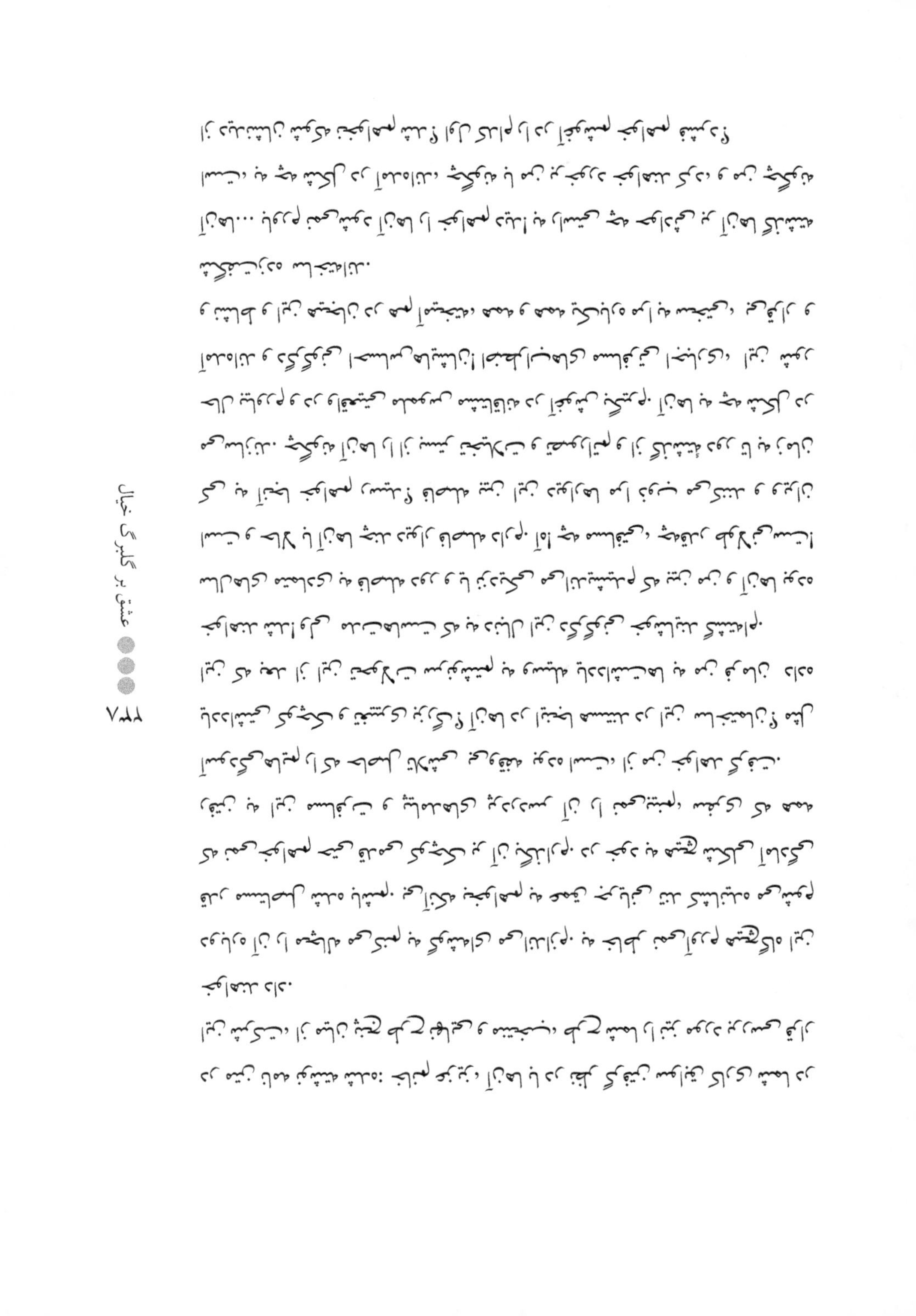

در متن نامه نوشته شده: خانم عزیز، آن‌ها با در نظر گرفتن سوابق کاری شما در این شرکت، از میان پنج طرح نهایی و منتخب، طرح شما را نیز مورد بررسی قرار خواهند داد.

دوباره آن را مچاله می‌کنم به گوشه‌ای می‌اندازم. به خاطر نمی‌آورم هیچ‌گاه این قدر مستاصل شده باشم. بی‌آنکه بخواهم به عمق جریانی تند کشانیده می‌شوم که نمی‌خواهم حتی قدمی کوچک بر آن بگذارم. در خود به هیچ شکلی آمادگی رفتن به این مسافرت و پیامدهای پردردسر آن را نمی‌بینم، سفری که همه آسودگی‌هایم را که حاصل تلاشی بی‌وقفه بوده است، از من خواهد گرفت.

یادداشتی کوچک و تغییری بزرگ؟ آن‌ها در اینجا هستند در این ساختمان؟ مثل این که بعد از این تحولات سرنوشتم به وسیله یادداشت‌ها به من فرمان داده خواهند شد! ولی مدت‌هاست که به دنبال این دگرگونی خوشایند گشته‌ام. سال‌های متمادی به فاصله دور و یا نزدیکی می‌اندیشیدم که بین من و آن‌ها بوده است و حالا با آن‌ها چند دیوار فاصله دارم. آه! چه مسافتی، چه‌قدر طولانی‌ست! کی به آنجا خواهم رسید؟ فاصله بین این دیوارها مرا ذوب می‌کنند و ویران می‌سازند. چگونه آن‌ها را از بستر تخیلات و تصوراتم و از گذشتهٔ دور تا به زمان حال بیاورم و در واقعیتی ملموس مشتاقانه در آغوش بگیرم. آن‌ها به چه شکل در آمده‌اند و دگرگونی احساس‌هایشان! اضطراب‌های مسافرتی اجباری، این شور و نشاط و این هیجان در هم آمیخته، همه و همه یک‌باره مرا به سختی، بی‌قرار و شگفت‌زده ساخته‌اند.

آن‌ها... باورم نمی‌شود آن‌ها را خواهم دید! به راستی چه حوادثی بر آن‌ها گذشته است، به چه شکل در آمده‌اند، چگونه با من برخورد خواهند کرد، و من چگونه از دیدنشان شوکه نخواهم شد؟ اول کدام را در آغوشم خواهم فشرد؟

آن‌ها مرا در میان احساس‌های واژگون شده‌شان غرق خواهند کرد؟ و من در گرمای عواطف شفاف آن‌ها آرام خواهم گرفت؟ آیا آشفتگی‌هایم، این بی‌قراری‌های آشوبگر در بوته فراموشی‌ها محو خواهند گشت و... من آرامشی دل‌آسا را خواهم یافت؟

نمی‌دانم بر آن‌ها چه گذشته؟ اما نباید مراحلی را که در گذشته طی کرده‌اند آن‌ها را دچار یأس سازد، نه... اجازه نمی‌دهم، نمی‌گذارم...

مشکلات گذشته باز هم مشکل آفرین باشند، آینده‌شان را تحت تأثیر قرار بدهند. نباید عقب ماندگی‌ها ادامه داشته باشند و باز هم مانع پیشرفت‌ها بشوند. عقب افتادگی‌های همچون سد، خیلی سریع باید جبران شوند.

آن‌ها آنجا هستند، در آن اتاق و در پشت آن در... مینا و نسرین... رضا و مسعود... رویاروی با آن‌ها چگونه فرو نخواهم ریخت، چگونه نخواهم شکست؟

از میان پرده، نور کم‌رنگی به داخل اتاق می‌تابد که برخورد آن بر ذرات نقره‌ای دفتر گذاشته شده بر روی چمدان، بازتابی خیره کننده بر وسایل چیده شده در اتاق دارد. دفتر را برمی‌دارم با این امید که پس از بازگشت، خاطرات سفری کوتاه را بر صفحاتش بنگارم، آن را در کیفم می‌گذارم. به اتاق مهتاب می‌روم، او نیز چمدانش را بسته، ساکت و آرام در کنار آن نشسته.

او را به فرودگاه می‌برم تا تعطیلات تابستان را با پری و دخترانش مهر نوش و مهرناز بگذراند. تمام طول راه ساکت است. موضوعی سخت فکر او را به خودش مشغول کرده است.

در آخرین لحظات مرا در آغوش می‌گیرد، وانمود می‌کند که چشم‌هایش غمگین نیستند. او را محکم‌تر در آغوشم می‌فشرم و به او قول می‌دهم که دیگر هرگز تنهایش نگذارم.

در چشم‌هایم نگاه می‌کند با تردیدی آمیخته به انتظار می‌پرسد: حتی اگر قرار شد که در آنجا بمانید؟

می‌گویم: بله... قول می‌دهم.

دست‌هایش از دست‌هایم جدا می‌شوند اما دیگر غمگین نیست. تا ساعاتی دیگر پرنده آهنین و سنگین از زمین جدا می‌شود و هر لحظه او را از من دورتر و دورتر می‌سازد. از هم اکنون دلم از این فاصله گرفته است. تنها به سوی خانه باز می‌گردم، تا ساعاتی دیگر من هم برای مدتی نامعلوم به سفری اجباری خواهم رفت.

ܘܬܪܝܨܘܬ ܡܡܠܠܐ ܒܗ ܒܕܪܐ ܩܕܡܝܐ ܕܡܫܝܚܐ

ܠܡܚܙܝܬܐ ܪܥܘܡܐ

دفتر سیاه خاطرات نازنین به اتمام رسیده، آن را می‌بندد بر روی میز   می‌گذارد. عینکش را در می‌آورد. قلب بیمارش از این همه هیجان دچار اضطراب گشته است. بلند می‌شود، به سراغ قفسه داروها می‌رود.

طنین سه ضربه ساعت در تمام فضای نیمه تاریک خانه، می‌پیچد. به اتاقش باز می‌گردد. بر روی مبل راحتی می‌نشیند. دفتر نیمه باز سفید رنگ را بر روی دفتر بسته سیاه رنگ می‌گذارد. صفحات دفتر سفید و سیاه را که در مجموع شرحی کوتاه از وقایع تقدیر اویند می‌نگرد، صفحه‌هایی که در امتداد خطوطشان واقعیت‌های سرگذشت نازنین نگاشته و یا حک شده‌اند. همان‌ها که چون حلقه‌های زنجیر مکمل یکدیگرند اما درحالی‌که به هم قفل گشته‌اند هیچ شباهتی با هم ندارند. رخدادهایی که در کنار یکدیگر تقدیر او را تشکیل داده‌اند انگار روزهای او را به تصویر کشیده اند.

نازنین چقدر آن روزها را دوست می‌دارد. روزهای به ظاهر تب‌آلودی که همه آن‌ها غروبی شیرین داشتند. روزهایی که گذرشان در دفتر سفید ثبت شده

روزهای عروج دوباره " سانی ژئو " که مصادف بودند با آغاز یک هم راهی مشترک، ازدواج مهتاب و سام ... سام و مهتاب که از آغاز پیدایش عشق مقدس‌شان تا کنون علی‌رغم انزوایی که سال‌های اخیر نازنین برگزیده، لحظه‌ای از او جدا و دور نبوده‌اند.

نگاهش به صفحات بازمانده دفتر سفید خیره مانده. به خاطر می‌آورد که بخش مهم آن را نخوانده، قسمتی که عاشقانه دوستش می‌دارد، قسمتی که نتیجه تلاش‌های سرسختانه او در پیکارهای بی‌امان سرنوشتش، بوده.

خسته و بی‌رمق، مشتاقانه عینکش را می‌زند. لبخندی شاد بر روی لب هایش ظاهر می‌شود، آهسته می‌گوید: کاپیتان غوطه‌ور در افکاری ناپایدار ...

دفتر سفید را از روی میز برمی‌دارد تا ادامه خاطراتش را بخواند ...

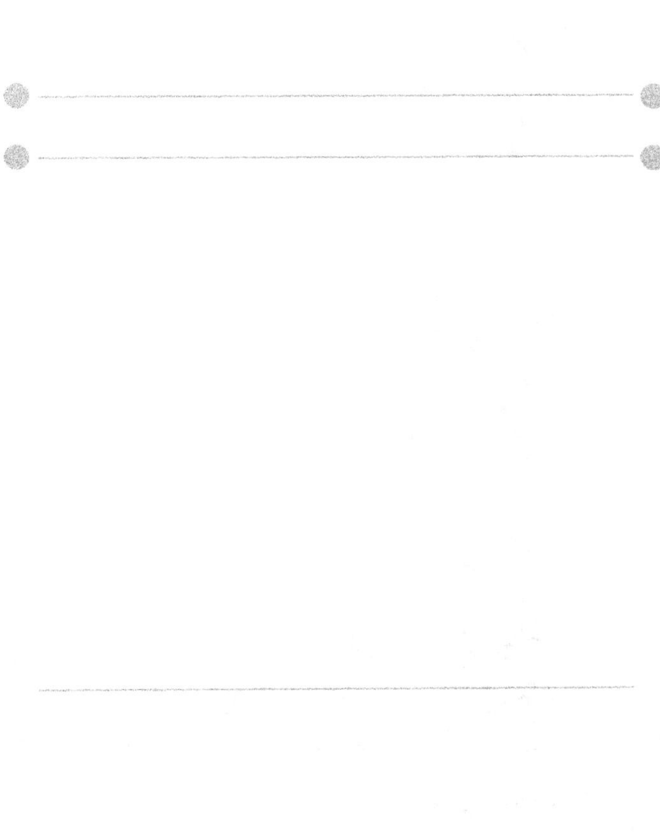

فصل ششم

رفتن یعنی از دست دادن همه آرزوهایم

آقای جرالد سبدی پر از گل، برایم فرستاده بر روی کارتی کوچک نوشته شده:
در مورد انتخاب" سانی ژئو" حق با شما بود. ولی مثل این که شما و من زنده ماندیم و بنا به خواست شما سنگینی این بار گران را تا به آخر به دوش کشیدیم. ولی فکر می‌کنم ارزشش را داشت.

با تقدیر فراوان از کار ارزنده و فوق‌العاده‌تان ... اف ـ جرالد

کلمات نوشته شده بر روی کارت تمام خستگی‌ام را از من می‌گیرد. با تمام شدن کار "سانی ژئو " برای مدتی کوتاه با مهتاب به سفر خواهم رفت.

ماه‌ها از اقامت من در این کشور پرجاذبه و دیدنی می‌گذرد، چندین ماه پر تلاش که قسمتی از خاطرات پرفراز و نشیبش را بر سطوح خالی دفتر سفید، بی‌آنکه مشکلات مرا حس کند، نوشته‌ام. نشیب‌هایی که کوره راه‌های آن تماماً به فرازی به ظاهر دست نیافتنی منتهی می‌شود.

"سانی ژئو" نویدی خوشایند و تمنایی متبلور که در فراسوی رویاها به گونه‌ای شکوهمند، پرتلألؤ بر جایگاهی از غرور نشسته است و من که ماه‌های گذشته

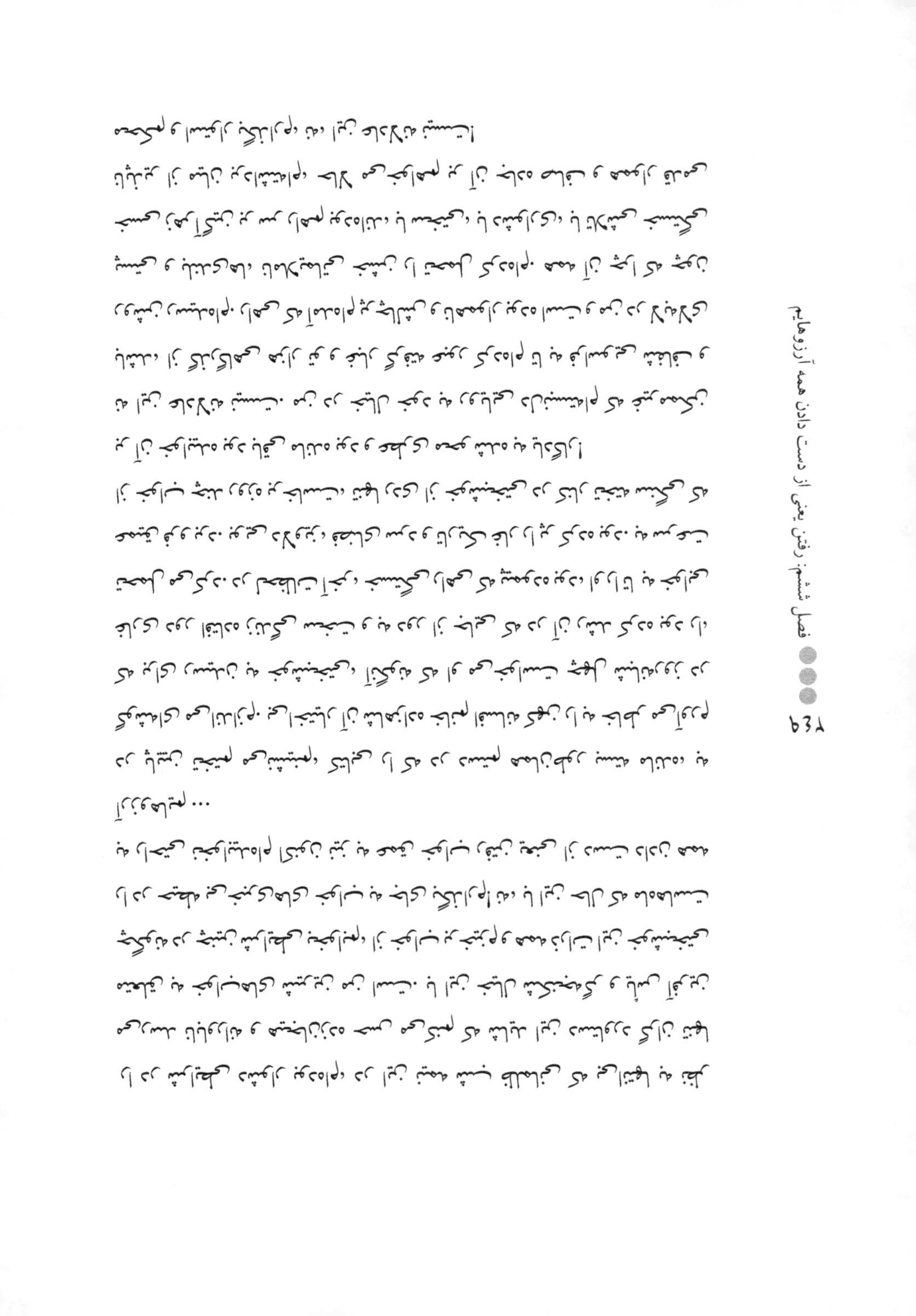

را در شرایطی دشوار بوده‌ام، در این نیمه شب ظلمانی که بی‌انتها به نظر می‌رسد ناباورانه و هیجان‌زده حس می‌کنم که شاید این دستاورد گران تنها متعلق به خواب‌های شیرین من است. با این خیال شکنجه‌گر و یأس آفرین چگونه در چنین شرایطی بخوابم، از خواب برخیزم و همه ذرات این خوشبختی را در حیطه بی‌خبری‌های خواب به جای بگذارم! نه، با این حال که ماه‌هاست به راحتی نخوابیده‌ام اکنون نیز به عمق خواب رفتن یعنی از دست دادن همه آرزوهایم ...

در پایین تختم می‌نشینم، کتابی را که در دستم همان‌طور بسته مانده، به گوشه‌ای می‌اندازم. بی‌اختیار آن شاهزاده خانم افسانه کهن را به خاطر می‌آورم که برای رسیدن به خوشبختی، آنگونه که او می‌خواست چهل شبانه‌روز در غاری دور افتاده زندگی سخت و به دور از جایی که در آن رشد کرده بود را، تحمل می‌کرد. در لحظات آخر، خستگی راهی که پیموده بود، اورا تا به خوابی عمیق فرو برد. بویی دلاویز، فضای سرد و تاریک غار را پر کرده بود. به سرعت از خواب چند روزه برخاست، تنها ردی از خوشبختی در کنار تخته سنگی که بر آن خوابیده بود باقی مانده بود و عطری محو شده به یادگار!

نه این عادلانه نیست. من در خیال خود به رویایی دل‌نبسته‌ام که غیرممکن باشد، از گذرگاهی هزار تو و غبار گرفته عبور کرده‌ام تا به فراسویی شفاف و روشن رسیده‌ام. راهی که آمده‌ام پرچالش و ناهموار بوده است و من در لابه‌لای پستی و بلندی‌ها، ناملایماتی خشن را تحمل کرده‌ام. همه آن چرا که چون خسی زهرآگین بر سر راهم بوده‌اند، با سختی، با دشواری، با تلاشی خستگی ناپذیر از میان برداشته‌ام، حالا می‌خواهم بر آن جاده صاف و هموار قدمی محکم و استوار بگذارم، نه، این عادلانه نیست!

آیا شب تلألؤ روز را باور خواهد کرد؟ سایه‌های خواب آلودش را با نسیمی مواج و نوازشگر به سرزمین دیگر خواهد برد؟ آیا مهتاب از پس حجاب ابر سفید و تور گونه‌اش زمانی کوتاه، بر دریای ظلمانی شب خواهد تابید تا بر گسترهٔ خیالم برای لحظه‌ای رسیدنِ روز تداعی شود؟ آیا فردا پرغرور و باشکوه از راه خواهد رسید؟ خورشید بر سپیده دمی سیمگون که افسانه‌ایست شیرین ریشه گرفته از تلخی‌های گذشته خواهد تابید؟ آیا رویاهای پرتجلی‌ام را که دیروز خیالی بیش نبودند، فردا به شکل واقعیتی جان گرفته و ملموس خواهم دید؟ آیا روزی دیگر شراره آتشینش را پرتوان بر "سانی ژئو" خواهد افروخت؟ آیا بازتاب انعکاس زرینش را گسترده و تابناک بر سرنوشت مبهم من خواهد تابانید؟ آیا گوی بی‌رنگی که در کف گرفته‌ام در اولین لحظات تولد صبحگاه طلا گونه خواهد درخشید؟

پرتوهای پرکشش هستی، از دیدگاهی پرتوهم و در افقی نه چندان دور، در برابرم به خودنمایی نشسته، آن را با سرانگشت خیال لمس می‌کنم. ثانیه‌ها در اسارت زمان محبوس مانده‌اند. شب در سنگینی تب‌آلود رخوت فرو رفته. مژگان سرگردان، پیچیده در افکار موهوم، چشمان خسته‌ام را به دنیای بی‌خبری می‌کشاند و طغیان کالبدی سرگشته نیز با آرامش چشمان فرو می‌نشیند. تمام سلول‌های تنم چون ماری مسحور شده از نوای نی، تسلیم آرامش درون شده‌اند. خوابی سنگین تن خسته‌ام را به دالانی با دیواره‌های بلند و مخمل گونه می‌برد و تا انتهای نوازشگر آن می‌کشاند.

فرو رفته در حالتی تب گونه ... پریشان و آشفته حال ... خواب و بیدار ... در کابوس‌هایش می‌دید ... رویاهایش یکی یکی متلاشی می‌شدند، از هم جدا می‌گشتند، خاصیت‌شان را از دست می‌دادند و خنثی می‌شدند.

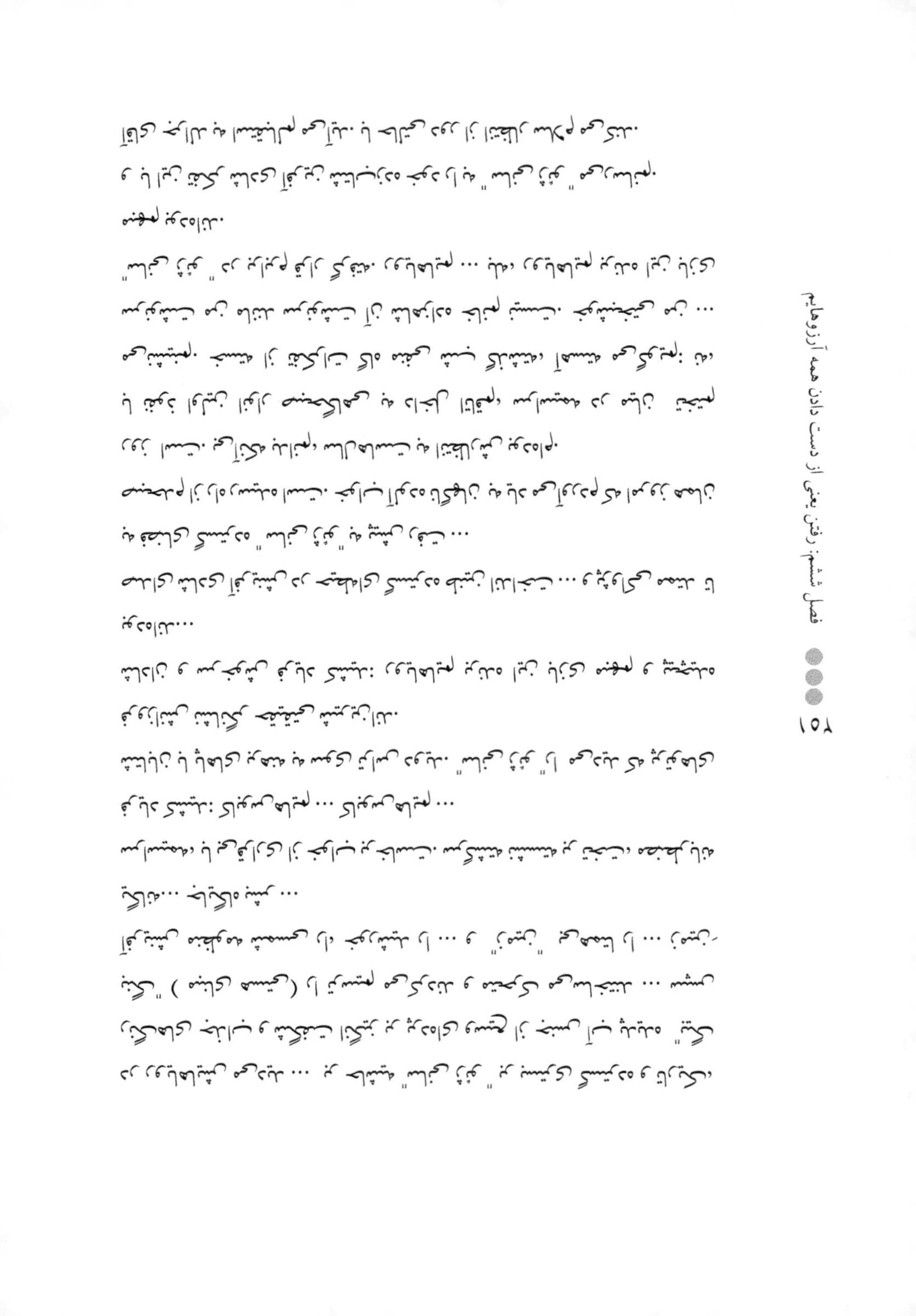

در رویاهایش می‌دید ... بر حاشیه "سانی ژئو" بر بستری گسترده و تاریک، رنگ‌های جذاب و شگفت انگیز بر پرده‌ای وسیع از جنس آب پدیده "بیگ بنگ" (مبنای هستی) را ترسیم می‌کردند و متحرک می‌ساختند ... سپس آفرینش منظومه شمسی را، خورشید را ... و "زمین" بی‌همتا را ... زمینِ یگانه... جایگاه بشر ...

سراسیمه، با بی‌قراری از خواب برخاست. سرگشته نشسته بر تخت، مضطربانه فریاد کشید: کابوس‌هایم ... کابوس‌هایم ...

شتابان با پاهای برهنه به سوی تراس دوید. "سانی ژئو" را می‌دید که پرتوهای فروزانش نشانگر حقیقتی شیرین‌اند.

شادان و سرخوش فریاد کشید: رویاهایم برنده این بازی مبهم و پیچیده بوده‌اند....

صدای شادی آفرینش در حیطه‌ای گسترده طنین انداخت ... و پژواکی ممتد تا به فضای گسترده "سانی ژئو" به پیش رفت ...

صبحدم از راه رسیده است. خواب آلوده ناگهان به یاد می‌آوردم که امروز همان روز است. بی‌آنکه بدانم، سال‌هاست به انتظارش بوده‌ام.

با نفوذ اولین انوار صبحگاهی به داخل اتاقم، سراسیمه در میان تخت می‌نشینم. خسته از تفکرات گاه منفی شب گذشته، آهسته می‌گویم: نه، سرنوشت من مانند سرنوشت آن شاهزاده خانم نیست. خوشبختی من ... "سانی ژئو" در برابرم قرار گرفته. رویاهایم ... بله، رویاهایم برنده این بازی مبهم بوده‌اند.

و با این تفکر شادی آفرین شتاب‌زده خود را به "سانی ژئو" می‌رسانم. آقای جرالد به استقبالم می‌آید. با حالتی دور از انتظار سلام می‌کند.

ابراز صمیمیتش مثل باد سردیست که از فراز کوه یخ بر خیزد! او مردیست که هیچ‌گاه نمی‌توان احساسش را حدس زد.

با هم همه گوشه و کنار محوطه "سانی ژئو" را از نزدیک می‌بینیم. درحالی‌که به خانه برمی‌گردم، می‌گویم: من دوباره باز می‌گردم. وقتی که تمام چراغ‌های "سانی ژئو" روشن می‌شوند.

ادای این جمله در دلم آتشی شعله ور می‌کند که به زودی فرو می‌نشیند.

امشب "سانی ژئو" برای اولین بار در زندگی طولانی‌اش به شکلی جاودانه روشن خواهد شد. یک هفته آینده همه چیز در "سانی ژئو" باید به همان شکل باشد که در شب برگزاری میهمانی خواهد بود.

هر لحظه از امروز چون قرنی دیرگذر بر من می‌گذرد. نمی‌دانم چگونه کارهایی را که در این روز سرنوشت ساز باید انجام شود، به پایان می‌رسانم.

در جاده اصلی به طرف "سانی ژئو" می‌رانم. در تمام طول راه و در میان جاده پهن و عریض "سانی ژئو" پرچم‌های کشورهای جهان به اهتزاز در آمده‌اند.

در کنار جاده، سنگ‌های بسیار عظیم و حکاکی شده و لوح‌های بسیار قدیمی قرار دارند که هدیه مردم سراسر جهان به "سانی ژئو" ست.

در افق روبه‌روییم، زمین و طبیعتش با تلألؤ و روشنایی خیره‌کننده‌ای، آسمان و ستاره‌گان آن را در پرتویی براق و گسترده در آغوش گرفته‌اند. مثل این که زمین و آسمان و هرچه در آن‌ها هست به هم متصلند و در هاله‌ای نورانی قرار گرفته‌اند.

"سانی ژئو" از دور چون جواهریست که با انوار درخشنده و تابنده‌اش در ژرفای جنگل تلألؤیی پرتبلور از همه رنگ‌های عالم را دارد.

در آستانه در ورودی آقای جرالد به انتظارم ایستاده، جلو می‌آید. به "سانی ژئو" می‌نگرد. شاید زمانی کوتاه در احساسی مشترک با من، به دستاوردی ارزنده

می‌اندیشد که چندی پیش هر کدام از ما را در سویی مخالف با یکدیگر قرار می‌داد و در این لحظه شاید هردوی‌مان را بر نقطه‌ای که اوج موفقیت‌هاست، خواهد گذاشت.

"سانی ژئو"... در برابرم ست ... با شکوه ... به همان‌گونه که در تخیلاتم بوده... در عظمتش مبهوت گشته‌ام.

آقای جرالد به من نزدیک می‌شود، در کنارم می‌ایستد. مدتی کوتاه به " سانی ژئو" می‌نگرد. حیرت‌زده به او که به نظر می رسد مشکلات مربوط به " سانی ژئو" لاغرترش کرده، می‌نگرم. نابه‌هنگام با من دست می‌دهد، با گرمی دستم را می‌فشرد، دستم را می‌بوسد. شوکه شده، مبهوتانه او را می‌نگرم. قبل از این که بتوانم واکنشی نشان بدهم، به سویی دیگر می‌رود.

توصیف جاذبه " سانی ژئو" با کلمات آسان نیست حتی برای من که پیکر فرسوده‌اش را در هم ریخته‌ام و از آن ساختاری متفاوت با آنچه که بوده، ساخته‌ام. با این حال که برای احیایش مصرانه اصرار کرده‌ام و به تمام ذرات نیمه جانش این‌گونه شکل داده‌ام، اقرار می‌کنم در برابرش احساس کوچکی و ناتوانی می‌کنم. چشم انداز واقعی " سانی ژئو" از آنچه را که در تصور خود ترسیم کرده بودم، رویایی‌تر است. زیبایی‌اش از نیروی پرسحری منشأ می‌گیرد و گیرایی‌اش بیننده را مجذوب ظاهر پرابهت خود می‌سازد.

سکوی بزرگ و گردی که زمانی آتشکده بوده است و آتش بر آن می‌افروختند با سنگ گرانیت سبزکم‌رنگی مفروش شده، بر روی آن فرشی مدور و بی‌نظیر با رنگ‌های موزون و هماهنگ، پهن شده و پیانویی از جنس کریستال که بر روی آن گذاشته شده است نمودی شایسته و والا دارد.

در امتداد حاشیهٔ " سانی ژئو" آبفشان‌های کوچک و بزرگ، رنگین، چرخنده و رقصان در هم فرو می‌روند در یکدیگر می‌پیچند، هلالی و مدور می‌شوند و بر سطح دریاچه "سانی ژئو" پراکنده و سپس محو می‌شوند ... و مدام این روند خیره‌کننده تکرار می‌گردد.

بر دیوار اصلی سالن‌ها، طرحی وسیع از گندم‌زار به شکلی برجسته بر سطحی از جنس شیشه ترسیم شده، (گندم ... مظهر طبیعت و ریشه‌های هستی ...) حرکت یکنواخت و هماهنگ انوار نقره‌ای و ملایم بر تصاویر حکاکی شده چون وزش نسیمی مداوم، شاخه گندم‌های شاداب را به تحرک و به خیزشی ملایم وا می‌دارد. سقف بلورین تالار که از شیشه‌های مخصوص و چند بعدی ساخته شده، تمام انوار رنگی محیط خارج را شکسته و انعکاس‌شان را به حالتی نامنظم و دل‌پذیر به داخل عبور می‌دهد. در تمام گوشه و کنار محوطهٔ وسیع ستارگان مهتابی رنگ و فروزان که حاصل درخشش انوار هستند، "سانی ژئو" را در احاطه دارند.

در قسمت شمالی "سانی ژئو" و کمی دورتر از آن محوطه، به جای بیشه‌زار متروکه‌ای که بر اثر زلزله شدید تخریب شده بود، گلزار سرسبز و پرطراوت، فرو رفته در سنگ‌های آذرین و نشسته بر بستر طبیعت به چشم می‌خورد. در کنارش گلستانی با شکوه دیده می‌شود که گیاهان پررمز و راز، هزار رنگ و هستی بخشِ آن از سرزمین‌های دور و نزدیک به این نقطه آورده شده‌اند و برکهٔ غرق در نیلوفر آبی که به تازگی میعادگاه پرندگان سرمست و عاشق گشته، در آغوش این قلمرو افسانه‌ای جای گرفته، حیطه‌ای سحرانگیز که در میان مِه رقیق حاصل از پراکندگی قطرات آبشار آفریده شده و جذابیتش... شاید به اولین روزهای شکوفایی پردیسی به نام "زمین" بی‌شباهت نباشد.

در تنه درختان سوخته از زلزله، گیاهان کم یاب کاشته شده‌اند، شاید ریشه درختان سوخته و قدیمی از عظمت اجداد این سرزمین آزادگی‌ها، با گیاهان تازه رسته داستان‌ها گفته‌اند که این چنین مغرور و سربلند بر جای آن‌ها تکیه داده‌اند.

در سکوت دل‌پذیر و نورانی شب، روح ناآرام صبا، بوی طبیعت وحشی را با خود تا فضایی دورتر می‌برد و سخاوتمندانه در ژرفای بیشه‌زارها می‌پراکند. نسیم معطر از رایحه آشنای طراوت جنگل همراه با عطر یاس و نسترن، بوی در هم آمیخته و دلاویزش را به شکلی گسترده در فضا "سانی ژئو" فرو می‌ریزد و آن را عطرآگین می‌سازد.

مبهوتانه، با خود می‌گویم: همایش زمینِ یگانه ... جایگاه بشر ... به راستی در قلب طبیعت برگزار می‌شود. طبیعت ... اولین جایگاه و اولین ماوای شکوهمند بشر ...

به سوی آبشار می‌روم، آبشار رها از هر بند و اسارت، پرقدرت‌تر از هر زمان دیگر، جاری از جایگاه پر منزلتش آوایی پرمعنا و نغمه‌ای پرشور از بودن زمزمه می‌کند. آب روانش چون شیشه‌ای صاف و زلال به نظر می‌رسد که برخوردش با صخره‌های پایین آبشار آن را به هزاران قطره مبدل می سازد و تجمع این قطرات پراکنده، در فاصله‌ای کم از آبشار، رنگین کمانی رویایی به وجود می‌آورد و رطوبتی دل‌پذیر در فضا می‌پراکند.

آقای جرالد که در تمام این مدت متفکر و بی‌صدا در کنارم ایستاده به من نگاهی پرمعنا می‌کند. باز هم معنای نگاهش را نمی‌فهمم، نمی‌دانم در ذهنش چه می‌گذرد، اما هرچه که هست نمی‌تواند مخرب و منفی باشد، راضی به نظر می‌رسد! مطمئنم ...

تلفنم زنگ می‌زند ... با هیجانی غیر قابل توصیف با آقای جرالد به محوطه باز "سانی ژئو" می‌رویم. هیجان‌زده، شادمان و مسرور به گوشه‌ای از آسمان اشاره می‌کنم، آقای جرالد مبهوتانه به منظره‌ای شگرف خیره شده، مبهوت و متحیر می‌گوید: فوق‌العاده‌ست ... زیباست ... باور نکردنی‌یست! تصویر "زمین" بر آسمان! چند برابر خورشیدی‌یست که ما از روی "زمین" می‌بینیم. چگونه؟ چگونه ممکن‌ست؟

با غرور می‌گویم: هدیه آن شهرک فضایی به " سانی ژئو "... پروژه‌ای خارق‌العاده که برای واقعی شدنش تردید داشتم، ترجیح دادم برایتان سورپرایزی خوشایند باشد، برای شما و نیز همه ساکنین جهان، تصویر یگانه و بی‌همتا که همیشه بر گسترهٔ آسمان دیده خواهد شد.

به بیرون محوطه می‌رویم. مردی به آقای جرالد نزدیک می‌شود. درحالی‌که با هم صحبت می‌کنند به طرف در خروجی می‌روند. چند دقیقه بعد آقای جرالد باز می‌گردد. به طرف من می‌آید و می‌گوید: بومیان " سانی ژئو" می‌خواهند شما را ببینند.

آن‌ها با لباس‌های محلی خودشان درکنار شیئی بزرگ که روی آن را پوشانیده‌اند، منتظر ایستاده‌اند. در میان آن‌ها، همان دختر کوچک که سنگ سیاهش را به من هدیه کرده بود، به خاطر می‌آورم. مردی که حدس می‌زنم رییس آن‌هاست جلو می‌آید، پارچه را از روی شیئی سرپوشیده بر می‌دارد. نمادی کامل و زیبا از " سانی ژئو" است، از جنس سنگ بلورین که بر پایه‌ای عظیم و صخره مانند قرار گرفته.

تانیا جلو می‌آید و کار ترجمه را به عهده می‌گیرد و می‌گوید: ماه‌ها شبانه روز بر روی آن‌ها که از بلوری یکپارچه، ناصاف و متخلخل ساخته شده‌اند، کار کرده‌ایم تا به موقع تمام شوند.

می‌گویم: کار شما بی‌نظیر است ولی گفتید بر روی آن‌ها کار کرده‌ایم مقصود شما چیست؟

تانیا می‌گوید: آن‌ها همه پرندگان طبیعت را به همان‌گونه که هستند از همین سنگ متبلور و کمیاب تراشیده و ساخته‌اند برای تکمیل " سانی ژئو" اما آن‌ها سنگین‌اند و ساکنین "سانی ژئو" هیچ وسیله‌ای برای حمل‌شان ندارند.

آن‌قدر خوش‌حالم که دلم می‌خواهد زبانش را می‌دانستم و با او و با آن‌ها از این همه احساس خوشایند می‌گفتم اما مثل این که احساس قبل از بیان کردن، درک می‌شود. رییس گروه به طرف من می‌آید، صمیمانه با حرکتی ملایم ادای احترام می‌کند و به میان گروهش باز می‌گردد.

تانیا می‌گوید: آن‌ها به دهکده‌شان بازگشتند تا مجسمه‌ها را به اینجا بیاورند.

آقای جرالد گروه مستقر در سانی ژئو را برای حمل آنچه را که آن‌ها ساخته‌اند، می‌فرستد.

به طرف آقای جرالد می‌روم که مبهوتانه به نماد " سانی ژئو" می‌نگرد، می‌گویم: آن‌ها را در فواصلی منظم و در امتداد بزرگراه " سانی ژئو" می‌گذاریم.

سرخوش و مسرور از حوادثی خوشایند با خود می‌گویم: " سانی ژئو" به همان‌گونه‌ست که باید باشد ... بهشت گونه ... رویایی که محقق شده ...

دوباره در مدخل ورودی غار " سانی ژئو" ایستاده‌ام، درست مثل یک سال پیش اما به گونه‌ای دیگر و با تفاوتی چشمگیر.

" سانی ژئو" چون ستاره‌ای دنباله‌دار، شعله‌ور در میان آن حیطه وسیع و سرسبز که اکنون در ظلمت شب به سیاهی گراییده، تلألؤیی شاخص و فروزان دارد. پس " سانی ژئو" واقعاً آنجاست، وجود دارد، مملوس است، با رنگ‌های

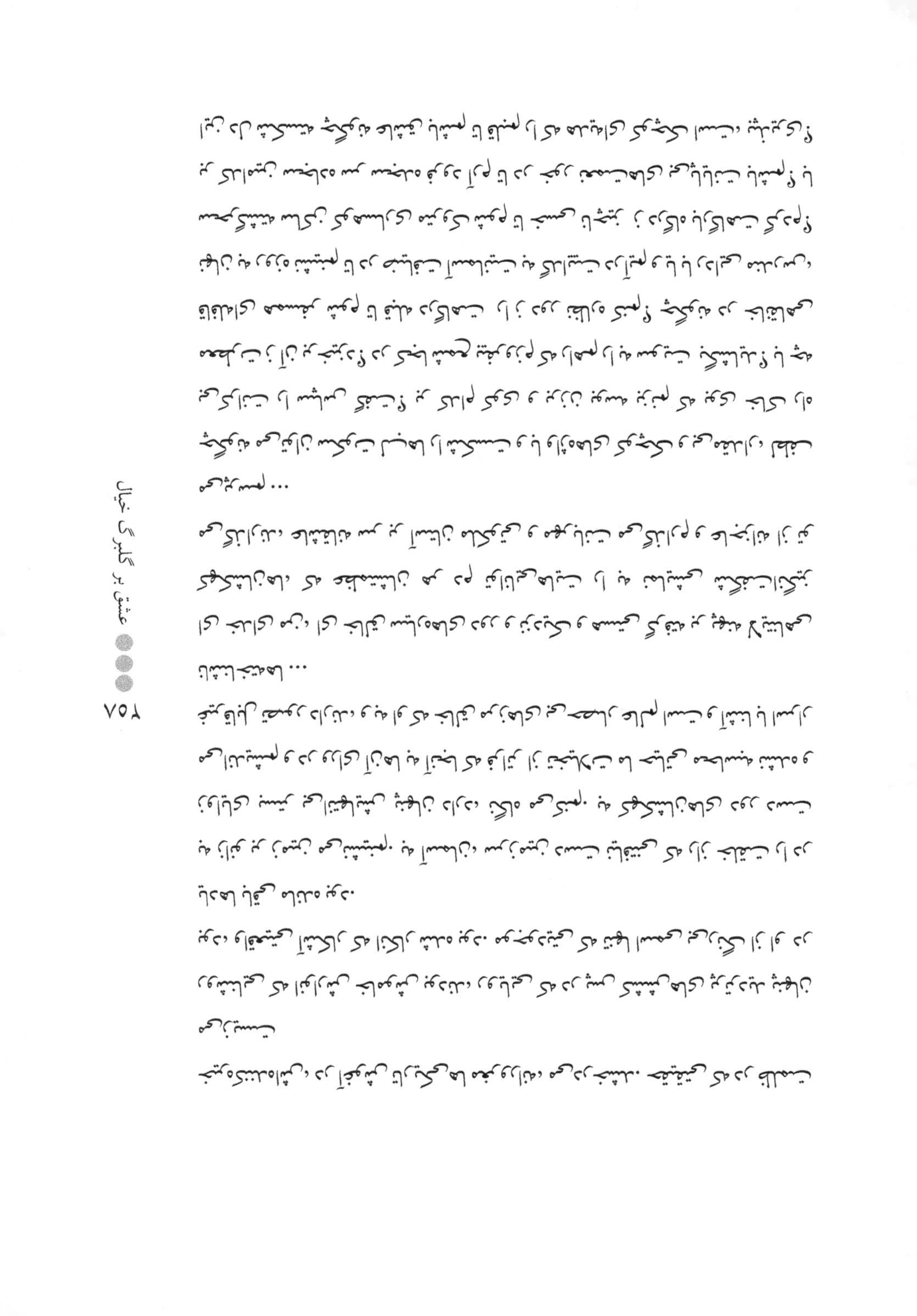

خیره‌کننده‌اش، در آغوش تاریکی‌ها مغرورانه، می‌درخشد. حقیقتی که در ظلمت می‌زیست

روشنایی که انوارش خاموش بودند، رویایی که در پس کشش‌های پرتردید پنهان بود، واقعیتی آشکار که انکار شده بود. موجودیتی که تنها اسمی بی‌رنگ از او در یادها باقی مانده بود.

به زانو بر زمین می‌نشینم. به آسمان، سرزمین دست نیافتنی که راز خلقت را در زوایای بستر بی‌انتهایش پنهان دارد، نگاه می‌کنم. به کهکشان‌های دور دست می‌اندیشم و در ورای آن‌ها به آنجا که فراتر از تخیلات ما حیاتی محاسبه نشده و غیرقابل تصور دارند، و به او که خالق مرزهای بی‌حصار عالم است و آشنا با اسرار ناشناخته‌ها ...

ای خدای من، ای خالق سیاره‌های دور و نزدیک و هستی گرفته بر پهنه لایتناهی کهکشان‌ها، که عظمتشان هر دم توانایی‌هایت را به نمایشی شگفت‌انگیز می‌گذارند، عاشقانه سر بر آستان ملکوتی و مهربانت می‌گذارم و عاجزانه از تو می‌پرسم ...

چگونه می‌توان سکوت لب‌ها را شکست و با واژه‌های کوچک و بی‌مقدار، لطف بی‌کرانت را سپاس گفت؟ بر کدام کوی و برزن بوسه بزنم که بوی خاک راه معطرت ز آن برخیزد؟ در کجا شمع بیفروزم که راهم را به سویت بگشاید؟ با چه قافله‌ای همسفر شوم تا قبله درگاهت را از دور نظاره کنم؟ چگونه در خانقاهی نهان به روزه نشینم تا در ضیافت آسمانیت به گداییت درآیم و یا با ردایی مندرس، سحرگشته ساکن کوهساری متروک شوم تا خسی ناچیز ز درگاه بارگاهت گردم؟ بر کدامین سجاده سر سجده فرود آرم تا در خور نعمت‌های بی‌پایانت باشم؟ با این دل شکسته چگونه عاشق باشم تا قلبم را که هدیه‌ای کوچک است، بپذیری؟

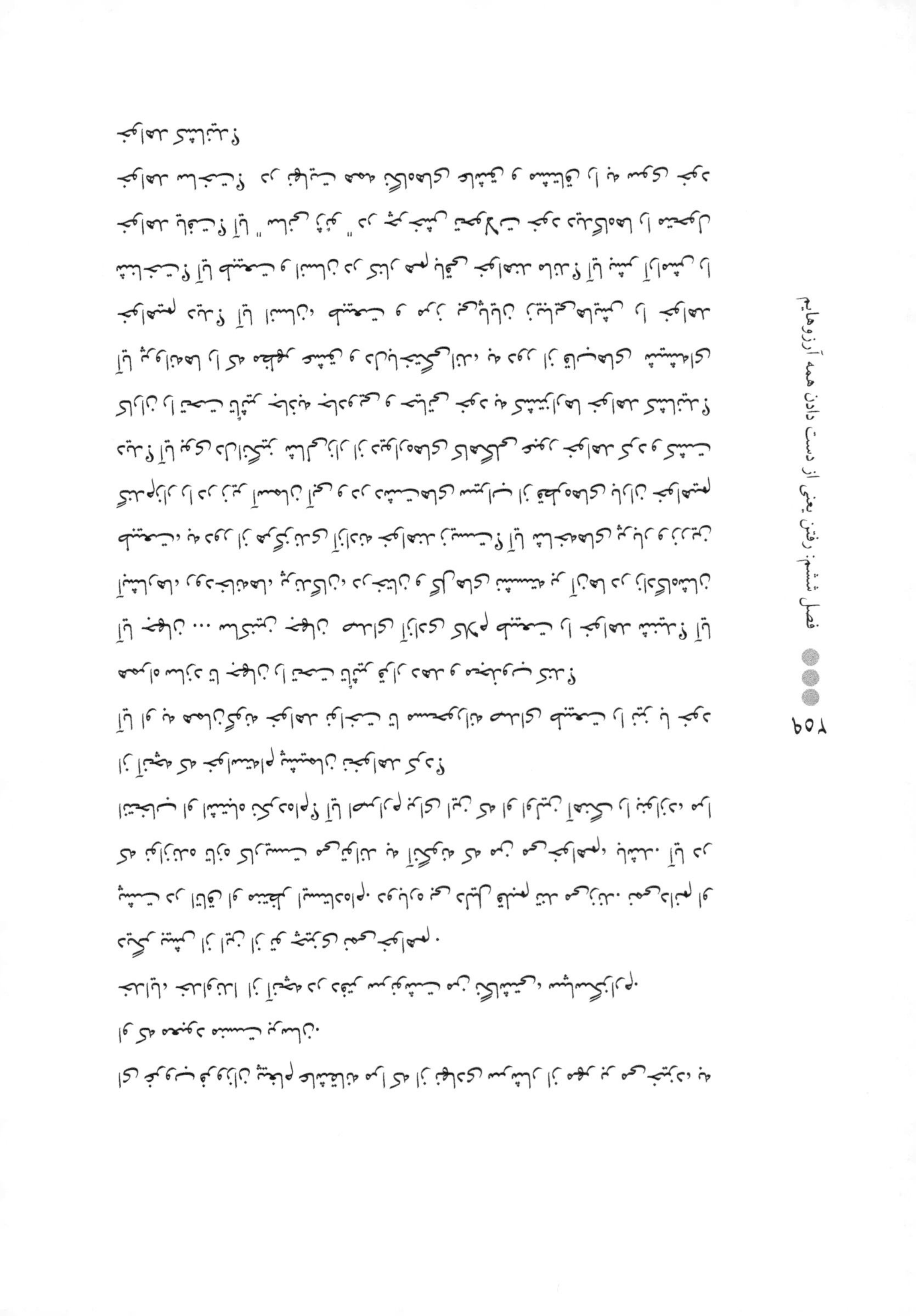

ای غروب فروزان پیغام عاشقانه مرا که از نهادی سرشار از مهر بر می‌خیزد، به او که معبود منست برسان.

خدایا، خداوندا از آنچه در دفتر سرنوشت من نگاشتی، سپاسگزارم.

دیگر بیش از این از تو چیزی نمی‌خواهم .

پشت در اتاق او منتظر ایستاده‌ام. دوباره بی دلیل قلبم تند می‌زند. نمی‌دانم او که نوازنده تازه کاریست می‌تواند به آنگونه که من می‌خواهم، باشد. آیا در انتخاب او اشتباه نکرده‌ام؟ آیا اصرارم برای این که او اولین آهنگ را بنوازد، مرا از آنچه که خواسته‌ام پشیمان نخواهد کرد؟

آیا او به همان‌گونه خواهد نواخت تا مسحورانه صدای طبیعت را نیز با خود همراه سازد تا جهان را تحت تأثیر قرار دهد و مجذوب کند؟

آیا جهان ... ساکنین جهان صدای آزادی کلام طبیعت را خواهد شنید؟ آیا آبشارها، رودخانه‌ها، پرندگان، درختان و گل‌های نشسته بر آن‌ها در زادگاه‌شان طبیعت، به دور از هرگزندی آزادنه خواهند زیست؟ آیا شاخه‌های پربار و زرین گندم‌زار را در زیر آسمان آبی و در دشت‌های سیراب از قطره‌های باران خواهیم دید؟ آیا بوی دل‌انگیز شالی‌زار از دیواره‌های کاهگلی عبور خواهد کرد و کشت کاران را تحت تأثیر جاذبه جادویی و حیاتی خود به کشتزارها خواهد کشانید؟ آیا پروانه‌ها را که مظهر عشق و دل‌باختگی‌اند، به دور از قاب‌های شیشه‌ای خواهیم دید؟ آیا انسان، طبیعت و مرز بی‌پایان زیبایی‌هایش را خواهد شناخت؟ آیا طبیعت و انسان در کنار هم باقی خواهند ماند؟ آیا بشر آرامش را خواهد یافت؟ آیا "سانی ژئو " در چرخش تحولات خود دیدگاه‌ها را متحول خواهد ساخت؟ در نهایت همه نگاه‌های عاشق و مشتاق را به سوی خود خواهد کشانید؟

می‌گوید: بفرمایید.

داخل می‌شوم. روبه‌روی میز آرایشی‌اش نشسته، موهایش را شانه می‌کند.

برمی‌گردد با تعجب مرا نگاه می‌کند.

می‌گویم: من نازنینم.

سراسیمه از جایش بر می‌خیزد، سلام می‌گوید. متعجب و پرسوال در حالتی از بهت در جایش باقی می‌ماند.

می‌گویم: متأسفم که نتوانستیم زودتر از این دیداری با هم داشته باشیم. خانم صحرا خواهش می‌کنم آن شب آهنگ "زمزمه آبشار" را بنوازید.

همچنان مبهوت نگاهم می‌کند. می‌دانم از آن همه سوال که در ذهن دارد اول چه خواهد پرسید.

می‌گویم: صدای پیانوی دلنشین شما را اولین بار در یک کنسرت شنیدم و بعد از آن بارها و بارها آن را شنیده‌ام. من در برابر آنچه که کرده‌ام تنها خواسته‌ام که شما اولین آهنگ را بنوازید.

التهاب و تشویش پنهان درونش مرا نیز تحت تأثیر قرار می‌دهد.

هیجان‌زده با قاطعیتی که در آن تردید را حس می‌کنم ادامه می‌دهم: شک ندارم هیچ مشکلی پیش نمی‌آید.

سراسیمه و مضطرب از ملاقاتی غیرمنتظره می‌گوید: من ...

در آن موقعیت حساس حالش را به خوبی می‌فهمم.

درحالی‌که از اتاقش خارج می‌شوم ادامه می‌دهم: بگذارید رازی مهم را به شما بگویم. به کارتان همان اندازه اطمینان دارم که به کار خود مطمئنم. بعد از اجرای برنامه می‌بینمتان و با هم صحبت خواهیم کرد.

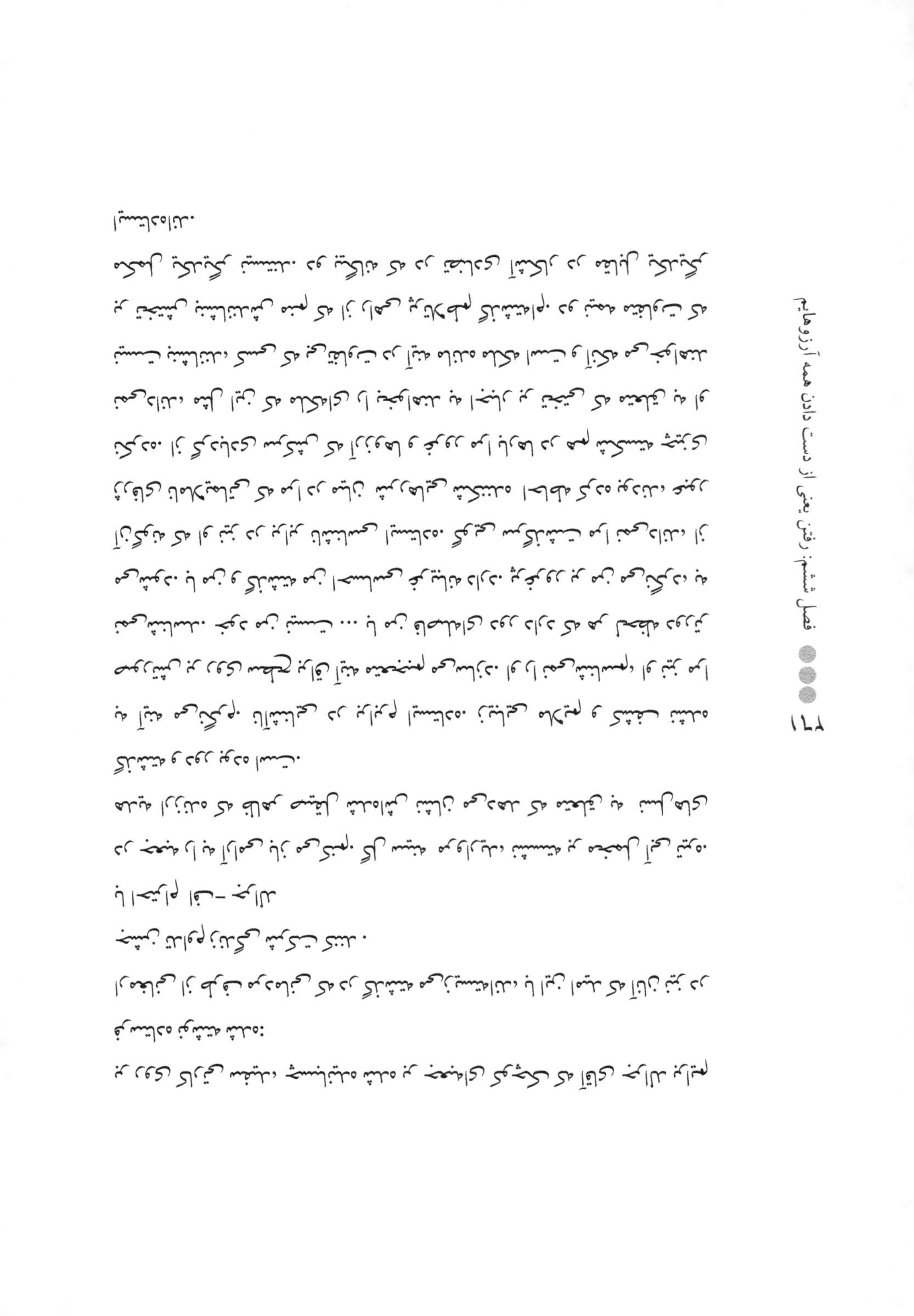

بر روی کارتی سفید، چسبانیده شده بر جعبه‌ای کوچک که آقای جرالد برایم فرستاده نوشته شده:

ارمغانی از طرف مردمانی که در گذشته می‌زیسته‌اند، با این امید که آنان نیز در جشن تداوم زندگی شرکت کنند .

با احترام اف- جرالد

در جعبه را به آرامی باز می‌کنم. گل سینه مروارید، نشسته بر مخمل آبی تیره. هدیه ارزنده که ظاهر صیقل شده‌اش نشان می‌دهد که متعلق به نسل‌های گذشته و دور بوده است.

به آینه می‌نگرم. ناآشنایی در برابرم ایستاده. زیبایی ملایم و کشف نشده صورتش بر روی سطح براق آینه متعجبم می‌سازد. او را نمی‌شناسم، او نیز مرا نمی‌شناسد. خود من نیست ... با من فاصله‌ای دور دارد که هر لحظه دورتر می‌شود. با من و گذشته من احساسی غریبانه دارد. پرغرور بر من می‌نگرد، به آن‌گونه که او نیز در برابر ناشناسی ایستاده. گویی سرگذشت مرا نمی‌داند، از ژرفای ناملایماتی که مرا در میان شررهایی شکننده احاطه کرده بودند، عبور نکرده. از گردبادی سرکش که آرزوها و غرور مرا بارها در هم شکسته چیزی نمی‌داند، مثل این که ملکه‌ای را بخواهند به اجبار بر تختی که متعلق به او نیست بنشانند، کسی که بی‌تفاوت در آینه مانده ملکه است و آنکه می‌خواهند بر تختش بنشانندش منم که از راهی پرتلاطم گذشته‌ام. دو نیمه متفاوت که مکمل یکدیگر نیستند. دو بیگانه که در تضادی آشکار در مقابل یکدیگر ایستاده‌اند.

آن لباس پر از زرق و برق را که این همه مرا از خود دور ساخته، عوض می‌کنم. کت و دامن مشکی ساده‌ای می‌پوشم ... گل سینه بر روی یقه لباس نمودی شایسته دارد. موهایم را در پشت سرم جمع می‌کنم و ...

چند ضربه به در زده می‌شود. منتظر کسی نیستم آن هم در این زمان. پری و شوهرش روزهاست برای تکمیل کارهای نهایی در "سانی ژئو" مستقر شده‌اند. قرار است امشب آن‌ها را در آنجا ببینم. شاید مشکلی پیش آمده! قلبم دوباره بی‌قرار می‌شود و زنشی سرکش از این همه بی‌قراری دارد.

با تعجب می‌پرسم: شما؟

می‌گوید: کاپیتان غوطه‌ور در افکاری ناپایدار ...

مطمئناً حالا دیگر قلبم هیچ زنشی ندارد ... نه تند و نه کند اما چگونه زنده‌ام؟ چگونه زنده‌ام وقتی قلبم تپشی ندارد؟ بر وجود متلاشی شده‌ام هیچ تسلطی ندارم. بر روی اولین صندلی می‌نشینم تا ... تا فرو نریزم، تا ویران نشوم ... در این موقعیت حساس که تنها به "سانی ژئو" فکر می‌کنم، بی‌آنکه بخواهم گذشته چون تصاویری که به سرعت به نمایشش بگذارند در برابر دیدگانم ظاهر می‌شود. از سیف تعجب نمی‌کنم اما از خودم متعجبم، تنها صحبتی که به عنوان شوهرم با او مطرح کرده بودم، شبی سرد و زمستانی که از کوچه‌های بندر می‌گذشتیم، فرو رفته در شور و شوقی نهانی از اسمی که برای کاپیتان فیلیپ گذاشته بودم با او گفتم و سیف نیز بی تأمل آن را چرا که به او گفته بودم برای کاپیتان فیلیپ بازگو کرده بود، حالا به سختی پشیمانم ...

دوباره خاطرات به ظاهر فراموش شده جان می‌گیرند و در برابرم زنده می‌شوند. آن روز آفتابی و داغ را به خاطر می‌آورم قبل از این که برای همیشه بندر را ترک کنم و به تهران بروم بی‌اراده و بی‌آنکه بخواهم، از کنار ساحل گذشته بودم تنها با این

امید که فقط یک‌بار دیگر او را که سحرگشته به دریا می‌نگرد، از دور تماشا کنم تا بتوانم طرحی را که روز اول از او کشیده بودم، تمام کنم اما به جای دایانا امواج بی‌تاب دریا درهم می‌غلتیدند. آن هنگام با خود عهد کردم که او را فراموش کنم و در اوج رویاهایم اندیشه‌ای دیگر قرار دهم. اما در این لحظه حساس از زندگیم، آخرین شراره نیمه جان آتشی که به ظاهر خاموش شده، دوباره شعله‌ور می‌شود. نمی‌دانم بعد از این همه سال چگونه با او روبه‌رو خواهم شد. شاید او هم همین احساس را دارد، شاید سکوت طولانیش پشت در بسته به همین دلیل است، شاید او هم برای دیدن من بعد از این همه سال احتیاج به گذشتن دقایقی چند دارد. مضطرب و با دستانی لرزان در را باز می‌کنم.

خیلی پیر شده، بهت زده و سرگشته او را به اتاقم دعوت می‌کنم. سبد گل بسیار بزرگی را که در دست دارد بر روی میز می‌گذارد.

با شکیبایی می‌گوید: رفتید بی‌آنکه با من خداحافظی کنید؟

مات و مبهوت از او می پرسم: کاپیتان فیلیپ شما اینجا چه می‌کنید؟ چطورمرا پیدا کردید؟

با حالتی مملو از تعجب قاطعانه می‌گوید: من شما را گم نکرده بودم!

با خون‌سردی ادامه می‌دهد: آمده‌ام تا امشب با هم به "سانی ژئو" برویم.

شگفت‌زده از او می‌پرسم: "سانی ژئو"!؟ شما از آنچه که در "سانی ژئو" اتفاق افتاده با خبرید؟

خیلی خون‌سرد جواب می‌دهد: بله، از هر لحظه‌اش!

بعد از سکوتی کوتاه ادامه می‌دهد: متأسفم می‌باید از آغاز کار شما را در جریان می‌گذاشتم، ولی فکر کردم شاید اینطور بهتر باشد. می‌دانم روزهایی پر از تنش

را پشت سر گذاشته‌اید ولی مطمئناً و بی‌هیچ تردیدی تمام این مدت از دور همه رویدادهای در اطراف‌تان را کنترل و بررسی کرده‌ام تا مشکلی برایتان پیش نیاید چون در آن صورت خودم را مسئول می‌دانستم ولی در تمام این مدت به پایان کار خوش‌بین بودم همان‌گونه که در شروعش بوده‌ام.

آرام می‌خندد و ادامه می‌دهد: راستی سخنرانی کوتاه‌تان و سپس دفاع مستدلی که از آن کردید واقعاً عالی بود، با این که در شروع مدعوین حاضر در سمینار را به شدت شگفت‌زده کردید. باور کنید در تمام آن لحظات، برایتان دعا می‌کردم و اگر لازم می‌شد در کنارتان می‌بودم. اگر چه در اولین دیدارمان حدس زده بودم که شما دارای شخصیتی برجسته و متمایز هستید که هیچ‌گاه نیازی به کمک دیگران ندارید.

با تندی می‌گویم: چگونه می‌شود آن روزهای هولناک را فراموش کرد؟

نگرشی مثل برق از ذهنم عبور می‌کند که افکار مرا آشفته و مغشوش می‌سازد. پس او طراح این برنامه عجیب و پردردسر بوده! شک ندارم!

عصبی‌تر می‌شوم، ادامه می‌دهم: پس شما آن روز آنجا بودید؟ از اول همه آن چرا که اتفاق افتاده، می‌دانستید چون شما مرا برای این پروژه انتخاب کردید؟ این‌طور نیست؟

دستش را بر روی مبل تکیه داده، با خون‌سردی می‌گوید: گمان نمی‌کنم کار اشتباهی کرده باشم. همه برنامه‌ها همان‌طور که انتظار داشتم، به خوبی به پیش رفتند. تولد دوباره " سانی ژئو" آن هم به این شکل در شروع کاری غیرممکن به نظر می‌رسید.

قاطعانه و بدون تردید می‌گوید: به خوبی شما را می‌شناسم و به خوبی هم می‌دانم که شما عاشق پروژه‌های غیرممکن هستید.

لبخندی کم‌رنگ بر چهره‌اش پدیدار می‌شود، می‌گوید: و من معتقدم توان خلاقیت شما و خاصیت تخیلات‌تان، واقعی ساختن پروژه‌های خیالی و دشوار است.

با تمام توانم می‌کوشم خشونتم آشکار نشود، و آرام باشم، می‌گویم: هیچ فکر نکردید مرا به چه درد سری خواهید انداخت و یا خودتان را که مُعرف من بوده‌اید؟

کاپیتان فیلیپ با اطمینان می‌گوید: هیچ‌وقت در این باره مردد نبوده‌ام.

کمی تأمل می‌کند ادامه می‌دهد: و به همین دلیل با تمام امکاناتم از شما و نظرات‌تان حمایت کرده‌ام، حتی در برابر آقای جرالد! و هر زمان اگر سدی بر سر راه تان می‌دیدم خیلی سریع آن را از بین می‌بردم.

می‌گویم: و اگر من در این‌کار موفق نمی‌شدم ...

مطلبی دیگر به فکرم نمی‌رسد، تصویر شکوهمند "سانی ژئو" مرا از ادامه این بحث باز می‌دارد. مثل این که فرازهای لبریز از موفقیت، نشیب‌های پشت سر گذاشته را در خود محو گردانیده، سکوت می‌کنم.

با همان حالت خون‌سردی که دارد لبخند می‌زند و می‌گوید: ظاهر "سانی ژئو" غیر از این می‌گوید. شما نباید خودتان را دست کم بگیرید.

می‌خواستم عصبانی باشم اما نبودم، چگونه می‌توانستم باشم در شرایطی که از درون تنش‌ها و چالش‌ها عبور کرده بودم و از سختی‌ها دور شده بودم، او به خوبی این را می‌دانست.

می‌گوید: "سانی ژئو" افسانه‌ای جذاب اما نیمه تمام بود که اول بار شما آن را در رویایی مدفون و بر گسترهٔ سرابی که واقعیت داشت، دیدید و با اصرارتان به دیگران نشانش دادید و با تلاش‌تان از آن حماسه‌ای جاودان ساختید. من از اول

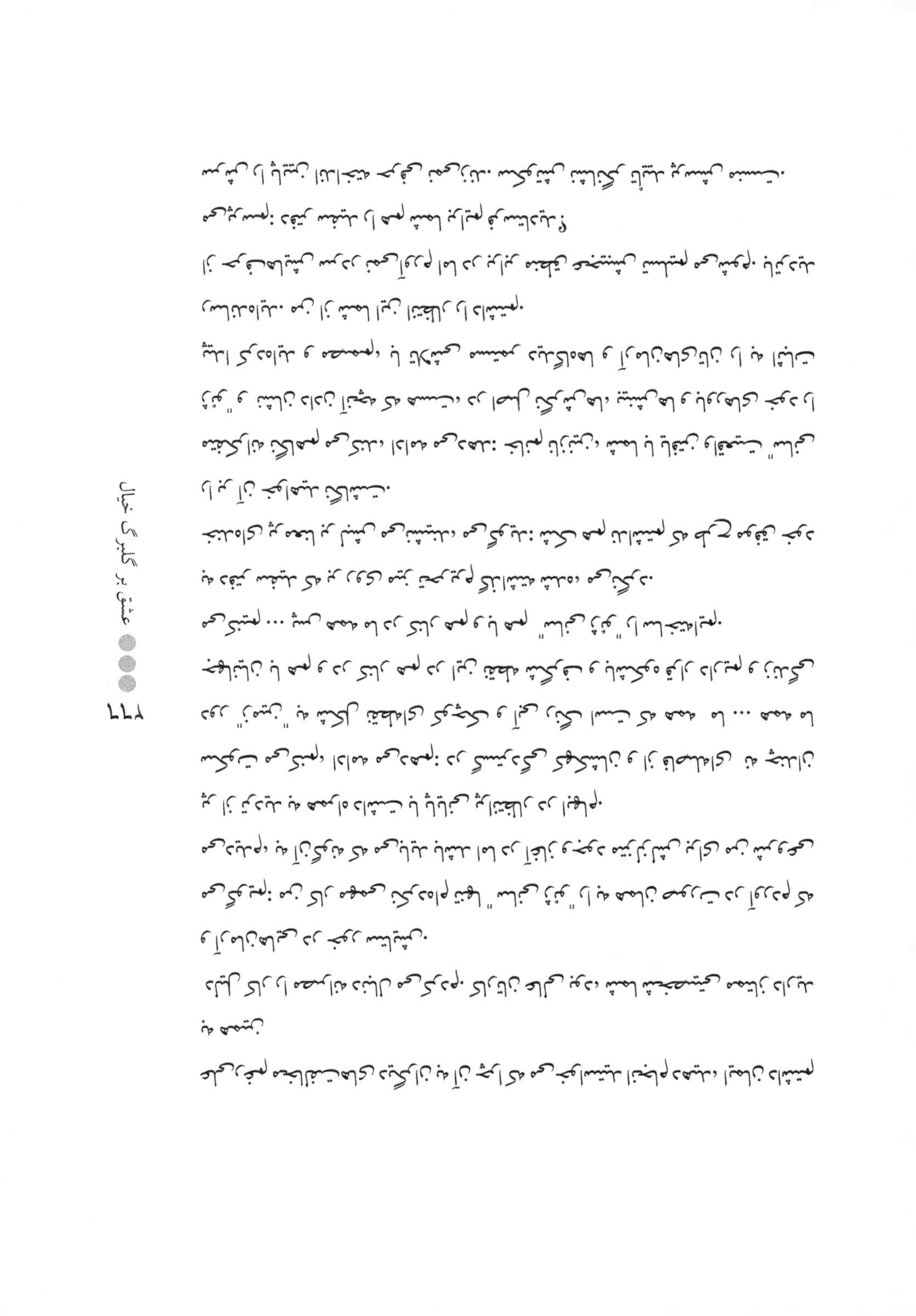

علی‌رغم مخالفت‌های دیگران به آن چرا که می‌خواستید انجام دهید، ایمان داشتم به همین

دلیل کار را مصرانه دنبال می‌کردم. کارتان عالی بود، شما شخصیتی ممتاز دارید و آرمان‌هایی در خور ستایش.

می‌گویم: من کار مهمی نکرده‌ام تنها "سانی ژئو" را به همان صورت در آوردم که می‌دیدم، به آن‌گونه که می‌باید باشد اما در آغاز وجود متزلزلش برای من شروعی پر از تردید به همراه داشت با پایانی پرانتظار در ابهام.

سکوت می‌کنم، ادامه می‌دهم: در گستردگی کهکشان و از فاصله‌ای نه چندان دور "زمین" به شکل نقطه‌ای کوچک و آبی رنگ است که همه ما ... همه ما جهانیان با هم و در کنار هم در این نقطه شگرف و باشکوه قرار داریم و زندگی می‌کنیم ... پس همه ما در کنار هم و با هم "سانی ژئو" را ساخته‌ایم.

به دفتر سفید که بر روی میز تحریرم گذاشته شده، می‌نگرد.

خنده‌ای پرمعنا بر لبش می‌نشیند، می‌گوید: شک هم نداشتم که طرح موفق خود را بر آن خواهید نگاشت.

متفکرانه نگاهم می‌کند، ادامه می‌دهد: خانم نازنین، شما با یافتن واقعیت "سانی ژئو" و نشان دادن آنچه که هست، در اصل نگرش‌ها، بینش‌ها و باورهای خود را پیدا کرده‌اید و مصمم، با تلاشی مستمر دیدگاه‌ها و آرمان‌های‌تان را به اثبات رسانده‌اید. من از شما این انتظار را داشتم.

از حرف‌هایش سردر نمی‌آورم اما در برابر منطق عجیبش تسلیم می‌شوم. باتردید می‌پرسم: دفتر سفید را هم شما برایم فرستادید؟

سرش را پایین انداخته حرفی نمی‌زند. سکوتش نشانگر تأیید پرسش منست.

دفتر را به او می‌دهم، می‌گویم: با ظهور دوباره " سانی ژئو" کار من با این دفتر تمام شده. بی‌تردید کنجکاو هستید تا بدانید در این مدت بر من چه گذشته و شما خواسته و یا ناخواسته مرا به چه دردسری انداخته‌اید.

به دفتر اشاره می‌کنم و ادامه می‌دهم: مسلماً این مجموعه کوچک، خلاصه‌ای از یک سالِ مملو از ناملایمات است پس نوشته‌های بر صفحاتش نمی‌توانند بیانگری رسا باشند برای دشواری‌هایی ملموس که پیچیده و بغرنج بوده‌اند، مشکلاتی بی‌شمار برای تولد یک جهش متفاوت و زندگی بخش. و من برای احیای "سانی ژئو"، بدون اتکا به توان جهانیان، همه جهانیان هرگز موفق نمی‌شدم.

با غرور آن را از من می‌گیرد و می‌گوید: کنجکاو شده‌ام، می‌خواهم بدانم در چه شرایطی "سانی ژئو" را کشف کردید؟ با چه هدف به احیای آن اندیشیده‌اید و با چه نگرشی اول بار ابعاد شکسته آن را ترسیم کرده‌اید؟

نگاهی به ساعتش می‌کند و می‌گوید: بهتر است برویم، ما باید قبل از دیگران آنجا باشیم.

امشب آسمان گوهر دردانه‌اش ماه را با زنجیری از ستارگان براق، بر تارک تاریک خود آویخته.

بوی یاس و نسترن دم به دم و هر کجا با وزشی ملایم در محوطه وسیع "سانی ژئو" می‌پیچد، فضای "سانی ژئو " را اشباع می‌کند.

آبشار غرق در عطر و نور امشب دل‌کش‌ترین سرودهای خود را می‌سراید و جویبار سرچشمه گرفته از آن نیز آزادنه نغمه‌های پر ز شادی و مشترکش با آبشار را تا عمق طبیعت می‌برد.

جشن با صحبت‌های مهم دبیر کل سازمان" زمین ِیگانه ...جایگاه بشر..." آغاز می‌شود. مقامات دیگر هر یک نطق خود را ایراد می‌کنند. ناگهان با شنیدن نام خود از بلند گو دوباره آرامشم بهم می‌ریزد، برنامه‌ای که منتظر آن نبودم. در میان صدای دست زدن‌ها، زنش‌های نامنظم و ممتد قلبم گم شده. با تعجب به کاپیتان فیلیپ نگاه می‌کنم که در کنار من نشسته، مغرورانه مرا می‌نگرد. نگاه مهربانش، آرامش از دست رفته‌ام را به من باز می‌گرداند. به جایگاه پر منزلت سخنرانان می‌روم. همه ساکت شده‌اند. جاذبه پر قدرت "سانی ژئو" و هرآنچه که در آن هست به من نیرویی تازه می‌دهد.

می‌گویم: همه ما به راهی مشترک و دشوار قدم گذاشته‌ایم که هیچ انگیزه‌ای جز عشق و امید به هدفی پرکشش و توانمند این راه پرپیچ و خم را هموار نمی‌ساخت، اشتیاق به زیستن در صلح و تلاش برای رهایی از جنگ که در لحظه‌لحظه‌های اندیشه هر انسان تنیده و به شکلی خوشایند احساس می‌شود. همان رویای فراموش شدۀ تداوم زندگی که احیای آن پایداری تداوم صلح است. اگر جمعیت "زمین" متناسب با توان آن باشد، در هیچ کجا حصاری نخواهیم دید و در هیچ سرزمینی ریشه جنگ شکل نخواهد گرفت.

دوباره سکوت سنگین "سانی ژئو" با دست زدن مدعوین درهم می‌شکند. آقای جرالد به طرف من می‌آید، مسرور و شادمان در پوست خود نمی‌گنجد. با صمیمیتی بی‌شائبه مرا تا سالن اختصاصی مدعوین همراهی می‌کند.

می‌گویم: آقای جرالد حق با شماست، من و شما زنده ماندیم و "سانی ژئو" را در اوج سربلندی و افتخار دیدیم. کار شما عالی بود اگر چه در شروع کاری شاق و گاهی غیرممکن به نظر می‌آمد. به خاطر می‌آورم ماه‌ها پیش راهی مسدود و غیر قابل نفوذ را انتخاب کردیم. به تدریج دیگران با ما هم‌صدا و همگام شدند و

در کنار ما قرار گرفتند اما فراموش نکنید که ما با هم نیمه آسان راه را آمده‌ایم، نیمه دیگر که نیمهٔ سخت آن است شما باید بی من و به تنهایی بروید چون کار من دیگر تمام شده، با امکاناتی که مردم و سازمان در اختیار شما گذاشته‌اند می‌توان جهانی را بازسازی کرد، به شکلی مطلوب و ایده‌آل ساخت.
با رضایتی ملموس می‌گوید: برای ادامه کار و برای ساختن به شما و همهٔ ساکنین جهان نیاز داریم. فردا به دیدارتان خواهم آمد و از شما خواهم خواست که بقیه راه را با من بیایید.
مهتاب و سام در کنار کاپیتان فیلیپ به انتظارم ایستاده‌اند. مهتاب بی‌اراده به طرفم می‌دود، مرا سخت در آغوش می‌گیرد. اشک‌های مملو از شادیش با اشک‌های پنهان من در هم می‌آمیزند.
بر روی صندلی خود می‌نشینم. کاپیتان فیلیپ می‌خندد و می‌گوید: من نیز به شما تبریک می‌گویم، سخنرانی‌تان مثل همیشه کوتاه و جنجال برانگیز بود.
انوار رنگارنگ به شکل ستاره‌های کوچک، بزرگ، پراکنده در فضای پهناور و گسترده" سانی ژئو" پرتوافشانی می‌کنند، در میان آن‌ها و بر دامنه صاف و وسیع کوهساری بلورین، تصاویر متحرک سایه‌ها مسحورکننده‌اند و نمایشگر مراحل تولد و شکوفایی "سانی ژئو" ...
"سانی ژئو " با تمام عظمتش در سکوت فرو رفته، صحرا با سرافرازی و غرور در کنار پیانو سفید نشسته ...
به تدریج نوای ملایم پیانو، در میان سکوت مدعوین و ترنم دل‌انگیز آبشار، فرو می‌رود. صدای پیانو آرام است، به سختی شنیده می‌شود. آقای جرالد همچنان نگران است. او معتقد بود زمزمه آبشار همه صداها را تحت‌الشعاع قرار خواهد داد و صدای موزیک را نیز در خود گم خواهد کرد. و من معتقد و مصمم با

خاطری آسوده به آنچه که کرده‌ام، با اطمینان به او نگاه می‌کنم. ظاهراً آرامشم او را نیز آرام می‌کند. تمام چراغ‌های رنگین "سانی ژئو" به تدریج خاموش می‌شوند، دقایقی چند، خیزش و تلألؤ انوار شمع‌ها، همه جا را در تسلط انوار خود قرار می‌دهند. نوری طلایی بر "سانی ژئو" می‌تابد و تمام فضای آن را با انوار زرگونه‌اش روشن می‌سازد که در زمان‌های متناوب کم‌رنگ و کم‌رنگ‌تر می‌شوند و به نقره‌ای می‌گرایند، به آرامی به رنگ آبی و سبز و نارنجی و تمام رنگ‌های زنده‌ای که در طبیعت هستند، تغییر می‌کند.

صدای پیانو آرام آرام جان می‌گیرد، با زمزمه‌های آبشار همراه می‌شود... هم نوا می‌شوند، در هم می‌پیچند، اوج می‌گیرند، پژواک پرتوان ارتعاشات و آوای آزادی را با تمام قدرت تا اعماق گوشه و کنار جنگل و دورتر از آن می‌رسانند، گویی هزاران صدای درهم آمیخته و عاشق در "سانی ژئو" از طبیعتی سحرانگیز، هستی آفرین و رها می‌گویند، از عشق و آزادی می‌گویند، از برابر بودن انسان‌ها، از برابر خواستن آن‌ها، از کنار هم زیستن در صلح ... از رویایی شیرین و به دور از سراب... می‌گویند ... و از آرزویی بر گلبرگ خیال ...

آقای جرالد که مسئول برگزاری این همایش است بعد از مدت‌ها با خیالی آسوده به آنچه که در اطرافش می‌گذرد، ستایشگرانه می‌نگرد. نگاهش به طرف من می‌چرخد. لبخندی از رضایت بر روی لب‌هایش ظاهر می‌شود.

"سانی ژئو" و اتفاقاتی که در آن رخ می‌دهند به همان‌گونه رویایی‌اند که بر افق خاطراتم نقش بسته بودند.

تجسم‌هایی متحرک و درهم که ناهمواری‌ها را طی کرده‌اند، از درون چهارچوب بسته دشواری‌ها و تخیلاتی نابسامان و پراکنده عبور کرده‌اند، به واقعیتی ثابت و شکوهمند بدل گشته‌اند.

شب از نیمه گذشته، میهمان‌ها از آن جلد رسمی بودن خارج شده‌اند. به نظر می‌رسد در کنار این طبیعت افسونگر، جشن صمیمانه‌شان را تا صبح ادامه خواهند داد. از آن‌ها در چادرهایی مخصوص که کمی دورتر از محوطه برپا شده، پذیرایی می‌شود.
آقای جرالد شادمان می‌گوید: در شروع مراسم "سانی ژئو"، ساکنین جهان، هم‌زمان با ما جشن گرفته‌اند، میلیون‌ها فانوس فروزان را در آسمان‌ها رها ساختند. فانوس‌ها از زمین دور و دورتر شدند به زودی در کنار ستارگان درخشان قرار گرفتند.
کاپیتان فیلیپ در کنار من و در گوشه‌ای به دور از دیگران بی‌صدا نشسته، گاهی به طبیعت می‌نگرد و زمانی بر من خیره می ماند.
سبد گلی را که فرستاده در کنار گل‌هایی که روز گذشته برایم آورده بود، می‌گذارم. بر روی جعبه بلند و باریک، بر کارتی سفید و ساده نوشته شده:
در باور من، نازنین به معنای نشسته بر قلب‌هاست ...
کاپیتان جاناتان مریت فیلیپ در درون جعبه، شمشیر با پوشش نقره فامش با تمام خاطرات خاموشش خفته است ... مظهر ایستادگی‌هاست ... پایداری‌ها را تداعی می‌کند ...
گوشی تلفن را برمی‌دارم. اوست خیلی قاطع و کوتاه می‌گوید: باید شما را ببینم، امروز.
به گونه‌ای متفاوت با هر زمان دیگر با من سخن می‌گوید. از من فاصله‌ای دور دارد اما دیرزمانی‌ست در اعماق قلبم جایی ابدی گرفته. حتی زمانی که سال‌ها از او بی‌خبر بودم، در هر کجا که بوده‌ام، او را که بر گستره تخیلاتی والا، در درون تجسم‌های باشکوه رویاگونه‌ام می‌زیست، به وضوح می‌دیدم.

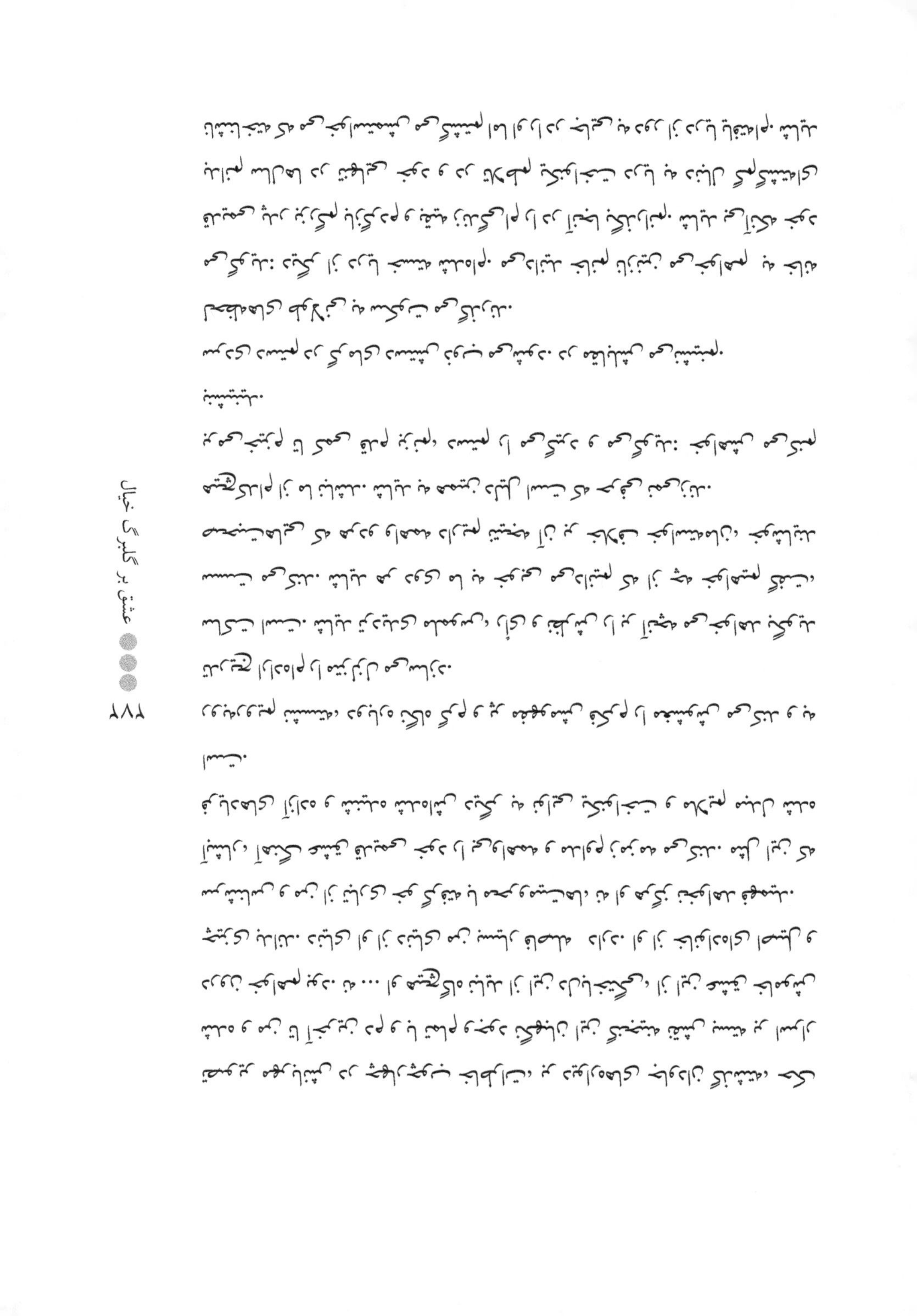

تصویر مهربانش در چهارچوب خاطرات، بر دیواره‌های جاودان گذشته، حک شده و من تا آخرین دم و با تمام وجود نگهبان این گنجینه نقش بسته بر اسرار درون خواهم بود. نه ... او هیچ‌گاه نباید از این دل‌باختگی، از این عشق خاموش چیزی بداند. دنیای او از دنیای من بسیار فاصله دارد. او از خانواده‌ای اصیل و سرشناس و من از تباری خو گرفته با محرومیت‌ها، نه او هرگز نخواهد فهمید. آبشار، آهنگ عشق قدیمی خود را بی‌واهمه و مداوم زمزمه می‌کند. مثل این که فریادهای آزاده و شنیده شده‌اش دیگر به نوایی یکنواخت و ملایم مبدل شده است.

روبه‌رویم نشسته، دوباره نگاه گرم و پر مفهومش فکرم را مغشوش می‌کند و به تدریج اراده‌ام را متزلزل می‌سازد.

ساکت است. شاید تردیدی ملموس، رأی و نظرش را بر آنچه می‌خواهد بگوید سست می‌کند. شاید هر دوی ما به خوبی می‌دانیم که از چه خواهیم گفت، صحبت‌هایی که هردو واهمه داریم نتیجه آن بر خلاف خواسته‌مان، خوشایند هیچ‌کدام از ما نباشد. شاید به همین دلیل است که حرفی نمی‌زند.

برمی‌خیزم تا کمی قدم بزنم، دستم را می‌گیرد و می‌گوید: خواهش می‌کنم بنشینید.

سردی دستم در گرمای دستش ذوب می‌شود. در مقابلش می‌نشینم. لحظه‌های طولانی به سکوت می‌گذرند.

می‌گوید: دیگر از دریا خسته شده‌ام. می‌دانید خانم نازنین می‌خواهم به خانه قدیمی پدر بزرگم بازگردم و بقیه زندگی‌ام را در آنجا بگذرانم. شاید بی‌آنکه خود بدانم سال‌ها در تنهایی خود و در تلاطم یکنواخت دریا به دنبال گم‌گشته‌ای ناشناخته که می‌خواستمش می‌گشتم اما او را در جایی به دور از دریا یافته‌ام. شاید

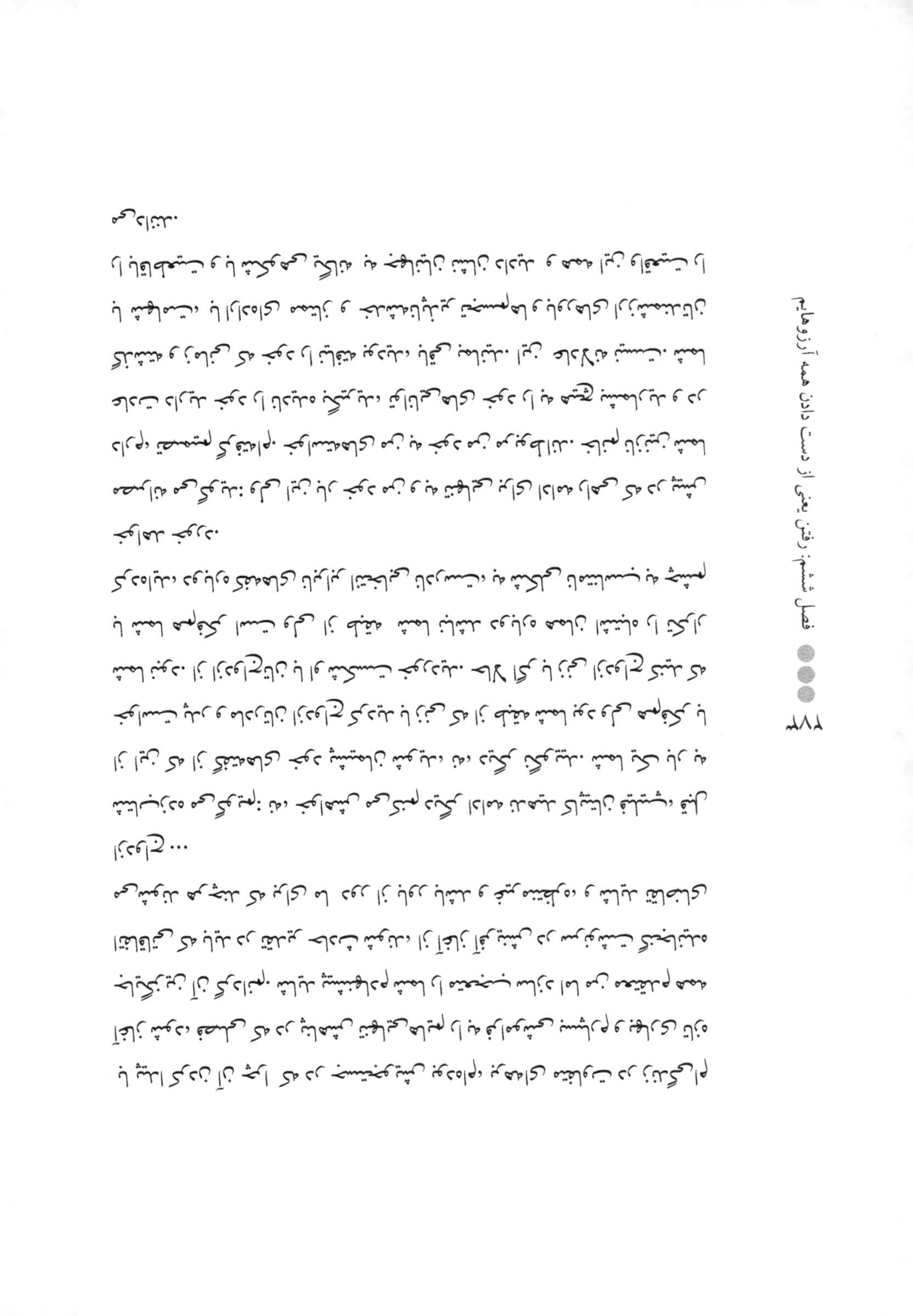

با پیدا کردن آن چرا که در جستجویش بوده‌ام، برهه‌ای متفاوت در زندگی‌ام آغاز شود، فصلی که در پناهش تنهایی‌هایم را به فراموشی بسپارم و بهاری تازه جایگزین آن گردانم. شاید پیشنهادم شما را متعجب سازد اما من معتقدم همه اتفاقاتی که باید در تقدیر حادث شوند، از آغاز آفرینش در سرنوشت گنجانیده می‌شوند هرچند که برای ما دور از باور باشد و غیرمنتظره، و شاید تقاضای ازدواج ...

شتاب‌زده می‌گویم: نه، خواهش می‌کنم دیگر ادامه ندهید کاپیتان فیلیپ، قبل از این که از گفته‌های خود پشیمان شوید، نه، دیگر نگویید. شما یک بار به خواست پدر و مادرتان ازدواج کردید با زنی که از طبقه شما بود ولی هم‌فکر با شما نبود. از ازدواج‌تان با او شکست خوردید. حالا اگر با زنی ازدواج کنید که با شما هم‌فکر است ولی از طبقه شما نباشد دوباره همان اشتباه را تکرار کرده‌اید، دوباره کفه‌های نابرابر انتخابی نادرست، به شکلی نامتناسب به چشم خواهد خورد.

مصرانه می‌گوید: ولی این بار خود من و به تنهایی برای ادامه راهی که در پیش دارم، تصمیم گرفته‌ام. خواسته‌های من به خود من مربوط‌اند. خانم نازنین شما عادت دارید خود را نادیده بگیرید، توانایی‌های خود را به هیچ بشمارید و در گذشته و زمانی که خود را نیافته بودید، باقی بمانید. این عادلانه نیست. شما با شهامت، با اراده‌ای ممتاز و خدشه‌ناپذیر تجسم‌ها و باورهای ارزشمندتان را باقاطعیت و با شکوهی یگانه به جهانیان نشان دادید و همه این واقعیت را می‌دانند.

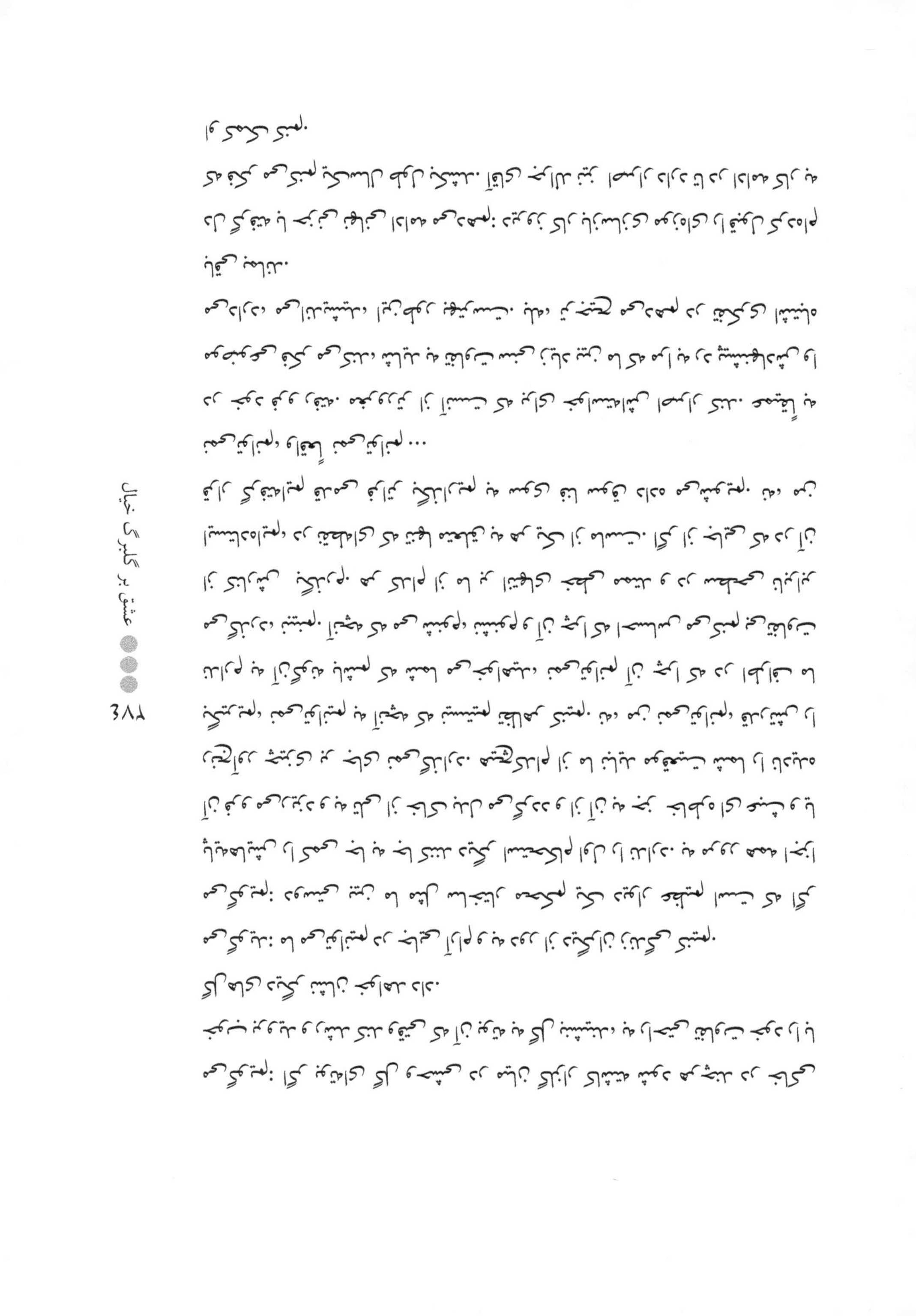

می‌گویم: اگر بوته‌ای گل وحشی در میان گلزار کاشته شود هرچند در خاکی خوب بروید و رشد کند وقتی که آن بوته به گل بنشیند، به راحتی تفاوت خود را با گل‌های دیگر نشان خواهد داد.

می‌گوید: ما می‌توانیم در جایی آرام و به دور از دیگران زندگی کنیم.

می‌گویم: دوستی بین ما مثل ساختار محکم یک دیوار عظیم است که اگر پایه‌هایش را کمی جا به جا کنند دیگر استحکام اول را ندارد. به مرور همه اجزا آن فرو می‌ریزد و به تلی از خاک بدل می‌گردد و از آن به جز خاطره‌ای عبث و یا رنج‌آور چیزی بر جای نمی‌گذارد. هیچ‌کدام از ما نباید موقعیت شما را نادیده بگیریم، نمی‌توانیم به آنچه که نیستیم تظاهر کنیم. نه، من نمی‌توانم، قدرتش را ندارم به آن‌گونه که شما می‌خواهید، نمی‌توانم آن چرا که در اطراف ما می‌گذرد، نبینم. آنچه که می شنوم، نشنوم و آن چرا که احساس می‌کنم بی‌تفاوت از کنارش بگذرم. هر کدام از ما بر انتهای خطی ممتد و در سطحی نابرابر ایستاده‌ایم، در نقطه‌ای که تنها متعلق به هر یک از ماست. اگر از جایی که در آن قرار گرفته‌ایم قدمی فراتر بگذاریم به سوی فنا سوق داده می‌شویم. نه، من نمی‌توانم، واقعاً نمی‌توانم ...

در خود فرو رفته. مغرورتر از آنست که برای خواسته‌اش اصرار کند. عمیقاً به موضوعی فکر می‌کند، شاید به تفاوت سنی زیاد بین ما که مرا به رد پیشنهادش وا می‌دارد، می‌اندیشید، این‌طور بهترست. بله، ترجیح می‌دهم در تفکری اشتباه باقی بماند.

دل گرفته با حزنی نهانی ادامه می‌دهم: دیروز کار بازسازی موزه‌ای را قبول کرده‌ام که فکر می‌کنم یک‌سال طول بکشد. آقای جرالد نیز اصرار دارد تا در ادامه کار به او کمک کنم.

تبسمی پرغم بر لب‌های خاموشش می‌نشیند، دوباره همان حالت انتظار برچشم‌هایش که به آبشار خیره مانده، ظاهر می‌شود. با لحنی تلخ می‌گوید: من نیز فردا به دریا باز خواهم گشت.

یک‌باره تشویشی شکننده چهره‌اش را دگرگون می‌کند. با تبسمی ساختگی که روی اسرار پر اندوه درون را می‌پوشاند، می‌گویم: دریایی که بر افقش نقش آن ملکه با سرنوشت مبهمش حک شده؟

غمگین می‌خندد، می‌گوید: به کرانه‌ای دور می‌اندیشم که ملک زاده‌ای گمنام به جبر زمان از اصل خود دور مانده است.

می‌گویم: خواهش می‌کنم دیگر چیزی نگویید، هیچ‌چیز ...

نباید احساسم را حس کند و یا نگاه مرا، دل سپاری بی محابا عاشقانه ام را ببیند... نه، نباید فریادهای بی‌صدایم را بشنود، نجواهای محکوم به سکوت درونم که مدام اسم او را پژواک می‌کنند.

نجوایی زنگار گرفته در ژرفای ضمیرم فریاد می‌زند " بگذار تنها طبیعت سکوت بین ما را بشکند، شاید در تار و پود سِحرش تا ابد در کنار هم در این نقطه پرافسون باقی بمانیم و هیچ‌گاه به حیطه‌مان که در چهارچوب خشک و خشن نگرش‌های غیرمنصفانه محصور است، راهی نیابیم. "

و پژواک فریادهای بی‌صدای وجود تا دور دست‌های خیال بگوش می‌رسد...

امواج پرخشم و کف آلود دریا با هر یورش خود بر ساحل، فرسنگ‌ها او را که از دور چون شبحی در غروب، بر عرشه کشتی‌اش ایستاده، از من و از دیار و حیطهٔ بهم ریخته آرزوهایم دور می‌سازند. در برابر نگاه آشفته و بی‌قرارم افق مِه گرفته نیز او را به تدریج در انبوهی از ابرهای تیره محو می‌کند. با فرو

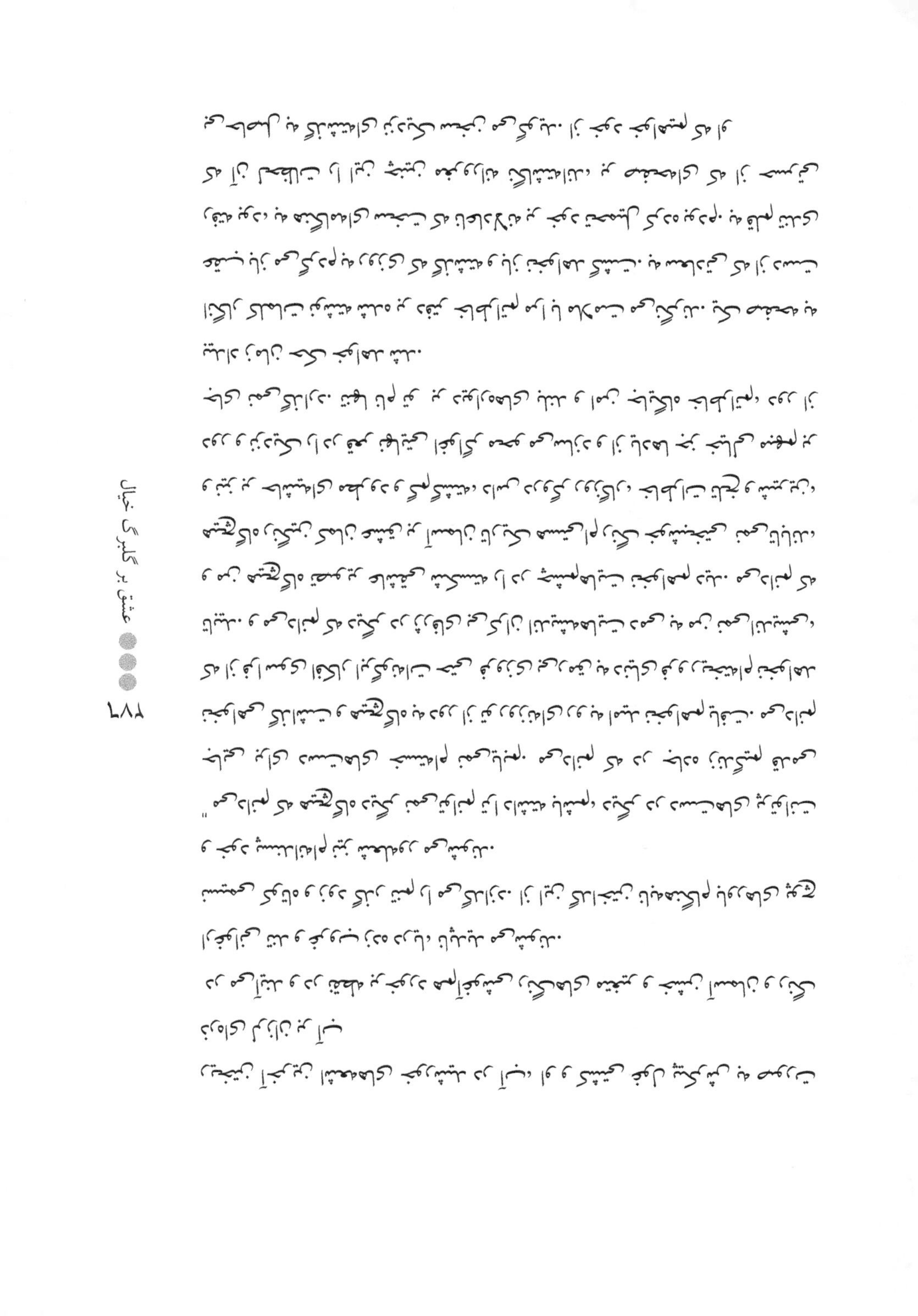

ریختن آخرین اشعه‌های خورشید در آب، او و کشتی غول پیکرش به صورت ذره‌ای لرزان بر آب

در می‌آیند و در نقطه برخورد هم‌آغوشی رنگ‌های متغیر و خشن آسمان و رنگ ارغوانی تند و غروب زده دریا، ناپدید می‌شوند.

نسیمی کوتاه و زود گذر تنم را می‌گذارد. از این گداختن نابه‌هنگام باورهای پوچ و خود پسندانه‌ام نیز شعله‌ور می‌شوند.

" می‌دانم که هیچ‌گاه دیگر نمی‌توانم ترا داشته باشم، دیگر در دست‌های پرتوانت جایی برای دست‌های خسته‌ام نمی‌یابم. می‌دانم که در جاده زندگیم قدمی نخواهی گذاشت و هیچ‌گاه به دور از تو روزنه‌ای رو به امید نخواهم یافت. می‌دانم که از فراسوی افکار ابرگونه‌ات حتی فروزی بی‌رمق به دنیای فرو ریخته‌ام نخواهد تابید. و می‌دانم که دیگر در ژرفای بی‌کران اندیشه‌هایت دمی به من نمی‌اندیشی، و من هیچ‌گاه تصویر عاشقی شکسته را در چشم‌هایت نخواهم دید. می‌دانم که هیچ‌گاه رنگین کمان عشق بر آسمان تاریک هستی‌ام رنگ خوشبختی نمی‌تاباند، و نیز بر حاشیه‌ای مطرود و گم‌گشته، داس دروگر روزگار، خاطرات تلخ و شیرین، دور و نزدیک را در قعر نهایتی اغواگر محو می‌سازد و از یادها جز خیالی مبهم بر جای نمی‌گذارد. تنها نام تو بر دیواره‌های بلند و امن جایگاه خاطراتم، دور از بیداد زمان حک خواهد شد.

انگار کلمات نوشته شده بر دفتر خاطراتم مرا با ملامت می‌نگرند. یک صفحه به عقب باز می‌گردم به روزی که گذشته و باز نخواهد گشت. به سعادتی که از دست رفته بود، به هنگامه‌ای سخت که ناعادلانه بر خود تحمیل کرده بودم. به قلم تندی که آن لحظات را این چنین مغرورانه نگاشته‌اند، بر صفحه‌ای که از حسرتی بی‌حاصل به گذشته‌ای نزدیک سخن می‌گوید. از خود خواهیم که او

را از خود رنجانده و رانده‌ام، از خوشبختی که این چنین سرد و بی‌اعتنا از کنارش گذشته‌ام، از روزگار خالیم که بیشتر در خلا فرو رفته، از ایثاری پوچ و بی‌منطق که از آنچه ساخته‌ام جز ویرانه‌ای بر جای نگذاشته.

به صفحات خالی آخر دفتر نگاه می‌کنم که چگونه نوشته‌هایش می‌توانست گنجینه‌ای پر از نیکبختی‌ها باشد، سطور خالی و بی‌روحی که برای همیشه به همان‌گونه خالی و بی‌روح خواهند ماند ...

و حالتی پر تب و تاب مرا تا انتهای دالان کشنده و مرگ‌بارش می‌کشاند ...

تمام شب چون آتش‌فشانی پر شرر اما خاموش، دردی توفنده را تحمل می‌کنم.

در کنار ساحل ایستاده‌ام، درست جایی که روز گذشته ایستاده بودم. به آن نقطه می‌نگرم همان جایی که من و زمان ساعت‌ها به انتظار مانده بودیم، زمان به انتظار گذشتن لحظه‌هایش و من منتظر آنکه امواج بی‌تاب و خروشان دریا، خوشبختی‌ام را در هم بپیچد و بر بستر سرزنش‌های ندامتی خاموش مدفون کند، تا وجود خسته‌ام را فرسوده‌تر سازد و در سکونی حزن‌انگیز فرو برد.

چند مرغ دریایی بی‌آنکه چهره بی‌حالت اما خیس شده از اشک سرد مرا ببینند شاد و سرمست به سویی نامعلوم پرواز می‌کنند. صدای بهم خوردن بال‌هایشان در فضا می‌پیچد. چند پرنده دیگر با شنیدن نوای آن‌ها به دنبال‌شان تا انتهای کرانه پرواز می‌کنند. با دور شدن پرندگان، دیگر هیچ صدایی به گوش نمی‌رسد جز پژواکی مبهم از قدم‌هایی ممتد که آهسته نزدیک می‌شوند. نزدیک و باز هم نزدیک‌تر ...

صدایی ملایم و آشنا می‌گوید: امیدوارم آن چرا که دیروز در دریا به دنبالش می‌گشتید امروز در ساحل پیدایش کرده باشید!

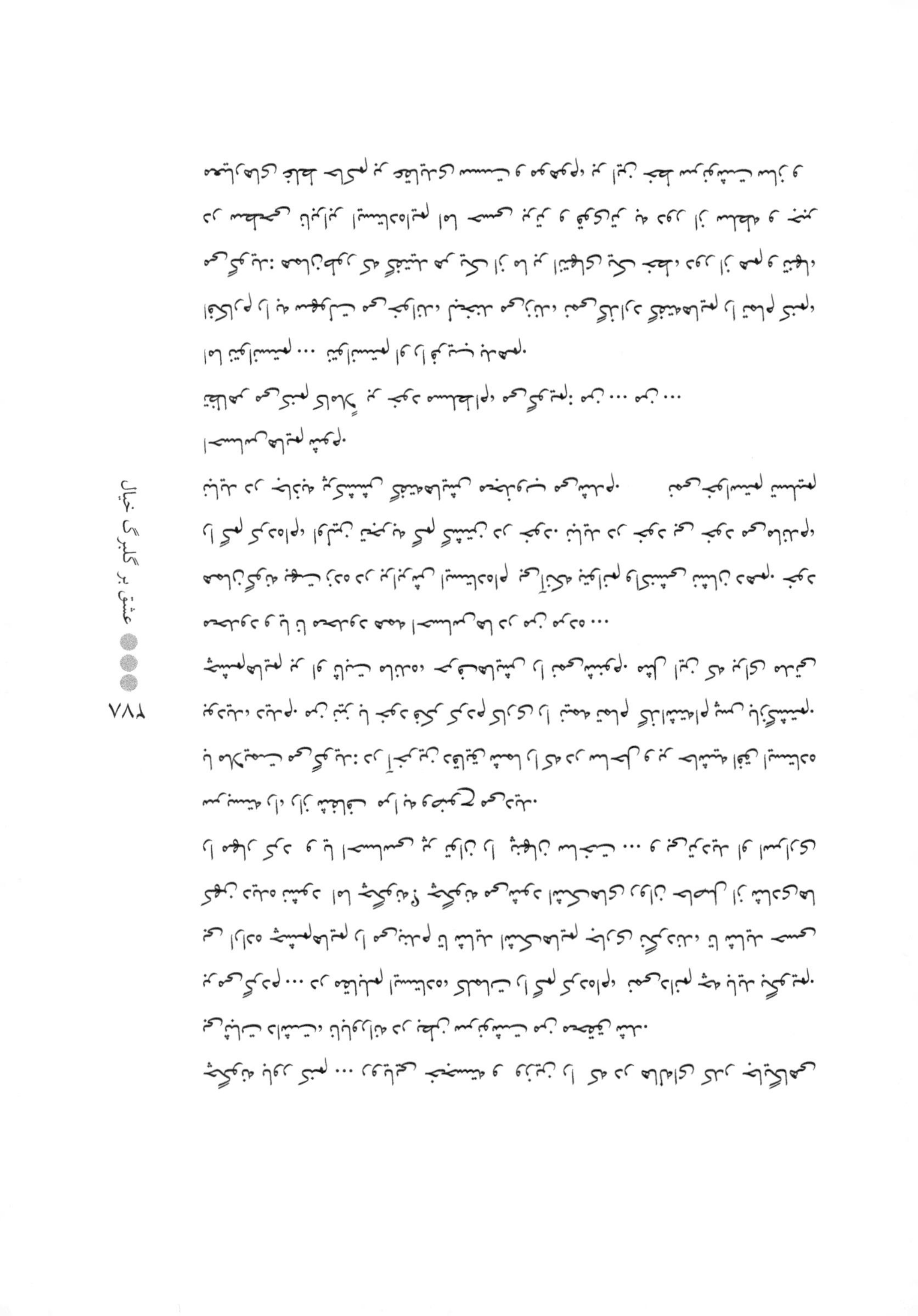

چگونه باور کنم ... رویایی خجسته و وزین را که در هاله‌ای کدر جایگاهی بی‌ثبات داشت، ناباورانه در بطن سرنوشت من محقق شد.

برمی‌گردم ... در مقابلم ایستاده، کلمات را گم کرده‌ام، نمی‌دانم چه باید بگویم. بی اراده چشم‌هایم را می‌بندم تا شاید اشک‌هایم جاری نگردند، تا شاید حسی کهن دیده نشود اما چگونه؟ چگونه می‌شود اشک‌های روان حاصل از شادی‌ها را مهار کرد و یا احساسی پر توان را پنهان ساخت ... و بی‌تردید او اسراری سربسته را، راز شفاف مرا به وضوح می‌دید.

با ملایمت می‌گوید: در آخرین دقایق شما را که در ساحل و بر حاشیه افق ایستاده بودید، دیدم. من نیز با خود فکر کردم کاری را نیمه تمام گذاشته‌ام پس بازگشتم. چشم‌هایم بر او ثابت مانده، حرف‌هایش را نمی‌شنوم. مثل این که برای مدتی محدود و یا نا محدود همه احساس‌ها در من مرده ...

همان‌گونه بهت زده در برابرش ایستاده‌ام بی‌آنکه بتوانم واکنشی نشان دهم. خود را گم کرده‌ام، اولین تجربه گم گشتن در خود. نباید در خود بی خود می‌ماندم، نباید در جاذبه پرکشش گفته‌هایش مجذوب می‌شدم.   نمی‌خواستم تسلیم احساس‌هایم شوم.

تظاهر می‌کنم کاملاً بر خود مسلطام، می‌گویم: من ... من ... اما نتوانستم ... نتوانستم او را فریب بدهم.

افکارم را به سهولت می‌خواند، لبخند می‌زند، نمی‌گذارد گفته‌هایم را تمام کنم، می‌گوید: همان‌طور که گفتید هر یک از ما بر انتهای یک خط، دور از هم و تنها، در سطحی نابرابر ایستاده‌ایم اما حسی برتر و قوی‌تر به دور از سلطه و جبر معیارهای غلط حاکم بر عقایدی سست و موهوم، بر این خط سرنوشت ساز و

غیر قابل انکار وجود دارد و آن حس تنهایی ماست که گریختن از آن ما را امروز به این نقطه از خط کشانیده.

جعبهٔ کوچکی را که دیواره مشبک و فیروزه‌ای رنگ دارد در دستم می‌گذارد.

با نگاهی نافذ مرا می‌نگرد. می‌گوید: مال شماست.

مردد درِ جعبه را باز می‌کنم. نگینی ناصاف و بدون برش ... انعکاس پرتو پرفروز و پراکنده الماس بر صورتم می‌تابد.

بی‌صدا او را نگاه می‌کنم.

می‌گوید: پدربزرگم قبل از مرگش آن را به من داد. با خشنودی گفت: هیچ‌کس نتوانست آن را برش دهد، من نیز ترجیح دادم به همین شکل باقی بماند در واقع او را به همین شکل که هست دوست دارم، محکم و غیرقابل شکستن. به یاد می‌آورم پدر بزرگم خندید و ادامه داد، مال همسرم بوده، مادر بزرگت.

کاپیتان فیلیپ کمی مکث می‌کند، ادامه می‌دهد: و او از من خواست تا آن را به کسی بدهم که وجودی محکم و آسیب‌ناپذیر داشته باشد، به الماس اشاره کرد و گفت : درست مثل این الماس تسلیم نشدنی ...

سرش به زیر بود، آهسته گفت: نازنین، سال‌های زیادی در محدوده تنهایی‌هایم به دنبال تو گشته‌ام ولی در نقطه‌ای دور از انتظارم ترا یافتم. مطمئناً این نگین تنها می‌تواند به تو تعلق داشته باشد. هیچ‌کس جز تو در مقامی نیست که مالک آن باشد اگر قبولش نمی‌کنی آن را به دریا بینداز.

خاموش و بی‌صدا در برابرم ایستاده، به آرامی به من نگاه می‌کند. در چشمان سبزآبیش آرامشی پر از امنیت می‌یابم که سال‌ها به انتظارش در هر سو گشته‌ام. لحظاتی طولانی به سکوت می‌گذرد، به نگین شفاف و درخشنده نگاه می‌کنم که در مواجهه با پرتوهای آفتاب، درخشش‌اش تلألؤیی متفاوت دارد.

سرگشته می‌گویم: من، من نمی‌دانم ...

به طرفم می‌آید، دست‌های مرا در دست‌هایش می‌گیرد با خود به سویی که می‌خواهد، می‌کشاند و می‌گوید: اگر دیر برسیم مراسم ازدواج بدون ما برگزار خواهد شد.

از حرف‌هایش سر در نمی‌آورم. بی‌اراده بی‌آنکه بر آنچه که اتفاق می‌افتاد تسلطی داشته باشم به دنبالش کشانیده می‌شوم.

راننده به طرف مسیری مشخص شده، می‌راند. ماشین را در پارکینگ ساختمانی بزرگ پارک می‌کند.

کاپیتان فیلیپ مرا به آپارتمانی که متعلق به مادرش بوده، می‌برد. چند زن و مرد به گرمی از ما استقبال می‌کنند، به نظر می‌آید که منتظرمان بوده‌اند.

مثل این که در خواب راه بروم، همه جا به دنبالش کشانیده می‌شوم. مرا با خود به طبقه دوم خانهٔ مجلل می‌برد. اتاق مادرش مملو از اشیا عتیقه و گل است. در میان اوج ناباوری‌هایم پیراهن ابریشم آبی توردوزی شده‌ای را از داخل کمد بیرون می‌آورد. روی تخت می‌گذارد. جین را صدا می‌کند. به فرانسه با او صحبت می‌کند. مشتاقانه دستم را می‌بوسد. درحالی‌که از اتاق بیرون می‌رود، می‌گوید: نازنین تمام ثانیه‌های سال‌های گذشته را برای رسیدن به این لحظه با بی‌قراری شمرده‌ام، نیم ساعت دیگر پایین منتظرت هستم.

جین کمی انگلیسی می‌داند، با خوش‌حالی کمک می‌کند تا لباس را بپوشم.

ماشین مشکی و تشریفاتی در مسیری که نمی‌دانم به کجا ختم می‌شود، پیش می‌رود. ساعتی بعد نماد با شکوه و عظیم "سانی ژئو" نشان می‌دهد که در ابتدای بزرگراه "سانی ژئو" قرار گرفته‌ایم. انوار رنگارنگ در مسیرمان رنگین کمان‌های متحرک و تو در تو را تداعی می‌کنند که در میان و بالای جاده در هم فرورفته‌اند،

فضای وسیع و گسترده "سانی ژئو" را تابناک کرده‌اند. بازهم نسیمی دلاویز عطر یاس و نسترن‌های "سانی ژئو" را از میان درختان سر به فلک کشیده اطراف جاده عبور می‌دهد.

میهمانان دعوت شده در جلوی در ورودی به انتظار ایستاده‌اند، مسرور و شادمان به استقبال ما می‌آیند. مهتاب و پری شتابان به سویم می‌آیند. به مینا و نسرین، رضا و مسعود نگاه می‌کنم، مشتاقانه در انتظارند تا مرا در حلقهٔ آغوششان بگیرند.

مراسم با شکوهی که در "سانی ژئو" برپاست و وجود مهمان‌هایی که به من و کاپیتان فیلیپ تبریک می‌گویند مرا از بهت و ناباوری دور می‌کند.

" سانی ژئو" با همان غرور و وقار، چون من زیباترین شب زندگیش را می‌گذراند.

کاپیتان فیلیپ در کنار میهمان‌هایش ایستاده، به آهستگی از مهمان‌ها و جشن‌شان دور می‌شوم. به طرف آبشار می‌روم در کنارش می‌نشینم. چشم‌هایم را بر هم می‌گذارم. قطرات آبشار بر صورتم می‌نشیند، با اشک‌هایم در هم می‌آمیزند از بستر چهره‌ام فرو می‌ریزند، صورتم را مرطوب می‌سازند. برمی‌گردم، به نقطه‌ای دور و به غار " سانی ژئو" نگاه می‌کنم. برگستره نامریی خیال به گذشته باز می‌گردم، در تاریکی مدخل ورودی غار، سایه خود را تنها و در هاله‌ای کدر می‌بینم. به آنچه که در پشت سر گذاشته‌ام می‌اندیشم ...

نغمه موزیک آمیخته با همهمه میهمانان از آن سوی "سانی ژئو" شنیده می‌شود و مرا از اندیشیدن به گذشته، دور می‌سازد. کاپیتان فیلیپ که مدتی مرا با خود تنها گذاشته بود، مشتاقانه به سویم می‌آید. دستم را در دست‌هایش می‌فشرد و مرا با خود تا به میان جشنی باشکوه می‌برد.

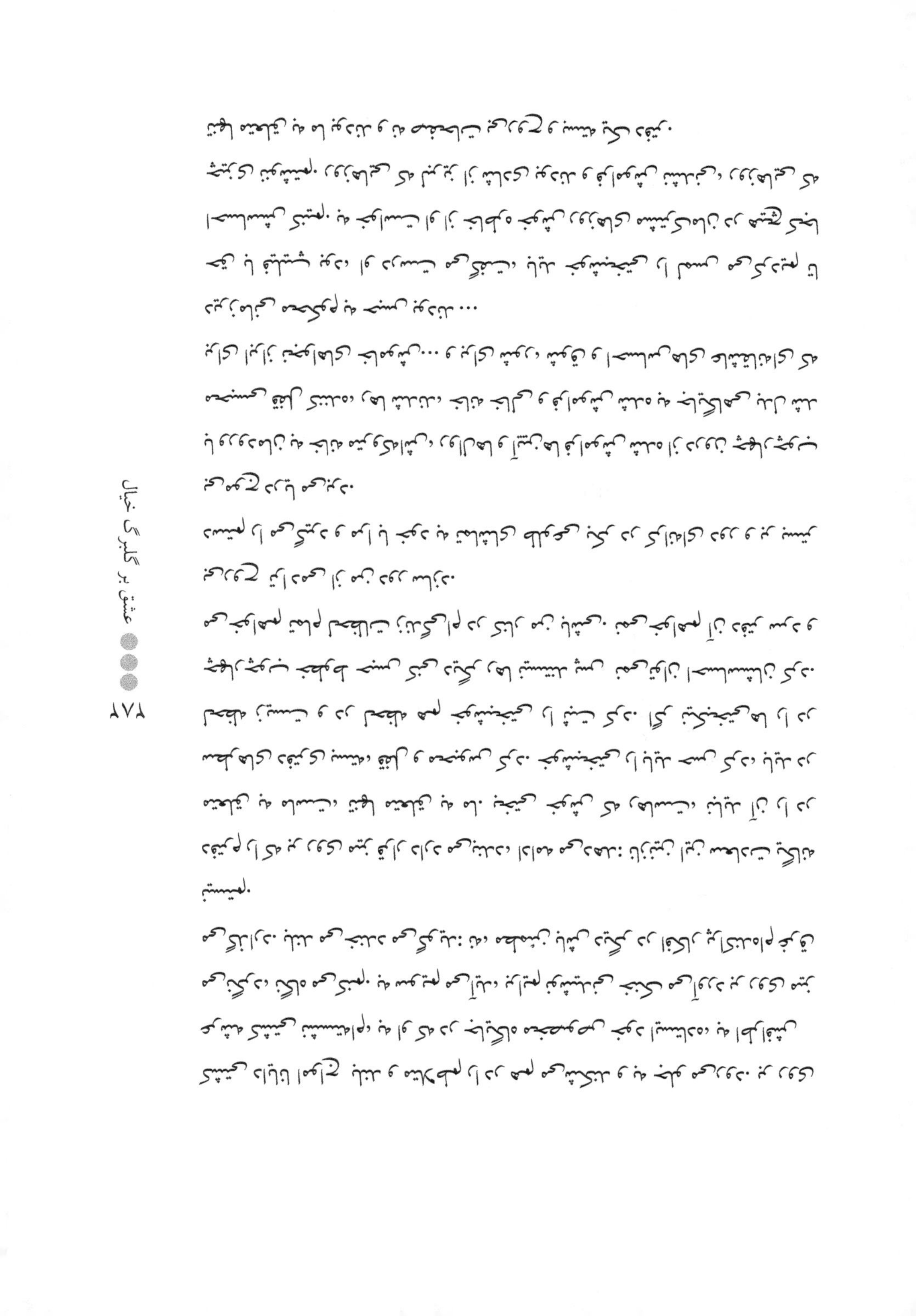

کشتی دایانا امواج بلند و متلاطم را در هم می‌شکند و به جلو می‌رود. بر روی عرشه کشتی نشسته‌ام، به او که در جایگاه مخصوص خود ایستاده، به اطرافش می‌نگرد، نگاه می‌کنم. به سویم می‌آید، برایم نوشیدنی خنک می‌آورد بر روی میز می‌گذارد. بلند می‌خندد می‌گوید: نه، مطمئن باش دیگر در افکار پراکنده‌ام غرق نیستم.

دفترم را که بر روی میز قرار دارد می‌بندد، ادامه می‌دهد: نازنین این سعادت یگانه متعلق به ماست، تنها متعلق به ما. بختی خوش که رهاست، نباید آن را در سطرهای دفتری بسته، قفل و محبوس کرد. خوشبختی را باید حس کرد، باید در لحظه زیست و در لحظه هم خوشبختی را ثبت کرد. اگر نیکبختی‌ها را در چهارچوب خطوط حبس کنی دیگر رها نیستند پس نمی‌توان احساسشان کرد. می‌خواهم تمام لحظات زندگی‌ام در کنار من باشی. نمی‌خواهم آن دفتر سرد و بی‌روح ترا دمی از من دور سازد.

دستم را می‌گیرد و مرا با خود به تماشای طلوعی بکر در کرانه‌ای دور و بر بستر بی‌موج دریا می‌برد.

با ورودمان به خانه متروکه‌اش، روال‌ها و آیین‌ها فراموش شده از درون چهارچوب محبسی قفل کننده، رها شدند، خانه خالی و فراموش شده به جایگاهی بدل شد برای ابراز نجواهای خاموش... و برای شور، شوق و احساس‌های عاشقانه‌ای که دیرزمانی محکوم به حبس بودند ...

حق با فیلیپ بود، او درست می‌گفت، باید خوشبختی را لمس می‌کردیم تا احساسش کنیم. به خواست او از خاطره خوش روزهای مشترک‌مان در هیچ کجا چیزی ننوشتم. روزهایی که لبریز از شادی بودند و فراموش نشدنی، روزهایی که تنها متعلق به ما بودند و نه صفحات بی‌روح و بسته یک دفتر.

اما تلخ کامی‌ها متعلق به کجا هستند؟ و در کجا می‌شود آن‌ها را حک کرد که درون را، که باورهای عبث را نسوزاند؟ و یا در کدام ورطه می‌توان آن‌ها را به جا گذاشت تا به تدریج از یاد بروند و فراموش شوند؟ آیا می‌شود در خلوت غم گرفته تنهایی‌ها آن‌ها را با کلمات به بند کشید و یا آن‌ها هر دم احساس‌های سرگشته درگذرگاه زمان و خسته از بیدادها را به اسارت خود در می‌آورند و شکنجه می‌کنند؟

سال‌ها از مرگ او می‌گذرد، او که آرزویی محال بود، ناباورانه قدمی شکوهمند بر کویر خالی سرنوشتم گذاشت، آن را لبریز از شقایق‌های باران زده ساخت و با رفتنش برهه‌ای اندوهگین به جای گذاشت. دوباره سایه خاکستری تنهایی را بر آرزوهایم، بر باورهای پرتردید همیشگی‌ام گسترانید و تنها یاد مهربانی‌هایش چون تکرار پژواک، در دشت عریان زندگی‌ام هر دم پیچک پر رنگی از خوشبختی‌های بر باد رفته می‌رویاند. سعادتی ناپایدار که غروب زود رسش بر طلوع دیر هنگام آن چیره شد. روزهایی که در محدوده‌شان دقایقی پرتجلی از روزگاری متفاوت داشتند. روزهایی که جاودانه و بی‌پایان به نظر می‌رسیدند اما آن روز با حادث شدنش، جسورانه خطی باطل بر زودباوری‌های خوشبینانه‌ام زد ...

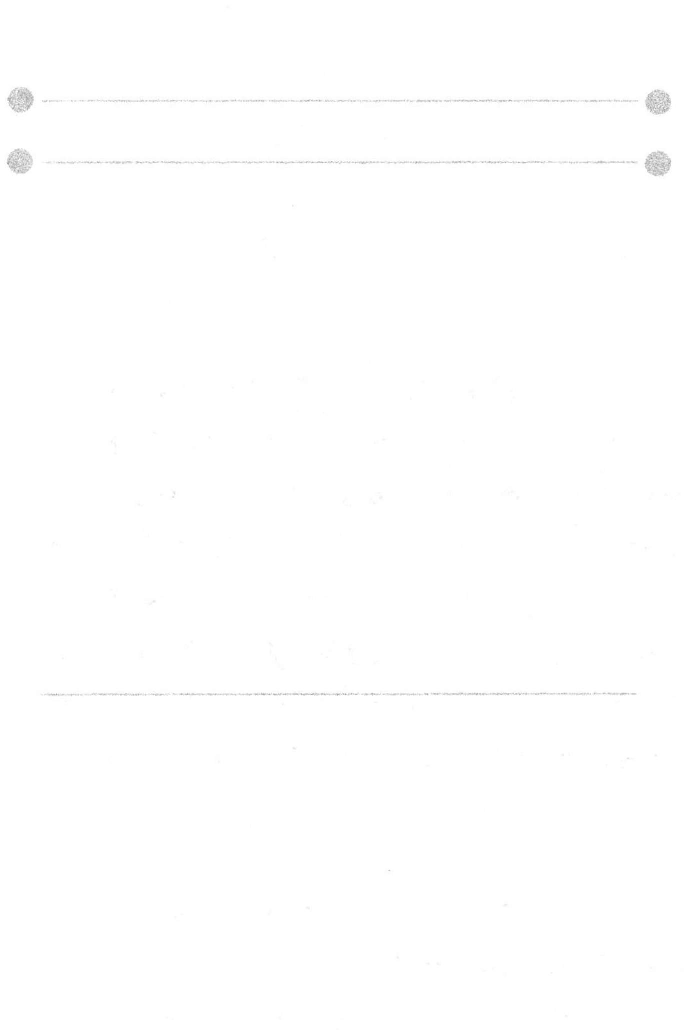

مرگ و زندگی در کنار هم در دو بعد

فصل هفتم

یادآوری این همه خاطرات قلب نازنین را می‌فشرد، خسته‌اش می‌کند. عینکش را در می‌آورد. در حالی‌که دفتر سفید خاطرات را با دو دستش محکم گرفته آن را بر روی دامنش می‌گذارد. به آسمان کبود نگاه می‌کند که به زودی روشن می‌شود. نمی‌داند این همه خستگی برای چیست؟ تأثیر بی‌خوابی شب گذشته یا به خاطر آوردن مصیبتی دردآفرین که نوشتنی نیست چون هرگز فراموش نمی‌شود. خاطره تلخ آن شب که مدام او را می‌آزارد. دوباره مثل هرشب آن فاجعه هولناک را به خاطر می‌آورد.

دوباره آن سال را به خوبی بیاد می‌آورد که برای جشن‌های سال نو به جزیره "صدف آبی" دعوتشان کرده بودند.

آن شب نازنین از کنار ساحل عبور می‌کرد. باید به موقع به هتل باز می‌گشت تا با فیلیپ به مراسم میهمانی که به افتخار آن‌ها برگزار می‌شد، بروند.

با دیدن دایانا در کنار بندر دوباره شرری در وجودش زبانه کشید. کم‌کم دل‌واپس‌تر می‌شد، بی‌آنکه هیچ دلیلی برای آن همه نگرانی وجود داشته باشد. بی‌اختیار دلش به سوی فیلیپ پر کشید. از این که او را چند ساعت ترک کرده بود، به شدت خودش را ملامت کرد.

صبح آن روز فیلیپ باید در مراسمی رسمی شرکت می‌کرد، از نازنین خواست تا تمام روز را با او باشد اما نازنین ترجیح داد به دیدن آن نمایشگاه نقاشی برود. فیلیپ تا آخرین دقیقه مصرانه از نازنین خواسته بود که تمام روز را با او بگذراند اما نازنین...

نازنین از راننده خواست که سریع‌تر براند. با دیدن ساختمان هتل کمی آرام گرفت. خودش را به سرعت به بالا رسانید. در سوییت را باز کرد. همه جا تاریک بود. اما فیلیپ مرد منضبطی بود، می‌باید در این ساعت در محل اقامتشان می‌بود. هراسان چراغ‌ها را روشن کرد. فیلیپ بر روی مبل نشسته بود. چشم‌های باز مانده‌اش چون همیشه جایگاه مهربانی‌ها بودند. نازنین آرام صدایش کرد... و او جوابی نداد. نام او را فریاد کشید... باز هم جوابی نشنید... ماه‌های متمادی در آسایشگاه، در خواب و بیداری، در هشیاری و در بی‌خبری، گاه به آرامی و زمانی با فریاد، ملتمسانه او را صدا می‌کرد... اما دیگر هیچ‌گاه نجواهای عاشقانه او تکرار نشدند.

نازنین دفتر سفید را با حسرت نگاه می‌کند. آن را می‌بندد، آنقدر آرام و محتاطانه که شاید فکر می‌کند کوچک‌ترین ضربه، به خاطره‌ها و یا به آن‌ها که خاطرات را آفریده‌اند آسیب می‌رساند. آن را درون کشویش و بر روی دفتر سیاه می‌گذارد.

دو دفتر سیاه و سفید را که عبور و گذر از کنار روزهای عمر است با دقت در درون کشوی میز تحریرش می‌گذارد درست مثل این که با ارزش‌ترین گوهری را که متعلق به اوست در چهار چوبی مطمئن مخفی کرده باشد. در کشو را می‌بندد. آهی می‌کشد، لبخندی که معنایی گنگ دارد بر لب‌هایش ظاهر می‌شود. او به درستی نمی‌داند از آن چرا که گذشته، شادمان‌ست یا غمین.

به روزگار فکر می‌کند به وقایع غیرقابل پیش‌بینی‌اش که در ژرفای سرنوشت رخ می‌دهند، به نقش‌ها که بازیچه روزگارند و به زمان که گرداننده نقش‌هایند. به نقاشی‌هایش که تمام دیوارهای اتاق کارش را پوشانیده و هر یک یادگاری از مجموعه خاطرات اویند، نگاه می‌کند. به زمانی که آن‌ها را کشیده، به اولین لحظه ورودش به این خانه و دیدن همه آن‌ها در یک‌جا، آویخته بر دیوارهای خانه. به فیلیپ می‌اندیشد... هنگامی که مغرورانه به تابلوها می‌نگریست و گاهی با نگاهش، با نگاهی سحر شده عاشقانه نازنین را می‌ستود.

به طرف میز بزرگ آبنوس می‌رود، به آن تکیه می‌کند. بر روی میز دو قاب عکس برنزی در روبه‌روی یکدیگر قرار گرفته‌اند... نازنین و فیلیپ در برابر هم. اولین تصویری که از فیلیپ کشیده، با همان حالت انتظار و در سکوت، و سپس به تصویر خودش می‌نگرد و انعکاس دلواپسی‌های همیشگی‌اش که روزی در گذشته‌های دور بر آینه نقش بسته بود و نازنین آن تصویر نگران و نقش بسته بر آینه را، ترسیم کرده بود.

چشم‌هایش را می‌بندد تا تصویر فیلیپ را در میان افکارش به حرکت در آورد به همان‌گونه که سال‌های متمادی این چنین او را در قلمرویی مجازی و والا نگاه داشته. در مکانی متفاوت که فقط متعلق به نازنین است.

جایی که واقعی نیست و تنها به تخیلات شیرین او تعلق دارد و نازنین در این دیار خیالی سال‌هاست با فیلیپ زیسته است.

حیطه‌ای که نازنین در تنهایی‌هایش به آن راهی موقت اما شکوهمند می‌یابد. فضایی سحرآمیز که با ظهورش احساس واقعی زنده بودن را تماماً در وجود نازنین از میان برده.

صدای به هم خوردن پنجره‌ها او را به طرف اتاق خوابش می‌کشاند. پنجره‌ها را می‌بندد، گلدان بزرگ کنار پنجره برزمین می‌افتد و می‌شکند. چند شاخه نیمه خشک را که چندی پیش در گلدان گذاشته بود از میان تکه‌های شکسته گلدان بر می‌دارد. چند برگ خشک شده با سرسختی به ساقه چسبیده‌اند. انتهای ساقه چند جوانه کوچک که در ظاهر خشک به نظر می‌رسند، در حال شکفتن‌اند. آن‌ها را در گلدانی کریستال می‌گذارد. به تماشای جوانه‌های تازه شکفته می‌نشیند و برگ‌های خشک کنار آن‌ها...

مرگ و زندگی در کنار هم در دو بُعد به ظاهر دور از هم لانه‌ای مشترک دارند. گاهی زندگی در بطن یک تولد تازه، می‌میرد و زمانی مرگ شروع تولدی دوباره است. گاهی در جدال مرگ و زندگی، رویشی پرشور شکوفا می‌شود و زمانی بر گستره اسرارآمیز هستی، پایانی دور از انتظار از راه می‌رسد. پس زندگی بر نقاطی از خطی ممتد تا ابد ادامه دارد و مثل تولد یک ستاره با شکوه و پرکشش است، تولد یک ستاره ... که آغازش از پایانی تکامل یافته منشأ می‌گیرد تا دوباره به سوی پایانی شگرف برود که مملو از جذابیت‌های آفرینشی سحرانگیزند.

باید آرمانی ایستا داشت تا در کشاکش این کاوش‌های ممتد از چهارچوب بسته، تردیدها، چراها، اماها، بایدها، شایدها، اگرها، عبور کنیم

در ژرفای شبکه مجهول‌های آفرینش، معنای هستی و در نهایت خوشبختی گم‌گشته را بیابیم و به آرامشی دلارام برسیم.
صدای خنده آشنای مهتاب شنیده می‌شود، به دخترش می‌گوید: نه حالا، نه نمی‌شود عزیزم، دیر موقع‌ست. مادر جون هم استراحت می‌کنند. تو هم امشب خیلی بیدار مانده‌ای. ببینم چشمات رو، وای... توی چشمات پر خوابه، باید بخوابی. چشمات رو که ببندی خیلی زود صبح می‌شه و با هم به اتاق مادر جون می‌رویم. ساکت باش، آروم‌تر...
طنین پر نشاط بازی‌ها و بی‌خبری‌های کودکانه دختر کوچک حتی دیواره‌های خانه را به وجد آورده و شور زندگی را در فضای بی‌روح آن می‌پراکند. مهتاب سعی می‌کند او را آرام کند اما عشق به زندگی در دختر کوچک قوی‌تر از آنست که بتوان آن را مهار کرد.
نازنین احساس می‌کند دلش به سوی آن‌ها پر می‌کشد، برای زندگی که پر از اسرار خواستن‌هاست و او فراموشش کرده، برای "سانی ژئو"...
با خود می‌گوید: فردا به "سانی ژئو" خواهم رفت، در کنار آبشار خواهم ایستاد، چشم‌هایم را خواهم بست تا صدای دل‌نوازش را به همان‌گونه که هست، بشنوم. همان نغمه‌های دلارامی که در اولین برخوردمان از او خواستم که همواره آهنگ عشق پرشور مرا نیز همراه با نوای خود در همه جا عاشقانه بپراکند... و یاد فیلیپ که همواره با من خواهد بود ...
بار دیگر نگاهش با تصویر فیلیپ تلاقی می‌کند، با دست راستش حلقه‌ای را که سال‌ها همراه او بوده، لمس می‌کند، می‌فشرد.
سحرگاه او به عالم مردگان سفر می‌کند، همان اقلیمی که سال‌هاست فیلیپ در آنجا به انتظار او بوده...